ullstein

SANDRA ÅSLUND

STILL IST DIE NACHT

Ein Schweden-Krimi

Ullstein

Besuchen Sie uns im Internet:
www.ullstein.de

Wir verpflichten uns zu Nachhaltigkeit
- Papiere aus nachhaltiger Waldwirtschaft und anderen kontrollierten Quellen
- ullstein.de/nachhaltigkeit

MIX
Papier | Fördert
gute Waldnutzung
FSC® C021394

Originalausgabe im Ullstein Taschenbuch
1. Auflage November 2024
2. Auflage 2024
© Ullstein Buchverlage GmbH, Berlin 2024
Wir behalten uns die Nutzung unserer Inhalte für Text und Data
Mining im Sinne von § 44b UrhG ausdrücklich vor.
Umschlaggestaltung und Titelabbildung: bürosüd° GmbH, München
Gesetzt aus der Quadraat Pro powered by *pepyrus*
Druck und Bindearbeiten: Scandbook, Litauen
ISBN 978-3-548-06822-0

Välkommen!

Willkommen, liebe Leserin, lieber Leser! Ich freue mich, dass Du Dich für dieses Buch entschieden hast. Solltest Du beim Lesen über einen schwedischen Begriff stolpern, findest Du die Bedeutung im Glossar am Ende.

Med vänliga hälsningar
Sandra Åslund

Für Conny, Peter und Sabine

Ihr habt mir die ersten Gehversuche als Autorin ermöglicht.

Det är synd om människorna.

Es ist schade um die Menschen.

August Strindberg (1902), Ett Drömspel / Ein Traumspiel

Prolog

Zwei Reiher erhoben sich aus dem dichten Schilfgras und segelten mit bedächtigen Flügelschlägen übers Wasser davon. Charatha blieb stehen und sah ihnen nach, wie sie sich allmählich entfernten, am Uferstreifen entlang, in ihrem ganz eigenen Tempo. Frei und ungebunden wie diese Tiere, so hatte sie immer sein wollen. Sofort dachte sie an Amita. Nicht umsonst trug sie diesen Namen: Amita, die Ungebundene, Grenzenlose. Charathas Herz füllte sich mit Wärme. War all das Warten und Hoffen am Ende doch nicht vergeblich gewesen?

Sie schloss die Augen und atmete tief und bewusst ein und aus. Die herrlich klare Meeresluft durchströmte ihre Lungen. Charatha fuhr sich mit der Zunge über die Lippen und genoss den salzigen Geschmack. Dass sie noch einmal in ihrem Leben auf diese Insel zurückkommen würde – sie hatte nicht damit gerechnet.

Einige Minuten lang richtete sie ihre Aufmerksamkeit nach innen und gab sich einer stillen Meditation hin, dann öffnete sie die Augen wieder und ließ ihren Blick über die einsame Bucht schweifen. An einem massigen Steinquader nahe der Wasserkante blieb er hängen. Glatt geschliffen von den Wellen, lag er dort genau wie ein Vierteljahrhundert zuvor. Als wäre die Zeit spurlos an ihm vorübergegangen. Was war die Dauer eines Menschenlebens, verglichen mit der Beständigkeit von Gestein?

Charatha lief hinüber, verharrte an dem kniehohen Felsen und fuhr bedächtig mit der Hand die Kuhle in der Mitte entlang. Ihre Sitzmulde, so hatte sie sie damals genannt. Sie erinnerte sich, wie sie im Sommer hier gesessen hatte, da war die harte, glatte Oberfläche von der Sonne gewärmt. Zum Glück trug sie ihr langes Strickkleid und einen dicken Wollschal, den sie als Sitzkissen unterlegte, ehe sie sich auf ihrem ehemaligen Lieblingsplatz niederließ.

Nach all den Jahren hatte Charatha vergessen, wie spät der Frühling in Schweden Einzug hielt. Bei ihrer Ankunft hatte sie bitterlich gefroren und am nächsten Tag ihre Reisegarderobe bei einem Bummel in der Stadt um einige warme Teile aufgestockt. Wie sehr sich Stockholm verändert hatte! Unzählige neue Geschäfte, Cafés und Restaurants ... Sie hatte kaum etwas wiedererkannt.

Charatha seufzte auf. Vielleicht hätte sie lieber in Indien bleiben und das Stockholm ihrer Kindheit in Erinnerung bewahren sollen. Nun wurden diese Bilder unweigerlich überlagert von den frischen Eindrücken. Aber der Wunsch hatte sie nicht mehr losgelassen: Einmal noch wollte sie ihre Heimat sehen.

Gedankenversunken betrachtete sie ihre Hände, die in ihrem Schoß ruhten. Die blasse Haut spannte über den Knochen wie Pergament. Sie sahen aus wie die einer uralten Frau. Dabei war sie gerade mal Anfang vierzig.

»Regeln Sie Ihre Angelegenheiten, klären Sie, was zu klären ist«, hatte man ihr mit auf den Weg gegeben. Der Nachsatz »bevor es zu spät ist« hatte wie eine Prophezeiung in der Luft geschwebt.

Viel Zeit blieb ihr nicht. Ein paar Monate, meinten die Ärzte, maximal ein halbes Jahr. Wie ein hungriges Raubtier fraß sich der Krebs durch ihren Körper. Vergeblich hatte Charatha versucht, ihre Krankheit nicht als Feind zu betrachten, sondern als Chance, ihr bisheriges Dasein zu überdenken und neu auszurichten. In die innere Heilung zu gehen.

Letztlich hatte sie schlicht und ergreifend ihr Schicksal annehmen und die Tatsache akzeptieren müssen, dass sie in diesem Leben nicht bis ins hohe Alter auf Erden weilen würde.

Es gab noch so vieles zu erledigen, so vieles nachzuholen. Doch versäumte Jahre ließen sich nicht nachholen. Immerhin würde sie Amita bald wiedersehen.

Ein Segen, dass Deshaja eingewilligt hatte. »Aber lass uns uns erst mal allein treffen, nur du und ich.« Dass er ausgerechnet diesen Ort vorgeschlagen hatte – er hatte ihn also nicht vergessen, ihren ehemaligen Rückzugsort, an dem ihre Verbindung begonnen hatte.

Sie waren mit seinem Boot rausgefahren. Ihre Krankheit hatte sie ihm bisher verschwiegen. Sie wollte ihm in Ruhe davon erzählen.

Charatha sah an sich hinunter. Sie war immer schlank gewesen, nun bestand sie aus kaum mehr als Haut und Knochen. Auf den ersten Blick fiel es jedoch nicht auf. Diverse Kleidungsschichten kaschierten, wie abgemagert sie war, und bunte Tücher hatte sie sich bereits früher gern um den Kopf gewickelt. Vor der Krankheit, als sie noch ihre lange Haarpracht hatte.

Wo blieb bloß Deshaja? Er hatte Gläser aus der Hütte holen wollen – anstoßen mit Sekt, wie damals. Überhaupt war er ausgesprochen liebenswürdig und zuvorkommend gewesen. Der Groll von einst, der ihn jahrzehntelang hatte schweigen lassen, schien zu guter Letzt verflogen.

Dabei hatte sie doch den Preis gezahlt. Den Preis, der viel zu hoch gewesen war, das hatte sie schon lange eingesehen. Nun, da sich ihr Leben dem Ende zuneigte, bereute sie, dass sie nicht früher über ihren Schatten gesprungen war. Aber jetzt gab es immerhin eine Chance, wenigstens ein bisschen wiedergutzumachen. Wenn sie morgen nach Stockholm zurückfahren würden, konnte sie endlich ...

Schritte knirschten auf dem Kies, Charatha wandte den Kopf. Deshaja kam auf sie zu, er trug eine Kühlbox. Sie lächelte, sicherlich hatte er auch ein kleines Picknick eingepackt. Ganz wie damals, als sie ein Paar gewesen waren. Als die Welt noch bunt und verlockend daherkam, als die Zukunft ein unbeschriebenes Blatt war und alles möglich schien.

Langsam erhob sich Charatha, nahm den Wollschal vom Felsen und breitete ihn auf dem sattgrünen Frühlingsgras aus, so konnten sie nebeneinandersitzen und aufs Meer schauen.

»Förlåt, es hat etwas länger gedauert.« Deshaja stellte die Box neben ihr ab und öffnete den Deckel.

»Das macht nichts.« Charatha kniete sich hin und zupfte den Schal zurecht, dann drehte sie sich lächelnd zu ihm um. Sie erstarrte. Mit plötzlich aufwallendem Entsetzen betrachtete sie den Holzknüppel in seiner Hand. »Was – was hast du vor?«

»Denkst du wirklich, du kannst so einfach zurückkommen und alles auslöschen, was damals geschehen ist?« Verschwunden war jegliche Liebenswürdigkeit, sein Blick war von gnadenloser Härte. Er sah aus wie ein Fremder. Wie ein Feind.

Die pure Angst schoss in Charathas Magen, lähmte sie. »Deshaja, hör zu ... Ich habe dir noch nicht alles erzählt, es ist ...«

»Spar dir deine ewigen Erklärungen. Dein Bauchgefühl, dem du folgen musstest, um deinen Weg zu gehen. Es ging immer nur um dich.« Er stand direkt vor ihr, ließ den Knüppel leicht in seine linke Handfläche fallen. Sein Gesicht verzog sich zu einer grausigen Grimasse. »Das Einzige, was ich will, ist, dass du verschwindest! Ich lasse nicht zu, dass du noch einmal alles zerstörst!«

Du musst fliehen, wisperte eine Stimme tief in ihr, aber Charatha konnte sich nicht von der Stelle rühren. Jegliche Lebensenergie war aus ihrem geschwächten Körper gewichen. Ihr Mund war staubtrocken. Es war wie ein Albtraum, aus dem sie gleich erwachen würde. Er würde doch nicht wirklich ...

Deshaja holte aus. Schützend hob sie die Hände über den Kopf, als der erste Schlag auf sie niedersauste. Er traf ihren Rücken, Charatha fiel bäuchlings auf den Kies, knallte mit dem Gesicht auf die Steine. Ein weiterer Schlag folgte.

»Nicht! Deshaja! Hör auf!«

Er war nicht zu bremsen, ignorierte ihre Schreie, ihr Flehen, ihr Wimmern. Wie von Sinnen schlug er zu, blindlings, immer und immer wieder. Auf ihren Rücken, ihre Beine und Arme, ihren Kopf. Charatha krümmte sich auf dem kalten, harten Boden. Jeder Hieb war wie eine Explosion in ihrem Körper.

Kapitel 1

Freitag, 22. Juni

In gleichmäßigem Tempo tuckerte die Sjögull zwischen den Schäreninseln dahin, die an der Ostseeküste verstreut lagen, als hätte jemand eine Handvoll Brotkrumen ins Wasser geworfen. Manche waren unbewohnt und bestanden lediglich aus einigen kargen Felsen, auf anderen gab es Anlegestege, und rote, weiße, gelbe Holzhäuser leuchteten um die Wette.

Entspannt glitten Mayas Augen über die Wasseroberfläche, auf der sich das gleißende Licht in hunderttausend schillernde Silberflecken brach. Das Wetter war, wie es sich zu Mittsommer gehörte: strahlender Sonnenschein, der Himmel blank geputzt und leuchtend blau. Über ihnen kreischten die Möwen, und eine sanfte Brise umschmeichelte Maya.

So angenehm, doch zugleich eine Gefahr, die auf leisen Sohlen daherkam und die sie nicht nur einmal unterschätzt hatte. Das Ergebnis war purpurrote brennende und sich schälende Haut gewesen. Vielleicht hätte sie statt des Spaghettiträgertops lieber ein T-Shirt gewählt. Maya kramte in ihrer Umhängetasche nach der Sonnencreme mit Lichtschutzfaktor fünfzig. Sie schob die Sonnenbrille ins Haar und verteilte die Creme großzügig auf Schultern, Armen, Dekolleté und Gesicht. Mit ihrem hellen Teint musste sie höllisch aufpassen, insbesondere auf dem Wasser.

Sie verstaute die Tube, setzte die Brille wieder auf, lehnte sich auf der Bank zurück und nahm einen tiefen Atemzug der klaren, salzigen Luft. Eine wohltuende Leichtigkeit breitete sich in ihr aus, gepaart mit der Vorfreude auf die kommenden Tage. Die letzten Wochen waren extrem anstrengend gewesen, und es hatte sich ein Haufen Überstunden angesammelt. Als hätten sämtliche Verbrecher in ganz Stockholm vor den Sommerferien beschlossen, noch einmal alle Register zu ziehen. Aber jetzt hatte sie endlich Urlaub!

In einiger Entfernung glitt die Viking Line Cinderella vorbei, eines der riesigen Kreuzfahrtschiffe, die täglich von Stockholm nach Åland oder weiter nach Finnland fuhren. Maya warf einen Blick auf ihr Handy, es war kurz vor elf. Der größte Teil der dreieinhalbstündigen Überfahrt lag schon hinter ihnen. Gegen halb zwölf sollte die Sjögull laut Plan auf Svartlöga anlegen.

Am frühen Morgen war die Waxholm-Fähre in Stockholm gestartet, am Strömkajen zwischen Grand Hotel und Nationalmuseum. Zu Mittsommer verließ jeder die Hauptstadt, der ein Sommerhaus in den Schären besaß oder jemanden mit selbigem kannte. Am Anlegeplatz hatten sich Rucksäcke, Transportkisten, Koffer und prall gefüllte Einkaufstaschen gestapelt. Unterwegs hatten sie mehrere Male haltgemacht, und besonders in Furusund, dem letzten Festlandhafen, war noch mal ein ordentlicher Schwung an Sommergästen dazugekommen.

Träge beobachtete Maya zwei Möwen, die durch die Luft segelten. Gerade passierten sie Norröra, wo in den Sechzigerjahren die Saltkråkan-Filme gedreht worden waren. Nach wie vor konnten Astrid-Lindgren-Fans an Führungen auf der Insel teilnehmen und einige der Drehorte besuchen.

Ihre Augen wanderten weiter und entdeckten einen Vogelschwarm am Himmel, der sehr bestimmt Richtung Festland strebte. Die Tiere waren deutlich kleiner als Möwen, das mussten

Singvögel sein. Aber so viele? Sie sahen aus wie eine dunkle Wolke. Mit einem Mal erwachte eine eigenartige Unruhe in Maya, die sie sich nicht erklären konnte.

Sie wandte den Blick vom Wasser ab und ließ ihn stattdessen über das vollbesetzte Deck schweifen. Vom Säugling bis zum Greis waren sämtliche Altersstufen vertreten. Auf der anderen Seite des Gangs hatte es sich eine Gruppe älterer Frauen in einheitlich gefärbtem Blond bequem gemacht. Noch ehe das Boot abgelegt hatte, veranstalteten sie ein üppiges Picknick, das sie aus ihren Rucksäcken hervorgezaubert hatten. Ungefähr die Hälfte von ihnen scrollte nun auf Tablets herum, während die übrigen sich mit ihrem Strickzeug beschäftigten.

Maya überlegte, ob sie in dreißig Jahren genauso mit ihren Freundinnen beisammensitzen würde. Wie würden sie dann wohl aussehen? Sicherlich würde Sanna immer noch edle Labels tragen, Emely indisch anmutende fließende Gewänder samt Ethnoschmuck und Clara ihre geliebten Reithosen. Doch wer wusste schon, was sich bis dahin womöglich alles änderte, was das Leben ihnen an Schicksalsschlägen vor die Füße werfen würde. Dass sie weiterhin so eng befreundet wären wie heutzutage, daran bestand für Maya jedenfalls nicht der geringste Zweifel.

Schräg gegenüber saß eine Familie mit einem kleinen Sohn. Der Junge hockte auf dem Schoß eines älteren Mannes, bestimmt der Opa. Mit seinem gepflegten, kurz geschnittenen grauen Bart, der silbernen runden Nickelbrille, dem gestreiften Hemd und einem Strohhut erinnerte er Maya an Hermann Hesse, den Lieblingsschriftsteller ihres Vaters. Unauffällig richtete sie ihr Handy auf ihn und drückte ab. Das Bild schickte sie per WhatsApp an ihren Vater. *Hesse an Bord!*, schrieb sie darunter. Er würde seinen Spaß daran haben.

An der Reling standen zwei Paare, die unterschiedlicher nicht hätten sein können. Das eine, mittelalt, sah aus wie aus einem Museum für skurrile Typen entsprungen: Der hochgewachsene, hagere Mann mit dünnen, ausgefransten hellblonden Haarsträhnen trug einen weiß-rot geringelten Schlabberpulli zur roten Stoffhose. Seine deutlich kleinere und stämmige Partnerin, deren dicke hellbraune Mähne locker für beide gereicht hätte, besaß die gleiche Kombination in Blau-Weiß. Eng aneinandergekuschelt, wirkten sie wie frisch verliebte Teenager.

Das andere Paar war höchstens Ende zwanzig und hätte eins zu eins aus einem Modemagazin herauskopiert sein können: blond, schlank, sportlich gekleidet, den Blick aufs Wasser gerichtet. Allerdings machten sie keinen harmonischen Eindruck. Während der junge Mann ihr mal den Arm um die Schulter legte, mal nach ihrer Hand griff, stand seine Freundin nur da und zog ein verkniffenes Gesicht. Die beiden kamen Maya vor, als hätten sie dringend einen Streit beizulegen.

Als Kriminalinspektorin war sie es gewohnt, Menschen innerhalb weniger Minuten einzuordnen, ohne die entsprechenden Kategorien in Stein zu meißeln.

»Halte die Schubladen immer ein gutes Stück offen«, pflegte ihr erfahrener Partner Pär zu sagen. Ihrem Kollegen sah man nicht an, dass er mehr als zwanzig Jahre älter war als sie. »Gute Gene und Marathontraining«, gab er stets als Antwort, wenn er wieder einmal in erstaunte Augen schaute, nachdem man ihn auf maximal Ende vierzig geschätzt hatte.

Aus ihrer Umhängetasche holte Maya die Tageszeitung hervor, die sie heute früh auf dem Weg zur Fähre gekauft hatte. Die erste seit Ewigkeiten, normalerweise scrollte sie sich auf ihrem Handy durch die Nachrichtenseiten. Mal was anderes im Urlaub, hatte sie gedacht, schließlich wollte sie sich im Digital Detox üben. Flüchtig las sie die Schlagzeilen, als ihre Augen an einem kurzen

Artikel hängen blieben. Die Polizei suchte eine als vermisst gemeldete Frau und bat die Bevölkerung um Mithilfe. Die Anzeige musste ganz frisch reingekommen sein, Maya wusste noch nichts davon. Sie überflog die Zeilen, es ging um eine Schwedin, die vor Jahren nach Indien gezogen und nun zu Besuch in ihrer Heimat war. Ehemalige Nachbarn hatten ihr eine leer stehende Wohnung zur Verfügung gestellt und erst Monate später gemerkt, dass sie offenbar verschwunden war. Maya betrachtete das herzförmige Gesicht auf dem beigefügten Foto. Obwohl die Frau lächelte, verliehen die Stirnfalten ihr etwas Sorgenvolles. Entschlossen faltete Maya die Zeitung zusammen und packte sie weg. Im Urlaub wollte sie keine Fälle an sich heranlassen, das hatte sie sich geschworen.

Stattdessen griff sie nach dem Notizbuch, das neben ihr auf dem Tisch lag, schlug es auf und senkte den Kopf. Ihr erstes Tagebuch seit gut zwei Jahrzehnten.

Im Winter hatten Pär und sie einen verzwickten Fall in Östersund gelöst, über fünfhundert Kilometer nördlich von Stockholm. Einer von jenen auswärtigen Einsätzen, zu denen ihr Chef Lasse sie als Ermittlungsteam manchmal schickte. Dort hatte Maya Frida kennengelernt, ein neunjähriges Mädchen, das eine wichtige Rolle in dem Fall gespielt hatte. Zu Frida hatte sie eine besondere Verbindung gespürt, und zum Abschied hatte Maya ihr ein Tagebuch geschenkt.

Inzwischen waren Frida und ihre Mutter Annika nach Mönsterås gezogen, keine Stunde von Mayas Elternhaus entfernt. An Ostern hatte Maya die beiden besucht und zu ihrer Freude festgestellt, dass Frida die Sache mit dem Tagebuch ernst nahm.

»Schreibst du auch Tagebuch?«, hatte Frida sie gefragt und ganz enttäuscht ausgesehen, als Maya verneint hatte. »Warum nicht?«

Maya hatte das »Keine Zeit«, das ihr auf der Zunge lag, heruntergeschluckt, denn nur zu gut hatte sie Emelys Worte im Ohr: »*Ich habe keine Zeit* heißt nichts anderes als *ich nehme mir dafür keine Zeit.*« Stattdessen hatte sie Frida angelächelt und gesagt:»Du hast recht. Ich sollte wieder damit anfangen.«

In der darauffolgenden Woche hatte Maya sich ein Notizbuch mit einem flaschengrünen Ledereinband gekauft, welches bis heute unbenutzt auf dem weißen Sekretär in ihrem Wohnzimmer gelegen hatte. Kurz bevor Maya ihre kleine Altbauwohnung auf Södermalm verlassen hatte, war ihr Blick auf das Buch mit den jungfräulichen Seiten gefallen. Nach einem minimalen Zögern hatte sie es in ihren Trekkingrucksack gesteckt.

Unentschlossen drehte Maya den Stift hin und her. Schließlich schrieb sie stockend die ersten Worte und hielt sogleich wieder inne. Das war doch albern, was sie da über ihren Tagesablauf zusammenfaselte. Dann dachte sie an Christoffer, der sie vor zwei Wochen besucht hatte. Ein Lächeln überzog ihr Gesicht, und die Sätze begannen förmlich zu fließen. Sie ließ ihr Kennenlernen Anfang des Jahres wieder aufleben, erinnerte sich an die erste Begegnung mit dem Rechtsmediziner im Krankenhaus von Östersund. An ihr Wiedersehen in Stockholm im März, eine ganze Woche hatte Christoffer beruflich in der Hauptstadt zu tun gehabt, sie hatten sich jeden Tag gesehen. Am letzten Abend hatten sie beschlossen, einer Fernbeziehung eine Chance zu geben. Maya tauchte in ihre Erinnerungen ein und geriet nach und nach in einen Schreibflow, den sie lange nicht mehr in solcher Intensität erlebt hatte.

»Hör auf, mich ständig zu kontrollieren! Was soll denn das?«

Erstaunt hob Maya den Kopf und schaute sich nach der aufgeregten Stimme um. Ihr Blick blieb an dem jungen Paar an der Reling hängen.

»Du hast mir versprochen, dass du damit aufhörst!«

»Cecilia, bitte.« In gedämpftem Ton redete ihr Freund beschwichtigend auf sie ein. »So war das doch gar nicht gemeint.« Er war einen halben Kopf größer als sie und neigte sich zu ihr herunter.

»Das sagst du jedes Mal.« Die junge Frau gestikulierte heftig. »Alles nur Ausreden! Du willst nur nicht zugeben, dass du ein Kontrollproblem hast, Henrik.«

»Nein, ich …« Er rang mit den Händen und kämpfte sichtbar damit, nicht die Fassung zu verlieren. »Diese Woche will ich mich mal nicht rechtfertigen müssen. Ich habe nur zugestimmt, dass …«

»Müssen wir das wirklich hier ausdiskutieren? Vor allen Leuten?«

Cecilia blickte sich um und senkte die Stimme. Trotzdem konnte Maya hören, was sie sagte: »Hör auf, mir hinterherzuspionieren, wenn du weiter mit mir zusammen sein willst.«

»Ich spioniere nicht!« Hart packte Henrik sie an der Schulter.

Augenblicklich riss sich Cecilia von ihm los. »Mach das nicht noch mal!« Wütend funkelte sie ihn an, griff nach ihrem Rucksack und rauschte davon ins Innere der Fähre. Mit versteinertem Gesichtsausdruck verharrte ihr Freund an der Reling.

Nachdenklich betrachtete Maya ihn, dann richtete sie ihre Aufmerksamkeit wieder auf ihr Tagebuch. Während sie überflog, was sie zuvor geschrieben hatte, fragte sie sich, welche Konflikte sich bei Christoffer und ihr einschleichen würden, wenn sie erst einmal länger zusammen waren. Soeben hatte sie ein weiteres abschreckendes Beispiel erlebt, wie sich eine Beziehung im Laufe der Zeit verschlechtern konnte.

Frustriert klappte sie das Buch zu. Henrik stand unverändert an der Reling. Jetzt drehte er sich um, und für einen Augenblick trafen sich ihre Augen, ehe er schnell wegschaute. Urplötzlich spürte Maya erneut diese schwirrende Unruhe. Nur dass dieses Mal keine Vogelschwärme à la Hitchcock am Himmel kreisten. Etwas anderes schwelte unter der vermeintlichen Sommeridylle, etwas, das Maya nicht zu greifen bekam.

...

Prüfend wanderte Emelys Blick durch den großzügig geschnittenen Raum, der ihnen für die Dauer des Yogaretreats als Studio dienen würde. Die Matten lagen ordentlich gerollt in den tiefen, quadratischen Fächern des Holzregals an der Längsseite, wo sich auch Hilfsmittel wie Gurte und Blöcke sowie Meditationskissen und sorgsam gefaltete Wolldecken befanden. An der Fensterfront gegenüber hingen bodenlange, helle Vorhänge, die sich bei Bedarf während des Unterrichts zuziehen ließen. Wobei die Aussicht auf das Meer viel zu kostbar war, um sie zu verhängen, fand Emely. Von einem solchen Panorama konnten sie im Studio in der Stadt nur träumen.

Barfuß lief sie durch den Raum, ging neben einem niedrigen Beistelltisch in die Hocke und prüfte ihre Arbeitsutensilien: der Bluetooth-Lautsprecher, über den sie die Playlists ihres Smartphones abspielte, mehrere Stumpenkerzen auf einem Untersetzer, Klangschalen in unterschiedlichen Größen, einige Halbedelsteine sowie der Block mit ihren Notizen für die verschiedenen Einheiten.

Schon lange bereitete Emely ihre Stunden nicht mehr akribisch vor. Nachdem sie die Schwingungen der Teilnehmer aufgenommen hatte, wusste sie intuitiv, welche Baustellen und Blockaden sie mitschleppten und welche Asanas ihnen heute guttaten. Zu Beginn ihrer Laufbahn als Yogalehrerin hatte sie ihre Unterrichtskonzepte fast minutiös geplant und versucht, sich genauestens daran zu halten. Doch bald spürte sie, dass sie oftmals lieber eine andere Übung machen wollte als die, die auf ihrem Plan stand. Anfangs hatte sie das verunsichert. Ab und zu hatte sie ihrem Impuls nachgegeben und festgestellt, dass dann ein ganz besonderer Flow in der Gruppe entstand.

Liebevoll strich Emely über ihre Tongue Drum, die sie von einer ihrer Reisen in den Fernen Osten mitgebracht hatte. Ihre tibetische Meisterin Tara hatte sie ihr geschenkt. Sie war es gewesen, die ihr geraten hatte, auf ihre Intuition beim Unterrichten zu vertrauen. »Sieh es als eine Gabe an. Es wäre eine Schande, sie nicht zu nutzen. Als würdest du ein Geschenk ablehnen.« Mit einem Augenzwinkern hatte sie ihr die Trommel überreicht. Seither unterrichtete Emely nur noch aus dem Bauch heraus, und ihre Kurse waren immer ausgebucht.

Aus ihrer Korbtasche holte sie eine Schachtel Streichhölzer und wollte sie in die Schublade des Beistelltisches legen. Die Lade klemmte. Emely zog daran, und schließlich gab sie nach. Einige Werbebroschüren lagen darin sowie ein veralteter Plan für die Schärenboote. Zuunterst fand sie eine Fotografie. Interessiert betrachtete Emely sie. Eine Gruppe junger Menschen auf Yogamatten war darauf zu sehen, im Hintergrund erkannte sie das *Pensionatet*, in dem sie sich gerade befand. Alle blickten fröhlich in die Kamera. Emely drehte das Bild um, doch nirgendwo entdeckte sie ein Datum.

Sie räumte das Foto zusammen mit den Papieren in eines der leeren Fächer im Regal, dann trat sie an die bodentiefen Fenster und schaute über die Wildblumenwiese, die ab und an von Felsblöcken unterbrochen wurde. In wenigen Stunden würde sich hier eine bunte Anzahl an Zelten tummeln. Hinter der Wiese verlief ein gemähter Pfad zum Felsenstrand hinunter. Weiter links erblickte sie den kleinen Hafen, dort lagen ausschließlich Privatboote. Die öffentliche Fähre legte auf der anderen Seite der Insel an.

Sofern das Wetter nicht umschlug, würden sie einen Großteil des Unterrichts draußen abhalten. Besonders die Einheiten am frühen Morgen. Emely war ganz begeistert gewesen, als sie die hölzerne Plattform direkt am Wasser entdeckt hatte. Morgenyoga unter freiem Himmel, mitten in der Natur und mit Aussicht aufs Meer – was gab es Schöneres?

Zunächst stand jedoch das Mittsommerfest an. Einerseits freute sich Emely darauf, andererseits ... Ein vages Gefühl von Angst überkam sie. Zu oft hatte auf die Euphorie am Nachmittag ein Vorfall am Abend die Festfreude gedämpft – Betrunkene, die sich nicht mehr unter Kontrolle hatten, Streitereien, die aus dem Ruder liefen und in Prügeleien endeten. Doch vielleicht würde es ja auf dieser kleinen Insel anders sein.

»Na, ist alles bereit?«

Emely wandte sich um. Sarah Wallensteen betrat den Raum und steuerte lächelnd auf sie zu, in der Hand einen DIN-A4-Ordner mit dem Logo der Om-Shakti-Yogaschule, die Emelys Lebensgefährte Leif leitete. »Das sieht ja wundervoll aus – total professionell.« Sie drehte sich einmal um die eigene Achse. »Als wäre es schon immer ein Yogastudio gewesen.«

»Es ist traumhaft hier! Ich bin einfach nur glücklich, dass dein Vater uns das Retreat auf Svartlöga ermöglicht.«

»Na ja, es liegt halt ganz in seinem Interesse, dass seine einzige Tochter so viel berufliche Erfahrung wie möglich sammeln kann.« Sarah zwirbelte eine Strähne ihrer dunklen Haare um einen Finger. »Und dass unser Sommerhaus gleich neben dem Pensionatet liegt, ist natürlich ungemein praktisch.« Die Dreiundzwanzigjährige hatte erst vor Kurzem ihr Diplom als Yogalehrerin gemacht und würde den Unterricht für die Anfänger leiten. »Brauchst du hier noch irgendwas?«

»Eigentlich nicht. Ich werde gleich Wildblumen pflücken, dann können wir den Raum damit etwas dekorieren.«

»Prima Idee. Ich bin wieder vorn bei Sue an unserer Rezeption und nehme die Gäste in Empfang.« Sie wedelte mit dem Ordner. »Hier ist die Liste der Teilnehmer.«

»Du kannst sie in eines der leeren Fächer legen, danke.«

Sarah ging zum Regal hinüber. »Was ist das?« Sie nahm die Fotografie in die Hand, die zuoberst auf den Papieren aus der Schublade lag.

»Hab ich im Beistelltisch gefunden.«

Interessiert musterte Sarah das Bild. »Das ist ja mein Vater.«

»Echt?« Emely trat neben sie. »Welcher von ihnen ist es?«

»Der hier mit dem grünen T-Shirt.« Sarah deutete auf einen hochgewachsenen Mann.

»Krass, mit den langen Haaren habe ich ihn gar nicht erkannt.«

»Ja, das war noch vor meiner Geburt.« Sarah lachte.

»Dein Vater hat damals schon Yoga gemacht?«

»Wusste ich auch nicht.«

»Und ich habe gedacht, wir sind die Ersten, die ein Yogaretreat auf Svartlöga veranstalten.«

»Zu einer Tradition ist es jedenfalls nicht geworden.« Sarah legte das Foto zurück ins Regal. »Das können wir jetzt ändern.«

Als sie hinausgegangen war, holte Emely eine Metalldose aus ihrem Rucksack, aus der sie einen Bund getrockneten Salbei nahm. Sie zündete die Kräuter an, schwenkte sie ein wenig, bis nur noch die Glut übrig blieb, und räucherte damit gründlich von Ecke zu Ecke den ganzen Raum. Anschließend riss sie die Fenster weit auf, die frische Meeresluft flutete herein, während die alten

Energien hinausgetragen wurden. In den Duft des Räuchersalbeis mischten sich sanft verschiedene Nuancen der Wildblumen.

Emely schloss die Augen und atmete tief ein und aus, dabei ließ sie selbst alles, was sich in ihr angestaut hatte, über die Füße in den Boden fließen. So verharrte sie einige Minuten, bis sie sich vollkommen leer fühlte. Schließlich öffnete sie die Augen wieder und sah sich um. Jetzt waren sowohl sie als auch der Raum wirklich bereit.

Sie lief zum Regal hinüber und griff nach der Liste. Es gab jeweils eine Gruppe für Anfänger und eine für Fortgeschrittene. In der Anfängergruppe kannte sie niemanden, es schien sich ausschließlich um Neue zu handeln, die bisher nicht bei ihnen trainiert hatten. Emely schickte einen stillen Dank an Sanna, die sie erst kürzlich mit einer Reihe von PR-Tipps versorgt hatte, anhand derer sie Homepage und Flyer überarbeitet hatten. Offenbar trugen die Aktualisierungen bereits Früchte. Einige Anmeldungen kamen sogar aus dem Ausland, sodass sie sich dazu entschlossen hatten, das Retreat auf Englisch zu halten.

Als sie die Namen der zweiten Gruppe überflog, schlich sich ein Lächeln in ihre Mundwinkel. Maya Topelius – Emely freute sich riesig, dass wenigstens einer ihrer drei Herzensmenschen an dem Retreat teilnahm.

Eigentlich feierte Emely das Mittsommerfest immer in ihrer Heimat in Südschweden, zusammen mit ihren besten Freundinnen Maya, Sanna und Clara. In diesem Jahr war alles anders. Als sie ihnen vor ein paar Wochen in betretenem Ton eröffnete, dass sie diesmal nicht dabei sein konnte, weil sie bei einem Yogaretreat auf einer der äußersten Schäreninseln unterrichtete, hatte Maya begeistert in die Hände geklatscht: »Dann kommen wir eben alle zu dir in den Kurs. Mittsommer auf einer Schäreninsel, das ist doch mal was anderes.«

Sanna, die toughe Businessfrau, hatte jedoch abgelehnt: »Nehmt es mir nicht übel, aber ihr werdet auf mich verzichten müssen.« Zu ihrer Überraschung hatte sie ihnen mitgeteilt: »Meine Therapeutin meinte, es sei an der Zeit, dass ich mich endlich meinen Dämonen stelle. Ich denke, sie hat recht. Also – ich werde den Sommer im Krankenhaus in Nacka verbringen. Die psychosomatische Abteilung dort ist spezialisiert auf Menschen mit Traumata wie meinem.«

Clara wiederum blieb wie gewohnt in dem Dorf nahe dem Hafenstädtchen Kalmar, wo die vier Frauen gemeinsam aufgewachsen waren. Wie üblich zerteilte sie sich zwischen ihrem Ponyhof, dem Hofladen ihres Mannes und ihren zwei Kindern. Außerdem würde gleich nach dem Mittsommer-Wochenende das erste ihrer Reitcamps starten, die sie in den Sommerferien anbot. Nach ihrer Morgenmeditation hatte Emely kurz mit Clara telefoniert. Als Einzige von ihnen konnte man sie ohne Bedenken zu früher Morgenstunde anrufen. Die Freundin war bereits beim Ausmisten der Pferdeboxen gewesen und hatte nur zu gern eine Pause eingelegt.

Emely sah auf ihr Handy, bald war es an der Zeit, sich auf den Weg zur nördlichen Anlegestelle zu machen und Maya abzuholen.

Flüchtig glitten ihre Augen über die restlichen Namen. Plötzlich stutzte sie. Du lieber Himmel – war das nicht …? Rasch gab Emely den Namen auf ihrem Smartphone ein. Kein Zweifel. Bestürzt schaute sie auf die Ergebnisse der Suchmaschine. Wie hatte sie das übersehen können – das würde eine Katastrophe geben!

Kapitel 2

Mit einem Ruck legte das Fährboot auf Svartlöga an. Die Mittagssonne ergoss sich wie Lava auf sie herab, und Maya rückte ihre Baseballcap zurecht. Gemeinsam mit den anderen schwer bepackten Reisenden drängte sie sich auf dem vorderen Teil des Schiffs. Verstohlen beobachtete sie Cecilia und Henrik, die nur wenige Meter von ihr entfernt standen. Er bemühte sich um eine möglichst neutrale Miene, sie hingegen machte keinerlei Anstalten, ihre Verstimmung zu verbergen. Abweisend starrte sie geradeaus und gab lediglich einsilbige Antworten.

Während die Besatzung die *Sjögull* vertäute, ließ Maya die Landschaft auf sich wirken. Sie kam zum ersten Mal nach Svartlöga und war gespannt auf das einfache Leben hier draußen. Vom Wasser aus sah sie eine flache Insel mit vorgelagerten Felsen, kleine Badebuchten, da und dort dümpelte ein Segelboot an einem Holzsteg vor sich hin.

Sobald die Rampe befestigt war, schoben sich alle in Richtung Land. Maya entdeckte Emely in ihrem bodenlangen türkisfarbenen Kleid sofort. So, wie es aussah, hatte sie es von einer ihrer Indienreisen mitgebracht. Sie stand etwas abseits, einen überdimensionalen Strohhut auf dem Kopf, die üblichen Ketten mit Amuletten und Schutzsteinen um den Hals. Für einen Moment schien es Maya, als sähe sie bedrückt aus, doch da erblickte Emely sie und winkte ihr fröhlich entgegen. Mit ihrer Alabasterhaut musste sie sich ebenfalls vor der Sonne schützen. Immer wieder staunte Maya, dass es tatsächlich Menschen gab, deren helle Haare nicht im Laufe der Zeit nachdunkelten. Emelys Engelslocken waren noch genauso weißblond wie zur Grundschulzeit.

Lachend fielen sich die beiden Freundinnen in die Arme.

»Wie schön, dass du da bist!« Emely strahlte sie an. »Hattest du eine angenehme Überfahrt?«

»Sehr ruhig und entspannt. Nicht mal ein Anflug von Seekrankheit.«

»Perfekt. Je nach Seegang kann das nämlich durchaus eine heftige Überfahrt werden, besonders auf dem letzten Stück, wurde mir gesagt.« Emely steuerte auf einen der Lastenanhänger für Fahrräder zu, die ordentlich aufgereiht vor einem rot-weißen Häuschen parkten. »Die Wallensteens haben zwei davon auf dieser Seite der Insel. Eigentlich drei, aber einer ist wohl seit einer Weile verschwunden. Jedenfalls sind die ziemlich praktisch, da musst du dein Gepäck nicht schleppen.«

Maya lud ihren prallen Trekkingrucksack auf der Ladefläche ab, und gemeinsam zogen sie den Anhänger einen Kiespfad entlang. Zu beiden Seiten wuchsen verschiedenartige Gräser in Hüfthöhe, Farnkraut und Büsche, die sich offenbar selbst ausgesät und nie Bekanntschaft mit einer Heckenschere gemacht hatten.

»Wir haben einen kleinen Spaziergang vor uns.« Emely wirkte tiefenentspannt wie immer. »Einmal komplett über die Insel. Unser Domizil liegt auf der anderen Seite.« Nachdenklich betrachtete sie Mayas nackte Beine, die aus ihren Kakishorts herausragten. »Ich hoffe, du hast Mückenschutz drauf?«

»Am helllichten Tag?«

»Der Weg führt ein Stück durch den Wald, und ich sag dir, die

Biester da freuen sich über jegliches frische Blut, das sich ihnen bietet.«

»Halleluja!«

»Willkommen in der Natur.« Emely lachte. »Aber keine Sorge, zur Not wächst hier alle naselang Spitzwegerich.«

»Stimmt, den machst du ja immer auf die Stiche, hatte ich fast vergessen.« Maya erinnerte sich, dass Emely schon als kleines Mädchen die längs gestreiften, schmalen Blätter gepflückt und als Heilmittel gegen Mückenstiche angepriesen hatte.

»Es gibt nichts, was schneller hilft. Funktioniert allerdings am besten bei ganz frischen Stichen.«

»Na, dann kann ja nichts mehr schiefgehen. Auf zu den Blutsaugern!«

Eine Weile liefen sie plaudernd den Pfad entlang, der bald durch den angekündigten Wald führte. Es war ein lichtdurchfluteter Mischwald, in dem viele Birken wuchsen. Für einen Moment dachte Maya an die dichten Nadelwälder Nordschwedens, in denen Pär und sie im vergangenen Winter ermittelt hatten. Größer hätte der Unterschied kaum sein können.

»Autsch!« Mit der freien Hand schlug Maya sich auf den Oberschenkel.

Sogleich blieb Emely stehen, setzte den Anhänger ab und musterte den Wegrand. Sie machte zwei Schritte, ging neben einer kleinen Pflanze in die Hocke und pflückte ein Blatt.

»Schön durchkauen und auf den Stich damit.« Sie kam zu Maya zurück und reichte es ihr.

»Danke, du Gute!« Maya versorgte ihren Mückenstich, und sie liefen weiter.

»Nur noch ein kurzes Stück, dann haben wir den Wald hinter uns. Übrigens gibt es auf der Insel sogar eine Heidelandschaft.«

»Und was hat Svartlöga noch Spannendes zu bieten?«

»Außer Natur und Ruhe nicht viel.« Emely schmunzelte. »Das nächste Lebensmittelgeschäft liegt auf Rödlöga. Mit dem Boot dauert's eine Viertelstunde dorthin.«

»Deshalb haben die anderen Reisenden ihren halben Hausrat mitgebracht.« Maya dachte an all die Taschen, Tüten und Kisten auf der Fähre. »Und wir sind also in einem Gästehaus untergebracht? Hätte nicht gedacht, dass es hier so was gibt.«

»Gibt es auch nicht. Das Pensionatet hat ein paar Gästezimmer, man kann auch eine Hütte mieten. Die meisten haben aber die günstigste Alternative gewählt und zelten auf der Wiese hinter dem Pensionatet. Und dann ist da noch so ein kleines Häuschen, eigentlich eher ein einziger Raum mit zwei Betten. Dort können wir wohnen. Also vorausgesetzt, du magst dir ein Zimmer mit mir teilen.«

»Ist das ein Scherz? Natürlich! Wie in alten Zeiten.«

»Ich verspreche hoch und heilig, dir nicht schon am frühen Morgen dein Tageshoroskop vorzulesen.« Lachend strich sich Emely ihre Locken zurück.

Maya stimmte in ihr Lachen ein. »Damit hast du damals in Italien Sanna fast in den Wahnsinn getrieben.«

»Apropos: Hast du was von ihr gehört?«

»Ich habe sie vorgestern noch auf einen Kaffee getroffen, ehe sie losgefahren ist. Während ihres Klinikaufenthalts ist sie nur eingeschränkt über ihr Handy zu erreichen.«

»Bewundernswert, wie sie das durchzieht.«

»Ganz Sanna halt. Wenn sie etwas macht, dann zu hundert Prozent.«

Sie erreichten das Ende des lichten Wäldchens und schlenderten zwischen üppigen Wiesen entlang. Hier und da kamen sie an Sommerhäuschen und auch einigen Bauernhöfen vorbei.

»Werden die noch bewirtschaftet?« Interessiert betrachtete

Maya eine baufällige Scheune längs des Weges. »Ich sehe jedenfalls nirgendwo Tiere auf den Weiden.«

»Ich habe gehört, die letzte Kuh verschwand 1969 von der Insel.«

»Schade eigentlich, würde hübsch aussehen, so ein paar schwarz oder braun Gefleckte oder eine Schafherde.«

Emely nickte. »Nun ist es nicht mehr weit, hinter der nächsten Kurve liegt das kleine Dorf. Und das Meer.« Sie wies mit dem linken Arm schräg nach vorn. »Wir sind ganz nah am Strand. Wenn wir das Fenster öffnen, hörst du vom Bett aus das Meeresrauschen.«

»Ein Traum.« Maya sog den Duft der Wildrosensträucher ein, an denen sie gerade vorbeiliefen. Sie spürte, wie sich schon jetzt die Entspannung in ihr ausbreitete. Das würden herrliche Tage werden.

»Siehst du die hölzerne Plattform dort am Wasser?« Erneut deutete Emely vor sich. »Dort werden wir die Morgensessions abhalten.«

»Ich kann's kaum erwarten. Wobei ich nach den letzten Wochen der Abstinenz wohl ziemlich steif bin.«

»Ach was.« Emely machte eine wegwerfende Geste. »Das kommt im Nu zurück. Ich freu mich so, dass du dabei bist, Maya!«

Für einen Moment legte sich ein Schatten über ihr Gesicht.

»Stimmt was nicht?«

»Nein, nein.«

Emelys Antwort kam ein wenig zu schnell. Prüfend schaute Maya sie an, doch sie hatte den Blick schon wieder geradeaus gerichtet.

»Da vorn, das ist das *Pensionatet*, darin haben wir ein Yogastudio eingerichtet.«

Maya betrachtete das schlichte rote Holzhaus mit den zahlreichen Sprossenfenstern und der Veranda, die sich rund um das ebenerdige, rechteckige Gebäude zog. Auf dem Schornstein hatte es sich eine Möwe bequem gemacht. *Pensionatet* war in eine Holztafel geschnitzt, die über dem Eingang hing. Mayas Augen wanderten zum Haus, das dahinterstand. »Aber hallo!«, entfuhr es ihr. Anders als die Sommerhäuser rundherum leuchtete ihr dieses mit einer blütenweißen Fassade und modernen Fenstern entgegen. Auch von der Größe stach es deutlich hervor. Der mittlere Trakt war zweistöckig und besaß eine geräumige, überdachte Veranda, die nach oben in einen Balkon mündete. Zu beiden Seiten fügte sich ein einstöckiger Nebenflügel an. »Was ist denn das für ein Palast? Der passt aber nicht so richtig hierher.«

»Dort wohnt Carl Wallensteen. Er besitzt hier ziemlich viel Land, unter anderem das Grundstück, auf dem das *Pensionatet* steht. Unser Gästehäuschen liegt genau zwischen den Häusern.« Emely deutete auf ein winziges rotes Holzhaus mit hübschen blauen Fensterläden und Kästen mit rankenden Geranien auf der Fensterbank. »Carl hat das Haupthaus vor einigen Jahren renovieren und umbauen lassen. Er meinte, im nächsten Schritt wolle er das Gästehäuschen angehen. Danach will er es wohl über Airbnb anbieten.«

»O weh, dann ist es wohl bald vorbei mit dem rustikalen Charme, wenn er dieses süße Häuschen im gleichen Stil modernisiert. Wie seid ihr denn an ihn gekommen?«

»Carl ist mit Leifs Vater bekannt.« Emely erzählte, dass ihr Lebensgefährte schon als Kind auf Svartlöga war. »Leif und Carls Tochter Sarah kennen sich ewig, er ist quasi ihr großer Bruder. Kein Wunder, dass sie auch mit dem Yoga angefangen hat, ich glaube, sie hat ihm nachgeeifert.« Sie wechselte die Hand am Griff des Karrens. »Als er Sarah gegenüber erwähnt hat, dass wir einen Ort am Meer für ein Retreat suchen, hat sie sofort ihren Vater gefragt.«

»Aber sie leben nicht das ganze Jahr hier?«

»Nein, sie sind Sommergäste, so wie fast alle auf Svartlöga. Ich weiß gar nicht, ob heutzutage überhaupt noch jemand permanent auf der Insel wohnt. Die Fähren stellen zumindest ab Anfang Dezember ihren Betrieb ein, dann kommt man hier nur mit einem eigenen Boot hin.« Emely rückte ihren Strohhut zurecht. »Jedenfalls lebt man auf Svartlöga noch sehr urtypisch, du wirst sehen. Back to the Roots: kein Strom, keine Wasserleitungen, dafür eine Wasserpumpe hinter dem Haus.«

»Das heißt, wir grillen unsere Würstchen über dem Lagerfeuer?«

»Das können wir machen. Wir haben aber auch einen Gasherd in der Küche. Der Kühlschrank wird durch Solarstrom betrieben, ebenso die wenigen Steckdosen, an denen wir die Handys laden können. Es gibt Plumpsklos«, zählte Emely weiter auf, »und statt Duschen badet man im Meer. Sehr gesund, übrigens, so ein eiskaltes Morgenbad.«

»Um Himmels willen!«

»Immer noch eine badkruka?«

Maya grinste zurück. »Ich werde wohl mein Leben lang eine Warmduscherin bleiben.«

»Ich gebe nicht auf. Irgendwann wirst du einsehen, wie großartig das Kaltbaden ist.«

Inzwischen hatten sie fast das Pensionatet erreicht. Unvermittelt fragte Emely: »Wie geht's Christoffer?«

»So weit gut. Er hat über Mittsommer Bereitschaftsdienst.«

»Es läuft gut mit euch, nicht wahr?«

»O ja.« Maya nahm ihren Rucksack vom Lastenanhänger. »Kein Vergleich zu dem Desaster mit Jonas.«

»Zu dem hast du keinen Kontakt mehr, oder?«

»Schon seit Monaten nicht. Und ehrlich, das kann gern so bleiben.« Manchmal ärgerte sich Maya noch über die kostbare Zeit, die sie mit ihrem Ex-Freund vergeudet hatte. Knapp zwei Jahre hatte sie versucht, mit dem Schauspieler so etwas wie eine Beziehung zu führen. Doch selbst wenn ihre Freundinnen und sogar Pär sie immer wieder liebevoll darauf aufmerksam gemacht hatten, dass ihr dieser Mann nicht guttat, hatte sie es nicht geschafft, sich von ihm zu trennen. Da hatte erst ein Rechtsmediziner aus Umeå daherkommen müssen. In diesem Moment fiel ihr Emelys seltsamer Gesichtsausdruck auf. »Ist alles in Ordnung?«

»Ach, ich habe vorhin die Teilnehmerliste gesehen und ...« Emelys Blick wich ihrem aus.

»Was denn?«

»Ich weiß nicht recht, wie ich es sagen soll.«

»Spuck's einfach aus.«

»Also, ich hatte echt keine Ahnung ...«

Maya blieb stehen. »Emely, was ist los?«

»Jonas ist dabei.«

»Bei dem Retreat? Nicht wirklich, oder?«

»Tut mir leid.« Emely senkte den Blick. »Das Schicksal will dich wohl herausfordern.«

»Das hat mir gerade noch gefehlt!« Maya raufte sich die Haare. »Nebeneinander beim Sonnengruß, na bravo! Ich wollte hier ausspannen, nicht irgendwelchen alten Beziehungskram aufarbeiten.«

Emely schenkte ihr ein mitfühlendes Lächeln. »Willkommen in der Welt des Yoga. Im Übrigen bedeutete das Wort ursprünglich, also im Sanskrit, das Anschirren von Zugtieren vor einen Wagen.«

»Ich lasse mich definitiv nicht vor Jonas' Wagen spannen!«

»Aber vielleicht solltest du dich doch mal intensiv mit deinen Gefühlen auseinandersetzen.« Ihr Lächeln schwenkte ins Aufmunternde. »Muster erkennen, um gestärkt in deine neue Beziehung zu gehen.«

Statt einer Antwort warf Maya ihr nur einen skeptischen Blick zu.

Zwei Männer kamen ihnen entgegen, beide mit Panamahüten, der eine sportlich, der andere gut genährt. Im Vorbeigehen nickten sie Emely und ihr zu.

»Die sehen auch so aus, als gehörten sie zu diesen Yogafritzen«, hörte Maya den Fülligen sagen.

»Ach, Ulf ... vielleicht wird das alles gar nicht so schlimm.«

»Wechsle jetzt bloß nicht die Seiten, nur weil du ein paar hübsche Frauen gesichtet hast. Ich sag's dir noch mal: Diese New-Age-Typen sind bloß der Anfang vom Ende unserer Inselidylle!«

Maya sah sich nach den beiden um. Nicht allen hier auf der Insel schien ihr Yogaretreat zu gefallen.

· · ·

Mit einem kräftigen Schlag versenkte Henrik den letzten Hering im Gras. Es tat gut, auf diese Weise einen Teil seines Frusts loszulassen. Ein Yogaevent auf einer Insel ohne Wasser und Strom – was hatte er sich nur dabei gedacht, zu einem solchen Unsinn Ja zu sagen? Wobei – wenn er ehrlich zu sich war, hatte er quasi darauf gedrängt, Cecilia zu begleiten. Aber diesen Gedanken schob er lieber gleich wieder weg.

Unauffällig schielte er zu ihr hinüber, sie stand drei Zelte weiter und knüpfte gerade Kontakt mit einem Typen in abgeschnittenen Jeans. Natürlich! War ja klar, dass es nicht lange dauern würde, bis seine Freundin jemanden zum Rumflirten gefunden hatte. Henrik betrachtete den Mann genauer. Durchtrainiert, volles braunes Haar, das er sich mit einer coolen Geste ständig aus der Stirn strich. Für einen Moment kam er Henrik bekannt vor, doch woher, wusste er nicht. Niemand aus dem Büro, auch nicht aus dem Freundeskreis. Vielleicht war er ihm mal in der Lunchpause in der Stadt über den Weg gelaufen? Bei einer Afterhour oder irgendeiner Party? Egal – dass Cecilia ihn schon wieder links liegen ließ, fuchste ihn.

Seit einer Weile hegte Henrik bereits den Verdacht, dass sie ihn betrog. Angefangen hatte es vor ein paar Monaten, ganz harmlos zunächst mit einer Textnachricht am späten Abend. Anders als gewöhnlich war Cecilias Handy nicht im Stummmodus. Sie hatte erklärt, es sei eine dringende Mitteilung ihres Chefs gewesen wegen eines Meetings am kommenden Tag. Henrik hatte ihr nicht geglaubt. Am nächsten Morgen war er weit vor ihr erwacht. Ihr Telefon hatte wie üblich auf dem Nachttisch gelegen, er hatte nicht widerstehen können.

Es gab keine Nachricht vom gestrigen Abend. Cecilia musste sie gelöscht haben. Ein erster Samen des Misstrauens pflanzte sich in ihm ein und begann zu keimen.

Irgendwann fiel ihm auf, dass sie ihr Handy keine Sekunde mehr aus den Augen ließ. Ausgerechnet Cecilia, die bisher Meisterin darin gewesen war, das Gerät zu verlegen. Mindestens einmal am Tag hatte er sie früher anrufen müssen, damit sie es fand.

Er hatte den Moment abgepasst, als sie nach dem Sport eine lange Dusche nahm. Das Handy hatte im Flur auf der Kommode unter dem Spiegel gelegen. Kurz hatte er mit sich gehadert. Hart hatte sein Herz gegen die Rippen geklopft, alles in ihm hatte sich zusammengezogen. Was, wenn er tatsächlich etwas finden würde, das ihre Untreue bewies?

Das Display forderte ihn auf, einen Zahlencode einzugeben.

Wie üblich gab er ihr Geburtsdatum ein. Es funktionierte nicht. Henrik stutzte. Cecilia hatte nie einen anderen Code benutzt. Die Erkenntnis war wie ein Schlag in den Magen gewesen.

Henrik öffnete den Eingang zum Zelt und legte die Isomatten hinein.

»Ich bin mal auf Erkundungstour!« Ein knappes Winken, dann drehte Cecilia sich um und schlenderte mit Mister Cool in Richtung Strand davon.

Ernsthaft jetzt?! Henrik schnaubte. Am liebsten hätte er das Zelt wieder eingepackt und wäre sogleich zurück nach Stockholm gefahren. Aber die Fähren gingen bloß zweimal pro Tag, und er hatte keine Ahnung, wann die nächste fuhr.

»Alles fein?« Die Frau, die gerade ein Igluzelt neben ihnen aufbaute, schaute ihn aufmerksam an. Sie war klein, hatte eine wilde dunkle Lockenmähne, und ihr Englisch färbte ein starker Akzent. Französisch? Mit Sprachen hatte Henrik es noch nie so gehabt.

»So weit ja«, quetschte er zwischen den Zähnen hervor.

Die Frau lächelte und machte ein paar Schritte auf ihn zu. »Salut, ich bin Penelope.« Sie streckte ihm ihre Hand entgegen.

»Henrik.« Er war überrascht über ihren forschen Händedruck.

»Ich weiß immer gern, wer meine Nachbarn sind.«

Henrik wusste nicht, was er darauf sagen sollte, deswegen nickte er nur und schlenkerte den Gummihammer hin und her.

»Ich bin allein hier.« Penelope zog ein Lederetui aus der Gesäßtasche ihrer abgeschnittenen Jeans, hockte sich hin und begann, sich eine Zigarette zu drehen.

Rauchen und Yoga? Verständnislos beobachtete Henrik, wie sie mit geübten Griffen den Tabak zurechtschob.

»Auch eine?«

»Ich rauche nicht.«

»Sehr vernünftig. Ich sollte es auch lassen.« Nach der Leichtigkeit ihres Tons zu schließen, war es Penelope damit nicht wirklich ernst. »Jedenfalls finde ich es sehr beruhigend, einen starken Mann im Nachbarzelt zu wissen. Zu Hause habe ich einen Baseballschläger unterm Bett liegen, aber der hat nicht mehr in den Rucksack gepasst.« Sie ließ ein perlendes Lachen hören.

»Hm.« Henrik überlegte, ob das mit dem Baseballschläger ein Scherz gewesen war. Diesem aufgedrehten Wesen würde er glatt zutrauen, dass es stimmte. Auf jeden Fall standen die Zelte hier für sein Empfinden viel zu nah. Das nächste Mal konnte Cecilia so einen Trip ohne ihn machen! Andererseits hätte er dann nicht mehr im Blick, was sie so trieb. Frustriert starrte Henrik zum Meer hinüber, wo Cecilia und Mister Cool über die Felsen spazierten.

...

Zum Lunch geräucherter Lachs, eingelegte Heringshappen in unterschiedlichen Variationen und am Nachmittag Erdbeertorte – das gehörte zu einem richtigen Mittsommerfest so wie Geschenke und der klassische *julbord* mit traditionellem Essen zu Weihnachten. Statt um den geschmückten Weihnachtsbaum tanzte man am längsten Tag des Jahres um die mit Bändern und Blumen dekorierte *midsommarstång*.

Das Fest war schon in vollem Gang, als Maya und Emely zum Festplatz hinüberliefen. Überall hatten es sich Familien, befreundete Paare und Gruppen von Jugendlichen bequem gemacht. Auf Picknickdecken oder einfach im Gras, Körbe und Strandtaschen um sich herum.

»Da drüben sind die anderen. Sarah und Carl sind auch dabei, wollen wir zu ihnen gehen?«

»Inklusive Jonas«, murmelte Maya.

Ihr Ex hatte sie sofort gesichtet und grüßte breit lächelnd zu ihr herüber. Höflichkeitshalber winkte sie zurück und folgte dann Emely, die bereits auf Sarah in ihrem weiß-blau gestreiften Sommerkleid zusteuerte. Neben ihr stand ihr Vater Carl Wallensteen mit Strohhut und verwaschenen Jeans zum blütenweißen Hemd, dessen Ärmel er hochgekrempelt hatte.

Bald darauf saßen sie gemeinsam mit ihnen und einigen Teilnehmern des Retreats auf einer rot karierten Decke, in deren Mitte die mit Erdbeeren und Sahne üppig garnierte Torte thronte. Das Mittagessen hatten sie zuvor an dem langen Tisch auf der Terrasse des Pensionatet eingenommen. Ganz unyogamäßig hatten sie dazu Weißwein getrunken. Jetzt, zu Kaffee und Kuchen, gab es Sekt.

Maya hob ihr Glas. »Ich hatte mir das Essen auf einem Yogaretreat irgendwie anders vorgestellt.«

»Ab morgen gibt es nur noch Yogitee und gesunde vegane Kost.« Lachend stieß Emely mit Maya an.

»Morgen ist irgendwann, und irgendwann ist nie, hat mir mal eine gute Freundin gesagt.« Vielsagend zwinkerte Maya ihr zu.

»Sehr weise, diese Freundin. Wer könnte das wohl gewesen sein?« Emely schmunzelte. »Na ja, ich schränke ein: Hier und da ist eine Ausnahme durchaus legitim. Besonders an Festtagen.«

»Na, dann Skål!« Carl Wallensteen prostete ihnen vom anderen Ende der Decke her zu. »Und keine Sorge: Für die entgiftende und entschlackende Ernährung in den nächsten Tagen ist alles vorbereitet.« Die offene und freundliche Ausstrahlung des sportlich wirkenden Mittfünfzigers sprach Maya sofort an. Seine Tochter wirkte neben ihm beinahe winzig und mädchenhaft.

Maya betrachtete die komplett mit Birkenlaub umwickelte midsommarstång, die verschiedene Attribute vereinte: Kreuz, Pfeil, zwei Kreise. Christliches und Heidnisches, Hinweise auf die

Fruchtbarkeit. Sanna hatte erst neulich gemeint, es sei total absurd, all die Feministinnen, die um dieses Phallussymbol tanzen würden.

Um den Mast herum hatte sich eine Band aufgebaut, bestehend aus drei Gitarren, einem Akkordeon, zwei Geigen und einer Oboe, die einen Mittsommerklassiker nach dem anderen spielte. In einem ausladenden Kreis tanzten rundherum die Inselurlauber, groß wie klein. Einige wenige trugen altertümliche Trachten, die meisten hatten moderne Sommerkleidung an, von praktischen und bequemen Shorts-und-T-Shirt-Varianten bis zu edlen Sommerroben nach dem neuesten Chic. Allesamt hielten sie sich an den Händen und sangen die typischen Kinderlieder: *Räven raskar över isen*, *Små grodorna*, *Björnen sover* und *Karussellen*.

Nachdem sie eine Weile zugeschaut hatte, wandte Maya sich an Emely. »Krass, wie sehr sich die Bräuche ähneln.«

»Was genau meinst du?«

»Na, Räucherlachs und Hering essen wir zu *jul* auch, und sogar die Lieder sind dieselben wie beim Tanzen um den Weihnachtsbaum.«

»Stimmt. Stört mich aber nicht im Geringsten.« Emely stand auf und wischte sich einige Krümel von ihrem weißen Kleid, das mit Lochstickereien an Saum und Ausschnitt verziert war. »Komm, lass uns mittanzen!« Sie streckte Maya die Hand hin und zog sie hoch.

»Ich schließe mich euch an.« Eine junge Frau mit schwarzbrauner Lockenpracht, um die sie sicher oft beneidet wurde, erhob sich ebenfalls. Sie trug ein dunkelrotes Leinenkleid mit raffinierter Schnürung. Maya erinnerte sich, dass sie aus Frankreich kam. Penelope hieß sie, halb Französin, halb Spanierin. Aus der Provence, kleine Tochter, nahm gerade eine kurze Auszeit vom

Familienalltag, überraschend dunkle Stimme – das waren die Stichwörter, die Maya zu ihr abgespeichert hatte.

Zu dritt liefen sie zum Mittsommermast hinüber und reihten sich in den Kreis der Tanzenden ein. Schon nach dem ersten Lied spürte Maya, wie eine fröhliche, fast kindliche Leichtigkeit sie ergriff. Mit einem Mal fühlte sie sich verbunden mit all den wildfremden Menschen – sie mochte diese Tradition. Ausgelassen tanzten sie um den geschmückten Mast herum, die Musiker spielten unermüdlich, und nach einer Weile stand Maya der Schweiß auf der Stirn.

»Ich brauche eine Pause!« Sie ließ Emelys und Penelopes Hand los und trat nach hinten, während die beiden weiterwirbelten. Am Rand des Festplatzes blieb sie stehen und beobachtete die Tanzenden, die sich mal zu Paaren zusammentaten und sich dann wieder als Gemeinschaft im Kreis bewegten.

In diesem Moment entdeckte sie Jonas, der genau gegenüber von ihr eine Blondine an der Hand hielt. War er etwa mit einer neuen Freundin hergekommen? In der nächsten Sekunde erkannte Maya die Frau. Das war doch Cecilia! Na, das würde ihren Henrik vermutlich nicht begeistern.

Maya drehte sich um und lief zu der Decke zurück, auf der Carl Wallensteen zusammen mit einem älteren Mann saß. Er stellte ihn ihr als Tage Brorsson vor, »der Historiker hier auf der Insel. Wenn du irgendeine Frage über die Geschichte von Svartlöga hast, wende dich am besten an ihn.« Carl klopfte Tage kameradschaftlich auf den Rücken.

»Was für Vorschusslorbeeren.« Verlegen winkte Tage ab. »Aber in der Tat, die Vergangenheit dieser Insel zu erforschen, ist mein Hobby, und da gibt es tatsächlich einiges zu entdecken.«

»Tages Frau Solveig ist eine der Musikerinnen.« Carl deutete auf die Band beim Mittsommermast.

»Vor ihrer Pensionierung war sie Oboistin an der Stockholmoper.« Tage zog eine Dose Snus hervor, öffnete sie und schob sich ein Stück unter die Oberlippe. »Ihre Familie hat hier vor zwei Generationen noch Schafe und Kühe gehalten.«

»Lebt ihr permanent auf Svartlöga?«, fragte Maya.

»O nein, wir sind nur im Sommer hier. Solveig hat den Hof von ihren Eltern geerbt. Ihre Geschwister haben sich nicht für das Inselleben interessiert.« Er strich sich über seinen dichten Schnurrbart, der in einem warmen Rotorangeton leuchtete, während in seinen grauen Locken nur vereinzelte rote Haare schimmerten. »Und ihr habt hier jetzt also einen Yogakurs. Habt ihr den mit Absicht um Mittsommer herum gelegt?«

Darüber hatte Maya noch gar nicht nachgedacht. »Kann schon sein.«

»Würde mich nicht wundern.« Tage zwinkerte ihr zu. »Ihr wollt doch sicher die alten Bräuche wiederaufleben lassen.«

Carl war gerade dabei, Sekt in drei Gläser zu füllen, als ein junger Mann in Cargohose und eng anliegendem schwarzen Achselshirt an ihrer Decke vorbeilief. »Hej, Niklas«, rief er ihm hinterher, »komm doch morgen mal bei mir vorbei.«

Niklas hob bestätigend den Daumen, ein Siegerlächeln auf den Lippen, ehe er weiterging.

An Maya gewandt, erklärte Carl: »Niklas hat ein Start-up für eine neue Technologie, mit der man Papier- und Plastikgemische leichter trennen kann.« Er reichte Tage und ihr die Gläser. »Welche Mittsommerbräuche meinst du konkret, Tage?«

»Na, das fängt bei dem harmlosen Pflücken von sieben verschiedenen Blumen an, die sich die Jungfrauen unters Kissen legen. Die sieben Mauern und Zäune, über die sie springen, um in die Dimension des Übersinnlichen zu gelangen. Der magische Tau, der am Morgen gesammelt wird. Alles, um einen Mann zu finden. Oder besser gesagt, den Einen, für den sie bestimmt sind.« Tage lachte und entblößte zwei Reihen gelb verfärbter Zähne. »Vieles an diesem Fest hat mit der Fruchtbarkeit zu tun, nicht zuletzt unser Mittsommerbaum.«

»Ja, dass das ein Phallussymbol ist, habe ich auch schon mitbekommen.« Maya lachte ebenfalls.

Mit gewichtiger Miene fuhr Tage fort. »Auch da gibt es verschiedene Deutungsweisen. Eine Interpretation ist, dass der Brauch auf Yggdrasil zurückgeht, die Weltenesche. Mit seinen Wurzeln durchbohrte der Baum Mutter Erde. Wie auch immer, selbst ich als Wissenschaftler bin der Meinung, dass wir die alten Mythen und Bräuche nicht verspotten sollten. Ich glaube, ehrlich gesagt, es gibt mehr zwischen Himmel und Erde, als wir bisher ahnen. Der Schleier zwischen der irdischen Welt und der übersinnlichen soll jedenfalls in dieser Nacht besonders dünn sein.«

»Ich lasse mich überraschen.« Maya trank einen Schluck Sekt aus dem Becher, den Carl ihr gereicht hatte. »Jedenfalls bin ich froh, dass wir so perfektes Mittsommerwetter haben.«

Mit gerunzelter Stirn betrachtete Tage den strahlend blauen Himmel. »Noch. In ein paar Tagen wird's hier ganz anders aussehen.«

»Was meinst du?«

»Dann gibt's Sturm.«

Verwundert sah Maya ihn an. »Davon sagt meine Wetter-App nichts.«

»Wetter-App – so ein Unfug!« Tage lachte heiser. »Überflüssiger Schnickschnack, der nichts taugt. Hier am Meer, genau wie in den Bergen, musst du lernen, das Wetter aus den Faktoren der Natur abzulesen. Die Wolken, die Wellen, die Färbung des Himmels. Ob es diesig ist oder klar, wie hoch die Luftfeuchtigkeit ist. Und natürlich, wie stark der Wind weht, aus welcher Richtung er kommt: von Land, von der offenen See ... Sogar die Vögel und die Mücken erzählen dir davon, wenn du aufmerksam bist.«

Maya dachte an die Singvögel, die sie auf der Hinfahrt beobachtet hatte, und an die seltsame Unruhe, die sie bei ihr ausgelöst hatten. So unrealistisch es ihr momentan erschien – vielleicht hatte Tage recht, und es kam wirklich ein Unwetter auf sie zu.

Kapitel 3

Bis in die späte Nacht feierten sie mit den Inselurlaubern auf dem Festplatz am Ende des Dorfes. Zwischendurch grillte die Retreatgruppe am Lagerfeuer hinter dem *Pensionatet*. Fisch, Kartoffeln, Maiskolben und Gemüse landeten auf den Tellern. Sarah, Carl und zwei weitere Helferinnen stellten große Schüsseln mit verschiedenen Salaten auf die beiden langen Tische.

Beim Essen lernte Maya einige der Teilnehmer näher kennen, und tatsächlich gehörte auch das zerstrittene Paar von der Fähre dazu. Hätte sie es nicht gewusst, wäre sie nicht auf die Idee gekommen, dass die beiden zusammen waren. Während Henrik jeden Bissen konzentriert kaute und kaum sprach, unterhielt sich Cecilia intensiv mit Jonas, was Maya nur recht war. Ihr stand wahrhaftig nicht der Sinn nach einem lässigen Plausch mit ihrem Ex. Es machte ihr nichts aus, ihn mit einer anderen flirten zu sehen. Im Gegenteil, es bestätigte einmal mehr das Bild, das sie von ihm hatte. Außerdem war das, was sich gerade zwischen Christoffer und ihr entwickelte, eine völlig neue Dimension von Nähe, und das trotz Fernbeziehung. Lediglich Henrik tat ihr leid. Selbst Penelope, die sich ihm gegenüber platziert hatte und immer wieder einen Gesprächsversuch unternahm, schien ihn nicht aus seiner schlechten Laune herausreißen zu können.

Auch das andere Paar, das Maya auf der Fähre mit seinem Partnerlook aufgefallen war, nahm an dem Retreat teil. Heute Abend hatten sie sich in Orange und Grün aufeinander abgestimmt. Gregory und Debbie kamen aus Schottland, sie waren Ende vierzig, beide geschieden, frisch verliebt und in Sachen Yoga blutige Anfänger. »Das hier ist der Start in unser neues gemeinsames, glückliches und gesünderes Leben!« Überschwänglich prostete Gregory in die Runde.

Nach dem Essen inklusive einiger Schnäpse samt Trinkliedern kehrten sie zum Festplatz zurück. Zu Mayas Überraschung tönte ihnen laute Popmusik entgegen, und als sie den Platz erreichten, stand dort auf einem Podest neben dem Mittsommermast ein DJ in Glitzershirt und Beanie an einer Anlage.

Erstaunt wandte sich Maya an Sarah, die neben ihr lief. »Ich dachte, auf dieser Insel gibt's keinen Strom?«

»Das hält hier keinen davon ab, eine ordentliche Party zu feiern.« Sarah lachte. »Mein Vater hat vor ein paar Jahren für solche Gelegenheiten einen Stromgenerator spendiert.«

»Na, dann legen wir mal los!« Emely hakte sich bei Maya unter und zog sie mit zur improvisierten Tanzfläche.

Ausgelassen tanzten sie mit Penelope, Sarah und unzähligen Fremden unter dem immer noch hellen Himmel. Während Maya sich in fließenden Bewegungen zu *Lemon Tree* hin- und herwiegte und dabei laut mitsang, fühlte sie sich in ihre Jugend zurückversetzt. Ohne dass sie es verhindern konnte, wanderten ihre Gedanken zu Sanna, die zeitgleich einen Albtraum erlebt hatte. Augenblicklich verpuffte ihre gelöste Stimmung. All die Mittsommerfeste, die sie in den Jahren danach zusammen verbracht hatten – nie hatte Sanna sich etwas anmerken lassen.

Ein neuer Song begann, *Vilse i skogen* von Markoolio. Damit hatte Maya schon früher nichts anfangen können, und so bahnte sie sich zwischen den Tanzenden einen Weg zum Getränkestand.

Sie holte sich ein Bier und sah sich um. Ein Stück entfernt wurde gerade eine Holzbank frei, die Maya dankbar in Beschlag nahm. Sobald sie sich niedergelassen hatte, breitete sich Müdigkeit in ihr aus. Bis in die Morgenstunden würde sie sicher nicht durchhalten.

Kurz darauf gesellte sich Emely zu ihr, mit geröteten Wangen und leicht umnebeltem Blick. Von ihren Freundinnen vertrug sie am wenigsten Alkohol, und ganz offensichtlich war sie beschwipst. Oder hatte sie noch etwas anderes genommen? Drogentrips waren an dem mystischen Fest keine Seltenheit, und den einen oder anderen Joint hatte Maya im Verlauf des Abends bereits gerochen. Linda, eine junge Frau aus der Anfängergruppe, hatte Zauberpilz-Schokolade dabei und vorhin nach dem Essen angeboten. Zumindest Sarah und Penelope hatten davon probiert. Maya hatte abgelehnt, von psychedelischen Drogen hatte sie bisher die Finger gelassen, selbst wenn Emely schon oft von ihren faszinierenden Ayahuasca-Erfahrungen geschwärmt hatte.

»Puh, ich habe lange nicht mehr so getanzt!« Die Freundin ließ sich neben Maya auf die Bank sinken.

»Ehrlich gesagt, ich bezweifle, dass ich es morgen zu der ersten Yogaeinheit schaffe.«

»So weit kommt's noch! Wer feiern kann, der kann auch Yoga. Du wirst sehen, dass dir ...«

In diesem Moment trat ein Mann mit grau melierten, wild vom Kopf abstehenden Locken auf sie zu, dessen rot schwitziges Gesicht samt stierendem Blick sogleich das Zuviel an Alkohol verriet. Erst beim genaueren Hinschauen erkannte Maya in ihm den meckernden Ulf vom Vormittag.

»Ihr gehört doch auch zu den Yogafritzen, oder?« Ulf zog die Stirn in Falten und trank aus seiner Bierflasche. Sein Lallen passte zu seinem Äußeren.

»Wie bitte?« Emelys Irritation schwang in ihrer Stimme mit.

»Hört nicht auf ihn.« Sein Freund, der nur wenige Meter entfernt bei einer Gruppe Feiernder gestanden hatte, kam zu ihnen herüber und legte Ulf eine Hand auf die Schulter. Er wirkte deutlich nüchterner.

»Sag mal, wechselst du jetzt etwa die Seiten?« Empört drehte sich Ulf zu ihm um. »Erst machen diese Risikokapitalisten in unserer schönen Hauptstadt die Wohnungspreise kaputt, und jetzt überrollen sie uns auch noch hier mit ihrem Esoterikkram! Warte ab, in spätestens drei Jahren haben wir auf Svartlöga Hotels und Tourishops!«

»Ulf, du wirfst da was durcheinander.« Kopfschüttelnd wandte sich sein Freund wieder an Emely und Maya. »Ich bin Gustav. Das ist Ulf, er hat sein Haus dort drüben, am Strand.« Er deutete auf ein rotes Haus unweit des Wassers, das an einem gigantischen, flachen Felsen lag. »Eigentlich ist er ganz nett«, fügte er entschuldigend hinzu.

Für heute hatte Ulf jedenfalls eindeutig genug getrunken, dachte Maya. Er war definitiv ein Kandidat für das berühmte *dåligt ölsinne*. Vertrug jemand keinen Alkohol, wurde aus einem Jekyll schnell mal ein Hyde, und Mittsommer war hierfür der prädestinierte Tag. Sie erhob sich und bedeutete Emely mit einem Kopfnicken, ihr zu folgen. »Na, dann viel Spaß noch euch beiden.«

»Und keine Sorge, wir Yogamenschen sind völlig harmlos.« Freundlich winkte Emely ihnen zu, ehe sie Maya folgte.

Gemeinsam liefen sie zur Tanzfläche zurück. Maya betrachtete ihre Freundin von der Seite. »Du bist immer so nett zu allen.«

»Ach, ich kann ihn ja sogar verstehen.« Emely zuckte leichthin mit den Schultern. »Versetz dich mal in seine Lage: Er hat sein Häuschen sicher geerbt, wie alle auf dieser Insel, hat vermutlich bereits seine Kindheit in dieser Naturidylle verbracht. Diese Insel ist schon besonders. Dass sie das so behalten wollen, ist nachvollziehbar.«

»Macht dir seine Pöbelei keine Sorgen wegen der Kurse?«

»Ich glaube nicht, dass er sich da einmischen wird, allein. Solange er nicht die anderen hier gegen uns aufhetzt.«

Maya war sich nicht sicher, was Ulf noch alles zuzutrauen war. Die Schwingungen, die von ihm ausgingen, behagten ihr nicht. Emely glaubte an das Gute im Menschen und begegnete ihrem Umfeld fast immer verständnisvoll. Einerseits schätzte Maya sie dafür. Andererseits wurde sie in ihrem Beruf als Kommissarin leider zu oft mit den dunklen Seiten menschlicher Existenzen konfrontiert. Gewiss, für viele Taten gab es irgendeine psychologische Erklärung. Doch das half den Opfern nicht.

Emely hakte sich bei ihr unter. »Wollen wir noch eine Runde tanzen?«

»Ich weiß nicht.« Maya blieb stehen. »Ich fühle mich gerade irgendwie ... seltsam.«

Erstaunt sah Emely sie an. »Ist dir schlecht? Soll ich dir ein Wasser holen?«

»Das ist es nicht.« Nachdenklich betrachtete Maya die tanzenden, lachenden und feiernden Menschen. »Ich muss immer wieder an Sanna denken. Und daran, was ihr damals an Mittsommer passiert ist.«

»Ich verstehe genau, was du meinst.« In Emelys fein geschnittenem Gesicht breitete sich Mitgefühl aus. »Ich habe vorhin kurz mit ihr telefoniert, nach dem Essen. Ich hatte das dringende Bedürfnis, ihre Stimme zu hören, heute, also an diesem Tag.«

»Wie geht es ihr?«

»Ganz gut so weit. Sie meinte, ihre Therapeutin sei sehr geradeheraus, aber das fände sie besser, als wenn man sie in Watte packen würde.«

»Das passt zu Sanna.«

»Wir haben auch über ... damals gesprochen.«

»Das ist sicherlich kein einfacher Zeitpunkt für eine Aufarbeitung.«

»Ich glaube, genau deswegen hat sie ihn gewählt. Sie meinte, sie denke an Mittsommer sowieso an nichts anderes.«

Maya fielen ihre Gedanken von kurz zuvor wieder ein. »Wie ahnungslos wir waren. Wenn ich darüber nachdenke, bekomme ich nachträglich noch ein schlechtes Gewissen.«

Nachsichtig schüttelte Emely den Kopf. »Das lass mal gleich sein. Ein schlechtes Gewissen ist eine schlechte Angewohnheit, damit hilfst du keinem, auch Sanna nicht.«

»Was für eine krasse Zeit das doch damals war.« Maya dachte an jenen fatalen Sommer zurück. Es kam ihr vor, als sei es in einem anderen Leben gewesen. »Irgendwie ist alles auf einmal passiert.«

»Du denkst an Ingrid?«

»Fragst du dich nicht auch manchmal, was aus ihr geworden ist?«

»Doch, natürlich.« Emely schwieg einen Moment. »Besonders, wenn ich meine Mutter besuche und an dem Haus vorbeikomme, in dem die Dahlmans damals gewohnt haben.«

»Das war eine so merkwürdige Geschichte.«

»Alle waren in Aufruhr, als Ingrid plötzlich verschwunden war.«

Maya erinnerte sich an die uniformierten Polizisten auf dem Schulgelände, als wäre es gestern gewesen. »Ich weiß noch, wir haben die wildesten Theorien gesponnen, was passiert sein könnte.«

»Und dann ist die Familie kurz darauf weggezogen, einfach so – also, für mich hat das alles nie Sinn ergeben.«

Eine Weile hingen sie ihren Gedanken nach. Schließlich setzte Maya von Neuem an: »Kein Wunder, dass Sanna sich nicht getraut hat, zu diesem Zeitpunkt mit ihrem Erlebnis herauszurücken.«

»Wir waren einfach alle vollkommen durch den Wind.« Emely nickte. »Da ist so einiges unter den Tisch gefallen. Ich habe ja damals geglaubt, dass deine Mutter was mit eurem Nachbarn hatte, kannst du dir das vorstellen?«

Maya, die gerade von ihrem Bier getrunken hatte, spuckte aus. Verstört ließ sie die Flasche sinken. »Was hast du gesagt?«

. . .

Emely spürte, wie ihr das Blut ins Gesicht schoss. Am liebsten hätte sie sich die Zunge abgebissen. Rasch griff sie nach Mayas Hand. »Lass uns tanzen gehen, ja? Hör mal, es läuft The Center of the –«

»Nee, warte mal.« Maya machte sich von ihr los. »Wie hast du das gerade gemeint?«

»Ach, vergiss es einfach. Es war wirklich nicht wichtig.« Emely hätte sich ohrfeigen können. Warum nur war ihr das herausgerutscht? Sie hatte schon ewig nicht mehr an diese Geschichte gedacht. Niemals, so hatte sie sich damals geschworen, sollte Maya davon erfahren. Scheißdrogen!

Maya ließ nicht locker. »Willst du damit andeuten, dass meine Mutter ... dass sie eine Affäre hatte?«

Emely brach der Schweiß aus. Sie war eine grottenschlechte Lügnerin, das wussten sie beide. Maya kannte sie zu gut, noch dazu war sie Polizistin – nie im Leben würde sie ihr eine Schwindelei abnehmen. »Können wir nicht einfach die letzten fünf Minuten löschen?«

»Nein, können wir nicht. Sag mir jetzt, was du weißt.«

Emely haderte mit sich. Maya würde nicht lockerlassen, so stur, wie sie sein konnte. »Damals, bei dem Fest, also ... du hattest diesen Tpyen kennengelernt und warst ganz ... absorbiert. Sanna war ja auf einmal verschwunden, und Clara hat auch mit irgendwem getanzt. Also bin ich so rumgelaufen. Und da habe ich ... ach, Maya, es ist schon so lange her, das spielt doch keine Rolle mehr.«

»Für mich schon!« Aufgebracht stemmte Maya die Hände in die Seiten ihres flaschengrünen Sommerkleids. »Erzähl jetzt: Was war damals mit meiner Mutter? Was hast du gesehen? Und welchen Nachbarn meinst du?«

Emely gab sich einen Ruck. Es nützte ja nichts, Maya würde keine Ruhe geben, ehe sie ihr nicht alles erzählt hätte. »Ich habe deine Mutter gesehen, und ... sie hat ... sehr eng mit Birger getanzt.«

»Mit Birger Askelöv?« Maya sah sie forschend an. »Hast du noch was gesehen?« Ihre Stimme klang kalt, als würde sie in einem ihrer Fälle ermitteln. »Ist noch etwas passiert? Sag es mir, Emely, ich muss das wissen.«

»Später ...« Emely atmete tief durch. »Später habe ich sie beim Parkplatz an der Kirche gesehen. Da haben sie sich ... geküsst. Ziemlich innig.« Rasch schlug sie die Augen nieder. Sie ertrug es nicht, die Enttäuschung in Mayas Gesicht zu sehen.

»Sind sie ... zusammen weggefahren?«, presste Maya hervor.

Emely nickte und hob zaghaft den Blick.

Wortlos schaute Maya sie an, verzog keine Miene, als wären Emelys Sätze gar nicht zu ihr durchgedrungen.

»Maya, es tut mir leid, ich ...« Abermals streckte sie die Hand nach ihr aus, doch Maya reagierte nicht, und so ließ sie sie wieder sinken. Sie fühlte sich komplett nüchtern, die ganze Feststimmung und die Vorfreude auf das Retreat waren in sich zusammengestürzt.

Nach einer zähen Ewigkeit, in der Emely verzweifelt überlegte, was sie jetzt am besten sagen oder tun könnte, ohne den Brand noch stärker anzufachen, brach Maya das Schweigen. »In dem Jahr ...«, ihre Stimme gehorchte ihr nicht. Maya räusperte sich, setzte neu an. »Da war mein Vater auf Lesereise in Deutschland.« Sie verstummte erneut. Der Ausdruck auf ihrem Gesicht wechselte von Unverständnis über Enttäuschung hin zu Wut. »Du hast das die ganze Zeit ... Ich habe geglaubt, du seiest meine Freundin.« Sie machte auf dem Absatz kehrt und lief in Richtung Strand.

»Maya! Warte, bitte! Natürlich bin ich deine Freundin!« Emely eilte hinter ihr her. »Bitte, lass uns ... lass uns darüber reden.«

Maya blieb stehen und verschränkte die Arme. »Da gibt's gerade nichts zu reden! Ich muss das erst mal verarbeiten.« Die Sätze platzten aus ihr heraus. »Dass meine Mutter was mit einem anderen Mann hatte – und dass eine meiner besten Freundinnen davon wusste und es mir all die Jahre verheimlicht hat.«

»Ich wusste nicht, wie ich damit umgehen sollte! Ich wollte dich nicht verletzen.«

»Ich habe dir vertraut, Emely! Ich habe geglaubt ...« Mayas emotionsloser Blick durchbohrte sie. »Wissen die anderen davon?«

»Bloß ... Clara.«

Maya stieß einen zischenden Laut aus.

»Bitte ... sie war dabei, auf dem Parkplatz, und –«

Abwehrend hob Maya die Hände. »Ich möchte jetzt allein sein.« Sie drehte sich um und strebte in die Dunkelheit hinein.

»Maya!« Verzweifelt sah Emely ihr hinterher. Am liebsten wäre sie ihr nachgelaufen. Doch sie kannte die Freundin zu gut, in diesem Moment hatte es keinen Sinn. Im Gegenteil, es würde die Situation nur verschlimmern, Maya brauchte für gewöhnlich Zeit, um sich zu beruhigen. Einer der Punkte, in denen sie grundverschieden waren: Emely wiederum löste Konflikte gern sofort und hielt die Spannung eines schwelenden Streits kaum aus.

Geknickt schleppte sie sich zum *Pensionatet* und setzte sich auf die Bank neben dem Eingang. Sämtliche Energie schien aus ihrem Körper zu weichen, und eine bleierne Müdigkeit überfiel sie. Angestrengt fokussierte sie sich auf ihre Atmung. Es fiel ihr unendlich schwer, und ihre Gedanken schweiften alle paar Sekunden ab.

Jener Mittsommerabend hatte auf verschiedenen Ebenen fatale Auswirkungen gehabt. Dass er sie nach so langer Zeit einholen würde, damit hatte Emely nicht gerechnet.

Ein einziger Satz mit der Sprengkraft von einem Kilo Dynamit. Wie hatte sie nur so idiotisch sein können! Alkohol und Drogen hatten ihr Hirn umnebelt, und irgendwie hatte sie für einen Moment den Irrglauben gehegt, es spiele inzwischen keine große Rolle mehr. Dabei hatten die Jahre, in denen sie nichts gesagt hatte, die Brisanz lediglich potenziert. Sie hatte Maya enttäuscht, hatte ihr Vertrauen verletzt. Wie sollte sie das wiedergutmachen? Emely fühlte sich hundeelend. In ihrer Brust hämmerte ein dumpfer Schmerz. So sehr war noch nie ein Streit zwischen ihnen eskaliert.

● ● ●

Planlos stolperte Maya den gemähten Pfad zum Strand hinunter. In ihrem Kopf überschlugen sich die Gedanken. Es konnte nicht sein, Emely musste sich geirrt haben.

Sie kramte in ihren Erinnerungen. Wann hatte sie ihre Mutter bei diesem Fest zuletzt gesehen? Sie selbst war spät in der Nacht nach Hause gekommen und davon ausgegangen, dass Mama schlafend im Bett gelegen hatte. Natürlich, was sonst? Maya hatte sich sofort hingelegt und war erst gegen Mittag aufgewacht. Sicher hatten sie dann zusammen gefrühstückt. Oder? Alles lag in einem diffusen Nebel, sie konnte die Bilder nicht greifen. Wäre irgendetwas anders gewesen, das hätte sie doch mitbekommen. Andererseits – damals war sie in erster Linie mit sich selbst beschäftigt gewesen, hatte an besagtem Morgen bestimmt vorwiegend an den Jungen aus Malmö gedacht, den sie bei dem Fest geküsst hatte. Wäre ihr eine Veränderung bei ihrer Mutter überhaupt aufgefallen?

Es war so lange her, nur zu gut wusste sie aus ihrer Arbeit als Ermittlerin, dass man Erinnerungen nicht zu sehr trauen durfte. Bereits nach fünfzehn Monaten war lediglich die Hälfte davon korrekt, weswegen Pär immer wieder darauf hinwies, dass sie Fakten stets über Wahrnehmungen und Hypothesen setzen sollten. Vielleicht hatte Emely im Nachhinein unbewusst verschiedene Eindrücke zusammengesetzt.

Der Erklärungsversuch schmeckte fad. Zu jener Zeit hatten sie viel über solche Themen geredet: Sichverlieben, Zusammensein, Treue, Betrogenwerden. Sie waren noch dabei gewesen, ihren moralischen Kompass auszuloten. Wenn Emely so davon überzeugt war, ihre Mutter gesehen zu haben, dann bestand wenig Grund, daran zu zweifeln.

Maya erreichte den Meeressaum. Auf einem flachen, breiten Felsen blieb sie stehen. Der Himmel changierte in graublauen Nuancen, obwohl es schon nach Mitternacht war. Einige Wolken zogen dahin, gerade gab eine von ihnen den Mond frei. Er war nicht ganz voll, ob zunehmend oder abnehmend, Maya wusste es nicht, jedenfalls erinnerte er heute an eine Kartoffel. In sanften Wellenbewegungen schwappte das Wasser ans Land, kräuselte sich und kroch an Mayas Füße heran. Sie trat dichter an die Uferkante, jetzt umspülte es ihre Turnschuhe, es war ihr egal.

Die Enttäuschung ballte sich in ihr zusammen. Dieser Sommer, als sie fünfzehn gewesen war, lag in so weiter Ferne ... Im Grunde wollte sie nichts mehr damit zu tun haben. Seit Sanna sich ihr im vergangenen Winter anvertraut hatte – es schien Maya, als gäbe es seither einen Riss in der Zeit, und nun tröpfelten jene Geschehnisse in die Gegenwart.

Frustriert starrte Maya auf das gleichbleibende Vor und Zurück des Meeres. Ihre Mutter, ihr Vater – nie hatte sie auch nur im Ansatz vermutet, einer von ihnen könnte einen Seitensprung oder gar eine Affäre haben. In ihrem Umfeld hatte es Scheidungen gegeben, sie hatte erlebt, wie Emely als Zehnjährige fast an der Trennung ihrer Eltern zerbrochen wäre. Maya hingegen hatte sich in ihrem heimeligen Familiennest sicher gefühlt. Sollte sich diese Idylle nachträglich als eine gewaltige Lüge herausstellen?

Aber selbst wenn, so spielte es im Grunde keine wirkliche Rolle. Ihre Eltern hatten ihr eine glückliche Kindheit geschenkt, und sie waren immerhin noch zusammen. Trotzdem war Maya verwirrt. Dieses Wissen um etwas, das sie nicht hatte wissen wollen und das sie erst recht nicht verstand ...

Viel schwerer wog jedoch Emelys Vertrauensbruch. Wie sie mit dieser Verletzung umgehen sollte, wusste Maya gerade überhaupt nicht.

Aus der Ferne drangen Stimmen an ihr Ohr und holten sie in die Gegenwart zurück.

»Ich habe doch gar nichts gemacht!«

»Nee, du hast dich nur zufällig beim Tanzen an den Typen rangeschmissen, oder was?«

Cecilia und Henrik? Eigentlich war es Maya egal, dennoch

drehte sie sich reflexartig um. Tatsächlich entdeckte sie die beiden ein Stück entfernt neben einigen höheren Felsen.

»Und du, du hast doch auch mit dieser Französin rumgeflirtet.« Cecilia stand Henrik gegenüber, der dem Wasser den Rücken zukehrte.

»Aha. Wer kontrolliert jetzt wen?«

»Das ist Blödsinn, Henrik, und das weißt du auch.«

»Ich will nicht, dass du vor meinen Augen mit diesem Typen ...« Grob umfasste er ihre Handgelenke.

»Sag mal, spinnst du jetzt?« Cecilias Stimme schnellte in die Höhe. Ruckartig machte sie sich von ihm los. »Ich bin nicht dein Eigentum!«

Die Stimmung zwischen den beiden war so aggressiv, dass Maya für einen Augenblick ihre eigenen Probleme vergaß. Allerdings hatte sie keine Lust, weiterhin Zeugin dieses Streits zu sein. Außerdem waren ihre Schuhe inzwischen völlig durchnässt. Abrupt drehte sie sich weg und lief über die Felsen zurück zum *Pensionatet*.

Gerade als sie den Graspfad erreichte, hörte sie vom Festplatz her einen Knall. Schlagartig verstummte die Musik, dafür wurde das Stimmengewirr umso lauter. Maya hastete in diese Richtung. In ihren Gedanken entstanden Schreckszenarien, was wohl geschehen sein könnte.

Von dem Platz strömten die Menschen fort. Maya entdeckte Tage und Solveig und eilte auf sie zu. »Was ist denn passiert?«

»Der Generator ist durchgebrannt.« Missbilligend schüttelte Tage den Kopf.

Nun erkannte sie es: Ein Stück hinter dem DJ-Pult rauchte es, einige Männer standen dort, ein weiterer trug einen Feuerlöscher heran.

»Das haben sie jetzt davon. Hab immer gesagt, solch neumodischen Kram braucht's hier auf Svartlöga nicht.« Tage nickte ihr zu und entfernte sich mit seiner Frau.

Maya suchte mit ihren Augen die Menschen in der Nähe ab, entdeckte jedoch niemanden, den sie kannte. Eine Gruppe junger Typen kam ihr entgegen, schwankend und laut grölend, offensichtlich waren sie stark angetrunken. Automatisch wich Maya ihnen aus. Zwar konnte sie im Ernstfall auf ihre Karatekünste vertrauen, aber wenn es sich vermeiden ließ, wollte sie es nicht darauf ankommen lassen. Mit einer betrunkenen Horde war nicht zu spaßen, da brauchte nur einer ein Messer zu zücken. Das Aggressionspotenzial war in den letzten Jahren deutlich gestiegen, harmlose Wortgefechte eskalierten viel schneller als früher in tätlichen Angriffen, das erlebte sie in ihrem Polizeialltag ständig.

Abseits des Weges balancierte Maya zwischen den flachen Felsen entlang in Richtung *Pensionatet*. Plötzlich vernahm sie hinter sich Geschrei. Alarmiert drehte sie sich um und sah zwei Männer, die vor einem Sommerhaus hitzig aufeinander losgingen. Das waren doch Carl und Ulf!

» ... hast du dir das *Pensionatet* unter den Nagel gerissen! Aber wenn du denkst, dass du hier einfach so schalten und walten kannst, wie es dir passt, dann hast du dich getäuscht!« Ulfs rechter Arm wirbelte durch die Luft.

»Immerhin habe ich mein Geld sinnvoll für die Insel eingesetzt. Was hast du denn dafür getan, um das Haus zu retten? Hast dich bereichert an den Eigentümern hier, mit deinen Solaranlagen!«

Mit geballten Fäusten stürzte sich Ulf auf Carl. Maya war im Begriff, zu den Kampfhähnen hinüberzueilen, als mehrere Leute herbeirannten und die beiden trennten. In einem von ihnen erkannte Maya Ulfs Freund Gustav, und auch Carls Tochter Sarah sowie Niklas, der Start-up-Gründer, waren dabei.

Maya wartete einen Moment, und als sie den Eindruck hatte, dass die Situation unter Kontrolle war, lief sie weiter. Nach wenigen Metern stoppte sie erneut. Beinahe wäre sie über zwei Gestalten gestolpert, die eng ineinander verschlungen auf einer Decke lagen. Im letzten Augenblick hörte sie ein unterdrücktes Stöhnen und wich aus. »Sorry!«

Das Pärchen reagierte nicht auf sie.

»Lasst euch nicht stören«, schob Maya hinterher und setzte ihren Weg fort.

Das war dann die noch fehlende Seite dieses mit traditionellen und mystischen Bräuchen aufgeladenen Fests: die Fruchtbarkeit. Am Tag, an dem sich angeblich Himmel und Erde berührten, glaubten manche Menschen, dass ganz besondere Kräfte wirken würden. In dieser Nacht seien zwischenmenschliche Begegnungen mit einer speziellen Energie gesegnet. Kindlich-verspielte Idylle am Nachmittag – Sex, Drogen und Schlägerei am Abend. Maya war es gerade alles zu viel.

In einem großen Bogen umrundete sie die Zeltwiese und näherte sich dem Gästehäuschen. Behutsam öffnete sie die Tür. Emely war noch nicht da. Sicher saß sie irgendwo an einem Lagerfeuer mit einer Gruppe von Yogamenschen zusammen und aß Zauberpilz-Schokolade!

Rasch schlüpfte Maya aus ihrem Kleid und streckte sich in Unterwäsche auf dem schmalen Bett aus. Während sie dem Lärm der vorbeiziehenden Leute lauschte, rollte eine Welle der Traurigkeit auf sie zu. Tränen traten ihr in die Augen, und sie bereute ihren spontanen Entschluss, Mittsommer hier zu verbringen. Wäre sie doch zu Christoffer gefahren und hätte ihm bei seinem Bereitschaftsdienst Gesellschaft geleistet. Für einen Moment überlegte Maya, ihn anzurufen, dann verwarf sie diesen Gedanken. Eigentlich wollte sie gerade nur allein sein.

Kapitel 4

Samstag, 23. Juni

In der Nacht hatte Maya kaum ein Auge zugetan. Emely war irgendwann hereingekommen, ins Dunkle hatte sie »Maya?« geflüstert.

Sie hatte sich schlafend gestellt. Verdammt! Emely hatte diesen Verdacht all die Jahre vor ihr verheimlicht. Hatte ihre Mutter womöglich ein Doppelleben geführt? Jedenfalls gingen ihr Emelys Worte nicht aus dem Kopf, und sie wälzte sich rastlos im Bett hin und her. Nach Sannas Offenbarung war es die zweite Enthüllung einer Freundin, die sie erschütterte. Sie hatte geglaubt, dass sie vier einander bedingungslos vertrauten. Ein unbekanntes Gefühl der Leere nagte an ihr, und Maya erkannte, dass es Einsamkeit war.

Irgendwann fiel sie in einen unruhigen Dämmerschlaf, aus dem sie bald darauf wieder erwachte. Ein Schimmer Tageslicht stahl sich durch die Vorhänge, doch die Uhr zeigte bloß halb sechs. Ermattet ließ Maya sich in die Kissen zurücksinken. So schön die Zeit der weißen Nächte war, diese extreme Helligkeit konnte durchaus anstrengend sein.

Nach einer weiteren quälenden Dreiviertelstunde gab sie auf. An Schlafen war nicht mehr zu denken. Sie schwang ihre Beine aus dem Bett und setzte sich auf die Bettkante. Hinter ihrer Stirn pochte es. Ihr Mund fühlte sich an wie Schleifpapier. Sie brauchte dringend Wasser. Emely hatte sich unter ihrer Decke vergraben und rührte sich nicht. Lediglich einige helle Locken lugten hervor.

Inständig hoffte Maya, keine knarrende Stelle zu erwischen, als sie über die Holzdielen schlich. Sie holte ein frisches Top aus dem Rucksack und angelte nach ihren Shorts, die neben dem Bett auf dem Boden lagen. So leise wie möglich zog sie sich an, verließ die Hütte und schloss behutsam die Tür hinter sich. Gnadenlos knallte die Sonne auf sie herunter. Kein Wunder, um diese Jahreszeit ging sie ja schon vor halb vier auf. Also kurz nachdem Maya ins Bett gefallen war. In der Ferne hatte bereits der Morgen gedämmert.

Sobald sie an den vergangenen Abend dachte, stiegen abermals Enttäuschung und Empörung in ihr auf. Wütend warf sie den Kopf in den Nacken. Das grelle Licht blendete sie. Hätte sie doch bloß ihre Baseballcap mitgenommen! Oder wenigstens die Sonnenbrille. Aber noch mal hineingehen wollte sie auch nicht. Sie hatte gerade überhaupt keine Lust auf ein Zusammentreffen mit der Freundin. Nicht so früh, mit Kopfschmerzen und staubtrockenem Mund. Suchend sah sie sich um. Hatte sie hier nicht gestern irgendwo eine Wasserpumpe gesehen?

Nach einigem Suchen fand sie sie hinter dem Haus unter einer Linde. Maya musste ordentlich pumpen, bis endlich die ersten Wassertropfen erschienen. Nach und nach füllte ein schwacher Wasserstrahl den bereitstehenden Emaileimer. Mit dem Unterarm wischte sich Maya den Schweiß von der Stirn, dann bückte sie sich und schöpfte mit beiden Handflächen das Wasser daraus. Gierig trank sie von dem kühlen, frischen Nass.

Über den gemähten Pfad spazierte sie zum Meer hinunter. Links von ihr lag die Wiese, auf der der Großteil ihrer Gruppe zeltete. Diese Penelope beispielsweise. Die war ziemlich cool. Viel-

leicht würde der Aufenthalt ja doch ganz okay werden. Wobei –
da war ja auch noch Jonas. Für kurze Zeit hatte sie ihn völlig ver-
drängt. Sofort begann ihre Laune wieder zu sinken. Maya blieb
stehen und ermahnte sich selbst. Ihr Ex konnte ihr den Buckel
runterrutschen! Keinesfalls würde sie sich von ihm die wohlver-
dienten freien Tage verderben lassen!

In diesem Moment kletterte eine Gestalt aus einem der Zelte.
Maya blinzelte. Jonas – als hätte er darauf gelauert, dass sie vorbeikam! Sie machte auf dem Absatz kehrt und lief in die entge-
gengesetzte Richtung.

»Maya! Warte mal.«

Sie setzte ihren Weg fort, ohne sich umzublicken. Vielleicht
begriff er ja, dass sie ihm nicht begegnen wollte. Aber die Schritte
hinter ihr signalisierten eindeutig, dass er beschlossen hatte, mit
ihr zu sprechen. So wie er immer *sein* Ding durchgezogen hatte.

Es dauerte nicht lange, bis er sie eingeholt hatte. »Hej, auch
schon auf?«

»Offenbar.«

»Kann ich dich ein Stück begleiten?«

»Wenn es sein muss.«

Schweigend schlenderten sie bis zum Meer, das an diesem
Morgen spiegelglatt dalag. Vereinzelt zogen Schäfchenwolken ge-
mächlich am leuchtend blauen Himmel dahin, und abgesehen
von einigen Möwen, die kreischend über ihnen kreisten, war es
vollkommen still.

Jonas räusperte sich. »Sonderlich begeistert wirkst du nicht,
mich zu sehen.« Zu Mayas Überraschung klang er enttäuscht.

»Was hattest du denn erwartet?«

»Immerhin waren wir mal ein Paar.«

»Das jetzt getrennte Wege geht.«

»Das war dein Wunsch.«

In Maya brodelte es. Barscher als beabsichtigt fuhr sie ihn an:
»Sag mal, musste das sein?«

»Was meinst du?«

»Na, dieses Retreat. Konntest du dir nicht ein anderes aussuchen?«

Verteidigend hob Jonas die Hände. »Emely ist eine fantastische Yogalehrerin. Das hast du mir doch immer gepredigt. Als ich das Angebot sah – wie konnte ich mir das entgehen lassen?« Maya schnaubte.

»Brechen gerade mal wieder deine deutschen Gene durch?« Mit schräg gelegtem Kopf grinste Jonas sie versöhnlich an.

Unwillkürlich musste Maya ebenfalls schmunzeln. Er hatte ja recht! Nach dieser Nacht, um diese Zeit, ohne Kaffee – es war zu früh für die schwedische Diplomatie, wie ihr Vater sie gern nannte. Einer der gewaltigen Unterschiede in der Mentalität, die er erfahren hatte, als sie damals, Maya war erst fünfeinhalb gewesen, nach Schweden gekommen waren. Oft hatte er Anekdoten von seinen Startschwierigkeiten in dem fremden Land erzählt, ergänzt von Mayas Mutter, die lachend einzuwerfen pflegte: »Und dann habe ich ihn wieder bremsen müssen, wenn er die Dinge mit seiner *deutschen Direktheit* angehen wollte.« Nicht zum ersten Mal wurde Maya bewusst, dass sie davon mehr in sich trug, als sie dachte. Bei dem Gedanken an ihre Mutter klumpte sich jedoch ihr Magen erneut zusammen.

Ein Stück vor ihnen kreuzte ein Mann ihren Weg.

»Noch jemand, der so früh schon auf den Beinen ist.« Jonas nickte mit dem Kopf in seine Richtung.

Maya kniff die Augen zu Schlitzen. »Das ist doch Ulf!«

»Wer?«

»Ach, so ein Typ, der hier ein Sommerhaus hat. Wir haben ihn und seinen Freund gestern Abend auf dem Fest kennengelernt. Ist eher so der Anti-Yoga-Mensch.«

»Na ja, Morgenbaden soll ja auch gesund sein.« Jonas deutete nach vorn, wo Ulf gerade seinen Bademantel auszog und auf einen Felsen legte. »Im Adamskostüm.«

»Puh, mir bleibt auch nichts erspart.« Mit der rechten Hand schirmte Maya ihre Augen ab.

Offenbar hatte Ulf sie nicht gesehen, oder es war ihm schlichtweg egal, denn er streckte sich ungeniert in der Sonne, dann kletterte er auf der anderen Seite des Felsens ins Wasser.

»Eigentlich müsste ich doch sauer auf dich sein. Und nicht umgekehrt.« Jonas blieb stehen. »Schließlich hast du mich verlassen. Oder bringe ich da was durcheinander?«

»Ach, hör auf. Was hast du dir bloß dabei gedacht, nach Svartlöga zu kommen?«

»Mann und Frau sind wie zwei parallele Linien, und es liegt in der Natur von parallelen Linien, dass sie sich nie treffen.«

»Erspar mir deine Shakespeare-Zitate.«

»Das war von Strindberg.«

Maya verkniff sich die Frage, ob er gerade in einer neuen Produktion steckte und deswegen einen anderen Schriftsteller-Favoriten hatte.

»Im Ernst: Woher sollte ich wissen, dass du ebenfalls hier bist?« Jonas untermalte das hier mit einer ausladenden Geste. »Du feierst doch sonst Mittsommer in deiner Heimat.«

»Ist das etwa deine kleine Rache?« Provozierend blitzte Maya ihn an. »Oder womöglich willst du mich gar zurückgewinnen?«

Jonas senkte den Blick auf die Spitzen seiner blitzweißen Sneaker. »Ernsthaft, Maya. Ich wollte dir das Retreat nicht verderben.« Er hob den Kopf und streckte versöhnlich eine Hand nach ihr aus, aber Maya rührte sich nicht von der Stelle. »Es tut mir leid, wie alles gelaufen ist zwischen uns. Ich weiß, ich habe viele Fehler gemacht und dich zu wenig gesehen. Als du Schluss gemacht hast ... das hat mich echt in ein tiefes Loch geworfen. Ich vermisse dich, Maya.«

Fassungslos starrte Maya ihn an. »Du hast monatelang nichts von dir hören lassen.«

»Ich wusste nicht, wie ich es dir sagen sollte.«

»Jonas, es gibt da ...« Ein Schrei unterbrach Maya. Ihr Kopf flog herum. »Was war das?«

»Kam von da drüben.« Jonas deutete auf die Badebucht, in der Ulf verschwunden war.

»Vielleicht ist er gestürzt?« Alarmiert blickte sie zum Wasser hinüber.

»Helvete!« Das war Ulfs Stimme. »Was zum Teufel ist das?«

Ohne zu zögern, rannte Maya los. Jedoch kam sie auf dem felsigen Boden nicht so schnell vorwärts. Man musste höllisch aufpassen, mit dem Fuß nicht in eine Spalte zu geraten. Dicht hinter sich hörte sie Jonas.

»Ulf?«, brüllte Maya. »Wir kommen!« Ihre Gedanken überschlugen sich. So panisch, wie er geklungen hatte, musste etwas Schlimmes passiert sein.

Endlich erreichten sie die Bucht. Zu Mayas Erleichterung schien Ulf unverletzt. Er stand bis zum Bauch im Wasser, sein Gesicht spiegelte blankes Entsetzen wider.

»O mein Gott!« Er deutete auf das hohe Schilfgras, das zwischen den Felsen am Uferbereich rechts und links der Badestelle wuchs.

Mit den Augen folgte Maya seinem ausgestreckten Arm.

Neben ihr schrie Jonas: »Du lieber Himmel!«

Im nächsten Augenblick stockte ihr der Atem.

Aus dem Schilf ragten die Beine eines Mannes heraus.

...

Noch im Halbschlaf spürte Emely die Kopfschmerzen in der rechten Schläfe. Sie zog die Decke wieder über den Kopf. Hätte sie doch bloß früher aufgehört zu feiern!

Penelope und sie hatten zusammen mit einigen Teilnehmern um ein Feuer in einer einsam gelegenen Bucht gesessen. Linda hatte ein weiteres Mal ihre Zauberpilz-Schokolade herumgereicht, und diesmal hatte sie davon probiert – wider besseres Wissen. Normalerweise entschied sich Emely für eine Droge und blieb dann dabei. Mischen war einfach keine gute Idee, das hatte sie auch Sarah sagen wollen, die später dazugestoßen war und ziemlich betrunken gewirkt hatte.

Emely wusste, sie hatte sich nur hinreißen lassen, um sich abzulenken von ... Richtig, davor war der furchtbare Streit mit Maya gewesen. Stöhnend rollte sie sich vom Bauch auf die Seite und schielte zum gegenüberliegenden Bett hinüber. Es war leer.

Sie setzte sich auf. Vor ihren Augen drehte sich alles, und sie ließ sich wieder in die Kissen sinken. Kurz darauf startete sie einen neuen Versuch und richtete sich in Zeitlupe auf. Ihr Blick wanderte durch die Hütte. Dass sie gar nichts davon mitbekommen hatte, als Maya gegangen war ... Normalerweise war die Freundin absolut keine Frühaufsteherin. Zu Emelys Kopfschmerzen gesellte sich ein Gefühl der Enge in ihrer Brust. Unstimmigkeiten in ihrem Freundschaftskleeblatt konnte sie nur schwer ertragen, und an einen solch heftigen Streit wie den gestrigen mit Maya konnte sie sich nicht erinnern.

Als Emely sich nachts in die Hütte geschlichen hatte, wirkten die Pilze noch, und sie wollte sich sofort mit Maya aussöhnen. Doch diese schlief so fest, dass sie entschieden hatte, es auf den nächsten Morgen zu verschieben.

Mühsam raffte sich Emely auf, suchte aus ihrem Rucksack ein locker fallendes Trägerkleid heraus und warf es sich über. Sie griff nach der Trinkflasche neben ihrem Bett und leerte sie in großen Schlucken. Dann kramte sie aus dem Necessaire ihre CBD-Tropfen hervor und gab fünf davon unter ihre Zunge. Mit ihrem Strohhut auf dem Kopf verließ sie die Hütte und lief zum Pensionatet. Vielleicht traf sie Maya am Waschplatz.

Aber auch dort fand sie sie nicht. Überhaupt war es überall noch menschenleer. Wie viel Uhr war es eigentlich? Sie hatte vergessen, auf ihr Handy zu schauen. Da sie im Vorfeld schon beschlossen hatten, heute auf die Morgenmeditation zu verzichten und erst am späten Vormittag mit einer Yogalektion zu starten, spielte das gerade keine Rolle.

Wahrscheinlich machte Maya einen Spaziergang, oder sie saß am Meer. Emely schlenderte durch das Dorf in Richtung Festplatz. Von einem der letzten Häuser her kam ihr ein Mann entgegen. Er trug eine helle Hose und ein T-Shirt mit dem Konterfei von Peter Gabriel und hielt einen Thermosbecher in der Hand. Sie blinzelte und erkannte, dass es der Freund von diesem Ulf war ... Gustav hieß er, fiel ihr wieder ein.

»Hej.« Lächelnd hob Gustav die freie Hand zum Gruß.

»Hej, Gustav.« Emely blieb stehen. »Ich bin Emely, ich glaube, wir haben uns gestern gar nicht vorgestellt.«

»Freut mich, Emely.«

»Hast du zufälligerweise meine Freundin gesehen?«

»Leider nein.« Er fuhr sich durch seine dunkelblonden Haare, die lediglich an den Schläfen ergraut waren. »Ich für meinen Teil bin auf der Suche nach Ulf.«

»Der kommt da gerade vom Strand her.« Emely deutete an Gustav vorbei in Richtung Wasser. »Du lieber Himmel, der sieht aber gar nicht gut aus.«

»Vermutlich hat er nach gestern 'nen ordentlichen Kater.«
Gustav lachte, dann drehte er sich um.

Emely zweifelte, dass es daran lag. Ulfs Miene sah nach purer Panik aus, wie er da in einem gestreiften Bademantel auf sie zuhetzte.

Auch Gustav schien es zu registrieren. »Hm, irgendwas stimmt nicht.«

Als Ulf sie erreichte, keuchte er an Gustav gewandt: »Du bist wach, Gott sei Dank!«

»Also, Gott hat ziemlich wenig damit ...«

»Lass den Scheiß!«, fiel Ulf ihm ins Wort. »Mir ist nicht nach Witzen zumute. Der Wallensteen ist tot.«

»Was?«, kam es von Emely und Gustav gleichzeitig.

»Tot! Er ist tot! Und ich hab ihn gefunden!« Aufgebracht raufte sich Ulf seinen grau melierten Haarkranz, sodass die Locken noch wilder vom Kopf abstanden.

»Ulf, beruhig dich.« Gustav legte eine Hand auf die Schulter seines Freundes.

»Scheiße! Du hast gut reden – du warst ja nicht der, der ...« Ulf schüttelte Gustavs Hand ab.

Fassungslos wanderten Emelys Augen zum Wasser hinunter. Carl war tot? Ihre Kehle schnürte sich zu.

»Jetzt mal langsam und der Reihe nach.« Gustav sprach mit beschwichtigender Stimme. »Was ist passiert?«

Ulf stöhnte auf und deutete auf den Becher in Gustavs Hand. »Ist das da Kaffee?«

»Hm.«

»Kaffee – her damit!«

»Hier.« Gustav reichte ihm seinen Becher. »Und jetzt erzähl.«

Gierig schüttete Ulf den Inhalt in sich hinein und wischte sich über den Mund. »Wo sind meine Zigaretten?« Fahrig kramte er in den Taschen seines Bademantels. »Verdammt, verdammt!« Emely konnte es kaum ertragen – sie musste wissen, was Ulf gesehen hatte. Aber Ulf brauchte Zeit, offensichtlich stand er unter Schock.

»Da sind sie ja.« Aus der Brusttasche fischte er ein Päckchen Marlboro hervor und fummelte mit zittrigen Fingern daran herum. »Wollt doch bloß mein Morgenbad nehmen – wenn ich das geahnt hätte! Scheißfeuerzeug!« Vergeblich versuchte er, die Zigarette anzuzünden.

»Komm, ich helf dir.« Gustav nahm ihm den Anzünder aus der Hand und gab ihm Feuer.

Gierig sog Ulf an dem Glimmstängel. »Hatte gerade meinen Bademantel abgelegt – hab noch gedacht, ob vielleicht irgendwo so ein Yogi herumschwirrt –« Kurz hielt er inne und schaute Emely an. Erst jetzt schien er sie zu bemerken. »Du ... ihr ... Ach, ist ja egal.« Er inhalierte zwei tiefe Züge.

»Und was ist dann passiert?«, hakte Gustav nach.

»Ehrlich, wie in 'nem Fernsehkrimi.« Ulf schauderte. »Aber wenn da plötzlich 'ne echte Leiche vor dir liegt ... und dann auch noch jemand, den du kennst ... Und ich stand da, wie Mutter Natur mich ...« Er verstummte, zog an seiner Zigarette und stieß den Rauch aus.

Emely räusperte sich. »Und es ist ganz sicher Carl Wallensteen?«

»Eindeutig. In voller Montur. Im Schilf liegt er. Im Wasser. Tot ist er, mausetot.«

»Wir müssen die Polizei rufen.«

Fahrig trat Ulf die Kippe auf dem Boden aus. »Schon passiert. Zwei von den Yogafritzen kamen, als ich ... Die haben mich schreien hören.« In diesem Moment schien es Ulf wieder bewusst zu werden, dass ja auch Emely zu den Yogafritzen gehörte. »Ein Typ und deine Freundin.« Er zog eine neue Zigarette aus dem Päckchen. »Ich brauch 'nen Whiskey!« Ohne auf eine Reaktion der beiden zu warten, taumelte er los in Richtung seines Sommerhauses.

Gustav sah ebenso entgeistert aus, wie Emely sich fühlte. »Ich muss mich um ihn kümmern.« Damit folgte er seinem Freund.

Wie versteinert blieb Emely zurück. Ulfs kryptische Infos musste sie erst mal sacken lassen. Carl Wallensteen lag tot im Schilf – sie konnte es nicht begreifen. Was in aller Welt war da passiert? Intuitiv wollte sie zu Maya laufen, da fiel ihr Sarah ein. Sarah – um Gottes willen!

· · ·

Maya legte den Kopf in den Nacken und die Hand an die Stirn, um das Sonnenlicht abzublenden. Prüfend suchten ihre Augen den Himmel ab. Noch keine Hilfe in Sicht. Natürlich nicht, so schnell konnte das ja nicht gehen.

Von dem Moment an, als sie die Leiche im Wasser gefunden hatten, war Maya wie auf Autopilot gelaufen. Mechanisch hatte sie einen Notruf abgesetzt, nun war ein Helikopter zu ihnen unterwegs. Ulf, kreidebleich und sichtlich unter Schock, hatte sie zurückgeschickt, damit er sich abtrocknen, ankleiden und etwas zu sich nehmen konnte. »Bleib in deinem Haus, sie brauchen dich später bestimmt für die Zeugenaussage«, hatte sie ihm eingeschärft. Mit einem Zittern in der Stimme hatte er sie gefragt, ob Carl Wallensteen ermordet worden war.

»Das lässt sich momentan noch nicht sagen. Ausschließen würde ich es nicht.«

Die Panik in seinem Gesicht hatte sich verstärkt, er hatte genickt und sich hastig entfernt.

Jetzt galt es erst einmal, den Tatort abzuriegeln. Normalerweise übernahm das die lokale Polizei, die zuerst vor Ort war. Doch Maya wollte keine Zeit verlieren, denn es würde nicht mehr lange dauern, bis die Insel erwachte, und dann würde es vor Schaulustigen nur so wimmeln.

»Jonas, lauf zum *Pensionatet*, und sieh nach, ob du ein Seil oder etwas Ähnliches findest.« Statt des üblichen blau-weißen Absperrbandes musste herhalten, was sie zur Verfügung hatten.

»Willst du ihn aus dem Wasser ziehen? Ich kann dir dabei helfen.« Hektisch strich er die Haare zurück und machte Anstalten, ins Wasser zu steigen.

Energisch winkte Maya ab. »Jonas, los jetzt, hol das Seil! Ich will den Bereich um den Leichenfundort herum absperren. Hast du in deinen blöden Fernsehrollen nichts gelernt? Tatortsicherung.«

»Tatort? Aber ...« Entsetzen lag in Jonas' Blick. »Denkst du etwa, dass ...« Er schluckte und setzte neu an. »Gehst du von ... von einem Mord aus?«

»Hast du nicht mitgekriegt, was ich gerade zu Ulf gesagt habe?« Maya rollte mit den Augen. Schon als sie noch zusammen gewesen waren, hatte er ihr nie zugehört! Clara sagte zwar immer, dass das nicht jonastypisch, sondern eher typisch männlich sei, denn bei ihrem Mann sei es genau dasselbe. Dennoch war Maya davon überzeugt, dass diese Veranlagung bei ihrem Ex besonders stark ausgeprägt war. Nachdrücklich wiederholte sie ihre Worte, dann machte sich Jonas endlich auf den Weg zum *Pensionatet*.

»Und sei erst mal diskret. Das Letzte, was wir gerade brauchen, sind lauter Gaffer«, rief sie ihm nach.

Sobald sie allein war, betrachtete sie den Leichnam eingehender. Während der Oberkörper im Schilf festhing, ragten die Beine ins Wasser hinein. Gestern Abend hatte Carl Wallensteen noch quicklebendig und vergnügt auf dem Festplatz getanzt. Was war seither passiert?

Sie überlegte, welche Kleidung er getragen hatte. Dunkle Jeans und ein weißes Hemd. Exakt wie jetzt. Offenbar war er in der Nacht gestorben. Von ihrer Position aus entdeckte Maya keine äußere Verletzung. Hatte Wallensteen womöglich einen Herzinfarkt oder Schlaganfall bekommen, als er am Ufer gestanden und aufs Meer geschaut hatte?

Maya lief einige Meter am Ufer entlang, um näher an die Leiche heranzukommen, doch dort wuchs das Schilfgras so dicht und hoch, dass sie nichts sehen konnte. Wollte sie den Toten genauer in Augenschein nehmen, kam sie nicht umhin, zu ihm hinüberzuschwimmen. Sie kehrte zu der Badestelle zurück und blickte an sich hinunter. Um ihren Badeanzug zu holen, war keine Zeit. Sie musste schnell agieren, ehe der Helikopter auftauchte. Rasch zog sie ihre Schuhe aus, legte das Handy in einen hinein und steckte die Zehen ins Wasser. Fröstelnd zuckte sie zurück. Dafür, dass es hier noch recht flach war, ließen die Temperaturen echt zu wünschen übrig.

Was hatte Emely über gesundheitsfördernde Kaltbäder gesagt? Maya biss die Zähne zusammen und setzte einen Fuß vor den anderen, ohne weitere Sekunden zu vergeuden, bis ihr das Wasser an die Oberschenkel reichte. Sie gab sich einen Ruck und schwamm los. Die beißende Kälte drang durch alle ihre Poren. Sie machte einige hastige Schwimmzüge, dann wurde es erträglicher.

Auf der anderen Seite der Leiche angekommen, suchte sie den Grund unter ihren Füßen. Hier ging ihr das Wasser bis zur Hüfte. Vorsichtig tastete sie sich näher heran. Ihre Füße sanken im Schlamm ein, sie musste aufpassen, dass sie nicht ausrutschte.

Schließlich war sie nahe genug gekommen und lehnte sich nach rechts, um besser zwischen dem Schilfgras durchschauen zu können. Nun sah sie Carls Gesicht in allen Details. Die Haut hatte sich gräulich verfärbt, die Lippen waren blau angelaufen. An Nase, Mund und Augen gab es bereits Fliegeneier. Die Augen waren weit geöffnet, die Hornhäute schon getrübt. Maya entdeckte keine äußere Kopfverletzung. Ihr Blick wanderte am Körper entlang. Der rechte Arm hing über dem Torso und verdeckte einen Großteil davon. Verdammt, sie durfte ihn nicht berühren. Zu gern hätte Maya ihn hochgehoben. Sie trat noch dichter heran, beugte sich hinunter, bis sie mit der Wange fast die Wasseroberfläche berührte. Und da entdeckte sie die Stichverletzung in der Brust.

Kapitel 5

Maya war gerade wieder auf dem Weg an Land, als Jonas angerannt kam, gefolgt von einer jungen Frau mit wehenden dunklen Haaren. Als Maya genauer hinsah, erkannte sie Sarah – ausgerechnet!

»Was ist passiert? Mein Vater! Ist er ...?«

Maya hastete die letzten Schritte zum Ufer zurück. »Sarah, es tut mir so leid. Bitte, komm nicht näher, es ...«

Natürlich blieb Sarah nicht stehen, im Gegenteil, sie rannte bis zur Uferkante und reckte den Hals. Kaum hatte sie ihren Vater gesehen, entfuhr ihrer Kehle ein animalischer Schrei. Sie brach in lautes Wehklagen aus. »Papa! Papa! Nein! Das darf nicht sein! Papa!«

Nur mit Mühe gelang es Jonas, sie davon abzuhalten, ins Wasser zu springen.

Maya kletterte über den Felsen an Land, da schlug Sarahs Stimme in ein Wispern um: »Mir ... mir ist ... ganz schwindelig. Ich ...«

Ruckartig hob Maya den Blick. Sarah stand gefährlich nahe am Ufer, kreidebleich im Gesicht. Sie schwankte.

»Jonas, schnell«, rief Maya.

Doch ehe er reagierte, kippte Sarah zur Seite und fiel wie eine leblose Puppe zu Boden. Ein dumpfer Knall ertönte, als sie mit dem Kopf auf dem felsigen Untergrund aufschlug.

Mit zwei Sätzen war Maya bei ihr. »Sarah?« Sie kniete sich neben die Bewusstlose, prüfte ihre Atmung, die sie schwach, aber regelmäßig wahrnahm.

»O Gott, o Gott! O Gott, o Gott!« Jonas schlug die Hände über dem Kopf zusammen. Er schien kurz davor zu sein, die Nerven zu verlieren.

»Verdammt noch mal, Jonas! Hast du aus deiner Zeit als Fernsehkommissar eigentlich irgendwas mitgenommen?« Was hatte er damals geprahlt, von wegen, jetzt könne er nachempfinden, wie sie sich am Schauplatz eines Verbrechens fühlte. Es war eben doch ein gewaltiger Unterschied, ob man den Ermittler bloß spielte oder im wirklichen Leben mit einer Leiche konfrontiert wurde. Für einen Moment schloss Maya die Augen und hielt inne, dann sah sie ihn an und hoffte, dass sie einen ruhigeren Ton traf: »Ich kümmere mich um Sarah, du sicherst den Platz hier. Spann das Seil von dem Baum dort drüben zu dem dahinten.« Deutlich zeigte sie in die angegebene Richtung.

Ergeben nickte Jonas und lief mit dem Seil los.

Umsichtig brachte Maya die bewusstlose Sarah in die stabile Seitenlage und tätigte danach einen weiteren Anruf. Zusätzlich brauchten sie nun auch noch dringend einen Rettungshubschrauber. Man versprach, die Hilfe sofort loszuschicken.

Mit den Augen suchte Maya den Himmel ab. Sie fröstelte, sie musste unbedingt das nasse Zeug loswerden. Von dem ersten Helikopter war nach wie vor keine Spur zu sehen. Doch da, ganz weit am Horizont, da war etwas, ein Punkt, der rasch größer wurde.

Der Helikopter landete auf einer weitläufigen Wiese nahe dem privaten Bootsanlegeplatz. Maya hatte die Zeit genutzt und sich trockene Kleider angezogen. Zunächst war sie überrascht, als sie in einer der aussteigenden Personen Pär erkannte. Aber klar, er wurde geschickt, weil sie bereits vor Ort war. Im nächsten Moment stutzte sie – woher wusste die Zentrale, dass sie auf Svartlöga weilte? Pär gegenüber hatte sie lediglich ein Yogaretreat in den Schären erwähnt. Es konnte folglich nichts mit ihr zu tun haben. Mit ihm an Bord war eine Frau älteren Semesters, deren feuerroter Pagenkopf ihr entgegenleuchtete, sowie zwei Kriminaltechniker, die sie flüchtig kannte.

Kurz darauf traf ein Boot der Küstenwache ein. Nachdem sie den Toten am Fundort begutachtet hatten, begannen die Kollegen der Spurensicherung, die Leiche zu bergen. Die Frau mit den roten Haaren trug eine lederne Tasche vom Helikopter herüber. Sicher war es die Rechtsmedizinerin. Maya wollte Pär gerade nach ihr fragen, als dieser fragend herübersah.

»Wissen wir schon, wer er ist?« Die Arme auf dem Rücken verschränkt, stand ihr Partner auf dem flachen Felsen nahe der Uferkante.

»Carl Wallensteen heißt der Tote. Lebt in Stockholm, fünfundfünfzig Jahre alt, Zahnarzt.« Maya trat neben ihn und beobachtete, wie die Kriminaltechniker den Leichnam an Land brachten.

»Vermutlich hat er hier ein Sommerhaus?«

»Gut kombiniert.«

»Kennst du ihn persönlich?«

»Bloß etwas. Ich habe ihn gestern zum ersten Mal getroffen.« Mayas Gedanken stoben wirr durcheinander. Am vergangenen Abend hatte sie noch mit Carl angestoßen. Nun lag er tot vor ihr. Was war in den wenigen Stunden dazwischen geschehen?

»Mittsommer …« Pär schüttelte den Kopf, sein Blick vervollständigte den Satz, Maya hörte seine Worte, ohne dass er sie aussprechen musste: *Immer wieder dasselbe an diesem Fest, an dem in jeder Hinsicht über die Stränge geschlagen wird.*

»Du denkst, dass er ertrunken ist?«

»Betrunken ertrunken, das ist zumindest das Naheliegende.«

Kurz horchte Maya in sich hinein. »Da muss etwas anderes dahinterstecken.«

»Wie kommst du darauf?«

»So betrunken war er nicht.«

»Manchen merkt man es nicht so an. Oder er hat sich später die Kante gegeben, als du nicht dabei warst.«

»Außerdem hat er eine Stichverletzung im Oberkörper.« Ihr fiel die Auseinandersetzung zwischen Ulf und Carl ein, die sie letzte Nacht mitbekommen hatte. Sie berichtete Pär davon. »Dieser Ulf war auch derjenige, der die Leiche gefunden hat.«

»Vielleicht hat er euch was vorgespielt? Immerhin musste ihm klar sein, dass man den Toten schnell finden würde.«

Maya hatte bereits darüber nachgedacht. Selbst wenn sie Ulf eine derartig oscarreife Schauspielleistung nicht zutraute, durfte man es nicht außer Acht lassen. »Wie geht's jetzt weiter, Kollege? Wirst du hier dein Zelt aufschlagen? Auf der Wiese beim Pensionatet ist noch Platz. Ich habe ja schon eine Unterkunft.« Sie zwinkerte ihm zu. Solche Situationen brauchten Leichtigkeit, einer von ihnen versuchte in der Regel, sie aufzulockern.

»Ich denke, ich werde pendeln und ...«

»Dann ist es wohl besser, wenn ich das Retreat abbreche. Oder sollte ich vielleicht dort verdeckt ermitteln?«

»Maya«, Pär zögerte. »So gern ich dich in dem Fall an meiner Seite sehen würde ... es geht nicht.«

»Was?« Entsetzt sah Maya Pär an. »Ist das dein Ernst?« Automatisch war sie davon ausgegangen, dass sie gemeinsam den Fall untersuchen würden. Pär und sie – das war seit Jahren eine

79

Selbstverständlichkeit. Wenn sie ehrlich war, hatte sie es von dem Moment an, da sie die Stichverletzung entdeckt hatte, als ihren Fall betrachtet. Der entscheidende Augenblick, in dem der Funke übersprang und in ihr das Feuer entzündete, das sie bei der Suche nach einem Täter antrieb. »Wieso soll ich nicht dabei sein, Pär?«

»Maya, du warst hier, beim Mittsommerfest mit den anderen, als das alles passiert ist. Du kennst das Opfer.«

»Willst du damit sagen, ich gehöre –«, Maya schnappte nach Luft, »zu den Verdächtigen?«

»Ja ... nein ... also ...«

»Pär!«

»Natürlich nicht. Trotzdem –«

»Wer wird dann an meiner Stelle mit dir arbeiten?«

Pär verzog das Gesicht, als hätte er Zahnschmerzen. »Wir reden später in Ruhe darüber. Komm, ich stelle dich der Rechtsmedizinerin vor. Ich glaube, du kennst Ulla noch nicht.«

»Weil ich die Leiche mitgefunden habe, darf ich also wenigstens bei der Leichenschau dabei sein.« Maya hörte selbst, dass sie aggressiv klang. »Sorry, Pär«, schob sie schnell hinterher. An dem Blick, den er ihr zuwarf, erkannte Maya, dass eine Diskussion zu diesem Zeitpunkt nichts brachte.

Sie schaute zu dem mittlerweile aufgebahrten Leichnam hinüber. Die Rechtsmedizinerin hatte gerade mit der Erstuntersuchung begonnen. Nach der Landung hatte sie sich zunächst um die bewusstlose Sarah gekümmert. Verblüfft betrachtete Maya die Frau – entweder war sie früh gealtert, oder sie befand sich unmittelbar vor dem Ruhestand. »Ist sie ... neu bei uns?«

Pär lachte. »Ulla Janson ist ein Urgestein. Eine Koryphäe. Eigentlich ist sie seit drei Jahren in Pension.«

»Ach so. Deswegen ...«

»Sie springt ein, wenn die Rechtsmedizin unterbesetzt ist. So wie jetzt. Ein Glück für uns – ihre Kompetenz ist unschlagbar.«

Während der Sommermonate fiel ganz Schweden in einen Dornröschenschlaf. Ab Mittsommer fuhr das Land auf Sparflamme, der komplette Juli zählte als Ferienmonat, manchmal bis in den August hinein. Sämtliche Arbeitnehmer hatten das Recht auf vier Wochen zusammenhängenden Urlaub. Mayas Vater hatte darüber immer wieder den Kopf geschüttelt. »In Deutschland wäre so was undenkbar.«

Gemeinsam liefen sie zu Ulla, die sich gerade die Einmalhandschuhe abstreifte. Pär stellte die beiden Frauen einander vor.

»Freut mich, dich kennenzulernen, Ulla.« Maya streckte ihr die Hand hin.

»Ganz meinerseits.« Ulla sprach mit dem typischen Akzent der Finnlandschweden, der etwas Beruhigendes und Vertrauenerweckendes ausstrahlte. Dazu ein warmer, fester Händedruck und ein offener, freundlicher Blick aus wasserblauen Augen. »Ich habe gehört, du warst in der Nähe, als die Leiche entdeckt wurde?«

Maya berichtete ihr, wie Jonas und sie Ulf mit dem Toten angetroffen hatten. »Die Kleidung hat Carl Wallensteen schon gestern Abend getragen. Von daher gehe ich stark davon aus, dass er im Laufe der Nacht verstarb.«

»Seine Körpertemperatur sagt dasselbe.« Ulla strich sich eine Strähne aus der Stirn.

Jetzt, da Maya direkt vor ihr stand, fiel ihr der schneeweiße Haaransatz auf.

»Sonst noch etwas, das dir aufgefallen ist?«

»Die Wunde im Brustraum – sieht nach einer Stichverletzung aus.«

»Hast du trotz früher Morgenstunde richtig beobachtet.« Anerkennend nickte Ulla. »Stichwunde in Herzensnähe oder Wasser in der Lunge – was führte zum Tod?« Sie hob die Hände und sah erst Maya, dann Pär an. »Die Antwort bringt uns die Autopsie.«

Pär kratzte sich im Nacken. »Wann können wir mit dem Ergebnis aus eurem Institut rechnen?«

»Etwas sagt mir, dass die Aktivität in Solna heute vielleicht nicht sprudelt, aber ich kümmere mich. Stellt euch mal auf den frühen Abend ein.«

Ein Dröhnen in der Ferne kündigte den Rettungshubschrauber an.

»Die Zeit der Wunder ist noch nicht vorbei.« Ulla richtete sich auf und rieb sich, von einem Stöhnen begleitet, den unteren Rücken.

Pär musterte sie aufmerksam. »Alles in Ordnung?«

»Nicht der Rede wert.« Lässig winkte sie ab. »Altern ist nix für Weicheier, und diesem Klub werde ich nicht beitreten, dazu habe ich mich bei der Pensionierung entschieden.«

Lachend wandte sich Pär an Maya: »Ich liebe Ullas Humor.«

»Und nicht nur das.« Mayas Sympathie für die Rechtsmedizinerin wuchs von Minute zu Minute. »Wenn ich mal groß bin, will ich sein wie sie.«

Jetzt lachte auch Ulla. »Ich habe das Gefühl, du bist auf einem guten Weg.«

Maya schaute zu dem Landeplatz hinüber. Soeben stiegen die Rettungssanitäter aus. »Kannst du etwas zu Sarahs Zustand sagen?«

Sogleich wurde Ulla wieder ernst. »Im besten Fall ist es nur eine Gehirnerschütterung. Wenn sie unglücklich aufgeschlagen ist, kann es zu inneren Blutungen gekommen sein. Deswegen müssen nun unbedingt diverse Untersuchungen vorgenommen werden, vor allem ein Schädel-CT.« Ulla bückte sich und packte ihre Utensilien ein. »Das war's dann fürs Erste. Sobald ich die

Autopsieergebnisse habe, melde ich mich. Bis dahin wünsche ich euch beiden erfolgreiches gemeinsames Ermitteln.«

»Na ja, so, wie es aussieht, werde ich wohl nicht in den Fall eingebunden sein.« Die Enttäuschung wallte von Neuem in Maya auf.

»Du bist nicht dabei?« Überrascht sah Ulla zu ihr hoch. »Das ist ja wohl das Dümmste, was ich gehört habe. Pär?«

Pär trat von einem Fuß auf den anderen. »Nun ja, ich dachte, dass sie zu nah dran ist.«

»Pär, ich bin zwar nicht deine Vorgesetzte, und letzten Endes liegt das natürlich in eurem Ermessen. Aber du hast mir auf dem Hinflug so viel Positives von Maya erzählt, wie toll ihr euch ergänzt, und mein Eindruck, den ich von ihr in der kurzen Zeit gewonnen habe, steht dem in nichts nach. Sie muss dabei sein. Punkt. *Perkele!*«

»Wir schauen mal.«

Ulla bedachte ihn mit einem strengen Blick. »So eine nichtssagende Floskel aus *deinem* Mund? Das kannst du doch besser. Und überhaupt – als verdeckte Ermittlerin wirst du sie ja wohl allemal einsetzen können. Sie sitzt doch hier an der Quelle. Es wäre sträflich, wenn du dir das entgehen lassen würdest.«

Maya glaubte, sich verhört zu haben. Dass Ulla, die sie kaum kannte, so stark für sie Partei ergriff, hatte sie nicht erwartet. Was für eine Wohltat nach dem verkorksten Ende des Mittsommerfestes, dem der Beginn des heutigen Tages in nichts nachstand.

»Ulla, bist du so weit?«, schallte es von den Helikoptern zu ihnen herüber.

»Hätte ich Räder, wäre ich ein Autobus«, rief sie zurück, bevor sie sich an Maya und Pär wandte: »Tut mir leid, ihr zwei, ich muss euch jetzt leider verlassen. Mein Typ wird verlangt.« Ulla machte zwei Schritte auf Maya zu und umarmte sie herzlich. »Du hast *sisu* – wie wir in Finnland sagen. Diese besondere ... Kraft. Benutze sie, Maya. Hat mich sehr gefreut, dich kennenzulernen.«

»Mich ebenfalls, Ulla.« Maya fühlte sich gerührt von so viel menschlicher Wärme. »Ich hoffe, wir sehen uns mal wieder.«

»Wenn du am wenigsten damit rechnest, kleines Herz.« Ulla lachte bedeutungsvoll, während sie nach ihrer Tasche griff. »Die Sommerferien sind lang.« Ehe sie in den Helikopter stieg, winkte sie ihnen noch einmal zu.

»Was für eine fantastische Frau.«

»Sie hat dein Potenzial sofort erkannt.« Pär schnalzte mit der Zunge. »Dass sie sich so für dich eingesetzt hat, darauf kannst du dir schon was einbilden. Ulla ist gnadenlos ehrlich, in jeder Richtung.«

»Wie meinst du das?«

»Was sie auf den Tod nicht ausstehen kann, sind Faulheit und Schlamperei. Da, möchtest du nicht in ihrer Nähe sein. Sie hat schon so manchen schnarchnasigen Kollegen ganz schön rundgemacht.«

Mit Getöse hoben die beiden Helikopter nacheinander ab. Maya verfolgte, wie sie sich entfernten, immer kleiner wurden, bis sie nicht mehr als zwei winzige Punkte am Horizont waren und kurz danach verschwanden. Inständig betete sie, dass Sarah sich nicht schwer verletzt hatte und bald das Bewusstsein wiedererlangte. Wobei es dann ein bitteres Erwachen würde, wenn sie erfuhr, dass ihr Vater nicht nur tot war, sondern jemand ihn kaltblütig getötet hatte.

Sie schaute sich nach Pär um. Er war zur Badebucht hinübergegangen und stand am Absperrband, das die Kriminaltechniker inzwischen statt des Seils gespannt hatten.

»Und wie kommst du später von hier weg? Oder bleibst du doch über Nacht?«

»Mal sehen. Erst mal habe ich noch Verstärkung angefordert, damit wir die Inselbevölkerung befragen können.«

Maya beobachtete einen der Kriminaltechniker, der den Boden nach Blutspuren absuchte. Bei sandigem Untergrund wäre es einfacher gewesen; den hätte man abschöpfen können. Hier aber wuchs überall Gras. Maya hatte schon erlebt, dass Kriminaltechniker Blut von einzelnen Grashalmen abnahmen. Bisher schien er jedoch nichts gefunden zu haben. »Hast du dir Ullas Worte durch den Kopf gehen lassen?« Sie sah Pär mit schief gelegtem Kopf an und kräuselte die Stirn.

»Maya, erstens hast du gerade Urlaub und ...«

Maya fiel ihm ins Wort. »Wäre ja nun wirklich nicht das erste Mal, dass einer von uns den unterbrechen muss.«

»Im Ernst, Maya. Ich habe doch mitbekommen, wie viel du in den letzten Wochen geschuftet hast. Deine ganzen Überstunden. Lass los, schalte ab. Dafür ist so ein Yogaretreat doch gedacht, oder?«

»Und was ist mit dir? Du hast doch eigentlich auch frei. Warte mal – hattest du nicht Hilding und seine Frau übers Wochenende eingeladen?« Maya dachte an den Östersunder Polizeihauptmeister, mit dem sie im Winter zu tun gehabt hatten.

»Die beiden sind seit vorgestern da. Wir hatten einen schönen midsommarafton. Vera und Hildings Frau Lisbet verstehen sich ausgezeichnet. Die beiden werden mich kaum vermissen. Und Hilding versteht das, er ...«

»Du stellst mich also einfach aufs Abstellgleis.«

»Was? Wohin stelle ich dich?«

»Aufs Abstellgleis. Sagt man so auf Deutsch. Soll heißen, dass du mich von dem Fall ausschließt.«

»Maya, bitte, du musst doch einsehen, dass –«

»Ständig diese Vorschriften und Paragrafen!« Genervt griff Maya nach einem Stein und schleuderte ihn aufs Wasser.

»Oha, jetzt wurd's ein Farbfilm.«

Maya prustete los. Das war so typisch Pär! Seine Art, ihr auf Schwedisch klarzumachen, dass sie heute auf Krawall gebürstet war, wie ihr Vater es früher immer auf den Punkt gebracht hatte. Allerdings hatte Pär ja recht. »Ist überhaupt nicht mein Tag. Ich bin vorhin schon mit Jonas aneinandergeraten und ...«

»Jonas? Dein Ex? Jetzt sag mir nicht, dass der auch hier ist.«

»Leider doch. Aber das ist noch nicht das Schlimmste.«

»Es kann noch schlimmer kommen?«

»Mir ist nicht nach Scherzen zumute.«

»Sorry, war nicht so gemeint.« In mitfühlendem Ton setzte er neu an. »Magst du mir erzählen, was passiert ist?«

»Ich hatte einen ziemlich heftigen Streit mit Emely.«

»Verstehe.« Pär rieb sich das Kinn. »Das renkt sich doch bestimmt wieder ein.«

Im Gegensatz zu ihm war Maya sich da nicht so sicher. Dennoch war gerade nicht der Zeitpunkt, ihre freundschaftlichen und familiären Schwierigkeiten vor Pär auszubreiten. »Was ist mit Ullas Vorschlag? Kann ich dir wenigstens interne Infos aus unserer Gruppe weitergeben? Quasi als ›Undercover-Ermittlerin‹?«

»Wissen die anderen in eurer Gruppe denn nicht, dass du Polizistin bist?«

»Bloß Emely. Alle anderen denken, dass ich Staatsbedienstete bin, irgendeine Verwaltungsmaus halt.«

»Wieso das?«

»Ich wollte einfach mal richtig abschalten. Sobald jemand erfährt, womit ich mein Geld verdiene, kommen immer gleich die üblichen Fragen – *hast du schon mal eine Leiche gesehen, wie gehst du mit all den schlimmen Geschichten um*«, Maya verdrehte die Augen. »Ich habe Emely schon vorher gesagt, dass ich keine Lust habe, hier über meine Arbeit nachzudenken, und schon gar nicht, darüber zu reden.«

»Einen hast du vergessen.« Pär verschränkte die Arme. »Jonas.«

»Der hat mich in der Vorstellungsrunde zwar komisch angesehen, als ich erzählt habe, was ich mache, aber ich denke, er hat's verstanden. Außerdem – ich kann den beiden ja noch mal stecken, dass ich hier nicht ermittle.«

»In Ordnung, Maya. Ich gebe mich geschlagen. Du bist dabei.«

»Du wirst es nicht bereuen.«

»Ulla hat schon recht, das kann sogar ganz hilfreich sein. Dann fangen wir doch mal an.« Pär zog sein Notizbüchlein aus der Hosentasche, wandte sich ihr zu und schaute sie aufmerksam an. »Wie sah Carls letzter Tag aus? Ist dir irgendetwas Besonderes aufgefallen?«

Maya überlegte kurz. Sie schilderte ihm, in welchen Situationen sie Carl Wallensteen am Vortag erlebt hatte, vom Kennenlernen beim gemeinsamen Lunch über den Nachmittag am Festplatz, das Grillen am Abend bis zu den Auseinandersetzungen mit Ulf.

»Ulf ... das ist doch der, der die Leiche heute früh gefunden hat?«

»Genau.«

»Hm.« Pär kritzelte etwas in sein Notizbuch. »Ich werde gleich mit ihm sprechen. Jedenfalls – die Fähre legt zwei- bis dreimal am Tag hier auf Svartlöga an. Die letzte Fahrt war gestern um zwanzig Uhr. Bis jetzt konnte keiner die Insel verlassen. Also, wie es aussieht ...«, er ließ den unfertigen Satz für einen Moment in der Luft hängen, »kommen wir nicht umhin, Svartlöga erst einmal abzuriegeln. Bis wir alle befragt haben, die sich hier befinden.«

Maya schwieg. Sie rupfte einen der langen Grashalme aus, die zwischen den Felsen wuchsen, und rieb die Samenkörner ab. Was Pär sagte, leuchtete ihr ein, bis auf ...»Du vergisst dabei nur eine Sache.«

»Und die wäre?«

»Die Privatboote. Der Täter könnte längst auf und davon sein.«

Als Maya zum Pensionatet zurückkam, traf sie die Gruppe im Yogaraum an. Alle saßen auf ihren Matten im Kreis und unterhielten sich leise. Cecilia tupfte sich die Augen trocken, und auch die Übrigen wirkten betroffen. Sobald sie Maya erblickten, verstummten sämtliche Gespräche.

Natürlich wussten sie Bescheid. Die Ankunft der Helikopter hatte sich schlecht verbergen lassen, und vermutlich hatte Jonas nicht dichtgehalten.

»Was ... haben sie gesagt?« Emely sah aus dem Schneidersitz zu ihr herauf. Unter ihren normalerweise strahlend blauen Augen lagen dunkle Schatten, sie schien bei Weitem nicht so ausgeruht und frisch zu sein, wie Maya es von ihr bei Yogastunden gewohnt war. »Bitte erzähle, Maya.«

Maya gab ihnen eine kurze, sachliche Zusammenfassung dessen, was geschehen war. »Sarah ist auf dem Weg ins Krankenhaus, und der Leichnam kommt zur Autopsie. Viel mehr kann ich euch nicht sagen. Außer, dass die Polizei darüber nachdenkt, die Insel vorerst abzuriegeln«, schloss sie ihren Bericht.

Ein Raunen machte sich breit.

»Hm.« Emely nickte leicht; scheinbar ließ sie sich Mayas Sätze durch den Kopf gehen. »Wir haben schon beratschlagt, was wir nun tun sollen. Aber wenn wir momentan ohnehin hier festsitzen, ist es vermutlich das Sinnvollste, dass wir mit unserem Programm fortfahren.«

Cecilia meldete sich zu Wort. Sie blinzelte die Tränen weg, die noch in ihren Augen glitzerten, schluckte und fragte mit belegter Stimme: »Wer übernimmt dann Sarahs Kurs?«

»Wir könnten alle gemeinsam trainieren.« Emely entknotete die Beine und streckte sie aus. »Ich zeige jeweils mehrere Varianten der Asanas, damit könnten wir die unterschiedlichen Schwierigkeitsgrade abdecken.«

»Aber dann fehlt doch immer noch jemand, der mich unterstützt.« Sue war eine von Emelys langjährigen Yogaschülerinnen, die sich bei solchen Retreats als Köchin engagierte und eine Menge weiterer Aufgaben übernahm.

»Du hast recht.« Emelys Gesicht wurde nachdenklich. »Wenn wir alle gemeinsam ...«

»Was ist mit Leif?« Maya räusperte sich. »Auch wenn wir die Insel nicht verlassen können – ein Außenstehender wird vermutlich herkommen dürfen.« Sie wich Emelys Blick aus. Zwar war in den letzten Stunden so viel anderes passiert – dennoch, die Geschichte vom vergangenen Abend war längst nicht erledigt.

»Leif, ja, das ist eine gute Idee. Ich rufe ihn sofort an.« Mit einer geschmeidigen Bewegung stand Emely auf und verließ den Raum. Es vergingen einige Minuten, in denen die Übrigen Maya mit Fragen bombardierten. Eine Leiche auf der Insel, noch dazu jemand, den sie kannten ... Maya konnte verstehen, dass alle mehr wissen wollten, doch was sollte sie ihnen sagen? Schließlich wusste sie selbst nichts. Sie antwortete lediglich knapp und war erleichtert, als Emely kurz darauf zurückkehrte.

»Leif springt ein, allerdings wird er erst mit der Fähre gegen Abend ankommen.«

»Vielleicht könnte ich euch bis dahin helfen?« Penelope raffte ihre Locken am Oberkopf und ließ sie über die Schultern fallen. »Ich bin zwar eigentlich Teilnehmerin, aber ich habe im Frühjahr meine Yogaausbildung abgeschlossen.«

Maya registrierte Jonas' interessierten Blick. Natürlich. Wäre sie noch mit ihm zusammen, würde sich schon wieder die Eifersucht in ihr aufbäumen. So jedoch ließ es sie nicht nur kalt, vielmehr bestätigte es ein weiteres Mal ihre Entscheidung, sich getrennt zu haben. Er würde sich nie ändern.

»Das ist sehr lieb von dir, Penelope.« Emely knetete ihre Hände, ehe sie konzentriert die Fingerspitzen aneinanderlegte. Maya merkte ihr an, dass die Situation sie herausforderte. »Lass uns am besten gleich in Ruhe darüber reden.« Ihre Augen schweiften durch die Runde. »Was haltet ihr davon, wenn wir uns jetzt in eine Meditation begeben? Ich denke, es ist eine gute Möglichkeit, um diesen Schock ein wenig sacken zu lassen. Danach können wir frühstücken. Die ausgefallene Yogaeinheit können wir am frühen Nachmittag nachholen.«

Einstimmiges Kopfnicken bestätigte sie. Während sich alle auf ihren Meditationskissen zurechtruckelten, holte Maya sich ebenfalls eines aus dem Regal und nahm zwischen Penelope und Cecilia Platz.

Nach und nach verstummten sämtliche Geräusche im Raum. Hier und da hörte man ein schweres Ausatmen. Emely saß in perfektem Lotussitz, die Unterarme ruhten auf den Oberschenkeln, die Handflächen wiesen nach oben. Daumen und Zeigefinger berührten sich, die Augen hatte sie geschlossen. Mit den hellen Locken, die ihr Gesicht einrahmten, hatte sie beinahe etwas Heiliges an sich. Trotz der Ausnahmesituation, in der sie sich befanden, klang ihre Stimme bewundernswert entspannt. »Finde in eine aufrechte Sitzposition, stelle dir vor, dass du an einem unsichtbaren Faden nach oben gezogen wirst«, begann sie. »Lass die Schultern nach oben und nach hinten kreisen. Spüre in deinen Atem hinein, fülle deine Lungen, deinen Brustkorb, deinen Bauchraum. Halte die Fülle für einen Moment, und dann lass sämtliche Luft aus dir herausströmen. Halte die Leere ...«

Während Maya sich auf ihre Atmung konzentrierte, musterte sie zwischen den halb geschlossenen Lidern die Menschen um sich herum.

War es jemand von ihnen gewesen? Der Schock stand allen ins Gesicht geschrieben, doch das musste nichts bedeuten. Nicht nur professionelle Schauspieler verstanden es, etwas vorzutäuschen. Carl Wallensteen war im Laufe der Nacht oder im frühen Morgengrauen gestorben. Auf Svartlöga befanden sich aktuell einige Hundert Personen. Einer von ihnen hatte ihn tödlich attackiert. In dieser Zeit hatte keine Fähre angelegt. Falls keines der Privatboote von hier weggefahren war, so weilte der Täter noch unter ihnen.

Kapitel 6

»... kehrst du allmählich, in deinem eigenen Tempo, zurück ins Hier und Jetzt.«

Ob es an Emelys tiefenentspannender Stimme lag oder an der Energie in dem Raum mit knapp zwanzig Meditierenden, vermochte Maya nicht auszumachen. Als sie aus dem Trancezustand, in den sie hineingeglitten war, auftauchte und die Augen öffnete, fühlte sie sich von sämtlichen negativen Schwingungen befreit.

Voller Elan räumte sie das Kissen wieder ins Regal und überlegte, mit welcher Strategie sie ihre neue Rolle als verdeckte Ermittlerin angehen sollte. Mit unverbindlichen Gesprächen würde sie starten, ein wenig Plaudern über den gestrigen Abend, herausfinden, ob jemand etwas mitbekommen hatte, das Carl betraf. Am besten fing sie mit denjenigen an, die sie schon kannte.

Maya sah sich im Yogaraum um. Drei junge Frauen aus der Anfängergruppe steuerten den Ausgang an. Cecilia war bereits gegangen, und Henrik war überhaupt nicht dabei gewesen, wie ihr jetzt erst auffiel. Penelope hatte sich neben Emely gesetzt – bestimmt besprachen sie die Planung der kommenden Yogaeinheiten. So gelöst, wie sich Maya momentan fühlte, würde sie zu Emely gehen, sobald die beiden fertig waren, und diese schwelende Unstimmigkeit zwischen ihnen beseitigen.

Sie verließ den Raum, um sich etwas zu trinken zu holen. Auf dem Weg in die Küche zog sie ihr Telefon aus der Gesäßtasche und schaltete den Flugmodus aus, den sie während der Meditation aktiviert hatte. Kurz hintereinander plingte es dreimal. Zwei verpasste Anrufe und eine Textnachricht von Christoffer. Gerade als sie diese las, klingelte das Gerät in ihrer Hand. Es war ihre Mutter. Einen Moment zögerte Maya, dann nahm sie das Gespräch an. »Hej, Mama.« Sogleich war der Knoten im Magen zurück. Statt in die Küche lief sie an den anderen vorbei nach draußen.

Die vertraute Stimme tönte aus dem Handy: »Maya, mein Schatz, wie geht es dir? Hattet ihr ein schönes Mittsommerfest?«

»Teils, teils.« Mit dem Telefon zwischen Ohr und Schulter eingeklemmt zog Maya ihre Turnschuhe an.

»Ist etwas passiert?«

»Der Anfang war gut, aber danach … irgendwie ist alles aus dem Ruder gelaufen.« Sie ging in Richtung des gemähten Pfades, der zum Meer hinunterführte. »Gestern Abend habe ich mich mit Emely gestritten, und heute früh haben wir einen Toten gefunden.«

»Wie bitte … was? Einen Toten?«

In knappen Worten erzählte Maya, was geschehen war.

»Oh, Maya, wie furchtbar! Könnt ihr von dort weg?«

»Erst mal nicht.«

»Das ist ja schrecklich!« Ihre Mutter klang erschüttert.

Sofort bekam Maya ein schlechtes Gewissen – das Letzte, was sie wollte, war, dass ihre Mutter zu Hause saß und sich Sorgen machte. Aus diesem Grund pflegte sie grundsätzlich nicht zu viel über ihren Beruf zu sprechen.

»Das wird sich schon klären. Pär ist hier. Wir haben das im Griff.«

»Hm, na gut, wenn du meinst.« Sonderlich beruhigt hörte sie sich nicht an. »Und was war mit Emely?«

Ach, nichts weiter, lag Maya auf der Zunge, aber stattdessen sagte sie: »Emely hat behauptet, du hättest an Mittsommer im Jahr zweitausend was mit Birger gehabt. Das stimmt doch nicht, oder?« Instinktiv hoffte sie, dass ihre Mutter sofort widersprechen würde.

Am anderen Ende blieb es still.

»Mama? Sag, dass das nicht wahr ist!«

»Mein Schatz ... können wir nicht in Ruhe darüber reden, wenn du das nächste Mal hier bist? Am Telefon ist das nicht so günstig.«

»Das heißt, es stimmt also, was sie behauptet?« Maya wurde schwindelig. Sie bog vom Weg ab und lief die letzten Meter durch das hohe Gras direkt zum Meeressaum. »Du hast eine Affäre mit ... unserem Nachbarn gehabt?«

»Ich hatte keine Affäre, Maya, es war ... anders.«

»Aber du hattest was mit ihm – mit Birger?«

»Birger und ich ... das war nichts Ernstes. Es war ... Das ist nicht so leicht zu erklären, Maya.«

»Weiß Papa davon?« Im nächsten Moment schämte sie sich. »Sorry, Mama, es ist eure Ehe, ich habe nicht das Recht, mich da einzumischen. Ich muss das nur erst mal verarbeiten.« Sie taumelte bis zu einer Ansammlung von Felsen und lehnte sich dagegen.

»Maya, bitte, ich verstehe, dass dich das verletzt. Ich verspreche dir, ich werde dir alles erklären. Und dann ... wirst du mich vielleicht verstehen.« Zuletzt war ihre Stimme sehr leise geworden. »Bitte urteile nicht über mich, ehe du nicht alles weißt. Ich liebe dich, Maya, und deinen Vater ebenfalls.«

»Ich liebe dich auch.« Maya legte auf. Wie betäubt verharrte sie an die Felsen gelehnt und starrte auf das Telefon in ihrer Hand. Emely hatte sich nicht geirrt, und sie hatte dieses Wissen all die Jahre mit sich getragen. Momentan hatte Maya keine Ahnung, wie sie mit der Situation umgehen sollte. Wie schnell der Effekt der Meditation doch verpufft war! Traurigkeit, Wut, Enttäuschung, Verletzung – alles wieder da. Bewusstes Atmen half nichts, der Schmerz war zu groß.

Wie war das gleich? Nach neunzig Sekunden verging das akute Gefühl, falls man nicht daran festhielt. Maya wartete mehrere Minuten, ohne dass sich etwas in ihr änderte. So wurde das nichts. Ein zweiter Merksatz kam ihr in den Sinn. Emotionen sind nichts anderes als Energien in Bewegung. Bewegung, die würde ihr helfen.

Sie fing an zu laufen, zurück auf den Pfad, vorbei an Ulfs Haus, auf dessen Veranda sie neben ihm und Gustav auch Pär entdeckte, natürlich war das seine erste Anlaufstelle. In zügigem Tempo nahm sie den Kiesweg, den sie gestern mit Emely hergekommen war. Als die Welt noch in Ordnung gewesen war.

Sobald sie an die Vorfreude dachte, die sie da empfunden hatte, zog sich wieder alles in ihr zusammen. *Deine Gedanken kannst du selbst wählen*, ermahnte sie sich innerlich und bog von dem Hauptweg in einen schmalen überwucherten Trampelpfad ein, der sich zwischen wild wachsenden Bäumen und Sträuchern wand.

Maya erhöhte die Geschwindigkeit und begann zu joggen. Dass sie gerade das Frühstück verpasste, war ihr egal. Bewusst legte sie einen Schalter in sich um. In ihrer Vorstellung schob sie den ganzen privaten Mist in eine Abstellkammer, verbarrikadierte die Tür und hängte ein Stoppschild daran. Schließlich gab es einen neuen Fall, der ihre gesamte Aufmerksamkeit brauchte.

...

»Danke, dass du dich bereit erklärt hast, für Sarah einzuspringen. Damit hilfst du uns enorm.« Emely zwirbelte ihre Haare zu einem hohen Dutt und befestigte ihn mit einem dicken Haargummi.

Penelope streckte die Beine aus und lockerte sie. »Mach ich doch gern! Dass ich so schnell die Chance bekomme, international zu unterrichten, hätte ich nicht gedacht.« Sie ließ ein perlendes Lachen hören.

In ihrer Gegenwart fühlte Emely sich überraschend wohl. Es war fast, als würden sie sich schon viele Jahre kennen. Was für ein Kontrast zu der Missstimmung zwischen Maya und ihr. Eigentlich hatte sie sich ja längst mit ihr aussprechen wollen, aber dann hatten sich die Dinge überschlagen.

Furchtbare Ereignisse überschatteten auf einmal alles: Carl tot, Sarah womöglich schwer verletzt – am liebsten hätte Emely das Retreat abgeblasen. Wie gut, dass Leif später kommen würde. Emely sehnte sich danach, von ihm in den Arm genommen zu werden. Leif fielen immer die richtigen Worte ein, und er war ein Meister darin, Konflikte zu schlichten, das erlebte sie oft genug, wenn es in der Yogaschule zwischen den Mitarbeitenden zu Spannungen kam.

Offenbar stand ihr der Kummer ins Gesicht geschrieben, denn Penelope legte den Kopf ein wenig schief und schlug einen einfühlsamen Ton an: »Die Situation belastet dich enorm, nicht wahr? Oder bedrückt dich noch etwas anderes?«

Sie schien zu den Menschen zu gehören, die wirklich zuhörten, hinsahen und sich ganz auf eine andere Person einlassen konnten, das war Emely bereits am Tag zuvor aufgefallen. Von daher hatte es sie kein bisschen überrascht, als Penelope vorhin in der Runde verkündet hatte, dass sie Yogalehrerin war. Sie strahlte eine besondere Energie aus und hatte sich eindeutig viel mit dem Thema Spiritualität befasst.

Innerlich gab sich Emely einen Ruck. »Ich hatte gestern Abend einen schlimmen Streit mit Maya.«

Penelope betrachtete sie nachdenklich. »Magst du mir erzählen, was passiert ist?«

»Wir kennen uns schon seit der Kindheit. Maya ist eine meiner engsten Freundinnen. Aber nun glaubt sie, ich hätte ihr Vertrauen missbraucht. Ich habe Angst, dass unsere Freundschaft einen Riss bekommen hat, den wir nicht mehr kitten können.« Emely schluckte. Während sie darüber sprach, schmerzte es noch stärker. »Hast du mal ... so einen echt heftigen Streit mit einer richtig guten Freundin gehabt?«

»Oh là là.« Penelope schüttelte ihre Hand, als hätte sie sich verbrannt. Sie erzählte von einer Situation, bei der es zwischen ihr und ihrer besten Freundin Hannah einmal so richtig geknallt hatte. Ein ausgeprägter französischer Akzent färbte Penelopes Englisch. »Wir sind beide total stur und haben tagelang vor uns hin gegrummelt.« Sie lachte. »Kann ich dir nicht empfehlen.«

Aufmerksam sah Emely sie an. Automatisch fühlte sie sich mit Penelope verbunden. »Maya kann auch ziemlich stur sein.«

»Tja, eine von euch muss über ihren Schatten springen.« Penelope beugte sich vor und legte ihre Rechte auf Emelys gefaltete Hände. »Manchmal tut ein bisschen Abstand ja gut. Wobei, momentan hockt ihr hier aufeinander, ob ihr wollt oder nicht.«

»Also werde ich wohl springen müssen.« Emely seufzte. »Dass die Polizei die Insel abgeriegelt hat, ist schon heftig. Ich fühle mich wie in einem Agatha-Christie-Krimi.«

»Ich hoffe bloß, das dauert nicht so lange. Es ist zwar nett hier, aber irgendwann kriege ich sonst einen Inselkoller.«

Emely lächelte. Penelopes empathisches und zugleich erfrischendes Wesen gefiel ihr.

»Allerdings – dass der Täter vermutlich hier auf der Insel ist ...« Penelope schauderte. »Das ist schon ziemlich gruselig.«

»Nicht auszudenken, wenn es jemand ist, den man kennt.« Emely lief es eiskalt den Rücken hinunter. »Es muss in der Nacht passiert sein. Jonas meinte, er trug noch dieselbe Kleidung wie beim Fest.«

Penelope schien zu überlegen. »Wann habe ich Carl zuletzt gesehen ... Als ich die Tanzfläche verließ, stand er mit Cecilia und Jonas zusammen. Ich habe mich zu ihnen gestellt. Dann kam Henrik vorbei und hat mich aufgefordert. Cecilia und Jonas sind uns gefolgt. Ich habe nicht weiter auf Carl geachtet.«

»Na, die Polizei wird sich schon entsprechend umhören.« Emely erhob sich.

»Warte mal, da war noch was.« Penelope stand ebenfalls auf. »Später am Abend habe ich Carl weggehen sehen, zusammen mit einer Frau. Ich habe sie nur von hinten gesehen, aber ich bin mir ziemlich sicher ...«

In diesem Moment kam Maya entschlossenen Schritts herein. Mitten im Raum blieb sie stehen. »Emely, wenn Leif jetzt herkommt, ist es wohl am besten, wenn ich woanders schlafe. Es gibt doch sicher noch einen anderen Platz für mich. Wie sieht es mit den Zimmern hier im *Pensionatet* aus? Ist da noch was frei?«

»Ich lasse euch mal allein.« Geschwind huschte Penelope hinaus.

»Die sind alle belegt.« Emely räusperte sich. Mit so einer Reaktion hatte sie nicht gerechnet. »Aber du musst nicht ... Ich setze dich doch nicht vor die Tür, nur weil ...« Sie suchte nach der richtigen Formulierung, als Maya ihr erneut ins Wort fiel.

»Hey, ihr seid ein Paar, das geht schon in Ordnung.«

»Aber wir wollten doch –«

»Keine Diskussion. Ist beschlossene Sache.« Maya verschränkte die Arme vor der Brust. »Kann ich mir irgendwo ein
Zelt leihen? Oder vielleicht kann Leif mir eins mitbringen?«

»Du könntest ...« Die Hilflosigkeit lähmte Emely. Dass Maya
sie derart eiskalt abservierte – so hatte sie sie noch nie erlebt.
»Das Haus der Wallensteens steht doch jetzt leer. Ich weiß, dass
es dort auch ein Gästezimmer gibt. Dort kannst du sicher schlafen.«

»Garantiert nicht! Das Haus wird jetzt erst mal Sperrzone
sein.«

Natürlich – daran hatte sie nicht gedacht. Emely kam sich total dumm vor.

»Dann also doch ein Zelt. Irgendwo werde ich schon eines
auftreiben.«

»Leif bringt eins mit, darin wollte er eigentlich schlafen.«

»Na prima, das wäre damit geklärt. Dann packe ich jetzt mal
meine Sachen.« Brüsk drehte Maya sich um und eilte zur Tür.

»Du kannst auch im Gästehäuschen bleiben, und ich nehme
mit Leif das Zelt – Maya!«

Aber Maya ging einfach fort, ohne auf ihre Worte zu reagieren. Emely fühlte sich, als hätte die Freundin sie soeben geohr-
feigt.

• • •

Seit einer knappen Stunde streifte Henrik über die Insel. Dafür,
dass sie so klein war, konnte man sich hier ganz schön verlaufen.
Einmal folgte er einem schmalen Pfad, der in einem hoffnungslo-
sen Dickicht endete, und Henrik hatte Mühe, zum Hauptweg zurückzufinden. Ein anderes Mal stand er plötzlich mitten in einer

Heidelandschaft. Passte so gar nicht zum Rest von Svartlöga, dieses karge Stück Land. Zwischen lilafarbenem Heidekraut, niedrigen Wacholderbüschen und weiß-grünen Flechten hatte er sich auf einen gefällten Stamm gesetzt und vor sich hin gegrübelt.

Was für eine beschissene Idee das Retreat doch gewesen war! Wie aufgescheuchte Hühner waren diese Yogamenschen herumgewuselt, als die Nachricht vom toten Carl Wallensteen die Runde gemacht hatte. Von wegen Besonnenheit und In-sich-Ruhen. Im Ernstfall keine Spur davon! Da war er lieber erst mal für sich. Cecilia würde es ihm schon erzählen, sollte er etwas Wichtiges verpassen. Falls sie wieder mit ihm redete, denn nach dem nächtlichen Streit hatte am Morgen noch Funkstille zwischen ihnen geherrscht.

Jetzt befand er sich auf dem Rückweg zum *Pensionatet*. Wenn Henrik gekonnt hätte, wäre er auf der Stelle nach Stockholm zurückgefahren. Eventuell machte er das später tatsächlich, er konnte ja die Fähre am Spätnachmittag nehmen. Ob Cecilia wohl mitkommen würde? Sie hatte sofort angefangen zu weinen, als dieser Jonas mit den furchtbaren Neuigkeiten herausgeplatzt war. Ihre weiche Seite, einer der Gründe, warum Henrik sie liebte.

Vor ihm tauchten das Sommerhaus der Wallensteens und das *Pensionatet* auf. Aus dem Gästehäuschen, das dazwischenstand, kam gerade eine Frau, bepackt mit Bettzeug und einem dicken Rucksack. Das war doch die Freundin der Yogalehrerin – wie hieß sie noch gleich? Henrik kramte in seinem Kopf. Bei den Personalschulungen wurde ihnen immer wieder eingetrichtert, wie wichtig es war, die Menschen mit ihrem Namen anzureden. Ach ja, Maya. Er machte ein paar Schritte auf sie zu. »Hej, Maya. Reist du ab? Ich denke auch drüber nach.«

»Henrik, hej. Nein, ich ziehe bloß um. Außerdem dürfen wir Svartlöga momentan nicht verlassen.«

»Wie bitte?«

»Wegen der polizeilichen Ermittlungen.«

»Das ist doch nicht ...« Die Info traf Henrik wie ein Faustschlag. Jetzt kam er von dieser vermaledeiten Insel nicht mal mehr runter – ein Albtraum!

»Alles okay mit dir?« Maya blieb stehen und blickte ihn prüfend an. »Du siehst etwas blass aus.«

»Äh, geht schon.« Henrik rieb sich über das Gesicht. »Ich find's bloß krass, dass wir hier festgehalten werden.«

Für einen Moment sah Maya aus, als wolle sie ihm widersprechen, dann nickte sie. »Stimmt schon, eigentlich würde ich auch lieber hier weg. Man weiß ja nicht, was dahintersteckt. Oder wer ... Ich darf gar nicht darüber nachdenken, dass wir den Täter womöglich kennen.« Mit einem Mal wirkte sie ängstlich. »Gestern ... ich bin noch spät am Strand gewesen. Wenn ich mir vorstelle, dass Carl nicht weit davon entfernt getötet wurde ... Es kann doch gar nicht sein, dass niemand irgendwas mitbekommen hat.«

»Ich war in der Nacht auch am Strand.« Henrik dachte über ihre Worte nach. »Mit Cecilia.«

Maya stellte ihren Rucksack ab. »Ihr seid aber dort nicht etwa Carl begegnet?«

»Überhaupt nicht. Oder besser gesagt, wenn, dann wäre es uns nicht aufgefallen.« Er zögerte einen Moment, ehe er hinzufügte: »Wir haben uns gestritten. Dann ist Cecilia weggelaufen. Ich bin zum Festplatz zurück. Carl habe ich nicht gesehen, nicht bewusst, jedenfalls.« Warum hatte er das erzählt, das mit dem Streit? Das ging diese Maya doch gar nichts an. Trotzdem blieb er stehen und redete weiter mit ihr. Immerhin saßen sie hier im selben Boot. Und irgendwie tat es gerade gut, so ein Gespräch, ganz

101

ohne Vorwürfe und unsichtbare Fallstricke, die ihn so oft in eine neue Auseinandersetzung mit Cecilia stolpern ließen.

»Habt ihr euch später wieder vertragen?«

»Gestern Abend nicht. Ich bin kurz danach ins Zelt. Cecilia ist irgendwann nachgekommen, als ich schon schlief.«

Maya nickte lächelnd. »Das Frühstück hast du jedenfalls versäumt.«

»Macht nix. Nach der Sache mit Carl und Sarah habe ich eh keinen Appetit.«

»Kanntest du die beiden gut?«

»Nee, gar nicht. Genau genommen habe ich sie gestern das erste Mal getroffen. Sarah war ja ganz nett, aber Carl ...«

»Was war mit ihm?«

»Ach, ich weiß nicht so recht.« Von Anfang an war ihm der Mann unsympathisch gewesen. Dabei konnte Henrik das gar nicht an etwas Konkretem festmachen. Carl hatte eine freundliche Art gehabt, *professionell* freundlich, doch zugleich mit einem Selbstverständnis, das nur einen Schritt von Überheblichkeit entfernt lag. Er hatte Henrik an die Väter von Cecilias neureichen Lidingö-Freundinnen aus der Schulzeit erinnert, arrogante Gänse, die mit so einem affektierten Akzent daherredeten. In Gegenwart solcher Menschen hatte er sich damals immer vollkommen unbedeutend gefühlt. An diese Art Mann hatte er sofort denken müssen, als Carl Wallensteen die ersten Sätze von sich gegeben hatte. Aber so etwas durfte er nun natürlich nicht mehr laut sagen, wo der Mann tot war. Getötet worden war? Schon ziemlich gruselig, das Ganze.

Zum Glück hakte Maya nicht weiter nach. »Ich hatte übrigens auch schon Stress hier, heute ganz früh«, wechselte sie zum vorigen Thema zurück. »Mit Jonas. Der ist nämlich mein Ex.«

»Echt jetzt? Krass. Na, den hatte ich vom ersten Moment an gefressen.«

»Ja, der lässt ungern was anbrennen.«

Henriks Laune sackte noch tiefer in den Keller. »Hab ich mir schon gedacht.«

»Hey, das muss nicht heißen, dass deine Freundin sich darauf einlässt.«

Henrik winkte ab. »Lass mal. Ich weiß, dass sie eine Affäre hat!« Überrascht hielt er inne. Das hatte er nun wirklich nicht preisgeben wollen.

Ebenso verblüfft schaute Maya ihn an. »Du ... weißt das? Ich meine, man kann eine Vermutung haben, einen Verdacht ... Hast du sie mit jemandem gesehen, woraus du eindeutig schließen kannst, dass sie dich betrügt?«

»Ich ...« Jetzt war es auch schon egal. Warum nicht endlich mal den ganzen Mist loswerden. Er senkte die Stimme und sah schräg an ihr vorbei auf den Grassaum zwischen Haus und Kiesweg. »Ich habe Nachrichten gelesen, einmal, auf ... ihrem Handy.«

»Du hast ihr Telefon kontrolliert?« Maya fragte neutral, ohne Vorwurf, trotzdem lösten ihre Worte in Henrik den Impuls aus, sich zu verteidigen.

»Nur ein Mal! Es war Zufall, dass – sonst ist es immer – ich kenne ihr Passwort nicht.« Henrik hasste sich dafür, dass er so rumstammelte. Die Sache war ihm unsagbar peinlich. Dennoch tat es gut, darüber zu sprechen. Viel zu lang hatte er das alles mit sich ausgemacht. »Deswegen ...« Er hielt kurz inne, dann fuhr er in ruhigerem Ton fort: »Deswegen bin ich ja überhaupt mitgekommen. Ich ... ich hatte so eine Ahnung, dass sie diesen ... Liebhaber beim Yoga kennengelernt hat. Plötzlich war sie ständig da und ...« In einer Geste der Hilflosigkeit hob er die Hände und ließ sie wieder fallen. »Da braucht man doch bloß eins und eins zusammenzuzählen.«

Maya schien über seine Worte nachzudenken. Sie sah ihn an mit diesem offenen Blick aus ihren grünen Augen. »Hast du sie darauf angesprochen?«

»Ja ... nein ... nicht direkt.« Henrik wischte sich über die Stirn. War es wirklich richtig gewesen, dieses Fass aufzumachen? »Wenn ich zugegeben hätte, dass ich in ihrem Handy gelesen habe ...«, er senkte die Stimme, »dann wäre sie doch gleich weg gewesen.«

»Und mit wem hat sie diese Affäre?«

»Ich weiß es immer noch nicht. Mit diesem Jonas vielleicht?«

»Aus den Nachrichten ging das nicht hervor?«

»Sie hatte die Nummer unter XYZ gespeichert. In den Messages, die ich gelesen habe, hat sie ihn nicht beim Namen genannt. Ich habe keinen Schimmer, wer dahintersteckt.«

»Hast du nicht überprüft, wessen Nummer das war? Ich meine, wozu gibt es denn *eniro, hitta* und all diese Seiten im Internet, die unsere Daten speichern und eigentlich gegen die EU-Datenschutz-Grundverordnung verstoßen!«

Henrik wusste nicht, was er sagen sollte, also schwieg er und kam sich unglaublich dumm vor. Auf die Idee war er überhaupt nicht gekommen. Er würde einen jämmerlichen Detektiv abgeben.

»Danke für dein Vertrauen.« Maya zog ihren Rucksack wieder an. »Darf ich dich etwas Persönliches fragen?«

»Klar.«

»Möchtest du mal Kinder haben?«

»Ja, sicher.«

»Kannst du dir das mit Cecilia vorstellen?«

»Ich weiß nicht. Vielleicht?«

Sie lächelte ihn an, auf so eine seltsame Weise, wissend, ohne dabei herablassend zu wirken. »Mir hat das mal jemand gesagt: Wenn du nicht spontan mit Ja auf diese Frage antwortest, dann ist es vermutlich die falsche Person an deiner Seite.« Das Lächeln intensivierte sich, Maya hob die Hand. »Ich bring mal mein Zeug hinters Haus.«

»Danke fürs Zuhören.« Henrik schämte sich etwas, dass er sich ihr gegenüber so geöffnet hatte.

»Gern geschehen. Wenn dir danach sein sollte, können wir später weiterreden.«

Henrik sah ihr nach, während sie Richtung Zeltplatz loslief. Besser nicht, dachte er, sonst würde er am Ende auch noch diese eine Sache verraten, von der er sich geschworen hatte, sie niemals vor jemandem einzugestehen.

Kapitel 7

Am Rande der Wiese fand Maya einen freien Platz, auf dem sie nachher Leifs Zelt aufbauen wollte. Sie stellte den Rucksack mit dem Bettzeug darauf ins Gras, setzte sich davor und ließ sich zurücksinken, den Kopf aufs Kissen gelegt. Sie pflückte eine Blüte vom Rotklee, der hier überall wuchs, und betrachtete sie gedankenverloren.

Dass Henrik so viel von sich preisgeben würde, hatte sie nicht erwartet. Er und Cecilia waren also getrennte Wege gegangen, nachdem sie sich am Strand gestritten hatten. Wenn er die Wahrheit sagte, dann hatte er Carl nicht gesehen. Doch wie sah es mit Cecilia aus? Sie war noch länger unterwegs gewesen, hatte sie etwas mitbekommen?

Maya zog ihr Smartphone hervor, um sich die Unterhaltung in Stichpunkten zu notieren, und registrierte, dass sie ihren Akku dringend laden musste. Vor dem Retreat hatte Emely sie extra darauf hingewiesen, dass es kaum Lademöglichkeiten auf Svartlöga gab und sie unbedingt eine Powerbank einpacken sollte. Oder ein paar Tage *Digital Detox* einplanen.

Maya seufzte. *Digital Detox* wäre mal eine Maßnahme und würde eigentlich gut zum Yogaretreat passen. Jedoch kam das in der derzeitigen Situation gar nicht infrage. Wie aufs Stichwort klingelte das Telefon in diesem Moment erneut. Es war Christoffer.

»Maya, na, schon komplett tiefenentspannt?«

Ihr entfuhr ein sarkastisches Lachen. »Schön wär's! Weiter davon entfernt bin ich lange nicht gewesen.«

»Oha – was ist denn passiert?«

»Ah, wo fange ich bloß an?« So kurz gefasst wie möglich brachte Maya ihn auf den aktuellen Stand der Lage auf Svartlöga. Dabei konzentrierte sie sich erst einmal nur auf den neuen Fall. Als sie mit ihrem Bericht fertig war, schwieg Christoffer eine Weile.

»Bist du noch da?« Maya richtete sich auf. Die Netzverbindung hier draußen war an manchen Stellen exzellent, an anderen schlichtweg nicht vorhanden.

Doch offenbar lag es nicht daran, denn Christoffers Stimme tönte klar und deutlich in ihrem Ohr: »Du hast Ulla Janson persönlich kennengelernt? Das muss ich erst mal verdauen.«

»Du kennst sie?«

»Na, aber hallo! In meinem Beruf kommst du in Schweden nicht an ihr vorbei. Wenn sie einen Vortrag hält, muss man schnell sein, so fix ist er ausgebucht.«

»Du meinst, sie ist der Rockstar unter den Rechtsmedizinern?«

Christoffer lachte. »So könnte man es ausdrücken.« Er räusperte sich. »Das ist wahrscheinlich eine Ausnahme? Ich meine, dass du im Urlaub neue Fälle anziehst wie ein Magnet.«

Maya lachte ebenfalls, diesmal befreit. Wie gut es tat, mit ihm zu reden! »Keine Sorge, bisher habe ich immer leichenlose Urlaube genossen. Und ich habe definitiv nicht vor, das hier zur Regel werden zu lassen.«

»Da bin ich ja beruhigt.« Sie hörte sein Schmunzeln durch die Leitung hindurch.

»Dann ist da noch ...« Maya hielt inne. Über Jonas brauchte sie jetzt am Telefon wirklich nicht zu sprechen. Schon eher über den Freundinnen-Verrat. Christoffer wusste, wie wichtig das Kleeblatt für sie war. »Ich habe Stress mit Emely.«

»Das auch noch.« In seiner Stimme schwang Mitgefühl mit. »Ehrlich, Maya, wir müssen den Begriff Urlaub neu besetzen.«

»Großartige Idee!« Mayas Herz schlug schneller. »Wann – und wo fahren wir hin?«

Wieder wurde es am anderen Ende still, und sie biss sich auf die Lippen. Christoffers Tochter – die hatte sie für einen Moment glatt vergessen. Natürlich würde er seine freie Zeit in erster Linie mit Alice verbringen. Während sie nach geeigneten Worten suchte, um die Kurve zu kriegen, sagte Christoffer: »Wollen wir die Planung bei unserem Wiedersehen angehen?«

Maya fiel ein Stein vom Herzen. »Klingt super.« Sie hatte sich immer noch nicht ganz daran gewöhnt, mit jemandem zusammen zu sein, der ein Kind hatte, und dass dieses Patchwork-Ding plötzlich Teil ihres Alltags war.

»Worum ging es denn bei deinem Streit mit Emely?«

»Ach ...«, kurz überlegte Maya, wie sie die Geschichte zusammenfassen sollte, dann entschied sie sich, doch erst einmal nicht darüber zu sprechen. Es würde so einen riesigen Rattenschwanz nach sich ziehen, und besonders die Wunde, die ihre Mutter betraf, war einfach zu frisch. »Ein Vertrauensding. Erzähl ich dir bei unserem Wiedersehen ausführlicher.«

»Na, ich hoffe, dass sich das bald wieder einrenkt zwischen euch, jetzt, wo ihr dieses Retreat zusammen macht.«

»Mal sehen, wie viel ich noch zum Abschalten komme«, Maya

schlug einen leichten Ton an, »so im Hinblick auf den neuen Fall. Ist schon was anderes, wenn man nicht offiziell ermittelt.«

»Hm, wenn diesem Ulf das Retreat so ein Dorn im Auge war ... Vielleicht war er nicht der Einzige, der sich daran gestört hat? Da wohnen doch sicher noch mehr Traditionalisten, nach dem, wie du die Insel beschrieben hast.«

»Du hast recht.« In Maya formierte sich ein weiterer Plan. »Ich werde mich unauffällig bei den Nachbarn umhören.«

»Gar nicht mal schlecht, dass du inoffiziell ermittelst. Ich könnte mir vorstellen, dass sie einer Privatperson ganz andere Dinge erzählen als der Polizei.« Christoffer hielt einen Moment inne, ehe er weitersprach. »Aber, Maya – pass auf dich auf.«

»Na klar, du kennst mich doch.«

»Eben drum.« Besorgnis schwang in seiner Stimme mit.

Maya konnte es nachvollziehen. Dass ihre Alleingänge manchmal riskant waren, hatte er sogar nach der kurzen Zeit, die sie sich kannten, bereits mitbekommen.

Nachdem sie sich verabschiedet hatten, erhob sich Maya, klopfte sich das Gras von den Shorts und streckte sich. Ein Blick auf die Uhr verriet ihr, dass es bald Lunchzeit war. Eine gute Gelegenheit, bei den anderen Teilnehmern herumzuhorchen, wie sie den gestrigen Abend noch verbracht hatten.

»Erzähl, was gibt's Neues aus der Ommmm-Gemeinschaft?«

»Aha!« Maya zog die Mundwinkel leicht nach oben. Eine Miene, die Pär gerne als spitzbübisch bezeichnete. Auf seine fragend hochgezogenen Augenbrauen konterte sie: »Ich nehme an, du willst nichts über unsere Asanas und Atemübungen hören, oder?«

»Grundsätzlich schon, aber momentan dachte ich tatsächlich in eine andere Richtung.«

»Sieh mal an, so interessant ist die verdeckte Ermittlung dann doch.«

»Erwischt!« Verschmitzt lächelnd hob Pär die Hände.

Sie saßen auf einer Bank vor dem Bootshaus am Anlegeplatz auf der Nordseite der Insel. Auch am späten Nachmittag strahlte die Sonne mit unverminderter Intensität auf sie herab. Eine sanfte Brise kräuselte die Wasseroberfläche, und außer den schimpfenden Möwen, die aggressiv ihre Nester verteidigten, war es ruhig um sie herum. In einer halben Stunde würde ein Boot der Küstenwache kommen und Pär mit seinen Kollegen nach Furusund bringen. Außer ihnen war kein Mensch zu sehen, von daher konnten sie ungestört reden.

»Also erst mal, das mit meiner Tarnung ist geklärt.« Maya zog den Schirm ihrer Baseballcap tiefer und lehnte sich auf der roh gezimmerten Holzbank zurück. »Ich habe sowohl Emely als auch Jonas verklickert, dass ich nach wie vor Privatperson bin. Eine von ihnen.«

»Sehr schön.« Interessiert hob Pär die Brauen. »Und nun hast du mich lang genug auf die Folter gespannt: Hast du etwas zu berichten?«

»Nur Kleinigkeiten.«

Pär schlug einen Tonfall an, der irgendwo zwischen väterlich und belehrend schwankte: »Wie oft habe ich dir erklärt, dass gerade in Kleinigkeiten ...«

» ... manchmal entscheidende Details schlummern«, beendete Maya gemeinsam mit ihm den Satz.

Beide lachten.

»Also, beim Mittagessen waren natürlich Carls Tod und die polizeiliche Ermittlung das Gesprächsthema Nummer eins. Alle haben erzählt, was sie von Carl mitbekommen haben, wann und wo sie ihn das letzte Mal gesehen haben. Ich brauchte nicht mal eine Frage zu stellen, nur die Ohren aufzusperren.«

»Ich werde mich gelegentlich bei Ulla bedanken. Was war der Tenor der freiwilligen Aussagen?«

»Die meisten haben ihn zuletzt irgendwo auf dem Festplatz wahrgenommen. Tanzend, mit seiner Tochter und verschiedenen Frauen aus der Gruppe. Ansonsten war er viel mit Leuten von der Insel im Gespräch. Nichts, was auf den ersten Blick verdächtig wirkte. Bis auf die Auseinandersetzungen mit Ulf natürlich, die hatten auch noch ein paar andere mitgekriegt.« Gerade verschwand die Sonne hinter einer riesigen Wolke, und Maya nahm die Cap ab. »Ganz nebenbei habe ich erfahren, dass zwei aus der Anfängergruppe gestern Abend einen LSD-Trip hatten. Eine Teilnehmerin hat Zauberpilz-Schokolade dabei. Und selbstverständlich stecken diverse Joints in so manchem Gepäck.«

Seufzend lehnte Pär sich zurück und faltete die Hände über dem Bauch. »Einige Dinge ändern sich nie. Was ist mit der guten alten Theorie von wegen *Erleuchtung durch transzendentale Meditation*?«

»Ich fürchte, die Diskussion wird auf ewig weitergehen.« Maya schlug die Beine übereinander. »Na ja, eine, die auf Drogen unterwegs war, hat angeblich Carl in 'nem weiß glitzernden Elvisanzug mit Gitarre gesehen, aber das lassen wir mal getrost beiseite. Von den anderen, wie gesagt, nichts mit einem entscheidenden Hinweis.«

»Hast du sonst noch etwas herausgefunden?«

»Vor dem Nachmittagsyoga habe ich an einer der Badebuchten mit einer Nachbarin von Carl geredet, Ingela heißt sie. Sie war total schockiert, meinte, er sei immer freundlich und hilfsbereit gewesen, im Sommer hätten sie sich oft mit dem Einkauf auf

Rödlöga abgewechselt.« Maya studierte das Gesicht ihres Partners. »Und bei euch so?«

»Wir haben den ganzen Tag über Haustürbefragungen durchgeführt.«

»Was ist dabei rausgekommen?«

»Carl war anscheinend nicht so beliebt. Die Leute haben sich zwar sehr verhalten geäußert, aber zwischen den Zeilen konnte man das heraushören.« Pär strich sich über das glatt rasierte Kinn. »Einige von den Älteren haben stattdessen darüber gesprochen, wie er als Kind so war. Ein Rentner, der mit Carls Vater zusammen aufgewachsen ist, hat erzählt, dass der alte Wallensteen das Familienvermögen aufgebaut hat. Sigmund Wallensteen hat sich hochgearbeitet, er stammte aus einer Arbeiterfamilie und hat es zum Zahnarzt gebracht, mit gut gehender Praxis und einer Handvoll Immobilien in bester Lage Stockholms. Carl ist Einzelkind. Als Jugendlicher war er offenbar nur noch sporadisch hier auf Svartlöga. Erst ab der Studentenzeit kam er wieder regelmäßig. Nach dem Tod seiner Eltern hat er alles übernommen, auch das Grundstück hier. Vor einigen Jahren hat er dann das Sommerhaus komplett umgebaut und erweitert.«

Maya hatte sich Stichworte auf dem Smartphone notiert. »Von Wahrnehmungen zu Fakten.« Sie zwinkerte Pär zu. »Was ist mit Carls Handy?«

»Das ist baden gegangen.« Pär legte seine Stirn in Falten. »Jetzt läuft die forensische Untersuchung von dem Teil. Außerdem haben wir die Daten vom Mobilfunkanbieter angefordert. Aber bis wir die bekommen ... Frühestens übermorgen ist da wieder jemand erreichbar.«

»Shit. Also keine Chance, dass wir schnell herausfinden, ob und mit wem er an dem Abend beziehungsweise in der Nacht Kontakt hatte.«

»So sieht's aus. Leider.« Pär räusperte sich. »Ich geb's ja ungern zu, aber umso wichtiger ist gerade dein Insiderwissen.«

»Nur zu gern stelle ich dir das zur Verfügung.« Innerlich genoss Maya den kleinen Triumph. »Wie sieht's mit Carls Computer aus?«

»Hier auf der Insel hatte er einen Laptop, den haben wir gleich an die IT-Abteilung weitergereicht. Zu der Situation muss ich dir nichts sagen, bei denen ist die Unterbesetzung ja schon Normalzustand.«

»Also sind sie gerade unter-unterbesetzt.«

»Um es vorsichtig zu formulieren – ja.« Zu Pärs Stirnfalten gesellte sich ein unzufriedener Zug um die Mundpartie.

IT-Spezialisten waren Mangelware, und wenn dann noch, wie überall an Mittsommer, auf Sparflamme gekocht wurde, sah es finster aus.

»Momentan durchsuchen die Kollegen Carls Haus in Djursholm. Da gibt es einen weiteren Computer, der wird ebenfalls gecheckt. Morgen kommen sie her und sehen sich das Sommerhaus an.«

»Was habt ihr sonst zu seiner Person herausgefunden?«

»Verheiratet war Carl nicht, eine eingetragene Partnerschaft gibt es ebenfalls nicht. Die Villa in Djursholm steht nur auf seinen Namen. Weißt du irgendwas über eine Lebensgefährtin?«

»Spontan nicht.« Maya kramte in ihren Hirnwindungen, ob Emely gestern etwas erwähnt hatte. »Sarahs Mutter ist vor langer Zeit gestorben«, fiel ihr ein. »Bei der Geburt oder kurz danach. Jedenfalls hat er Sarah allein großgezogen.«

Pär blätterte in seinem Notizbuch. »Ein paar Leute sprachen von einer gewissen Maria, die einige Sommer lang hier gewesen sei. Zu einer aktuellen Beziehung haben wir auch nichts Konkre-

113

tes erfahren. Versuch doch mal, ob du dazu was aus den Nachbarn rausbekommst.«

»Ist notiert. Was hat seine Personennummer sonst so offenbart?«

»Zwei registrierte Autos, ein Mercedes und ein Jeep, beide komplett bezahlt, neben seinem Wohnhaus und dem Sommerhaus hier gibt es noch eine Zweizimmerwohnung auf Södermalm, in der Sarah wohnt. Die übrigen Immobilien hat er vor ein paar Jahren verkauft und das Geld breit gestreut angelegt. Carls Jahresgewinn belief sich zuletzt auf fünfundvierzig Millionen Kronen.«

Maya pfiff durch die Zähne. »Dass er da überhaupt noch gearbeitet hat und nicht längst Privatier geworden ist.«

»Noch dazu hat er sich auf Implantate spezialisiert und ist vor ein paar Jahren in die Praxis eines Kollegen mitten in der Stadt eingestiegen.« Pär machte eine kurze Pause, ehe er fortfuhr: »Was seine aktuellen Kontobewegungen angeht: Die Anfrage an Bank und Kreditkartenabteilung ist raus, aber du weißt ja.«

Maya wusste nur zu gut: Bis die Daten vorlagen, konnte ebenfalls locker eine Woche vergehen – kostbare Zeit, in der sie in dieser Hinsicht erst mal im Dunkeln tappten.

»Zu guter Letzt: Im Polizeiregister ist Carl jedenfalls nicht gelistet«, beendete Pär seinen Bericht.

»Da müssen wir jetzt einen kühlen Kopf bewahren.« Maya sah von ihren Smartphone-Notizen auf.

»Wie bitte?«

»Ach, das sagt man so auf Deutsch. Ich meine, so vieles ist in der Schwebe, da dürfen wir nicht nervös werden.«

»Hm, du meinst, wir brauchen Eis im Magen«, übersetzte Pär sinngemäß. »Ich stimme dir zu.«

Eine Weile schauten sie schweigend aufs Wasser. Die Sonne

kroch gerade wieder hinter den Wolken hervor. Von Weitem betrachtet, mussten sie wie zwei Urlauber aussehen, die den Nachmittag genossen. Das Thema, über das sie sprachen, passte jedoch so gar nicht zu dieser Bilderbuchidylle, die heute einen tiefen Kratzer bekommen hatte.

»Was hat eigentlich Ulf so gesagt?« Vorsichtshalber sah sich Maya um, doch immer noch waren sie und Pär völlig allein.

»Wusste er etwas Interessantes über Carl?«

Pär kramte aus dem Rucksack zu seinen Füßen eine Wasserflasche und trank daraus, ehe er ihr antwortete. »Laut seiner Aussage hat Carl Wallensteen einen ordentlichen Batzen Geld in das Pensionatet gesteckt, um es vor dem Verfall zu retten. Trotzdem scheint Ulf keine Sympathien für Carl zu hegen.«

»Das war nicht zu übersehen. Gestern hat er bei jeder sich bietenden Gelegenheit herausposaunt, wie bescheuert er dieses Yogaretreat findet und dass Carl damit zu weit gegangen sei.«

»Das Retreat ist wohl nur der Tropfen, der das Fass zum Überlaufen gebracht hat. Irgendetwas an ihm scheint Ulf gewaltig getriggert zu haben.«

»Vermutlich das Geld, das Carl verdiente und das er auch gern hätte?« Einen Moment lang horchte Maya in sich hinein, dann fügte sie hinzu: »Dennoch, etwas sagt mir, dass es nicht Ulf war.«

In Pärs Blick lagen Zweifel. »Hypothese, Maya.«

»Es passt nicht. Er war so offen mit seiner Abneigung gegen Carl Wallensteen und das Retreat.«

»Es könnte eine Masche gewesen sein. Oder aber es ist im Affekt passiert? Mittsommernacht, viel Alkohol, die Gemüter sind hochgekocht, da ist bei ihm eine Sicherung durchgeknallt.«

»Hm ...« Maya sinnierte vor sich hin. »Ich kann es mir nicht vorstellen, auch wenn ich dir momentan keine Fakten liefern kann.« Sie wechselte das Thema. »Hat Ulla sich eigentlich schon gemeldet?«

»Kurz bevor du gekommen bist, hat sie angerufen.«

Abrupt richtete Maya sich auf. »Und das erzählst du erst jetzt? Was hat sie gesagt?«

»Es war tatsächlich die Stichverletzung, die zum Tode geführt hat. In der Lunge war kein Wasser.«

Nachdenklich nickte Maya. Nun war es also amtlich: Sie hatten es mit einem Tötungsdelikt zu tun. Ob es sich um Vorsatz handelte oder die Tat im Affekt geschehen war, würden sie herausfinden müssen. »Hat sie etwas zu der Waffe gesagt?«

»Ulla sprach von einem schmalen, sehr spitzen Messer. So etwas wie ein Dolch. Bis jetzt gibt es jedoch keinen Hinweis darauf, wo sich die Waffe befinden könnte.«

»Höchstwahrscheinlich irgendwo im Wasser.«

»Anzunehmen. Gefunden haben wir noch nichts.« Pär blätterte erneut in seinem Büchlein. »Stimmt, das wollte ich dir auch mitteilen. Wir haben Nachricht von der Küstenwache bekommen. Laut deren Angaben hat weder in der Nacht noch in den Morgenstunden ein Privatboot von Svartlöga abgelegt.« Er sah sie eindringlich an und sagte mit ernster Stimme: »Dass ich dich zunächst aus der Sache raushalten wollte, Maya, hatte auch mit deiner – ich nenne es mal – hohen Risikobereitschaft zu tun. Sei bitte vorsichtig. Sag mir sofort Bescheid, falls dir etwas seltsam vorkommt. Bring dich nicht unnötig in Gefahr.«

Maya dachte an Christoffers Worte kurz zuvor und fühlte sich zunehmend unbehaglich. Der Täter befand sich also wirklich noch unter ihnen.

Nachdem sie sich von Pär verabschiedet hatte, schlenderte sie barfuß am Wasser entlang. Gedankenverloren ließ sie ihre Augen über die von der Sonne gewärmten Felsen schweifen. Zum ersten

Mal fiel ihr auf, dass sie in einer Vielfalt an Farbnuancen changierten. Grautöne wechselten sich mit dem Grünbraun von Moosstellen ab, dazwischen gab es mintgrüne, weiße und ockergelbe Stellen, die von Flechten herrührten. Nichts war so, wie es auf einen flüchtigen Blick zu sein schien. Schon gar nicht diese vermeintliche Inselidylle. Das Unbehagen, das sie am Ende ihrer Unterhaltung mit Pär verspürt hatte, nistete sich in ihrer Magengrube ein. Es wandelte sich zu Angst. Sie saß hier fest mit einem Menschen, der nicht davor zurückscheute zu töten, und hatte keine Ahnung, wo die Gefahr lauerte.

Ihr Handy vibrierte in ihrer Hosentasche. Maya zog es heraus und sah aufs Display. Eine Nachricht von Emely. Sie klickte sie an und blieb überrascht stehen. *Ich denke, das solltest du wissen, Maya*, schrieb sie. *Ich habe vorhin mit Penelope geredet. Sie hat letzte Nacht Carl zusammen mit Cecilia gesehen.*

Kapitel 8

Auf dem Rückweg ging Maya das Gespräch mit Pär durch. Nicht zum ersten Mal waren die Bedingungen der Ermittlungen verzwickt. Dass die Computerauswertung sowie die Auskünfte der Banken auf sich warten ließen, war nichts Neues. Dass sie jedoch vorerst auch keine Mobildaten zur Verfügung hatten und es keine nahestehenden Angehörigen gab, keine Geschwister, keine weiteren Kinder, von denen sie etwas hätten erfahren können, verkomplizierte die Situation. Auf jeden Fall würde Maya Penelopes Hinweis nachgehen und mit Cecilia reden.

Aus einer Laune heraus machte sie einen Schlenker über den westlichen Teil der Insel, der weitaus dünner besiedelt und dafür viel stärker bewaldet war. Ein angenehmer Wind wehte, die Luft war voller Waldesdüfte, unterschiedliche Harze mischten sich zu einem wohltuenden Geruch, und das muntere Vogelzwitschern um sie herum dämpfte ihre Angst und verschaffte ihr für einen Moment einen dankbaren Abstand zu dem grausamen Vorfall.

An einer Gabelung blieb Maya stehen. Geradeaus verengte sich der Weg zu einem schmalen, von Brombeerranken überwucherten Trampelpfad. Da sie kein Bedürfnis nach einer Spontan-Safari verspürte, entschied sie sich für den linken, deutlich breiteren Pfad, der durch den lichten Mischwald führte. Sie beobachtete Hasen und Eichhörnchen, und am Wegesrand pflückte sie smultron, die sie sofort verzehrte. Was für eine Geschmacksexplosion! Dabei waren diese Walderdbeeren doch so winzig.

An der nächsten Kreuzung nahm Maya eine Abzweigung rechter Hand und kam bald darauf an einem der ehemaligen Bauernhöfe vorbei. Auf einer weiß gestrichenen Bank unter einem ausladenden Walnussbaum saß ein älteres Paar, die Frau strickend im langen Rock mit traditionellem Muster, der Mann in Karohemd und Weste. Dazu trug er eine dunkelblaue Fischermütze auf seinem Kopf, die Maya an ihren schwedischen Opa denken ließ. Beim Näherkommen erkannte sie in ihnen den Historiker Tage und seine Frau, die Oboistin. Sie grüßte die beiden, und Tage, der sich offenbar sofort an sie erinnerte, stellte ihr Solveig vor.

Maya lächelte sie an. »Was für ein herrlicher Platz, um die Nachmittagssonne zu genießen.«

»Wenigstens etwas, das den Tag erhellt.« Solveig legte ihr Strickzeug beiseite und hob die Hand zum Gruß. »Hej, Maya. Freut mich.«

»Ihr habt schon davon gehört, was passiert ist?«

»Der Buschfunk trommelt laut auf dieser Insel.« Knurrend zog Tage die Snus-Dose aus der Brusttasche seines Hemdes und stopfte sich ein Stück unter die Oberlippe.

Solveigs Gesicht überschattete sich. »Gestern Abend habe ich noch mit Carl getanzt, und heute ... ist er nicht mehr da.« Ihre Stimme zitterte, sie schluckte, ehe sie leise hinzufügte: »Man kann sich das gar nicht vorstellen. Er hat sich so wacker geschlagen, all die Jahre als alleinerziehender Vater. Na gut, das nötige Kleingeld hat das sicher leichter gemacht. Als Sarah jünger war, hatte er immer ein Au-pair für sie.«

»Ich habe gerade ein Bier mit ihm getrunken, als der Generator aufgegeben hat. Ehrlich, hätte ich gewusst, dass das unser letztes war ...« Die Furchen auf Tages wettergegerbter Stirn vertieften sich.

»Ach, die arme Sarah.« Betroffen legte Solveig die gefalteten Hände in den Schoß. »Da kann man nur hoffen, dass sie sich bei dem Sturz nichts Schweres zugezogen hat, alles andere ist ja schon Bürde genug.«

»Und dieser Bastard rennt hier frei herum. Kein so schönes Gefühl, ehrlich.« Tages Stimme klang rau.

»Spekulationen gibt es sicher schon zuhauf, nehme ich an.« Maya hoffte, die beiden Rentner würden sie ein wenig in den Inseltratsch einbinden.

Solveig machte eine wegwerfende Handbewegung. »Ach ja, die Mäuler zerreißt man sich.«

»Ulf und Carl haben sich jedenfalls gestern noch in den Haaren gelegen.« Maya wollte herausfinden, inwiefern man auch das thematisierte.

»Na ja, die zwei waren einfach wie Feuer und Wasser.« Solveig hörte sich wie eine nachsichtige Großmutter an, die über ihre grundverschiedenen Enkel sprach. »Seit der Vattenfall-Geschichte waren die sich nicht mehr grün.«

»Was war da los?«

»Ist schon eine Weile her.« Nachdenklich drehte Tage die Snus-Dose in seiner Hand. »Vattenfall wollte Svartlöga unbedingt an die kommunale Stromversorgung anschließen. Sie haben uns sogar ein ordentliches Sümmchen geboten. Dafür planten sie allerdings, einen Handymast direkt auf der Insel zu platzieren.« Missbilligend kräuselte sich seine Stirn. »Ehrlich, die Stromfrage hat Svartlöga damals ganz schön gespalten.«

Solveig nickte bekräftigend: »Man musste sich für eine Seite entscheiden. Da hieß es entweder Ulf oder Carl.«

»Wieso das?« Maya verlagerte das Gewicht von einem Bein aufs andere.

»Na ja, Carl fand das Angebot von Vattenfall großartig. Der wollte den Strom unbedingt und konnte gar nicht verstehen, dass Ulf absolut dagegen war.«

»Da hat's ganz schön gekracht, ehrlich.« Vielsagend zog Tage die linke Braue hoch.

»Carl hatte aber auch gerade angefangen, sein Haus umzubauen«, ergänzte seine Frau. »Ich weiß noch, er plante einen Whirlpool und eine Rundumbeleuchtung am Haus und allerlei anderen Schnickschnack.«

»Das hat Ulf voll ausgeschlachtet und damit die komplette Nachbarschaft auf seine Seite gezogen.« Die »komplette Nachbarschaft« unterstrich Tage mit einer ausladenden Bewegung des rechten Arms.

»Ist schließlich das Letzte, was man hier will, so eine Festbeleuchtung nachts.« Beiläufig strich sich Solveig über den Zopf, zu dem sie ihre grauen Haare geflochten hatte.

»Das wäre das Aus für unseren traumhaften Sternenhimmel«, ergänzte Tage. »So was sieht man nicht in der Stadt.«

Maya ließ die Worte der beiden kurz in sich nachwirken, dann fragte sie: »Habt ihr das der Polizei erzählt?«

»Nee, weiß Gott nicht.« Solveig nahm ihr Strickzeug wieder auf. »Am Ende stellt das Ulf noch in einem schlechten Licht dar, das will man ja nun wirklich nicht. Wo er doch so viel für Svartlöga getan hat, mit seinen Solaranlagen.«

»Er hat aber auch nicht schlecht daran verdient«, warf Tage ein.

Solveig zuckte mit den Schultern. »Allemal besser als so ein Mast hier auf der Insel.« Sie drehte sich zu ihrem Mann. »Apropos

Verbrechen auf Svartlöga: Wie war noch gleich die Geschichte mit dieser jungen Frau, die an Mittsommer verschwand?«

Maya horchte auf. »Was hat es damit auf sich?«

»Ach, das ist so eine Legende aus dem achtzehnten Jahrhundert. Am Morgen nach der Mittsommernacht hat man eine junge Frau tot in der Heide gefunden, nackt lag sie im Heidekraut.« Tage wiegte den Kopf hin und her. »Angeblich hatten sie dort ein Mittsommerfeuer entfacht und wild gefeiert – zu wild. Richtig aufgeklärt wurde die Geschichte nie. Später wurde gemunkelt, das alles sei nur erfunden worden, um die Frauen von ihren Naturriten abzuhalten.«

»So oder so«, Solveig seufzte. »Die Heide war mir nie ganz geheuer.«

Als Maya zum Zeltplatz zurückkam, sah sie Cecilia einsam auf der Holzplattform am Wasser sitzen. Sie trug ein apricotfarbenes Yogaoutfit mit weißen Ornamenten und einen dünnen weißen Seidenschal um den Hals. Der Wind spielte mit ihren offenen Haaren, und in dem perfekten Lotussitz mit kerzengeradem Rücken wirkte sie wie ein Model bei einem Fotoshooting. Lediglich ihre niedergeschlagene Miene passte nicht zum Gesamtbild. Hatte sie sich erneut mit Henrik gestritten? Maya schlenderte zur Plattform, holte sich eines der Meditationskissen, die am Rand herumlagen, und ließ sich ein Stück von Cecilia entfernt im Schneidersitz nieder. Das sanfte Meeresrauschen und das Gekreische der Möwen waren die einzigen Geräusche um sie herum.

Eine Weile praktizierte Maya die Wechselatmung, bei der man ein Nasenloch mit einem Finger schloss, durch das andere einatmete, dann dieses verschloss und durch das erste ausatmete. Anschließend durch das erste ein und durch das andere aus. Und immer so fort. Dabei warf sie hin und wieder einen Blick zu Cecilia hinüber, die reglos vor sich hin starrte und nicht den Eindruck machte, als meditiere sie.

Schließlich wandte sich Maya zu ihr um. »Ich komme heute einfach nicht richtig in den Flow. Und du?«

Cecilia zuckte mit den Schultern.

»Sorry, habe ich dich gestört?«

»Ist doch eh alles egal.«

»Ich finde diese Situation hier auf der Insel auch ziemlich beängstigend.«

»Das ist es nicht.« Cecilia verschränkte die Beine andersherum.

»Möchtest du darüber reden?«

»Was meinst du?«

Maya wählte einen einfühlsamen Ton. »Entschuldige, wenn ich so direkt bin, aber ... geht es um Henrik und dich?«

Alarmiert hoben sich Cecilias fein gezupfte Brauen. »Wieso fragst du?«

»Ich habe euren Streit gestern Abend mitbekommen.« Maya löste den Schneidersitz auf und zog ein Bein zu sich heran. »Ich stand nicht weit von euch am Wasser.«

Cecilia schwieg und schlug die Augen nieder.

»Wenn du lieber allein sein möchtest ...«

»Du kannst ruhig hierbleiben.« Unvermittelt brach es aus ihr heraus: »Mit Henrik und mir, das funktioniert nicht mehr. Das wird mir gerade immer klarer.«

»Du willst dich von ihm trennen?«

»Ich hätte diesen Schritt schon viel früher tun müssen.« Sie schluckte, schüttelte ihre blonde Haarpracht nach hinten und wischte sich übers Gesicht.

»Das habe ich auch mal erlebt.« Maya stützte einen Ellbogen auf das angezogene Knie und legte den Kopf in der Handfläche ab. »Irgendwann habe ich das Ende mit Schrecken dem Schrecken ohne Ende vorgezogen. Da hatte ich allerdings schon jemand Neues getroffen.«

Schweigend malte Cecilia mit dem Zeigefinger unsichtbare Muster auf die Holzbohlen. »Es ... gab da tatsächlich jemanden. Aber das ist vorbei.« Mit unbewegter Miene starrte sie vor sich hin. Um ihre Mundwinkel zuckte es, dann rann eine einzelne Träne über ihre Wange. Cecilia ließ sie laufen, ohne sie fortzuwischen.

Maya dachte an das, was ihr Henrik anvertraut hatte. Dazu die SMS, die Emely ihr vorhin geschickt hatte – schlagartig begriff sie. Carl und Cecilia hatten eine Affäre! Am liebsten hätte sie Cecilia aufgefordert, ihr alles von Carl und ihr zu erzählen, doch sie rief sich innerlich zur Ordnung. Das hier war keine offizielle Befragung, sie musste noch behutsamer vorgehen als gewöhnlich. Sie räusperte sich. »Also, wenn du darüber reden möchtest ...«

Unentschlossen schaute Cecilia an Maya vorbei aufs Meer, dann streifte sie ein Haargummi vom Handgelenk und band sich einen tief sitzenden Zopf. »Es war eine so bescheuerte Idee von Henrik mitzukommen. Aber er war nicht davon abzubringen.« Verbittert lachte sie auf. »Ich habe sogar mit Absicht ein wenig mit diesem Jonas geflirtet, nur um ...« Sie brach ab.

Wäre die Situation nicht so ernst gewesen, hätte Maya gelacht: Jonas als Flirt-Alibi – wenn er das wüsste, würde es gewaltig an seinem Ego kratzen. Vorsichtig fragte sie: »Warum hast du dich nicht früher von Henrik getrennt?«

»Das frage ich mich jetzt auch.« Cecilia schüttelte ihre Beine aus und streckte sich. »Ehrlich, ich weiß es nicht. Wir wohnen seit drei Jahren zusammen, haben unseren Alltag, du weißt schon ... Irgendwie haben wir nur noch nebeneinanderher gelebt. Vor ein paar Monaten habe ich das mal zur Sprache gebracht, da ist Henrik fast zusammengebrochen. Er hat mich angefleht, ihn nicht zu verlassen. Da habe ich noch gehofft, dass ...« Erneut ließ sie den Satz unvollendet. »Ich habe ihn sogar einmal in einem Streit geschlagen.« Cecilia senkte den Kopf. »Da dachte ich, jetzt ist er weg. Aber er ist geblieben, wie ein treues Hündchen.« Sie hob den Blick wieder. »Ich wusste, es würde sehr hässlich werden, wenn ich gehe. Also bin ich geblieben.«

Maya dachte daran, wie lange sie die On-off-Beziehung mit Jonas ausgehalten hatte. Erst wenn der Leidensdruck hoch genug war, trennten sich die Menschen. Nicht selten brauchte es dafür einen Auslöser von außen. Trotzdem – irgendetwas an Cecilias Geschichte kam ihr seltsam vor. Sie beschloss, erst einmal das Thema zu wechseln. »Mich beschäftigt die ganze Zeit die vergangene Nacht.«

Cecilia sah sie an, in ihren blauen Augen flackerte eine vage Unruhe. »Was genau meinst du?«

»Ich habe mich gestern Abend mit einer Freundin gezofft. Deswegen war ich dort am Meer. Als ich heute erfahren habe, dass Carl nicht weit entfernt getötet wurde ... Ich krame immer wieder in meinen Erinnerungen, ob ich nicht unbewusst etwas mitbekommen habe. Also, irgendetwas in Bezug auf Carl.«

Das Zucken, das durch Cecilias Körper lief, als sie Carls Namen aussprach, war minimal, doch Maya registrierte es. »Bist du ihm gestern Abend nach dem Streit mit Henrik noch begegnet?«

»Carl? Nein.« Ihre Antwort kam zu schnell, sie klang angespannt. Cecilia befeuchtete ihre Lippen mit der Zunge, dann fuhr sie in ruhigerem Ton fort: »Ich bin herumgelaufen, hab aber keinen mehr getroffen, den ich kannte. Auch Carl nicht. Der DJ hatte aufgehört, die Tanzfläche ist schon leer gewesen. Da bin ich ins Zelt, Henrik schlief schon.«

Maya glaubte ihr nicht. Sie spürte, dass sie auf der richtigen

Spur war. »Ich frage mich die ganze Zeit, ob es jemand von der Insel gewesen ist oder vielleicht sogar jemand aus unserer Gruppe.« Sie sagte es leichthin und schielte unauffällig zu Cecilia hinüber. »Die Polizei hat mich heute schon befragt, wo ich in der Nacht war. Ich konnte ihnen nicht sagen, wann Emely ins Gästehäuschen gekommen ist. Ich bin vorher eingeschlafen. Damit meine ich nicht, dass sie es gewesen sein könnte ...«

»Mich haben sie auch so was gefragt.« Cecilia verschränkte die Hände, streckte die Arme nach oben und dehnte sich. »Ich hab 'nen superleichten Schlaf. Henrik dagegen ... wenn der erst mal schläft, könntest du neben ihm Bäume fällen, der würde nix merken. Außerdem – Henrik könnte keiner Fliege was zuleide tun. Er ist viel zu sanft für diese Welt.« Es lag etwas Abfälliges in dieser Äußerung, so, als würde sie ihn für seine Sanftheit verurteilen.

Maya begann ebenfalls, sich zu dehnen, ohne dabei jedoch Cecilia aus den Augen zu lassen. »Ich habe Carl nicht wirklich gekannt. Gestern bin ich ihm zum ersten Mal begegnet, und so ein richtiges Bild konnte ich mir nicht von ihm machen. Wie hast du ihn erlebt?«

Abermals verrutschten Cecilias perfekte Gesichtszüge einige Millimeter. »Ich kannte ihn auch nicht näher.«

Maya haderte mit sich, ob sie den nächsten Schritt wagen sollte, aber es ließ ihr keine Ruhe. »Hm, dabei hat heute jemand behauptet, euch gestern Abend zusammen gesehen zu haben.«

»Bullshit!« Cecilia erhob sich und griff nach dem Meditationskissen. »Der hätte mein Vater sein können. Ich steh nicht auf so alte Typen.« Wütend funkelte sie Maya an. »Sag mal, spielst du Hobbydetektivin, oder was sollen diese Fragen?«

Verdammt, nun war sie doch übers Ziel hinausgeschossen! Maya wurde heiß. »Das wäre mir viel zu heikel.«

Cecilia warf ihr einen finsteren Blick zu, in dem zu lesen stand, dass sie ihr das nicht abnahm, dann rauschte sie davon.

Stöhnend ließ Maya sich wieder auf ihr Kissen sinken. Es war schwieriger, undercover zu ermitteln, als sie erwartet hatte. Andererseits hatte sie jetzt ihre Bestätigung: Immerhin hatte sie mit keinem Wort etwas von einer Affäre gesagt, aber Cecilia hatte es in ihre Aussage hineininterpretiert. Ihre heftige Reaktion war eindeutig gewesen und hatte Mayas letzte Zweifel verscheucht. Sie war überzeugt, dass Cecilia noch einiges über Carl zu erzählen hatte. Morgen konnte Pär sein Glück bei ihr versuchen – vielleicht würde er mehr herausbekommen.

In den frühen Abendstunden kam Leif mit der Fähre an. Er händigte Maya sein Zelt aus, nachdem er vergeblich versucht hatte, sie davon zu überzeugen, mit Emely im Gästehäuschen zu bleiben. »Wenn du es dir anders überlegst, sag nur Bescheid.«

»Alles klar.« Maya klemmte sich das Zelt unter den Arm. »Ach, und – Leif, die anderen wissen nicht, dass ich Polizistin bin. Ich würd's gern dabei belassen, sonst habe ich hier keine ruhige Minute mehr.«

»Sicher, Maya, das verstehe ich.«

Maya mochte Emelys Freund mit seiner in sich ruhenden, gelassenen Art. Gemeinsam mit Emely leitete er die Meditation, die trotz der herrlichen Abendstimmung im Yogaraum stattfand. Die Mücken hätten jegliche Entspannung sofort zunichtegemacht. Als Maya danach die Terrasse betrat, empfing sie am Himmel ein schillerndes Farbenmeer, und für einen Moment sog sie die beschauliche Stimmung dankbar in sich auf. Die Meditation hatte zwar nicht all ihre Gedanken und Sorgen vertrieben, doch sie fühlte sich insgesamt gefasster.

Nach und nach trafen auch die anderen ein, und bei einem

ayurvedischen Kräutertee ließen sie den Tag ausklingen. Bald drehten sich die Gespräche jedoch wieder um den toten Carl, und die unterschiedlichsten Mutmaßungen kursierten, was geschehen sein könnte. Mayas Gelöstheit verpuffte. Sogleich rutschte sie in ihre Ermittlerrolle zurück, sperrte die Ohren auf und versuchte, aus den Gesprächsfetzen Informationen zu erhaschen.

So erfuhr sie nebenbei, dass sich in der Mittsommernacht drei junge Frauen aus der Anfängergruppe einer alten Tradition entsprechend nackt auf einer Lichtung drapiert hatten. In Dreiecksformation hatten sie die Köpfe tief ins feuchte Gras gedrückt, um sich auf diese Weise mit der Erde zu vereinen.

Maya dachte an Tages Worte über die traditionellen Riten, sie dachte an die sieben Blumenarten, die sie früher ganz unschuldig mit ihren Freundinnen gepflückt und unters Kopfkissen gelegt hatte. Was war in der vergangenen Nacht noch vor sich gegangen, von dem sie nichts ahnte? Hatte womöglich Emely an so etwas teilgenommen? Immerhin beschäftigte sich ihre Freundin intensiv mit dem Spirituellen, sie hatte zu Hause sogar einen Altar mit verschiedenen Götterfiguren, Halbedelsteinen, Muscheln und anderen Talismanen.

Aus den Augenwinkeln beobachtete Maya Emely, die mit Penelope plauderte, und für einen Moment versetzte es ihr einen Stich. Unter normalen Umständen wäre sie einfach hinübergegangen, hätte sich dazugestellt und mitgeredet. Heute hielt eine innere Sperre sie zurück. Der Vertrauensbruch wog schwer. Wie viele blinde Flecken ertrug eine Freundschaft? Oder reichte womöglich ein großer, sodass die Freundschaft nicht mehr klar zu sehen war?

Um sich abzulenken, schaute sie sich nach Cecilia um, konnte sie jedoch nirgends entdecken. Henrik stand mit Gregory und

Debbie zusammen, die wie gewöhnlich im Partnerlook gekleidet waren, diesmal in rot und grün karierten Versionen.

Anders als am Vortag lösten sich die Grüppchen schnell auf, und alle verschwanden in ihren Domizilen. Zuvor hatten sie ausführlich thematisiert, ob es zu riskant war, weiterhin in den Zelten zu schlafen. Einige der Teilnehmer wollten lieber in die noch freien Gästezimmer wechseln, doch die meisten blieben auf der Wiese hinter dem *Pensionatet*.

Nachdem sich Maya am Waschplatz die Zähne geputzt hatte, kroch sie in ihr Zelt und zog rasch den Reißverschluss hoch, damit bloß keiner der nervig surrenden Blutsauger einen Weg hineinfand.

Sie schrieb eine SMS an Christoffer und las ein wenig im Schein ihrer Taschenlampe. Ihr Vater hatte gerade ein neues Buch herausgebracht, sein erstes auf Schwedisch. Bisher hatte er seine Kriminalromane auf Deutsch veröffentlicht. Aber da es aussichtslos war, darauf zu hoffen, dass seine Werke in die Sprache seiner Wahlheimat übersetzt würden, hatte er sich letztlich an das Experiment gewagt und baute sich nun selbst ein zweites Standbein mit einem schwedischen Verlag auf.

Obwohl die Geschichte wirklich spannend war, schweiften Mayas Gedanken ständig ab. Wusste er, dass da etwas gewesen war zwischen ihrer Mutter und Birger? Immer wieder drängten sich Bilder vor ihr inneres Auge, in denen sie ihre Mutter mit ihrem Nachbarn zusammen sah. Dass Emely es all die Jahre gewusst hatte, versetzte ihr einen solchen Schmerz, dass sie am liebsten laut geweint hätte. Lediglich die dünnen Zeltwände zwischen ihr und den anderen hielten sie davon ab. Sie legte das Buch weg, löschte das Licht und versuchte einzuschlafen, was ebenfalls nicht gelang. Zu viel war heute passiert und spukte ihr durch den Kopf.

Was das Verbrechen an Carl betraf, tappten sie momentan noch ziemlich im Dunkeln. Die einzigen Verstrickungen, auf die sie aktuell zurückgreifen konnten, waren seine mutmaßliche Affäre mit Cecilia, was Henrik in den Fokus rückte, sowie Carls Disput mit Ulf. Bald würden hoffentlich Ergebnisse von den Kriminaltechnikern kommen, harte Fakten, die ihnen mehr über die Umstände von Carls Tod verrieten. Das verdeckte Ermitteln hatte sie sich jedenfalls deutlich leichter vorgestellt. In diese neue Rolle musste sie sich definitiv noch hineinfinden.

Es fühlte sich seltsam an, auf der Luftmatratze zu liegen, während ihr Bett keine fünfzig Meter entfernt stand. Doch momentan wollte Maya sich einfach nicht mit Emely aussprechen. Trotzdem übermannten sie mit einem Mal Zweifel: War es zu leichtsinnig gewesen, auf dem Zeltplatz zu bleiben? Hätte sie sich dafür einsetzen sollen, dass sie gemeinsam eine bessere Lösung fanden? Jetzt, in der Dunkelheit, krochen die Ängste vor dem unbekannten Täter wieder in ihr hoch. Lag er womöglich gar nicht weit von ihr in einem benachbarten Zelt? Maya drehte sich von einer Seite auf die andere, bis sie irgendwann endlich eindämmerte.

Mitten in der Nacht wachte sie auf und musste auf die Toilette. Am liebsten wäre sie liegen geblieben, schon beim Gedanken, allein draußen herumzulaufen, gruselte es ihr. Aber es half nichts. Sie setzte sich auf und kramte zwischen den Kleidungsstücken, die neben der Luftmatratze herumlagen, nach ihrer Kapuzenjacke. Während sie hineinschlüpfte, dachte sie über den eigenartigen Traum nach, den sie gehabt hatte. Nur bruchstückhaft erinnerte sie sich – ihre Mutter war darin vorgekommen, in einer engen Umarmung mit Jonas. In einer anderen Sequenz hatte Emely sie stehen lassen und war Hand in Hand mit Penelope davongelaufen, und zuletzt hatte sie Carl gesehen, mit blutüberströmtem

Oberkörper, und Henrik, der mit ungerührter Miene danebenstand.

Zögernd öffnete sie den Reißverschluss und spähte hinaus. Alles wirkte ruhig. Sie kroch aus dem Zelt und schloss es sorgfältig, dann ließ sie ihren Blick über den Zeltplatz schweifen. Kein Laut war zu hören, nirgends regte sich etwas. Zwischen den Zelten hindurch schlich sie zum Pensionatet, wo es neben dem Waschplatz mehrere Plumpsklos gab. In den Fenstern der umliegenden Häuser brannte kein Licht, wie ausgestorben lag die Insel da. Nach dem Toilettenbesuch fühlte sich Maya zu wach, um sich gleich wieder hinzulegen, und beschloss, kurz zum Meer hinunterzulaufen. Anders als in der vergangenen Nacht versteckten sich Mond und Sterne heute hinter einer dicken Wolkendecke. Trotzdem war es nicht richtig dunkel, ein trübes Anthrazitgrau färbte den Nachthimmel. Über Felsen und Grasbüschel, die schemenhaft zu erkennen waren, tastete Maya sich Richtung Wasser. Wie still es war. Der Unterschied zum Abend zuvor hätte kaum größer sein können, als der Lärm vom Festplatz an ihr Ohr gedrungen war, Gegröle von Betrunkenen und der Streit von Henrik und Cecilia.

Die Wasseroberfläche lag spiegelglatt da, das verhaltene Summen der Grillen schwebte über der nächtlichen Landschaft. Die Luft war schwül, kein Hauch zu spüren. Der Wind schien den Atem anzuhalten. Es war keine meditative Stille, die sie umgab, sondern eine bleierne. Als waberte etwas Düsteres über die Insel.

Maya fröstelte. Mit einem Mal hatte sie das Gefühl, dass sich Blicke in ihren Rücken bohrten. Sie drehte sich um und scannte die Umgebung. Die Konturen der Felsen, das Schilfgras, in der Ferne die Häuser. Nichts bewegte sich. Dennoch haftete diese merkwürdige Ahnung wie ein klebriger Film an Maya. Sie war nicht allein hier.

Angespannt trat sie den Rückweg an, darauf gefasst, jeden Augenblick einen Angreifer abzuwehren. Als es ein Stück neben ihr raschelte, schrak sie zusammen und hätte beinahe aufgeschrien. Sie blieb stehen und schaute sich aufmerksam um. Vermutlich nur ein nachtaktives Tier, vielleicht ein Igel, der dort herumstöberte. Hoffentlich keine Kreuzotter – vor denen hatte Emely sie gewarnt, weswegen Maya nie ohne Schuhe durchs hohe Gras lief.

Über den Kiespfad erreichte sie den Zeltplatz von der anderen Seite. Vor ihr lag das Gästehäuschen, in dem Emely und Leif schliefen. Maya stutzte. Hatte sie gerade einen Lichtschein im Sommerhaus der Wallensteens gesehen? Sie wartete einen Moment, aber im Haus blieb alles dunkel. Seltsam – hatte sie sich das bloß eingebildet? Hier auf der Insel gab es doch keine Elektrizität. Besser, sie schaute kurz nach.

Ihr Instinkt schlug Alarm, während sie sich an das Anwesen heranpirschte. Die normalerweise unverschlossene Haustür war verriegelt. Sicher hatten die Polizisten sie abgesperrt. Maya linste durch das Fenster links von der Tür. Drinnen war nichts zu erkennen.

Sollte sich ihr viel gerühmtes Bauchgefühl geirrt haben? Sie verharrte noch eine Weile vor dem Haus und betrachtete die Fassade, dann wandte sie sich um und lief in Richtung Zeltplatz. Nach wenigen Schritten blieb sie stehen. Wie vorhin am Meer hatte sie das Gefühl, beobachtet zu werden. Mit einem Ruck fuhr sie herum. Das Haus lag in völliger Dunkelheit da. Offenbar hatte sie sich doch getäuscht.

In der Ferne ballten sich die Wolken zusammen. Maya dachte an Tages Worte über einen drohenden Sturm. Sie setzte ihren Weg fort und betete, dass es kein Sommergewitter geben würde. Erleichtert erreichte sie das Zelt, kroch hinein, zog den Reißverschluss hoch und legte sich auf die Matratze. Erneut fragte sie sich, ob es nicht zu leichtsinnig war, hier drinnen zu liegen. Ein weiteres Mal wollte sie jedoch nicht aufstehen. Müde schloss sie die Augen und lauschte auf ein mögliches Donnergrollen. Falls ein Gewitter kam, würde sie lieber ins Pensionatet wechseln. Aber noch kündigte sich kein Unwetter an.

Maya drehte sich auf die Seite, ihre Lider wurden schwer. Während sie in den Schlaf hinüberglitt, glaubte sie, ein Türknarren zu hören. Doch der Eindruck verschwamm zwischen Wirklichkeit und Traum.

Kapitel 9

Definitiv zu früh! Maya wischte über das Display ihres Smartphones, um die Weckfunktion zu deaktivieren. Schläfrig rieb sie sich die Augen und blickte überrascht in einen orangefarbenen Himmel, ehe sie sich erinnerte: Sie lag in dem Igluzelt, das sie sich von Leif geliehen hatte, inklusive Luftmatratze.

Gerade als sie sich noch einmal umdrehen wollte, fiel ihr die Morgenmeditation ein. Kurz spielte sie mit dem Gedanken, sie ausfallen zu lassen, doch die Disziplin siegte. Wenn schon Yogaretreat, dann auch richtig.

Sie dehnte und rekelte sich auf der Matratze und versuchte, ihre müden Glieder zu beleben. Ihr Kopf schmerzte – ein Kaffee wäre jetzt perfekt, aber auf den musste sie ja hier verzichten. Der nächtliche Spaziergang kam ihr in den Sinn. Bei Tageslicht betrachtet, erschien ihr die Unruhe, die sie verspürt hatte, beinahe lächerlich. Ihre Gewittersorge war genauso unbegründet gewesen.

Maya schlüpfte in Leggings und T-Shirt, band sich die Haare zu einem hohen Pferdeschwanz, verließ das Zelt und streckte sich ein weiteres Mal. Ihr Blick wanderte über den Zeltplatz. Nach und nach krochen die anderen Teilnehmer aus den Zeltbehausungen.

Mit ihrem Necessaire unter dem Arm machte Maya sich auf den Weg zum Waschplatz, wo sie auf Penelope traf, die gerade ihre Zähne putzte. Sie hatte ihre Lockenmähne mit einem breiten Stirnband gebändigt und trug ein weißes bauchfreies Top zu einer ebenfalls weißen Ballonhose. Um ihren Hals hingen mehrere Ketten mit Steinen, Federn und Amuletten. Neben ihr kam sich Maya in ihren praktischen Sportklamotten völlig deplaziert vor.

»Na, ausgeschlafen?« Penelopes dunkle Augen blitzten.

Maya gähnte. »Davon kann nicht die Rede sein. Ich habe einen nächtlichen Spaziergang gemacht und dabei Gespenster gesehen.« Aus einem bauchigen Krug goss sie Wasser in eine Emailschüssel und spritzte es sich ins Gesicht.

»Ist das wahr?«

»Der Spaziergang ja, die Gespenster entsprangen wohl eher meiner Einbildung.«

»Wer weiß.« Mit einem unergründlichen Gesichtsausdruck sah Penelope sie an. »Was ist denn passiert?«

»Wie heißt es doch so schön: Die Nacht hat tausend Augen.« Belustigt erzählte Maya von dem Gefühl, dass sie beobachtet worden war.

Penelope blieb ernst. »Hattest du den Eindruck, da war jemand im Haus oder draußen?«

»Ich weiß nicht genau, irgendwie beides. Warum fragst du?«

»Ich hatte letzte Nacht einen seltsamen Traum ... Das Haus kam darin vor und ... einige echt krasse Dinge.« Penelope zog das Stirnband aus den Haaren und schüttelte ihre Locken, als wolle sie so die Traumbilder loswerden.

Maya kramte im Necessaire nach ihrer Zahnbürste. »Meine Träume waren auch heftig.«

»Dabei ist Vollmond doch erst nächsten Donnerstag. Na, wie auch immer, ich muss vor der Medi noch was erledigen.« Penelope warf sich ihr Handtuch über die Schulter und verschwand hinter der Wand, die den Waschbereich abtrennte, während Maya ihre Zähne putzte. Emely wusste ebenfalls stets, in welcher Mondphase sie sich gerade befanden. Die beiden passten gut zusammen, im Grunde hatten sie viel mehr gemeinsame Interessen als Maya und Emely. Wieder war da dieser Stich.

Maya spülte sich den Mund aus, dann brachte sie ihr Waschzeug ins Zelt zurück und lief zum Ufer hinunter. Die Morgenmeditation fand auf der Holzplattform am Wasser statt. Vergeblich hielt Maya in der Badebucht nach Ulf Ausschau. In Ufernähe schwammen zwei Frauen, die Möwen kreischten wie üblich, und eine leichte Brise wiegte das Schilfgras hin und her. Die Schwüle der Nacht hatte sich aufgelöst, den Himmel prägte heute ein Sonne-Wolken-Mix – ideal für die Yogaeinheit vor dem Frühstück, die direkt an die Meditation anschloss. Ein perfekter Urlaubstag, wären da nicht die Ermittlungen und ihre privaten Sorgen.

Pünktlich um sieben saß Maya zusammen mit den meisten der Teilnehmer auf einem Meditationskissen. Penelope war noch nicht da, Henrik und Cecilia fehlten ebenfalls.

Leif und Emely wirkten ausgeruht und frisch, wobei Maya registrierte, dass Emely einige verstohlene Blicke zu ihr herüberschickte, ehe sie begann, auf ihrer Tongue Drum zu spielen. Um die Leichtigkeit, mit der ihre Hände über das Instrument flogen und ihm harmonische Tonfolgen entlockten, beneidete Maya sie. Vergeblich hatte sie sich in ihrer Kindheit mit dem Klavier herumgeplagt und sich sogar eine Zeit lang an der Geige versucht. Sie war einfach nicht musikalisch genug. Sobald sie mit dem Karatetraining begonnen hatte, war alles andere in den Hintergrund getreten.

In seiner cremefarbenen Leinenkleidung, ein Amulett mit Federn um den Hals, saß Leif aufgerichtet auf seinem Kissen neben Emely und lauschte den Klängen. Nach einigen Minuten gab er ihr ein diskretes Zeichen, und sie wurde leiser. Mit seiner wie immer ausgeglichenen und klangvollen Stimme begrüßte er sie und lud sie ein, einen angenehmen Sitz einzunehmen. »Lege die Unterarme entspannt auf den Oberschenkeln ab. Du kannst die Handflächen nach oben oder nach unten wenden, je nachdem, was sich für dich heute Morgen stimmiger anfühlt. Wenn du sie nach oben richtest, öffnest du dich für neue Energie, drehst du sie nach unten, gibst du das, was du nicht mehr brauchst, an die Erde ab.«

Instinktiv drehte Maya ihre Hände nach unten. Leif leitete sie an, einmal mit der Aufmerksamkeit durch den gesamten Körper zu wandern, von den Füßen angefangen aufwärts, und dabei sämtliche Anspannung loszulassen. Sie waren gerade in die Stille abgetaucht, als laute Schritte diese zerrissen. Jemand stürmte auf die Plattform. Im nächsten Moment vernahm Maya Penelopes Stimme: »Sorry, aber ich glaube, das ist wichtig.«

Alle Köpfe flogen zu ihr herum.

»Letzte Nacht wurde in Carls Haus eingebrochen.«

»Was?« Maya fuhr von ihrem Kissen hoch.

»Eine Nachbarin hat die Polizei gerufen, sie hat sich gewundert, dass die Tür offen stand.« Penelopes Blick schnellte zu Maya hinüber, dann wandte sie sich an Emely und Leif: »Ich dachte, es ist besser, wenn ihr das sofort erfahrt.«

In der vergangenen Nacht war die Tür abgeschlossen gewesen, erinnerte sich Maya. Am liebsten wäre sie aufgesprungen und auf der Stelle zu Carls Haus gerannt. Doch damit wäre sie zu sehr aufgefallen. Sie zwang sich zur Ruhe und wartete, wie Emely und Leif reagierten.

Die beiden wechselten ein paar Worte, anschließend verkündete Leif: »Wir machen eine kurze Pause und werden die Lage sondieren. Wir treffen uns in einer halben Stunde hier wieder zum Morning Flow. Dann werden wir euch sicher Näheres sagen können.«

Gemeinsam mit Emely und Penelope verließ er die Plattform. Unter den Teilnehmern entstand unruhiges Gemurmel. Einige von ihnen standen auf, manche gingen in Richtung Zeltplatz davon. Maya erhob sich und folgte den dreien zum Haus.

· · ·

Henrik sah auf die Uhr. Die Morgenmeditation hatte gerade angefangen. Die konnten ihn mal mit ihren spirituellen Praktiken, und das noch vor dem Frühstück! Diesen Leif mit seiner pseudohypnotischen Stimme hatte er von Anfang an gefressen. Er wünschte sich nichts sehnlicher, als endlich seine Sachen packen und wieder nach Hause fahren zu können. Dass er seinen Computer und seine Playstation so vermissen würde, hatte er nicht erwartet. Auf jeden Fall würde er sich jetzt nicht auf ein Kissen setzen und mit geschlossenen Augen versuchen, an nichts zu denken. Das würde ohnehin nicht funktionieren. Lieber blieb er noch eine Weile liegen.

Unruhig wälzte sich Henrik auf der Matratze hin und her. Diese Maya hatte ihm einen Floh ins Ohr gesetzt mit ihrem Gerede über das Überprüfen der Mobilnummer. Seither hatte er permanent darüber nachgegrübelt, dass er damals seine Chance vermasselt hatte. Er musste unbedingt in Erfahrung bringen, wer sein Nebenbuhler war! Henrik erkannte sich selbst nicht wieder. In seinen früheren Beziehungen war er nie in diesem Maße eifersüchtig gewesen. Doch seit er den Verdacht hatte, dass Cecilia ihn betrog, lief er auf einer komplett anderen Spur. Er hatte Angst, etwas zu entdecken, und gleichzeitig wollte er die Wahrheit wissen. Obwohl er wusste, dass er mit seiner Spioniererei riskierte, Cecilia zu verlieren. Es war wie ein Sog hin zu einem fremden Ich, das ihm befahl, wie er zu handeln hatte.

Als Henrik vorhin aufgewacht war, hatte Cecilia nicht neben ihm gelegen. Vermutlich machte sie einen Morgenspaziergang oder meditierte schon irgendwo für sich allein, ehe die Gruppenmeditation begann. Ihr Handy hatte sie im Zelt gelassen, es lugte unter ihrem Kissen hervor. *Digital Detox* – eines ihrer neuesten Schlagwörter.

Henrik griff nach dem Smartphone. Wie damals, als er zum ersten Mal darin gestöbert hatte, erfasste ihn eine Mischung aus Angst und Aufregung. Was würde er diesmal finden? Was würde dieses Wissen bei ihm anrichten?

Er dachte an den furchtbaren Streit, bei dem Cecilia ihn geschlagen hatte. Niemandem hatte er das anvertraut – es war für ihn das Demütigendste gewesen, was er je erlebt hatte. Und trotzdem ... wollte er nur mit ihr zusammen sein.

Der Drang nach Gewissheit überdeckte alles andere. Sein Herz raste, seine Kehle war trocken, die Hände dagegen feucht, als er auf den Touchscreen drückte. Das Gerät war im Flugmodus und natürlich mit Code gesichert.

Fieberhaft überlegte er, welche Zahlenkombination sie eingegeben haben könnte. Cecilia war nicht sonderlich kreativ. Außerdem konnte sie sich Zahlenfolgen schlecht merken. Sie hatte schon zweimal eine neue Bankkarte bestellen müssen, weil sie ihre Geheimzahl vergessen hatte. Dennoch hatte sie sich wohl kaum für 123 456 entschieden. Es musste eine Kombination sein, die ihr sehr geläufig war. Er versuchte es noch einmal mit ihrem Geburtsdatum. Kein Treffer. Der Geburtstag ihrer Schwester – ebenfalls erfolglos.

Wie oft konnte man es eigentlich probieren? Den PIN für die SIM-Card durfte man nur dreimal eingeben, aber Henrik glaubte, sich zu erinnern, dass das bei dem iPhone-Code anders war. Trotzdem – er wollte nicht riskieren, dass das Gerät gesperrt wurde. Ein letzter Versuch, dann würde er es lassen.

Welche Zahlenkombi hatte sie bloß gewählt? Plötzlich kam ihm ein Gedanke, der so logisch war, dass er beinahe auflachte. Natürlich, das musste es sein: Der Code zu ihrer Haustür! Der wurde alle paar Monate geändert, was für Cecilia jedes Mal eine extreme Herausforderung darstellte. Die aktuelle Nummernfolge klebte deswegen an ihrem Schminkspiegel.

7-3-1-3-5-9 gab Henrik auf dem Touchscreen ein. Die Sperre verschwand, der Bildschirm war freigegeben. Adrenalin flutete Henriks Körper. Er hatte den Code geknackt! Angespannt lauschte er nach draußen, doch alles blieb still. Er rollte sich auf den Bauch, das Telefon lag vor ihm auf der Matratze. Neben der Eingangsplane besaß das Zelt auch ein Moskitonetz, beide waren geschlossen. Sobald Cecilia den ersten der zwei Reißverschlüsse aufzog, würde er ihr Handy unter das Kissen zurückschieben.

Als er auf das WhatsApp-Symbol klickte, kam es ihm vor, als hätte er einen Stein im Magen. Das Fenster mit den Chats öffnete sich. Er scrollte sich durch die Kontakte. Vergeblich suchte er nach dem Gespräch mit XYZ. War es nicht WhatsApp gewesen? Auch bei den SMS fand er XYZ nicht. Henrik begann zu schwitzen. Er war sich hundertprozentig sicher, dass er die Nachrichten bei WhatsApp gefunden hatte. Erneut öffnete er die App, ging noch einmal alle Kontakte durch. Nichts. Hatte sie die Konversation etwa gelöscht?

Um ganz sicherzugehen, schaute er im Adressbuch nach. Dort entdeckte er den Eintrag. Henrik atmete auf. Er fingerte nach seinem eigenen Smartphone, das neben der Luftmatratze lag, und gab die Nummer ein. Überprüfen konnte er sie später in Ruhe. Rasch schloss er das WhatsApp-Fenster auf Cecilias Handy, schaltete den Flugmodus ein und schob es wieder unters Kissen. Ein Gefühl des Triumphs breitete sich in ihm aus. Jetzt war er nur noch wenige Klicks von der Wahrheit entfernt. Von draußen tönten Stimmen an sein Ohr. War die Meditation schon zu Ende? Dann kam Cecilia sicher gleich zurück. Doch der Reißverschluss des Zeltes öffnete sich nicht.

• • •

Vor dem Haus standen Emely, Penelope und Leif zusammen mit einer älteren Frau in einem orangefarbenen Strandkleid. Ihre silbergrauen Haare hingen nass herab, unter ihrem Arm klemmte ein zusammengerolltes Handtuch. Als Maya sich näherte, erkannte sie in ihr Carls Nachbarin Ingela, mit der sie am Vortag kurz geredet hatte. Also war sie es, die den Einbruch entdeckt hatte. Maya gesellte sich zu ihnen.

»... hatte ich heute Morgen noch etwas ausdrucken wollen, aber dann fiel mir ein, dass das Haus ja gerade tabu ist.« Emelys Augen waren angstgeweitet. »Sonst wäre mir der Einbruch natürlich aufgefallen.«

»Hej, Ingela«, Maya lächelte Carls Nachbarin an und hob die Hand zum Gruß.

»Hej, Maya.« Ingela hob ebenfalls die Hand. »Die Tür stand offen, da bin ich rein – das war sicher ein Fehler. Angefasst habe ich aber nichts. Als ich das Chaos im Arbeitszimmer gesehen habe, bin ich sofort wieder raus, und da fiel mir wieder ein, dass die Polizei die Tür ja gestern abgeschlossen hatte.«

»Ich bin nach dem Aufstehen nur zum Waschplatz und dann gleich hierher.« Leif legte einen Arm um Emelys Schultern. »Verdammt, was geht hier nur vor sich?«

Auch wenn es ihr schwerfiel, widerstand Maya dem Drang,

das Haus zu betreten. Sie musste ihre Tarnung wahren. Hoffentlich tauchte Pär bald auf. Wobei zunächst vermutlich die örtliche Polizei von Norrtälje anrücken würde. Sie wandte sich an Penelope, die zwischen der Nachbarin und Emely stand. »Wieso warst du eigentlich hier?«

»Nach unserem Gespräch vorhin am Waschplatz ...« Sie zögerte. »Ich hatte so eine Ahnung, dass irgendetwas nicht stimmte. So etwas ... habe ich öfter.« Sie zuckte leichthin mit den Schultern.

Maya wollte gerade darauf eingehen, als vom Pensionatet her ein Mann und eine Frau in Uniform auf sie zukamen.

»Wer von euch hat uns angerufen?« Die Frau, Maya schätzte sie nur wenige Jahre älter als sie selbst, sportlicher Typ, blonder Zopf, selbstbewusstes Auftreten, sah sie der Reihe nach an.

»Das war ich«, meldete sich Ingela zu Wort. Noch einmal gab sie wieder, was sie ihnen kurz zuvor erklärt hatte.

»Wenn ich es richtig verstanden habe«, abermals musterte die Polizistin sie eindringlich, »dann ist der Besitzer des Hauses gestern ermordet worden.«

Maya musste sich zusammenreißen, um sie nicht zu korrigieren. Doch einen Satz wie *ob es Mord war oder ob die Tat im Affekt geschah, ist zu diesem Zeitpunkt noch nicht geklärt* durfte sie in ihrer neuen Rolle als verdeckte Ermittlerin einfach nicht von sich geben.

»Also los, gehen wir ins Haus.« Die Polizistin sah sich nach ihrem Partner um, ganz offenbar ein Neuling, frisch von der Polizeihochschule oder womöglich noch in der Ausbildung. Bisher hatte er sich jedenfalls schüchtern im Hintergrund gehalten. »Ich habe gerade mit dem Ermittler von der Kripo telefoniert, er ist auf dem Weg hierher«, hörte Maya sie sagen, bevor die beiden im Haus verschwanden.

Nach der Yogaeinheit nahm Maya mit den anderen zusammen ein kurzes Morgenbad im Meer, ehe sie sich zum Frühstück auf die Terrasse hinter dem *Pensionatet* begab. Sie schaltete den Flugmodus ihres Telefons aus, den sie während des Yogas aktiviert hatte, und wartete darauf, ob ein Lebenszeichen von Pär eintrudelte. Aber nichts kam, und so schrieb sie ihm eine Nachricht, in der sie ihn bat, sich zu melden.

Sie trank gerade ihren ersten Schluck Yogitee mit Hafermilch, als Henrik erschien, ungewöhnlich blass im Gesicht, und mit prüfendem Blick die Tische scannte. Cecilia und er hatten die Yogastunde ausgelassen. Hatten die beiden sich schon wieder gezofft? Maya dachte an ihr gestriges Gespräch mit Cecilia. Hatte sie sich am Ende nun tatsächlich von ihm getrennt?

Kurzerhand stand sie auf und ging zum Büfett hinüber, wo er Joghurt in eine Schale gab und ihn mit Nüssen und Honig garnierte. »Alles okay?«

»Kein Kaffee – das ist echt ein Desaster.«

»Wie ich das hier aushalten soll, weiß ich auch noch nicht. Tee ist nicht wirklich ein Ersatz.« Maya mischte sich ein Müsli mit frischen Beeren. »Ich gehe jetzt schon auf dem Zahnfleisch.«

Er nickte und schien einen Moment zu überlegen, ehe er fragte: »Hast du Cecilia gesehen?«

»Heute noch nicht.«

»Sie war also nicht beim Yoga oder bei der Meditation?«

»Nein.«

»Seltsam.« Henrik gab einige Erdbeeren in seine Schale. »Sie ist nicht da. Als ich vorhin aufgewacht bin, war sie nicht im Zelt.«

»Vielleicht ist sie spazieren. Oder sie meditiert irgendwo an einer einsamen Stelle.« Maya goss sich ein Glas Orangensaft ein. »Davon gibt es ja hier auf der Insel genug.«

»Hm. Wahrscheinlich hast du recht.« Henrik wirkte nicht sonderlich überzeugt.

Emely, die zu ihnen getreten war, hatte offenbar die letzten Sätze gehört. »Sie kann ja nicht weg sein.« Sacht legte sie ihre Hand auf Henriks Unterarm. »Schließlich sind wir auf einer Insel. Die außerdem gerade abgeriegelt ist.«

Maya fing Penelopes Blick auf, die nahe am Büfett saß. Wieder lag dieser schwer zu deutende Ausdruck darin, der ihr bereits heute früh aufgefallen war, als sie von ihrem nächtlichen Erlebnis erzählt hatte. Was hatte sie vorhin vor dem Haus mit ihrer Bemerkung gemeint, sie habe solche Ahnungen öfter? Darauf hatte Maya eigentlich eingehen wollen, aber dann waren die beiden von der örtlichen Polizei eingetroffen. Sie überlegte noch, sich zu ihr zu setzen, da kam ihr Emely zuvor.

Rasch ging Maya zu ihrem Platz zurück, ehe Emely womöglich einfiel, sie zu sich zu bitten. Sie würde später irgendwann allein mit Penelope reden.

Kapitel 10

Auch zur nächsten Yogastunde erschien Cecilia nicht, genauso wenig wie zum Lunch. Henrik sah blass aus, er hatte zwar am Yoga teilgenommen, sich jedoch an keinem der Gespräche beteiligt.

Maya setzte sich zu ihm, nachdem sie ihren Teller mit Reis und Linsencurry gefüllt hatte. »Ist sie immer noch nicht aufgetaucht?«

Henrik schüttelte den Kopf. »Langsam mache ich mir echt Sorgen. Ich hab schon überall gesucht. Sie ist nicht da.«

»Auf ihrem Handy hast du es sicher schon probiert?«

»Sie hat es gar nicht bei sich. Es liegt seit gestern Abend unter ihrem Kissen.«

»Hast du überprüft, ob es eingeschaltet ist?«

»Nein.« Henrik errötete.

Maya glaubte ihm kein Wort. Bestimmt wollte er nicht zugeben, dass er noch mal auf ihrem Gerät spioniert hatte, wobei das unter diesen Umständen durchaus vertretbar war. Unruhe breitete sich in ihr aus. Etwas stimmte nicht, das spürte sie genau. »Dann sollten wir sie gemeinsam suchen.« Am liebsten hätte sie auf der Stelle damit begonnen, doch sie durfte ihre Tarnung nicht auffliegen lassen. Maya sah sich nach Emely und Leif um, die mit Penelope, Jonas, Linda und einigen weiteren Teilnehmern an einem anderen Tisch saßen. »Lass uns das mit Emely und Leif besprechen. Zusammen ist das sinnvoller.«

In diesem Moment vibrierte ihr Handy in der Gesäßtasche ihrer Shorts. Maya zog es heraus und las Pärs Namen auf dem Display. »Bitte entschuldige mich kurz«. Sie erhob sich und ging ums *Pensionatet*, ehe sie das Gespräch annahm.

»Bist du schon auf Svartlöga?«, fragte sie, nachdem sie sich begrüßt hatten.

»Vor einer Stunde angekommen, zusammen mit den Kriminaltechnikern. Na, hier überstürzen sich ja die Ereignisse.«

»Wo bist du gerade?

»In Carls Haus.«

Maya schaute sich um. Alle saßen beim Mittagessen auf der Terrasse hinter dem Haus. »Dann komme ich kurz rüber.« Sie lief die wenigen Meter an dem Gästehäuschen vorbei zu dem pompösen Gebäude und schlüpfte unter dem Absperrband hindurch, das die Norrtäljer Polizei gespannt hatte. Ehe sie eintrat, sah sie sich ein weiteres Mal um. Niemand zu sehen. Rasch huschte sie durch die offen stehende Haustür nach drinnen.

»Pär?«

»Hier drüben«, ertönte rechts von ihr die Stimme ihres Partners. Im nächsten Moment erschien er in der Türöffnung zu einem angrenzenden Zimmer.

»Ist das das Arbeitszimmer?« Maya trat auf ihn zu.

»Exakt.«

Über seine Schulter blickte sie auf ein heilloses Durcheinander. Sämtliche Schubladen waren ausgeleert, Ordner und lose Blätter lagen wild auf dem Boden herum.

Pär berichtete vom Stand der Ermittlungen. »Leider können wir nicht nachprüfen, ob irgendetwas entwendet wurde, wichtige Unterlagen oder so.«

»Gehst du davon aus, dass der Einbruch und Carls gewaltsamer Tod zusammenhängen?«

»Das ist erst einmal naheliegend.« Pär machte eine Pause. »Fakten, die dies belegen, haben wir jedoch noch nicht. Offenbar hat hier jemand höchst dringend etwas gesucht.«

»Worum könnte es sich dabei handeln?«

»Wir tappen noch vollkommen im Dunkeln.«

Maya schaute den Gang entlang, von dem zwei weitere Türen abzweigten und eine Treppe ins Obergeschoss führte. »Wie sieht es in den anderen Zimmern aus?«

»Nur hier hat jemand das Unterste zuoberst gekehrt.« Pär kratzte sich am Kopf. »Die Kriminaltechniker gehen die Unterlagen gerade durch. Gleichzeitig untersuchen wir auch die Dokumente aus seiner Villa in Djursholm. Da kommt einiges zusammen – sämtliche Papiere seiner Zahnarztpraxis, die Ordner mit den Kontoauszügen, der Immobilienkram ...« Er rieb sich über die Stirn. »Hier haben die Kollegen vorhin einiges an Fingerabdrücken genommen, die werden jetzt parallel geprüft.«

Mayas Blick wanderte durch den Raum. »Jemand tötet Carl, kurz darauf wird in sein Sommerhaus eingebrochen und das Arbeitszimmer durchwühlt. Worum geht es hier bloß?«

»In Anbetracht der Tatsache, dass das alles auf der Insel passiert ist und der Personenkreis hier ja nun mal überschaubar ist, tendiere ich momentan eher zu einem persönlichen Motiv.«

»Möglicherweise hat es etwas mit einem Inselkonflikt zu tun.« Maya erinnerte sich an das Gespräch mit Solveig und Tage und fasste es für Pär zusammen.

Noch während sie sprach, hatte Pär sein Notizbuch hervorgeholt und mitgeschrieben. »Der Energiekonflikt hat also die Insel gespalten, höchst interessant.« Mit dem Stift tippte er auf das Papier.

»Hat Ulf eigentlich davon etwas erwähnt, als du mit ihm gesprochen hast?«

»Soweit ich mich erinnere, nicht. Warte mal.« Pär blätterte einige Seiten zurück. »Nein, davon hat er kein Wort gesagt.«

»Er stand ja auch noch unter Schock.«

»Jedenfalls habe ich jetzt einen guten Grund, mich noch mal mit ihm zu unterhalten.« Pär klappte das Büchlein zu und steckte es wieder ein.

Mayas Blick glitt über den Schreibtisch im Art-déco-Stil. »War Carl in den sozialen Medien unterwegs?«

»Auf Facebook und LinkedIn. Wird momentan ebenfalls untersucht. Seinen Facebook-Account hatte er komplett auf privat geschaltet. Auf LinkedIn hat er sich mit Medizinern aus verschiedenen Fachgebieten vernetzt, da gibt es Spannendes zum ganzheitlichen Heilungsansatz in der Zahnmedizin.« Mit einem Augenzwinkern fügte er hinzu: »Falls dich das mal interessieren sollte.«

»Ganzheitlich klingt gut. Ist ja bei uns in Schweden eher noch die Ausnahme.« Einen Moment dachte Maya an ihre Mutter, die oft von den alternativen Heilmethoden in Deutschland schwärmte. Dann fiel ihr wieder deren Affäre ein – oder was auch immer das mit Birger gewesen war –, und schnell schob sie diese Gedanken beiseite. »Hast du etwas von Sarah gehört?«

»Sie ist noch auf der Intensivstation. Nach dem CT haben die Ärzte eine OP ausgeschlossen, aber vorerst braucht sie noch absolute Ruhe. Wir können frühestens in ein paar Tagen mit ihr reden.«

»Ist euch hier sonst noch irgendetwas aufgefallen?«

Abermals zog Pär sein Notizbuch heraus, blätterte darin und überflog einige Seiten. »Sie haben Fasern gefunden von einem weißen Kleidungsstück, vermutlich aus Seide.«

Etwas klingelte in Maya. Weiße Seide ... Da war doch was gewesen, erst kürzlich ... Schlagartig fiel es ihr wieder ein. »Sagtest du gerade *weiße Seide*? Wo genau habt ihr die Fasern gefunden?«

»Auf dem Boden, neben dem Schreibtisch, glaube ich. Wieso fragst du?«

Mayas Puls beschleunigte sich. »Eine junge Frau aus unserer Gruppe ist seit heute früh verschwunden. Cecilia heißt sie, ich habe mich gestern mit ihr unterhalten. Stimmt, das kannst du ja noch nicht wissen, das war ja nach unserem Treffen. Ich habe den starken Verdacht, dass sie eine Affäre mit Carl hatte. Ihr Freund Henrik ist auch hier, er vermutet schon länger, dass sie ihn betrügt, da kriselt es heftig.«

»Was genau hat das mit weißer Seide zu tun?«

»Habe ich das nicht erwähnt? Sorry. Cecilia hat gestern einen weißen Seidenschal getragen. Und, ehrlich gesagt, ich habe gerade ein sehr ungutes Gefühl, was ihr Verschwinden betrifft.«

»Seit heute früh ist sie weg?«

»Henrik meint, als er am Morgen aufgewacht ist, sei der Platz neben ihm leer gewesen.«

»Das heißt, sie ist möglicherweise schon in der Nacht verschwunden.« Pär runzelte die Stirn.

Unausgesprochen hing zwischen ihnen in der Luft, was sie beide befürchteten: dass womöglich jemand Cecilia etwas angetan hatte.

Schlagartig fiel Maya ihr nächtlicher Spaziergang wieder ein und das eigenartige Gefühl, dass sie beobachtet wurde. Hatte sich Cecilia am Ende da bereits aus dem Zelt geschlichen?

»Du weißt ja, Maya, normalerweise warten wir bei Erwachsenen erst einmal ab, ehe wir aktiv werden. In diesem Fall jedoch, mit der Inselsituation und dem, was du erzählt hast ...« Pär räusperte sich. »Wir müssen diese Cecilia finden.« Er zog sein Handy hervor. »Ich kläre mal mit Lasse ab, dass wir zusätzliche Leute aus Norrtälje bekommen.«

»Und ich spreche mit Emely und Leif.« So schnell wie möglich wollte Maya nun loslegen.

»Klingt nach einem guten Plan, Miss Undercover.«

Mayas Augen schweiften ein letztes Mal durch das verwüstete Arbeitszimmer, und es war ihr, als könne sie Cecilias Präsenz spüren. Aber das konnte ja nur Einbildung sein.

»Sei vorsichtig, wenn du dich rausschleichst.« Pär blieb im Hausflur stehen. »Ich warte kurz.«

»Alles klar.« Maya drehte sich um, ging zur Haustür und spähte nach draußen. Sie hatte Glück: Immer noch war kein Mensch zu sehen.

Sie war gerade wieder unter dem Absperrband hindurchgekrochen, als Penelope um die Ecke kam und ihr entgegenlief. Mit schwer zu deutendem Blick musterte sie Maya. »Du spürst es auch, nicht wahr?«

»Was meinst du?«

»Dass Cecilia in Carls Haus gewesen ist.«

• • •

»Kann ich euch kurz stören?«

Emely blickte von ihrem Teller auf. Vor ihrem Tisch stand Henrik. Er sah ungewöhnlich blass aus.

»Na klar, setz dich.« Leif rückte auf der Bank ein Stück zur Seite, und Henrik setzte sich neben ihn.

»Danke.« Er knetete seine Hände. »Ist mir etwas unangenehm, aber Maya ... Sie meinte, ich solle ... Es geht um Cecilia. Sie ... ist weg, seit heute Morgen.«

In Emelys Kopf ratterte es. Stimmt, Cecilia hatte heute an keinem Kurs teilgenommen. Bisher hatte sie sich deswegen nicht beunruhigt, denn es kam vor, dass Teilnehmer sich während eines Retreats phasenweise zurückzogen und ihre eigene Meditationspraxis ausübten, sich auch mal für einen Tag komplett in die Stille begaben. Regelmäßig erklärte sie ihren Schülern, wie wichtig es war, in sich hineinzuspüren und selbst herauszufinden, was sie gerade brauchten.

Leif unterbrach ihre Gedanken und wandte sich an Henrik: »Wann hast du Cecilia das letzte Mal gesehen?«

»Gestern Abend.«

»Habt ihr euch gemeinsam hingelegt?«

»Cecilia hatte Kopfschmerzen, sie ist gleich nach der Abendmeditation ins Zelt. Ich war noch kurz hier auf der Terrasse.«

»Stimmt, ich habe ihr einen Tee gemacht mit der Kräutermischung, die ich von Penelope bekommen habe.« Emely legte ihr Besteck beiseite.

»Als ich zu ihr ins Zelt gekommen bin, hat sie schon tief geschlafen, sie hat gar nicht mehr reagiert. Ich bin dann auch eingeschlafen. Und als ich heute Morgen aufgewacht bin, war sie nicht mehr da.«

»Und in der Nacht hast du nichts mitbekommen? Also, ob Cecilia da noch mal aufgestanden ist?« Leif strich seine halblangen dunklen Haare zurück.

Geknickt schüttelte Henrik den Kopf. »Wenn ich einmal schlafe, dann krieg ich nix mehr mit.«

»Beneidenswert«, ließ sich Linda vom anderen Ende des Tischs vernehmen.

In diesem Moment trat Maya an ihren Tisch. »Kann ich dich kurz sprechen?« Zum ersten Mal, seit sie sich aus dem Gästehaus ausquartiert hatte, kam sie auf Emely zu.

»Klar.« Sogleich stand Emely auf und folgte ihr zum Büfett, wo die anderen sie nicht hören konnten.

»Ich vermute, Henrik hat euch informiert?«

»Gerade eben.« Emely spürte, wie eine Unruhe in ihr erwachte. »Was ist denn los?«

»Wir müssen Cecilia finden.« Mayas Miene war so eindringlich, dass Emely Angst bekam.

»Denkst du ... ihr ist etwas zugestoßen?«

Maya senkte die Stimme: »Ich kann dir gerade nicht mehr sagen, aber es könnte ernst sein.«

»Heißt das, dass du doch in dem Fall ermittelst?«

Maya schwieg einen Moment. »Ich unterstütze Pär ein wenig. Das darf keiner wissen, behalte es bitte unbedingt für dich.«

»Natürlich. Du kannst dich auf mich verlassen.«

In Mayas Blick glaubte sie, einen Hauch von Skepsis zu lesen. Es traf sie ins Herz. »Maya, können wir unseren Streit von vorgestern nicht vergessen, bitte?«

Wie auf Knopfdruck verschloss sich Mayas Gesicht. »Momentan liegt mein Fokus ganz woanders.«

»Bitte, Maya, du entziehst dich immer, anstatt deine negativen Gefühle zuzulassen.«

Maya überging ihren Einwurf und verschränkte die Hände vor der Brust. »Übrigens hat meine Mutter deine Beobachtungen von damals bestätigt. Sie hatte wirklich was mit Birger.« Ihr Tonfall war so sachlich, als spräche sie über einen ihrer Fälle und nicht über ihre Mutter.

»Oh, Maya, das alles ...«

Maya unterbrach sie. »Wie gesagt: jetzt nicht. Wir müssen dringend etwas wegen Cecilia unternehmen.« Ihr Blick wanderte zu den Tischen, die nur noch teilweise besetzt waren. Die meisten hatten ihre Mahlzeit bereits beendet. »Am besten wäre es, wenn wir uns gemeinsam auf die Suche machen. Könntest du dich darum kümmern, die anderen zusammenzutrommeln?«

Emely musste sich beherrschen, dass ihre Traurigkeit und Angst sich nicht in ihrem Gesicht widerspiegelten. Maya wirkte so kalt, als würde ihr die Distanz zwischen ihnen gar nichts ausmachen. So verhielt sie sich vermutlich in ihrer Arbeit, es war bestimmt der einzige Weg, um mit all der Gewalt, die sie täglich umgab, klarzukommen.

Emely fiel auf, dass sie Maya nie gefragt hatte, wie sie damit umging. Sie schämte sich – gerade sie als Yogalehrerin müsste sich doch für solche Dinge interessieren. In Zukunft wollte sie stärker auf ihre Freundin eingehen. Wenn Maya das überhaupt noch zuließ.

• • •

Bis zum späten Nachmittag hatten sie die Umgebung rund um das Dorf abgesucht, einschließlich des angrenzenden östlichen Waldes sowie sämtlicher Badebuchten auf der südlichen Inselseite, ohne auch nur eine Spur von Cecilia zu entdecken. In Kleingruppen aufgeteilt hatten sie zig Sommerhäuser abgeklappert und Cecilias Foto gezeigt. Keiner hatte die junge Frau gesehen. Sie war wie vom Erdboden verschluckt.

Zusammen mit Leif und Emely machte sich Maya auf den Rückweg zum *Pensionatet*. Gegen achtzehn Uhr wollten sie sich dort zum gemeinsamen Abendessen treffen. Das zusammengewürfelte Team der Polizei würde ebenfalls dabei sein. Pär hatte Lasse überzeugen können, ihnen Verstärkung aus Norrtälje zu schicken. Während Maya den steinigen Strand entlanglief, dachte sie darüber nach, unter welch unglückseligem Stern dieses Retreat lag. Am ersten Tag Carls Tod und jetzt Cecilias Verschwinden – ohne es laut kundzutun, rechneten alle schon mit dem Schlimmsten.

Leif drehte sich zu Maya um. »Als Nächstes stehen der nördliche und der westliche Teil der Insel an.«

»Darum kümmern wir uns nach dem Essen. Gut, dass es noch lange hell ist.«

»Okay, aber die verwilderten Teile der Insel gehen wir besser erst morgen an. Das ist in der Dämmerung eher ungünstig.«

»Ich kann es gar nicht fassen, dass sie einfach so verschwunden ist.« Emely klang ängstlich. »Ihr darf nichts passiert sein!«

»Vielleicht hat ja jemand von den anderen Neuigkeiten.« Leif krempelte die Ärmel seines Leinenhemdes herunter. Allmählich wurden die Mücken auch hier am Wasser aggressiv. »Vielleicht ... wendet sich doch noch alles zum Guten.« In seiner Stimme schwang jedoch Verzweiflung mit. Mühsam unterdrückte Maya einen Seufzer. Mit jeder Stunde, die verging, schwanden ihre Hoffnungen, dass es eine harmlose Erklärung gab.

Vor ihnen tauchte Ulfs Sommerhaus auf, Gustav saß Zeitung lesend auf der Veranda.

»Ich spreche noch schnell mit ihm.« Maya steuerte auf das rote Haus zu. Auf dem Hinweg hatten sie Ulf und ihn nicht angetroffen.

»Alles klar, wir sehen uns gleich beim Essen.« Leif winkte ihr zu und lief weiter Richtung Pensionatet.

»Bis gleich, Maya.« Unsicher lächelte Emely sie an, dann folgte sie ihrem Freund.

Maya trat an die Veranda heran und grüßte Gustav.

»Hej, Maya. Schön, dich zu sehen.« Er legte die Zeitung auf einen Beistelltisch, auf dem bereits ein Taschenbuch lag. »Alles gut?«

»Hm, geht so.« Als sie das Buch erkannte, hielt sie einen Moment inne. Frank Topelius stand in fetten Druckbuchstaben oben auf dem Cover. Der neue Krimi ihres Vaters. Wie bizarr: Gern hätte sie sich gefreut und mit Gustav darüber gesprochen, doch in der momentanen Situation galt es, keine Zeit mit Nebensächlichem zu verlieren. »Ich wollte dich etwas fragen.«

»Geht es um Carl?« Gustavs Blick wurde aufmerksam.

»Wir suchen eine unserer Teilnehmerinnen. Eine junge Frau, Mitte zwanzig, blond ... warte mal.« Rasch zog sie ihr Handy aus der Gesäßtasche und klickte das Foto an, das sie in den vergangenen Stunden so oft vorgezeigt hatte. »Hier, das ist Cecilia.« Sie vergrößerte den Ausschnitt, sodass Gustav das Gesicht besser erkennen konnte.

Gustav betrachtete das Bild und dachte nach. »Vorgestern auf dem Fest, da habe ich sie gesehen. Aber heute ... nein, tut mir leid.« Prüfend sah er Maya an. »Du machst dir Sorgen, dass ihr etwas passiert ist?«

»Sie ist seit letzter Nacht weg. Ihr Freund ist sehr besorgt und ich, ehrlich gesagt, auch.«

»Ich kann mal Ulf fragen, vielleicht weiß er was.« Gustav drehte sich zur Eingangstür rechts von ihm. »Ulf, komm mal raus.«

Von drinnen hörte man Schritte, dann erschien Ulf im Türrahmen, in Shorts und Hawaiihemd, ein Glas mit einer klaren Flüssigkeit in der Hand.

»Du auch einen Gin Tonic?«, fragte er seinen Freund.

»Gerade nicht. Wir haben Besuch.« Gustav zeigte auf Maya.

»Hej, Ulf.«

Dieser hob sein Glas zum Gruß. »Bald gibt's Sturm.«

»Was?« Maya sah ihn verständnislos an.

»Das Wetter schlägt um.« Mit dem Daumen deutete Ulf zum Himmel hoch.

155

Maya erinnerte sich, dass Tage beim Mittsommerfest bereits davon gesprochen hatte. Sie blickte nach oben. Tatsächlich zogen die Wolken ungewöhnlich schnell. Bisher war ihr das noch gar nicht aufgefallen.

Gustav räusperte sich. »Die Yogaleute vermissen jemanden.«

»Endlich mal gute Nachrichten!« Zwischen einem Topf mit einer welken Geranie und einem Stapel alter Zeitungen kramte Ulf eine Schachtel Zigaretten hervor, nahm eine heraus und zündete sie an.

»Das ist nicht witzig, Ulf.« Missbilligend runzelte Gustav die Stirn. »Eine junge Frau ist verschwunden.« Er reichte Mayas Handy an seinen Freund weiter.

»Hast du sie vielleicht gesehen?« Maya riss sich innerlich zusammen. Warum nur war er so gegen ihr Retreat?

»Ziemlich hübsch. Kommt mir bekannt vor. Macht die Werbung für H&M oder so?«

»Keine Ahnung. Bist du ihr heute begegnet?«

»Nee.« Grübelnd gab Ulf ihr das Telefon zurück. »Sollte ihr etwas zugestoßen sein ... Auf dieser Insel gibt es hunderttausend Winkel. Ich besitze zum Beispiel ein Stück Land, da runter.« Er wedelte mit dem Arm in die Richtung, aus der Maya gekommen war. »Da war ich seit Jahren nicht mehr. Ist völlig wertlos, also, wirtschaftlich betrachtet. Vom Naturaspekt ist es inzwischen sicher ein Biotop. Zufluchtsort für alle möglichen Insekten, die anderswo aussterben.«

»Artenreichtum ist auch ein Reichtum.« Gustav schlug locker die Beine übereinander.

Ulf nahm einen großen Schluck aus seinem Glas, dann wischte er sich mit dem Handrücken über den Mund. »Was ich meine, solche Stellen gibt es hier unzählige. Da habt ihr ordentlich zu tun.«

»Was ist mit dem nördlichen Strand? Also, ich meine, falls …«
Gustav brach ab.

Doch Maya verstand auf Anhieb, was er andeuten wollte. Falls jemand Cecilia getötet hatte und die Leiche wieder im Wasser auftauchte. Wenn sie nur nicht auf dieser Insel mit einem Serienmörder festsaßen!

Das Abendessen verlief in düsterer Stimmung. Keiner hatte irgendetwas über Cecilia herausgefunden. Einstimmig beschlossen sie, auf die Abendmeditation zu verzichten und stattdessen die Suche fortzusetzen. Pär und die Kollegen aus Norrtälje hatten mit ihnen zusammen gegessen. Um ihre Tarnung zu wahren, hatte Maya sich von ihrem Teampartner ferngehalten.

Ehe sie nun erneut in Kleingruppen aufbrachen, richtete Pär einige Worte an den Suchtrupp. Er dankte ihnen für ihren Einsatz und ermutigte sie, mit derselben Energie weiterzumachen. Zuletzt forderte er sie eindringlich auf: »Bleibt immer in Sichtweite von jemand anderem. Wir wissen nicht, womit wir es hier zu tun haben. Geht kein unnötiges Risiko ein!«

Maya musterte die Anwesenden. Alle sahen ernst aus, manche ängstlich. Henrik trat von einem Fuß auf den anderen, er hatte sein Essen kaum angerührt. Als Erster verließ er mit Leif und Sue die Terrasse.

Gemeinsam machten sie sich auf den Weg zum nördlichen Teil der Insel. Erneut betrachtete Maya den Himmel, konnte jedoch keine signifikante Veränderung des Wetters feststellen. Der Wind wehte vielleicht ein wenig stärker, aber ansonsten war es ein angenehmer Sommerabend. Dennoch, wenn zwei Einheimische, die Svartlöga wie ihre Westentasche kannten, vor einem Sturm warnten, sollten sie das besser im Auge behalten.

Während die meisten den Hauptweg zur öffentlichen Anlegestelle nahmen, um sich dort aufzuteilen, bogen Maya, Emely und Penelope rechts in einen Seitenpfad ab, der sich entlang bemooster Baumwurzeln anmutig durch den lichten Mischwald wand. Die Wolken hatten sich verzogen, das goldene Abendlicht tauchte die Szenerie in eine Idylle, die so gar nicht zu ihrer aktuellen Situation passte. Plötzlich schrie Emely auf und stürmte nach links ins Unterholz. Alarmiert folgte Maya ihr. Ein Stück entfernt schimmerte es hell zwischen den Büschen.

Mayas Herz klopfte schneller. Ein bitterer Geschmack breitete sich in ihrem Mund aus, und sie stellte sich auf das Schlimmste ein. »Emely, bleib stehen!«

Doch Emely hatte sich bereits gebückt.

»Nicht – ich komme!« Maya hastete hinter ihr her, blieb an einer Dornenranke hängen, stolperte und wäre fast gestürzt. Sie fing sich im letzten Moment, riss sich los und eilte weiter.

Emely hatte sich wieder aufgerichtet und verharrte mit aufgerissenen Augen neben dem Gebüsch. Wenige Sekunden später war Maya bei ihr. Inzwischen hatte sie innerlich in den Modus gewechselt, in dem sie ausschließlich Verstand und Beobachtung war, weit weg von ihren Emotionen. Prüfend sah sie sich um und griff nach einem abgebrochenen Ast, der rechts von ihr auf dem Boden lag. Vorsichtig schob sie die Zweige auseinander und beugte sich hinunter. Sogleich erkannte sie, um was es sich handelte. Aufatmend blickte sie zu Emely hoch. »Nur eine Plastiktüte.« Sie stand auf und musterte die Freundin, die am ganzen Körper zitterte. »Emely, wenn dich das zu sehr mitnimmt, dann geh lieber zurück zum *Pensionatet*. Das ist schon okay.«

In Emelys verängstigten Blick mischte sich Unsicherheit mit Erleichterung. »Ich will euch nicht im Stich lassen.«

»Falscher Ehrgeiz hilft uns nicht.«

Resigniert ließ Emely den Kopf hängen. Maya biss die Zähne

zusammen und schluckte die Worte, die ihr auf der Zunge lagen, hinunter. Dass Emely besonders sensibel war, wusste sie seit ihrer gemeinsamen Kindheit. Oft hatte sie es anstrengend gefunden, darauf Rücksicht zu nehmen. Meist war Clara ihr diplomatisches Bindeglied gewesen, hatte sich besänftigend dazwischengeschoben und die Wogen geglättet. Maya überlegte, was ihre bodenständige Freundin jetzt an ihrer Stelle sagen würde. »Hey, ich möchte dich nicht ausschließen«, begann sie, »wir handhaben das bei uns auf der Arbeit genauso: Sobald wir merken, dass jemand aus dem Team einer Belastung nicht gewachsen ist, sprechen wir das an und geben ihm oder ihr die Chance, sich auswechseln zu lassen. Das ist nur zu deinem eigenen Schutz. Und letztendlich besser für das ganze Team.«

»Okay, dann ... Vielleicht sollte ich mich wirklich lieber ausklinken.« Emely fuhr sich über die feuchte Stirn. Nach Mayas Worten wirkte sie deutlich gefasster. »Passt auf euch auf.«

Maya und Penelope setzten ihren Weg fort. Als sich bald darauf der Waldweg gabelte, hielten sie an.

»Wo lang?« Penelope befestigte eine Locke, die sich gelöst hatte, in ihrem Zopf.

»Ich schau mal kurz.« Maya zog ihr Handy hervor und klickte die Karten-App an. Sie betete, dass sie hier im Wald Empfang hatte, und rechnete schon damit, dass das Bild grau blieb. Doch wundersamerweise zeigte sich die Übersicht von Svartlöga. Rasch vergrößerte Maya den Ausschnitt. »Bis zur Küste ist es nicht mehr weit.« Ihre Augen hefteten sich an einen hellbraunen Fleck inmitten der grünen Fläche auf dem Display, genau zwischen ihnen und der Ostküste. Von seiner Form her erinnerte er an eine sitzende Katze mit aufgeplustertem Schwanz. Das konnte nur die Heide sein – dass sie so nah am Dorf lag, war Maya nicht bewusst

gewesen. »Lass uns geradeaus gehen. Wenn wir die Heide über-
queren, sind wir bald am Meer.«

Schweigend schritten sie den Pfad entlang. Nur wenige Minuten später öffnete sich der Wald. Vor ihnen breitete sich die Heide
aus, ein karges, welliges Gelände von schwermütiger Schönheit.
Gräser und Heidekraut bedeckten den Boden, hier und da wuchsen zwischen flachen Felsen einzelne niedrige Büsche. Ungefähr
in der Mitte zog sich quer ein Sandpfad hindurch. Zu allen Seiten
umschloss der Wald die Heide. Maya fielen Solveigs Worte ein,
und sie kam nicht umhin, ihr recht zu geben: Etwas Düsteres pul-
sierte an diesem Ort. Dass dies der Schauplatz der Legende, von
der Tage erzählt hatte, gewesen sein sollte, verwunderte sie nicht.

Penelope trat neben sie. »Merkwürdige Schwingungen hier.«

Maya wandte sich ihr zu. Mit halb geschlossenen Augen stand
Penelope da, die Handflächen leicht nach vorn ausgestreckt, als
würde sie die Atmosphäre damit einfangen.

Auch wenn ihr Verhalten eigenartig anmutete, konnte Maya
ihr nur zustimmen. Wie so oft in der Ermittlungsarbeit fehlten
die Fakten, aber ihre Intuition signalisierte ihr glasklar, dass dieser Platz Geheimnisse barg. »Am besten, wir teilen uns noch mal
auf«, schlug sie vor.

Sie übernahm die linke Seite, Penelope die rechte. Auf ihrem
Weg über die Heide schärfte Maya all ihre Sinne. Ihrem Verstand,
der sich einzumischen versuchte und einwandte, dass es hier
doch nichts zu entdecken gab, gebot sie Einhalt. Sie fokussierte
sich auf die sandigen Mulden um sie herum, die mal größer, mal
kleiner, mal flacher, mal tiefer waren. Ab und zu blickte sie zu Penelope hinüber, die sich auf der anderen Seite der Heide annä-
hernd im selben Tempo vorarbeitete.

Kurz glitten Mayas Gedanken in die Vergangenheit, zu früheren Situationen, in denen sie Vermisstenmeldungen nachge-

gangen war. Erst vor wenigen Monaten hatte sie die kleine Frida während eines Schneesturms in den dunklen Wäldern Jämtlands gesucht und dabei die größten Ängste ausgestanden, dass das Mädchen erfrieren könne.

Doch am meisten Spuren hinterlassen hatte die Suche nach Ingrid. So viele Jahre war es her, aber in diesem Moment kehrten die Erinnerungen wie ein Flashback zurück: Es war ebenfalls nach Mittsommer gewesen, jener fatale Mittsommer, als Maya fünfzehn war. Alle Erwachsenen des Dorfes beteiligten sich daran. Emely, Clara und sie machten heimlich mit – Sanna war verreist. Zu der Zeit gab es ihren Detektivklub noch, und sie fühlten sich verpflichtet, sich zu engagieren. Selbst wenn sie die Klassenkameradin nicht leiden konnten. Tagelang dauerte die Suche, die von der Polizei geleitet und von *Missing People* unterstützt wurde. Abend für Abend stürzte die ernüchternde Erkenntnis auf sie ein, dass abermals ein Tag ergebnislos verstrichen war. Und dann war Ingrids Familie plötzlich fort.

Maya blieb stehen. Hätte es damals diesen Vorfall nicht gegeben, zwischen Ingrid und ihr ... Für einen Moment übermannten sie die Schuldgefühle, zerrten sie in die dunklen Winkel ihrer Vergangenheit. Dass ihre nicht vernarbte Wunde ausgerechnet jetzt aufbrach! Dies war nicht der rechte Zeitpunkt, nicht der rechte Ort dafür. Maya kämpfte mit sich, versuchte, wieder Herrin ihrer Gedanken zu werden.

Zwei, drei Atemzüge nehmen, auf die Umgebung konzentrieren. Schließlich lief sie weiter, kreuzte den Sandpfad und prüfte kurz, wie weit Penelope gekommen war. Überrascht stellte sie fest, dass diese mit halb geschlossenen Augen quer über die Heide direkt auf sie zusteuerte. »Penelope?«

Die Französin reagierte nicht, sondern setzte ihren Weg unverändert fort, als habe sie ein klares Ziel vor sich. Auf Maya wirkte sie wie eine Schlafwandlerin. Sie beschloss, Penelopes seltsames Verhalten erst mal zu ignorieren, selbst wenn diese immer näher auf sie zukam.

Von Neuem richtete Maya ihre Aufmerksamkeit auf die Heide. Eine weitere Senke tat sich vor ihr auf, sie war größer und tiefer als die bisherigen. Maya trat an den Rand. Etwas war hier anders. Sie schaute genauer hin. Es war nicht die Größe, sondern – sie erstarrte. Der sandige Untergrund war aufgewühlt, er war dunkler als in den vorherigen Mulden. Ringsherum erkannte sie Spuren. Frische Spuren.

Möglicherweise hatten Tiere dort gescharrt. Wildschweine waren es definitiv nicht, falls es die hier überhaupt gab. Die hinterließen ein größeres Chaos, das wusste sie aus ihrer Heimat Småland.

Das hier hatten keine Tiere verursacht. Dafür sah es in der Mitte zu ordentlich aus. Bemüht ordentlich. Mayas Herz setzte einen Schlag aus.

In diesem Augenblick erreichte Penelope sie und blieb stehen, immer noch mit halb geschlossenen Augen.

Maya sprach sie an, doch sie reagierte nicht. »Penelope?« Sie fasste sie bei den Schultern.

Ein Zucken lief durch Penelopes Körper, sie öffnete die Augen und blickte Maya an, als erkenne sie sie nicht. Dann wanderte ihr Blick durch die Senke. »Ah, non! *Putain de merde!*« Sie starrte auf den gegenüberliegenden Rand der Mulde.

Jetzt bemerkte auch Maya, was die Französin zwischen dem Heidekraut entdeckt hatte. Jegliche Hoffnung in ihr erstarb.

Kapitel 11

»Sie haben etwas gefunden. In der Heide.« Sue wisperte es Leif zu, als sie zu ihnen zurück an den Strand kam. Sie hatte ihr Handy im Yogaraum vergessen und war mit Linda zurückgelaufen, um es zu holen.

Henrik hatte ihre Worte mitbekommen. »Was hast du gerade gesagt?«

»Nichts.«

Er hakte nach. Erst wollte sie nichts sagen. Aber er ließ nicht locker, bis sie schließlich mit der Wahrheit herausrückte: »Wir haben Pär getroffen, wir haben uns kurz unterhalten. Da hat er einen Anruf von Maya bekommen ...«

Henrik rannte, als ginge es um sein Leben. *Sie haben etwas gefunden ...* Das konnte doch nur bedeuten – nein, es durfte nicht sein!

Wie ein Irrer jagte er durch den Wald. Er stolperte über eine Wurzel, stürzte, rappelte sich hoch und hetzte weiter. Das Seitenstechen war kaum noch zu ertragen. Er ignorierte es.

Bitte lass Cecilia nichts passiert sein! Ununterbrochen wiederholte er die Worte in seinem Kopf. *Bitte nicht!* Wie ein Mantra. Cecilia schwor auf Mantras.

Seine Lungen fühlten sich an, als würden sie jeden Moment

bersten. Keuchend blieb Henrik stehen, stützte sich mit den Händen auf den Knien ab. Nur kurz verschnaufen.

Nach einer Weile ließ das Seitenstechen nach. Er richtete sich wieder auf, wischte sich den Schweiß von der Stirn und schaute sich um. Wo zur Hölle lag die Heide? Blindlings war er losgerannt, ohne nachzufragen, wie er dorthin kam. Hatte er sich am Ende abermals verlaufen? Diese verfluchte Insel – wären sie doch nie hierhergekommen!

Vor ihm auf dem Weg tauchte eine Frau in einem gemusterten, weit schwingenden Rock auf. Ihre von grauen Strähnen durchzogenen Haare hatte sie zu einem mädchenhaften Zopf geflochten. Sie sah aus wie eine dieser altmodischen Trachtenpuppen, die es in den Tourishops in der Stockholmer Altstadt zu kaufen gab. Als sie näher kam, erkannte er in ihr eine der Musikerinnen vom Mittsommerfest.

»Entschuldigung, wie komme ich am schnellsten zur Heide?«

»Zur Heide? Um diese Zeit?« Sie sprach langsam, dehnte die Worte und betrachtete ihn mit einem seltsamen Blick.

»Bitte ... ich muss da hin.«

»Da war etwas ...« Sie stockte, ihre Augen weiteten sich. »Ich dachte, es wäre ein Traum gewesen.«

»Wovon reden Sie?«

»Dieser Ort zieht das Böse an.« Sie legte eine Hand auf Henriks Schulter und sah ihn eindringlich an. »Halte dich von dort fern.«

Zur Hölle, war die Alte verrückt? Henrik trat einen Schritt zurück. »Ich muss zur Heide!« Seine Stimme dröhnte durch den Wald. »Was ist der kürzeste Weg?«

Die Frau hielt einen Moment inne, musterte ihn unbeeindruckt mit ihren intensiven grünen Augen. Schließlich wies sie in die Richtung, aus der er gekommen war. »Lauf zurück, dann nimmst du die erste Gabelung rechts, immer geradeaus, die nächste ebenfalls rechts.«

Henrik machte kehrt und rannte wieder los. Die Angst trieb ihn voran. Panisch klammerte er sich an sein Mantra, wiederholte es im Takt seiner Schritte: *Bitte lass Cecilia nichts passiert sein!*

...

Maya saß auf einem großflächigen Stein nahe der Mulde und wartete gemeinsam mit Penelope auf das Eintreffen von Pär und seinen Kollegen.

»In der Provence ...« Penelope hatte sich ihr gegenüber im Schneidersitz im Sand niedergelassen. »Ich habe eine Freundin dort, Hannah, die ist Polizistin. Ich habe einiges von ihrer Arbeit mitbekommen.« Sie blinzelte Maya zu. »Von deiner Art her erinnerst du mich ein bisschen an sie.«

Maya stutzte. Das klang, als habe Penelope Verdacht geschöpft und wolle sie aushorchen. Am besten würde sie ihre Worte unkommentiert stehen lassen. Ablenkung durch Gegenfrage. »Was ich dich die ganze Zeit fragen wollte, Penelope: Was ist das mit dir? Das sind doch nicht nur Ahnungen, die du hast?«

Penelope griff in den Sand, hielt ihn einen Moment lang in ihrer Handfläche und ließ ihn wieder zu Boden rieseln. »Ich spreche nicht so häufig darüber.« Sie hob den Blick und sah Maya an. »Die meisten verstehen das nicht. Eine Frau wird zwar heutzutage nicht mehr verbrannt, wenn sie sich mit Kräutern und Heilmethoden auskennt – also, nicht physisch, zumindest. Trotzdem wird man oft schräg angeschaut, wenn man davon erzählt.«

»Du bist also so was wie 'ne moderne Hexe?«

»Ja, hm, könnte man vielleicht so sagen. Wobei, so ganz trifft es das auch nicht. Ich habe … Ai!« Mit einem Mal krümmte sich Penelope zusammen.

»Was ist los?«

»Unterleibskrämpfe. Vorhin im Wald habe ich noch gedacht, das geht vorbei, aber jetzt –« Penelope schnappte nach Luft. »Hab ich echt selten, aber wenn, dann – ahh!«

Maya sah sie mitfühlend an. »Ist bei mir jeden Monat so.«

»Wenn das so anfängt, wird es in den nächsten Stunden nur schlimmer.« Mit schmerzverzerrtem Gesicht erhob sich Penelope. »Ich muss zurückgehen, solange ich mich noch halbwegs aufrecht halten kann. Mich hinlegen und mir eine Wärmflasche auf den Bauch packen.«

»Ist schon in Ordnung.«

»Ich lass dich nicht gern allein hier.«

»Ach was, die anderen kommen bestimmt jeden Moment. Ich sag den Polizisten, wenn sie dich was fragen wollen, sollen sie morgen zum *Pensionatet* kommen.« Aufmunternd lächelte Maya Penelope an. »Sprich mit Emely, sie hat für so was einen großartigen Tee.«

»Alles klar, danke. Mach ich.« In gebeugter Haltung schleppte sich Penelope davon.

Maya sah ihr nach. So richtig schlau wurde sie nicht aus der Französin. Im Gegenteil – ihr heutiges Verhalten war mehr als rätselhaft.

Allmählich sank die Sonne tiefer, und die Schatten wurden länger. Noch war es hell genug auf der Heide. Doch kühler wurde es, Maya fröstelte.

Ihr fielen Pärs Worte wieder ein: *Bleibt immer in Sichtweite von jemand anderem. Wir wissen nicht, womit wir es hier zu tun haben. Geht kein unnötiges Risiko ein!*

Maya wurde eiskalt. Daran hatte sie sich ja wirklich vorbildlich gehalten! Erst hatte sie Emely zurückgehen lassen, jetzt auch noch Penelope. Und sie selbst war nun ebenfalls allein. Hektisch schaute Maya sich nach allen Seiten um. Weit und breit war kein Mensch zu sehen. Aus heiterem Himmel musste sie an ihren Uropa denken, der oft davon erzählt hatte, wie er einmal mitten im Winter als Jugendlicher mit einem Karren voll Holz durch den Wald nach Hause gefahren war. Es war bereits dunkel gewesen, als es mit einem Mal hinter ihm auf dem Karren knackte. Ängstlich sah er sich um, erblickte jedoch niemanden. Doch ein paar Augenblicke später knackte es abermals. Wieder blickte er sich um. Vor Schreck wäre er beinahe vom Karren gefallen. Hinter ihm auf dem Holz hockte ein Wesen. Ein Waldgeist mit riesigen Augen und dichter Mähne. *Ich schwöre, es war ein skogsrå!* Sein Leben lang hatte ihr Uropa, ansonsten ein durch und durch rationaler Mann, daran festgehalten, dass die mystischen Naturgeister, von denen die nordischen Legenden nur so strotzten, wirklich existierten.

Dass ihr diese Geschichte ausgerechnet jetzt einfiel! Als Kind hatte sie sich jedes Mal gegruselt, wenn sie sie hörte, und eine Zeit lang hatte sie sich sogar gefürchtet, wenn sie tagsüber allein durch den Wald gelaufen war.

Maya stand auf und drehte sich einmal um sich selbst. Schluss damit! Hier gab es weit und breit keine Waldgeister, keine Trolle, Elfen oder Zwerge. Und auch keinen Gewaltverbrecher ... hoffentlich! Sie fühlte sich alles andere als wohl in ihrer Haut. Selten hatte sie sich so das Auftauchen ihres Kollegen gewünscht.

Abermals glitt ihr Blick durch die Mulde, blieb am Heidekraut hängen und bohrte sich in das zerfaserte Stück weißen Stoffs, das ihr wie ein Omen entgegenleuchtete. Die stummen Zeugen eines Verbrechens. Es existierten immer welche. Man musste sie nur finden.

Maya zückte ihr Handy und schoss Fotos, von der Mulde, dem

Stoffstück, Großaufnahmen, Detailbilder. Sie richtete sich auf und dachte nach. Sollte sie recht haben mit ihrer Vermutung, dass Cecilia hier begraben lag, dann musste der Täter sie irgendwie hierhin gebracht haben. Ihre Augen wanderten den Rand der Senke entlang bis zum einige Meter entfernten Sandpfad. Sie hielt inne und fokussierte ihren Blick. Waren dort nicht Spuren zu sehen?

Maya sprang auf und lief außen herum zum Pfad, um nichts zu zerstören. Der Sand war festgetreten, sodass sie nichts erkennen konnte. Aber hier, gleich daneben, das sah aus, als sei hier etwas vom Weg abgebogen. Der Abdruck eines Reifens, ganz eindeutig. Nicht sehr breit war er, vielleicht sieben, acht Zentimeter mit klar erkennbarem Relief. Maya prüfte die wenigen Meter bis zur Mulde. An zwei weiteren Stellen fand sie kurze Spuren, die mit dem ersten Abdruck identisch zu sein schienen. Dazwischen waren sie offenbar verwischt worden.

Mayas Herzschlag beschleunigte sich. Ihre Vermutung bekam neue Nahrung. Wenn nur endlich Pär eintreffen würde. Warum dauerte das bloß so lang? Als sie ihn angerufen hatte, war er auf dem Weg zum nördlichen Hafen gewesen. So weit war das doch gar nicht entfernt!

Sie fotografierte auch die Reifenspuren, dann lief sie zur Mulde zurück und stellte sich so, dass sie die Richtung im Blick hatte, aus der Pär kommen würde.

• • •

Als Emely am *Pensionatet* ankam, waren alle anderen noch unterwegs. Sie kochte sich einen Yogitee für innere Balance und setzte sich in den Yogaraum. Obwohl sie sonst die Stille liebte, erschien sie ihr in diesem Moment erdrückend. Was ging draußen vor sich? Hatten sie Cecilia inzwischen gefunden? So unrealistisch es auch schien, Emely hoffte weiterhin inständig, dass sich wenigstens diese Geschichte zum Guten wenden würde.

Sie trank einen Schluck Tee und versuchte, sich in eine Meditation zu vertiefen. Normalerweise schenkte ihr das in jeder Lebenssituation Ruhe und Gelassenheit. Doch heute ließen sich die Gedanken einfach nicht bändigen, wirr stoben sie in sämtliche Richtungen.

Schließlich gab sie auf, öffnete die Augen wieder, stand auf und trat mit der Tasse in der Hand ans Fenster. Verlassen lag die hölzerne Plattform im goldenen Abendlicht da, das an mehreren Stellen durch die Wolken brach. Der Wind hatte aufgefrischt, das Schilfgras wogte hin und her.

Emely erinnerte sich daran, wie sie vor zwei Tagen hier gestanden hatte, voller Vorfreude auf das Retreat. Es schien Wochen her zu sein. Inzwischen war Carl tot und Cecilia verschwunden. Sie hatten nicht den leisesten Schimmer, was hier vor sich ging. Wie hatte alles so entsetzlich aus dem Ruder laufen können! Und wann würde es aufhören? Oder ... würde es weitergehen?

Emely schauderte. Zum ersten Mal wurde ihr bewusst, dass sie gerade ganz allein war, und auf der Insel befand sich ein Mörder!

So schnell sie konnte, eilte sie durch den Yogaraum, den Flur entlang zur Eingangstür und verriegelte sie. Erleichtert lehnte sie sich von innen gegen die Tür, als sie ein Knarren hörte. Das war doch hier drinnen! Angespannt lauschte sie. Oder war es nur das alte Gebälk gewesen? Holz arbeitete schließlich.

Es knarzte erneut. Voller Panik schaute sie sich um. Hatte sich irgendwer hier eingeschlichen, während sie unterwegs gewesen waren? Auf Svartlöga standen ja immer alle Türen offen, da konnte jeder x-Beliebige ins Haus marschieren. Emelys Blick flog durch den Flur. Sie brauchte irgendetwas, um sich notfalls zu verteidigen. Ach, wäre bloß Maya da mit ihren Karatekenntnissen! Ein Regenschirm aus dem Schirmständer? Albern! Sie könnte in die Küche laufen und sich eines der scharfen Messer schnappen oder ...

Plötzlich hörte sie von draußen Schritte, die sich der Haustür näherten. Emely zuckte zusammen. Im nächsten Moment klopfte es kräftig an der Tür.

Sie zögerte, dann fiel ihr ein, dass es ja auch jemand von den anderen sein konnte. »Wer ist da?«

»Gustav.«

Konnte sie ihm vertrauen? Im Grunde war jeder auf dieser Insel verdächtig. Vorsichtig öffnete sie die Tür einen Spaltbreit. »Ja?«

Gustav lächelte sie an. »Ich wollte hören, ob ihr sie gefunden habt, diese Frau, die ihr vermisst ... Cecilia heißt sie doch, oder?«

»Ja, Cecilia. Ich weiß es nicht. Die anderen sind noch unterwegs.« Großartig, jetzt hatte sie ihm gleich mal unter die Nase gerieben, dass sie allein hier war.

»Und du bist jetzt ganz allein hier?«, kam es prompt.

»Hm, ja ... ich ...« Was schaute er sie so seltsam an? Hilflos suchte Emely nach einer Ausrede, da wandte sich Gustav zum Gehen.

»Na, dann hoffe ich, dass sich das alles bald klärt.« Er drehte sich noch einmal um. »Wenn es dir hier zu unheimlich ist, komm ruhig rüber zu Ulf und mir.«

»Danke.« Emely schloss die Tür wieder und verriegelte sie erneut. Was hatte Gustav eigentlich gewollt? Sich harmlos erkundigen? Oder sie aushorchen? Unschlüssig stand sie im Flur herum und überlegte, ob sie Leif anrufen sollte.

Wo war ihr Handy? Ach ja, das hatte sie vorhin ins Regal im

Yogaraum gelegt. Emely lief zurück und wollte danach greifen, als ihr Blick auf die Werbebroschüren fiel, die sie vor Retreat-Beginn dort hatte liegen lassen. Zusammen mit dem Foto, das Carl inmitten einer Yogagruppe gezeigt hatte. Doch wo war das Bild? Rasch sah sie die Papiere durch. Es fehlte! Emely bückte sich und schaute unter das Regal. Nichts. Sonderbar.

In diesem Moment vernahm sie abermals Schritte von draußen. Sie griff nach ihrem Telefon und eilte wieder in den Flur, gerade, als jemand die Klinke der Haustür herunterdrückte. Im nächsten Augenblick ertönte ein Pochen.

»Hallo – Emely? Ich bin's.«

Das war Penelopes Stimme! Emely atmete auf. Sie wollte schon die Tür öffnen, als ihre Angst sich erneut meldete: Warum war sie allein zurückgekommen? Und wenn jeder der Täter sein konnte – durfte sie der Französin trauen?

. . .

»Ich gebe zu, das sieht verdächtig aus.« Pär richtete sich auf und fuhr sich durch die Haare. Hinter seiner unbewegten Miene, das wusste Maya, tobten die Emotionen genauso wie in ihr.

Vom Waldrand her liefen die beiden Kollegen aus Norrtälje, die bereits am Morgen bei Carls Haus gewesen waren, mit zwei Spaten auf sie zu. Gemeinsam begannen Pär und einer von ihnen, die Grube auszuheben. Es dauerte nicht lange, da rief Pär: »Hier ist etwas!« Als Erstes kam ein blasser Fuß zum Vorschein. Maya erkannte knallroten Nagellack an den Zehennägeln. Exakt solchen hatte Cecilia verwendet.

Auch wenn sie vorbereitet war, traf der Anblick Maya ins Herz. Für gewöhnlich kannte sie die Toten aus ihren Fällen nicht persönlich. Nun war es schon zum zweiten Mal anders. Erneut zog sie innerlich eine Sperre hoch: *Betrachte es wie sonst: als einen Fall, den du lösen musst.*

Sogleich kramte der junge Polizist das blau-weiße Band hervor, um das Gelände rings um die Mulde abzugrenzen.

Pär hielt einen Moment im Graben inne und schaute zu Maya hinauf. Betroffenheit durchfurchte sein Gesicht. »Du hattest recht, mal wieder.«

»Ich hätte lieber unrecht gehabt.«

»Aber warum hier?« Pär kratzte sich am Kopf. »Das ist doch ... selbst wenn die Heide abseits liegt, es ist doch klar, dass wir alles umgraben, wenn auf einer Insel ein Mensch verschwindet.«

»Auf jeden Fall spricht es dafür, dass die Tat im Affekt geschah. Vermutlich musste es schnell gehen und ...«

Mayas Blick wanderte von Pär zum Waldrand hin. Von dort näherte sich eine Gestalt. »O nein. Das ist Henrik!«

»Fang ihn ab! Das darf er nicht sehen.«

Maya rannte los. Nicht noch einmal! Das Erlebnis mit Sarah hatte genügt. Sie erreichte ihn auf halbem Weg. »Henrik, bleib stehen!« Zu ihrer Erleichterung stoppte er tatsächlich. Er war völlig außer Puste.

»Was ist da drüben los, Maya?«

»Es ist noch zu früh, und –«

»Aber das Absperrband! Sag mir: Ist es Cecilia?«

»Henrik«, Maya legte ihm beide Hände auf die Schultern. »Es tut mir furchtbar leid.«

Henrik sackte in sich zusammen. Er schlug die Hände vors Gesicht und begann zu schluchzen.

Maya hockte sich neben ihn und wiegte ihn in ihren Armen wie ein Kind. Irgendwann ging das Schluchzen in ein Wimmern über, bis auch dieses nach einer kleinen Ewigkeit verebbte. Sacht löste Maya sich von ihm. »Ich bitte einen der Polizisten, dich zum Dorf zurückzubringen.«

Henrik richtete sich auf. »Auf keinen Fall! Nicht, ohne sie gesehen zu haben.«

»Henrik, bitte, das kann ... ziemlich schockierend sein.«

»Was soll mich denn jetzt noch mehr schocken?« Seine Hände umklammerten ihre. »Maya, ich ... ich will sie noch einmal sehen!«

»Das wirst du auch. Aber nicht hier und jetzt.« In letzter Sekunde erinnerte sich Maya daran, dass Henrik nichts von ihrer Polizeitätigkeit wusste. Und das sollte auch so bleiben. »Pär hat gemeint, wir dürften sie nicht behindern. Aber vielleicht ist es am besten, du sprichst mit ihm.« Sie stand auf. »Warte hier.«

Henrik erhob sich ebenfalls. »Ich komme mit.«

Gemeinsam liefen sie in Richtung Mulde. Als sie näher kamen, rief Maya: »Pär, bitte, wir brauchen dich hier!«

Ihr Partner wandte den Kopf. Mit einem Blick erfasste er die Situation, warf den Spaten beiseite und kam ihnen entgegen.

»Er besteht darauf, sie zu sehen.«

»Schon gut, Maya.« Pär legte eine Hand auf Henriks Schulter. »Mein herzliches Beileid, Henrik.«

Henrik zitterte. »Schick mich nicht weg. Ich ...«

Pärs Stimme wurde sanft. »Ich verstehe dich.« Er machte eine kurze Pause, ehe er fortfuhr: »Und gleichzeitig weiß ich aus Erfahrung, dass das jetzt nicht der richtige Zeitpunkt ist. Bitte vertrau mir.«

Henrik nickte, und Pär zog seine Hand zurück. Im nächsten Augenblick schnellte er an dem Polizisten vorbei und rannte zum abgesperrten Bereich hinüber.

· · ·

Emely erschrak, als sie die Tür öffnete und Penelope mit schmerzverzerrtem Gesicht davorstand. »Große Güte, was ist passiert?«

»Ach«, Penelope versuchte abzuwinken, »ich habe bloß so furchtbare Bauchkrämpfe bekommen.«

»Komm erst mal rein, ich mache dir eine Wärmflasche.« Suchend sah sie den Weg entlang. »Wo ist Maya?«

»Sie ist dageblieben. Auf der Heide.«

»Aber ... das ist doch total gefährlich, so ganz allein.«

»Dieser Pär und seine Kollegen sind schon zu ihr unterwegs. Es kann sein, dass ... Cecilia ...«

Mit Entsetzen lauschte Emely Penelopes Bericht. Bei der Vorstellung, dass Cecilia dort in der Erde verscharrt lag, wurde ihr übel.

Neben ihr krümmte sich Penelope. »Ich leg mich mal hin.« Sie schleppte sich in den Yogaraum, während Emely in der Küche Wasser aufkochte, eine Wärmflasche füllte und einen Frauentee zubereitete. Unablässig kreisten ihre Gedanken um das, was in diesem Moment auf der Heide vor sich ging.

Als sie zurück ins Studio kam, hatte Penelope sich mit mehreren Kissen und Decken auf einer Yogamatte eingerichtet. »Sorry, ich bin gerade frustriert.« Dankbar nahm sie die Wärmflasche, die Emely ihr reichte. »Auch wenn das nur eine Bagatelle ist.«

»Wie meinst du das?«

»Ach, meine Periode – früher konnte ich die Uhr danach stellen. Aber seit der Schwangerschaft kommt es immer mal vor, dass sie mich überrascht. Also, ich hatte echt nicht damit gerechnet, dass das hier beim Retreat passiert.«

»Brauchst du irgendwas – Tampons, Binden ... Wir haben alles da. Sogar eine komplett unbenutzte Menstruationstasse.«

»Nee, das passt schon, danke. Ich hab ein paar Periodenslips eingepackt, zur Sicherheit. Ich praktiziere ein plastikfreies Badezimmer.« Penelope ließ sich in die Kissen zurücksinken und legte sich die Wärmflasche auf den Unterbauch. »Aber yogamäßig bin ich an den ersten beiden Tagen zu nichts zu gebrauchen. Da geht nur ein bisschen sanfter Flow und ansonsten Meditation.«

»Na, das lässt sich einrichten.« Emely hielt ihr die Tasse hin. »Ich habe dir einen Tee gemacht, der entkrampfend wirkt. Schafgarbe, Frauenmantel, Melisse und Beifuß. Wächst alles hier rund ums Haus.«

Ein mattes Lächeln zeigte sich auf Penelopes Gesicht. »Genau die gleiche Mischung nehme ich zu Hause auch.«

Sie sahen sich an, und Emely spürte wieder diese Verbundenheit. Wie hatte sie bloß an Penelope zweifeln können? Mit ihr war es ganz anders als mit Maya oder Sanna. War sie mit den beiden nur noch wegen ihrer gemeinsamen Vergangenheit befreundet? Womöglich war dieses Retreat ein Test. Ihre jahrelange Arbeit im spirituellen Bereich hatte sie gelehrt, dass Freundschaften manchmal an den Punkt kamen, an dem es hieß, Abschied zu nehmen. Vielleicht waren Maya und sie an einer solchen Schwelle angelangt und hatten es bisher lediglich nicht wahrhaben wollen.

Nichtsdestotrotz machte sie sich gerade große Sorgen um sie. Einsam auf der Heide! Hoffentlich war Pär inzwischen bei ihr. Kurz entschlossen rief sie Maya an, aber es sprang sofort die Mailbox an. Sie versuchte es bei Leif, doch auch ihn erreichte sie nicht. Diese verdammten Funklöcher! Sie legte ihr Telefon beiseite und wandte sich Penelope zu. »Ich wäre so froh, die anderen wieder hier zu haben.« Emely erzählte ihr von Gustavs Auftauchen.

»Hm, aus dem Typen werde ich nicht richtig schlau.« Penelope stopfte ein Kissen unter ihrem Kopf zurecht und schob sich die Wärmflasche unter den Rücken. »Dieser Ulf scheint ja komplett gegen uns zu sein. Sein Freund wiederum macht immer einen auf Vermittler.«

Emely spürte, wie sämtliche Energie aus ihr wich. Sie fühlte sich der Situation auf der Insel nicht länger gewachsen. Das alles war einfach zu viel. Sie legte sich auf die Matte neben Penelope, griff nach einer Decke und kuschelte sich hinein. Carls Tod und nun wahrscheinlich auch Cecilias, ihre Ängste vor dem unbekannten Täter, der womöglich ganz nah war. Emely kam sich so hilflos und verloren vor, dass sie anfing zu weinen, genau wie früher als Kind, als die anderen sie für ihre Dünnhäutigkeit oft ausgelacht hatten. Rasch drehte sie sich von Penelope weg auf die Seite. Lautlos rannen die Tränen über ihre Wangen und tropften auf die Matte.

Mit einem Mal strich eine Hand sanft ihre Wirbelsäule entlang. »Schhh, ist schon gut, lass es raus.«

»Ich muss immerzu an Cecilia denken. Das mit Carl ist schon schlimm genug. Wenn jetzt auch noch sie ...« Emely schluchzte. »Hätten wir nicht dieses Retreat gemacht, wäre das alles nicht passiert!«

»Es ist nicht deine Schuld, Emely. Es ist nicht deine Schuld.«

Dankbar schloss Emely die Augen. Eine Weile streichelte Penelope ihr den Rücken, und sie sog die wohltuende Berührung in sich auf.

Plötzlich kam sie sich total egoistisch vor. Penelope lag mit Bauchkrämpfen neben ihr. Ganz zu schweigen von allen anderen, die da draußen waren und nach Cecilia suchten ... Henrik, Sarah, Carl, Cecilia – so viel Leid. Sie drehte sich halb zu Penelope um. »Eigentlich sollte ich mich um dich kümmern, du bist doch die mit den Schmerzen.«

»Schon gut. Komm, wir entspannen uns zusammen.«

Penelope rückte näher an sie heran, Emely rollte sich auf die andere Seite und legte ihre Hand auf Penelopes Unterbauch.

»Das tut gut.« Penelope hatte die Augen geschlossen, ihre Gesichtszüge waren entspannt.

Einen Moment lang betrachtete Emely sie, dann schloss sie ihre Augen ebenfalls und konzentrierte sich auf ihre Atmung.

Nach einer Weile schob sich Penelopes Hand auf ihre, und wie von selbst verschränkten sich ihre Finger ineinander. Sie waren wie eine Insel der Ruhe inmitten des tosenden Chaos.

Kapitel 12

Entsetzt glitten Henriks Augen über den leblosen Körper in der Mulde. Es war eindeutig Cecilia. Das kurze Trägernachthemd war mit Schmutzflecken übersät. Um ihren Hals hing der weiße Seidenschal, den sie so gemocht hatte. Er war zerrissen. Jemand umfasste seine Schultern. Wie von fern drang Pärs Stimme zu ihm durch. »Lass gut sein, Henrik.«

Ohne sich zu sträuben, ließ er sich von dem Polizisten wegführen. Sein Kopf war leer, er versuchte zu verstehen, aber es funktionierte nicht. Das konnte einfach nicht sein!

Mit einem Mal durchfuhr es ihn: »Woran ...« Aus seinem Mund kam nur ein Krächzen. Er räusperte sich, setzte neu an: »Wie ist sie ... gestorben?«

»Das können wir erst nach der Obduktion mit Sicherheit sagen.«

Obduktion ... Allein das Wort löste eine Kaskade an Bildern in ihm aus. Man würde Cecilia aufschneiden, so wie in den unzähligen Krimis, die sie immer gemeinsam angeschaut hatten.

Übelkeit peitschte in ihm hoch. Henrik musste würgen. Rasch drehte er sich weg, taumelte einige Schritte über das Heidekraut und kotzte hinter einen flachen Felsen. Sein Körper krampfte sich zusammen, während er sich wieder und wieder übergab, bis schließlich alle Kraft aus ihm gewichen war und er ermattet bäuchlings auf dem Stein liegen blieb.

Ein grässliches Gefühl breitete sich in ihm aus. Während er in Cecilias Handy spioniert hatte, war sie vielleicht schon tot gewesen. Hätte er sich stattdessen früher auf die Suche gemacht, hätte er sie womöglich retten können!

Henrik legte seine Wange auf den kühlen, glatten Felsen. Cecilia ... Er sah sie vor sich wie damals, als sie sich zum ersten Mal begegnet waren, beim Afterwork am Sankt Eriksplan. Sie hatte einen roten Hosenanzug getragen und unglaublich cool ausgesehen. Er hatte sie beobachtet, wie sie mit zwei Freundinnen einen Drink genommen hatte. Irgendein Typ hatte sie dreist angegraben, und sie hatte ihn eiskalt abblitzen lassen. Vom ersten Moment an hatte ihr souveränes Auftreten Henrik fasziniert.

Tränen rannen über sein Gesicht. Cecilia war nicht mehr da. Gestern Abend hatte sie noch neben ihm gelegen – wie konnte das alles sein?

»Henrik?«

»Ja?« Er sah auf. Hinter ihm standen Pär und eine Polizistin.

»Noch einmal mein aufrichtiges Beileid für deinen Verlust.« Pär ging in die Hocke. »Brauchst du Hilfe? Wir können einen Arzt anrufen.«

Henrik stemmte sich hoch und drehte sich zu ihnen um. »Nehmt das Monster fest, das das getan ...« Seine Stimme versagte.

»Henrik, ich verspreche dir, wir werden alles tun, um den Täter zu finden.«

Sein entschiedener Blick tat Henrik gut.

»Alles kann uns in diesem Moment helfen, wie du sicher verstehst«, fuhr Pär fort. »Diese ersten Stunden sind extrem wichtig. Deswegen würden wir uns gern mit dir unterhalten.«

Henrik raffte sich auf. »Okay.«

Pär erhob sich. »Wir begleiten dich zurück zum *Pensionatet*.« Mitfühlend sah er ihn an. »Auf dem Weg dahin können wir reden.«

Henrik nickte. Unschlüssig schaute er zur Mulde hinüber. »Komm.« Sanft legte Pär seine Hand auf Henriks Schulter. Gemeinsam liefen sie über die Heide in Richtung Waldrand, Pär neben ihm, die Polizistin dahinter. Henrik zwang sich dazu, einen Fuß vor den anderen zu setzen. Hätte er bloß auf Pär gehört! Das Bild von Cecilia, leblos und verdreckt, verscharrt dort im Erdboden – es hatte sich in seine Seele gebrannt.

· · ·

Als Pär und die Polizistin mit Henrik verschwunden waren, blieb Maya mit ihrem jungen Kollegen an der Mulde zurück.

Unruhig wechselte er von einem Bein aufs andere. »Du, ich müsste mal in die Büsche verschwinden.«

»Kein Problem, ich halte die Stellung.« Maya schlug einen gleichmütigen Ton an, insgeheim hatte sie jedoch genau auf eine solche Gelegenheit gehofft.

Sobald er sich entfernt hatte, stand sie auf, trat an den Rand der Grube und betrachtete die Tote. Wie immer in einer derartigen Situation schaltete sie ihre Empfindungen bewusst aus und knipste in sich die Lampe der puren, faktenbasierten Beobachtung an.

Cecilia trug ein weißes Nachthemd, das ihr bis zu den Knien reichte, eine Strickweste, den zerfetzten Seidenschal um den Hals, Sneakers an den bloßen Füßen. Sie lag auf der Seite, Arme und Beine nah am Körper. Ihre blonden Haare hatten jeglichen Glanz verloren. In stumpfen Strähnen verdeckten sie teilweise das

Gesicht. Blasse Haut, die Augen geschlossen, die Lippen fahl. Mayas Blick wanderte über den Körper. Nirgendwo entdeckte sie Blut oder eine äußere Verletzung. Auch um die Mulde herum hatte sie keine Blutflecken ausfindig gemacht. »Woran bist du gestorben?«, murmelte sie. Ihr Hals ... Eine Ahnung beschlich Maya. Rasch sah sie sich um, fand einen dünnen Stock und beugte sich über die Leiche. Vorsichtig hob sie mit dem Zweig die Haarsträhne an, die quer über dem Hals lag. Auf der Haut schimmerten deutlich erkennbar rötliche Streifen. Würgemale. Automatisch dachte Maya an die Seidenfasern in Carls Arbeitszimmer. Dazu die Reifenspuren. Alles fügte sich ineinander. Das hier war lediglich der Fundort, nicht der eigentliche Tatort. An dem waren sie bereits heute Mittag gewesen.

Der junge Polizist kam über die Heide zurückgelaufen, und sicherheitshalber machte Maya einige Schritte von der Absperrstelle weg. Immerhin wusste er nichts von ihrem Beruf und hielt sie für eine Zeugin.

»Du hast doch nichts angefasst, oder?«

»Natürlich nicht.« Maya setzte eine Für-wie-dumm-hältst-du-mich-Miene auf.

»Behalt's für dich, ja?«, raunte er ihr zu. »Also, dass ich kurz weg war. Sonst scheißt sie mich wieder zusammen.«

Maya hob den Daumen, dann fügte sie hinzu: »Keine Sorge. Bin eine von euch. Undercover. Aber behalt's für dich.« Sie blinzelte ihm zu, woraufhin er ein verschwörerisches Lächeln zurückschickte.

Es dauerte noch eine Weile, dann ertönte über ihnen das Geräusch des nahenden Helikopters. Er landete auf der anderen Seite der Heide. Zeitgleich kamen auch Pär und die Kollegin aus Norrtälje zurück.

Aus dem Helikopter stiegen mehrere Menschen. Angestrengt

blickte Maya in ihre Richtung – inzwischen war die Dämmerung fortgeschritten und tauchte die Landschaft in diffuse graublaue Farbschleier. Sie glaubte, bei einer Person rote Haare aufblitzen zu sehen. Sollten ihre stummen Wünsche erhört worden sein und es sich um Ulla handeln?

»Da haben wir aber Glück, dass sie uns wieder beehrt.« Pär stellte sich zu Maya und schaute ebenfalls den Ankommenden entgegen. Neben zwei Kriminaltechnikern sowie einem Mann und einer Frau von der Feuerwehr war es tatsächlich Ulla mit ihrer unverkennbaren Ledertasche.

»Dass wir uns so schnell wiedersehen.« Ulla setzte ihre Tasche ab und umarmte Maya. »Ich habe vorhin noch an dich gedacht und mich gefragt, wie es dir wohl ergeht, und paff – ging das Telefon.«

»Wahrscheinlich, weil ich mir intensiv gewünscht habe, dass du herkommst.«

»Ja, ja, die Synchronizität.« Ulla zwinkerte ihr zu. »Da empfehl ich dir den Briefwechsel zwischen dem Psychologen Carl Gustav Jung und dem Physiker Wolfgang Pauli. Ist definitiv eine andere Art von Sommerlektüre als das gängige vorgekaute *Feel Good*.« Sie wandte sich Pär zu und reichte ihm die Hand.

Pär ergriff sie gleich mit rechts und links. »Ich bin heilfroh, dass sie wieder dich geschickt haben.«

»Na, was ist denn hier los?« In Ullas Worten schwang Entsetzen mit. »Zwei Tote an ein und demselben Wochenende, auf so einer kleinen Schäreninsel. Und dann auch noch während eines Retreats.« Vielsagend schaute sie in Mayas Richtung.

Abermals wurde Maya eiskalt. Ulla hatte recht. Der Zusammenhang mit dem Retreat konnte kaum ein Zufall sein. Was hatte sie übersehen? Steckten womöglich Leif oder am Ende gar Emely mit drin? Konnte sie überhaupt irgendwem trauen?

Aus Pärs Gesicht war jede Zuversicht gewichen. »Wir haben hier ein echtes Problem. Eine Koryphäe wie dich brauchen wir gerade nötiger denn je.«

Ulla winkte ab. »Keine Vorschusslorbeeren, bitte. Mit wem haben wir es diesmal zu tun?«

»Sie heißt Cecilia Fredriksson und hat an unserem Retreat teilgenommen. Zusammen mit ihrem Lebensgefährten Henrik Ekholm.« Maya fiel auf, dass sie nicht mal wusste, was Cecilia beruflich gemacht hatte.

»Ich habe vorhin unsere Datenbank abgefragt. Cecilia wäre in ein paar Wochen dreißig geworden. Keine Kinder. Die beiden leben auf Kungsholmen. Cecilia arbeitete im Marketing eines großen Modeunternehmens.«

Ulla nickte, dann wandte sie sich an Maya. »Deine Urlaubstage hast du dir sicherlich anders vorgestellt.« Sie senkte die Stimme: »Aber schön zu sehen, dass Pär nachgegeben hat. Ich würde sagen, jetzt braucht er dich umso mehr.«

Gemeinsam mit den Polizisten aus Norrtälje bargen die Feuerwehrleute die Leiche aus der Mulde. Ulla griff derweil nach dem Schutzanzug, den ihr einer der Kriminaltechniker reichte. »So, ihr Lieben, ihr wisst ja: Ich arbeite erst mal in Ruhe, danach reden wir.«

Auch Pär und Maya bekamen einen Anzug und zogen ihn über.

Wieder beobachtete Maya Ulla bei der Erstuntersuchung und bewunderte sie erneut für ihr schnelles und zugleich präzises Vorgehen. Wie sie die Tote entkleidete, von allen Seiten begutachtete, die Temperatur maß und dabei sämtliche Details in ihr Handy diktierte. Besonders gründlich untersuchte sie den Hals.

Schließlich gab sie einem der bereitstehenden Feuerwehrleute ein Handzeichen, der sogleich hinzutrat und den Reißverschluss des Leichensacks zuzog.

Ulla streifte die Einmalhandschuhe ab und kam zu Maya und Pär. »Armes Mädchen – hat das ganze Leben noch vor sich gehabt.« An Pär gewandt fügte sie hinzu: »Und wieder mal irgendwo Eltern, denen man nun die schlimmste Nachricht überbringen muss, die Eltern sich vorstellen können.« Sie drehte sich zu Maya. »Hast du Kinder?«

»Bis jetzt noch nicht.«

»Bis jetzt?« Überrascht zog Pär die Brauen hoch. »Das sind ja mal ganz neue Töne. Ja, ja, der Herr Rechtsmediziner ...«, murmelte er so, dass es nur Maya hörte.

Sie spürte, dass sie errötete. Rasch richtete sie sich an Ulla: »Was kannst du uns sagen?«

Ulla nahm ihre giftgrüne Brille ab, die sie extra für die Arbeit aufgesetzt hatte.

»Was den Todeszeitpunkt angeht: Die Totenstarre ist komplett ausgeprägt, gleichzeitig sind die Livores noch vollständig wegdrückbar. Zusammen mit der Körpertemperatur gehe ich davon aus, dass der Tod vermutlich vor maximal zwanzig Stunden eintrat.«

Maya rechnete nach. »Das war letzte Nacht gegen zwei.« Zu ärgerlich, dass sie nicht wusste, um wie viel Uhr sie ihren nächtlichen Spaziergang unternommen hatte.

»Die Todesursache ist dieses Mal recht eindeutig.« Ulla wies auf die roten Striemen an Cecilias Hals. »Ich gehe stark davon aus, dass sie erdrosselt wurde. Höchstwahrscheinlich mit dem Schal.«

»Drüben im Gebüsch hängt auch ein Stück.« Maya deutete zu der Stelle hinüber, die die Kriminaltechniker bereits mit einem gelben Schild versehen hatten. Sie dachte an den Einbruch in Carls Haus. »In dem Arbeitszimmer, das letzte Nacht verwüstet wurde, hat man Fasern gefunden, die ebenfalls davon stammen könnten.«

»Was bedeutet, dass es unser eigentlicher Tatort sein könnte.« Pär sah sich um. »Wenn der Täter sie dort getötet hat, wie hat er sie hierhergebracht?«

»Ich habe mehrere Reifenabdrücke gefunden.« Maya zeigte auf die Stellen zwischen Sandpfad und Mulde. Gerade kniete einer der Kriminaltechniker daneben.

»So könnte es gewesen sein.« Nachdenklich rieb sich Pär das Kinn. »Warten wir ab, was die Fakten ergeben, ob sie diese Theorie untermauern.« Er vergrub die Hände in den Jackentaschen. »Sonst noch etwas, das wir wissen müssen, Ulla? Kommt ein Sexualdelikt infrage?«

»Momentan sieht es nicht danach aus.« Ulla schloss ihre Tasche, dann richtete sie sich auf. »Ich kümmere mich gleich morgen früh als Erstes um die Autopsie. Danach melde ich mich bei dir, Pär.« Sie nahm Maya erneut in die Arme. »Auf Wiedersehen, meine Liebe. Aber möglichst unter anderen Umständen. Sei aufmerksam, und höre auf deine innere Stimme!«

Pär trat zu ihnen. »Ich fliege mit Ulla und den anderen zurück nach Stockholm. Morgen Vormittag muss ich dringend in die Dienststelle. Am Nachmittag versuche ich zurückzukommen.« Er überlegte kurz. »Die Frage ist, wie du jetzt zum Dorf gelangst.«

»Ich schaffe das schon.«

»Auf keinen Fall läufst du jetzt allein durch den Wald – Karatekünste hin oder her!« Pär sah sich um. Er winkte die Polizistin aus Norrtälje heran und bat sie, Maya mit einem Kollegen zu begleiten, ehe er Maya zum Abschied umarmte. »Pass gut auf dich auf, Maya. Das hier sieht nicht gut aus.«

• • •

An Schlafen war nicht zu denken. Alle hatten sich im Yogaraum versammelt. Sie hatten ihre Kissen und Decken aus den Zelten geholt – unter diesen Umständen wollte keiner mehr draußen übernachten.

Gemeinsam mit Penelope zündete Emely Teelichter und Kerzen in Glasgefäßen an, die auf den Fensterbänken und überall im Raum verteilt standen. Sie sahen sich kurz an, und Emely spürte eine neue Nähe zwischen ihnen. Aus der Ecke, in die Gregory und Debbie sich zurückgezogen hatten, hörte man Schluchzen. Linda hingegen weinte lautlos vor sich hin, Jonas hatte einen Arm um sie gelegt.

Auch Henrik war da. Mit aschgrauem Gesicht hockte er zusammengesunken auf seiner Yogamatte. Bei ihm saßen Leif und Sue und leisteten stummen Beistand.

Emely registrierte, wie hier und da verstohlene Blicke zu Henrik hinüberflogen. In allen Ecken wurde getuschelt. Sie fühlte, wie sich die Nervosität der anderen, ihre Ängste und Sorgen, schleichend auf sie übertrugen. Eben hatte sie ein brennendes Streichholz fallen lassen und damit beinahe eines ihrer weiten Hosenbeine in Brand gesetzt. Dabei wäre es gerade so wichtig, zum Wohle aller, wenn es ihr gelänge, Ruhe auszustrahlen. So wie Leif. Bewundernd schaute sie zu ihrem Freund hinüber, der sogar in dieser Situation in sich ruhte. Sie selbst hingegen konnte die Anspannung immer weniger ertragen.

Dass Maya noch fehlte, machte die Sache nicht besser. Mehrfach hatte Emely es auf ihrem Handy probiert, doch offenbar hatte Maya keinen Empfang. Auch Pär, der ihnen am frühen Abend seine Nummer gegeben hatte, erreichte sie nicht.

Plötzlich ertönte ein Schrei. Emelys Kopf flog herum. Linda war aufgesprungen und stand mit geballten Fäusten mitten im Raum. »Ich will hier weg! Ich will nicht länger auf dieser Insel bleiben! Hier läuft ein Mörder frei herum! Ich will nicht die Nächste sein!« Die Augen panisch aufgerissen, raufte sie sich die Haare.

Leif sprang auf und eilte zu ihr hinüber. Emely folgte ihm, und gemeinsam versuchten sie, Linda zu beruhigen. Schließlich brach diese auf ihrer Matte zusammen und begann, hemmungslos zu schluchzen. Emely kniete sich neben sie und streichelte ihr sanft den Rücken.

Sie wechselte einen raschen Blick mit Leif. An seinem Gesichtsausdruck las sie ab, dass er etwas Ähnliches dachte wie sie. Allmählich eskalierte die Situation. Dieses Retreat entwickelte sich zu einem puren Albtraum. Einen nach dem anderen betrachtete sie die Kursteilnehmer. Jeder konnte es gewesen sein. Die Angst schnürte ihr die Luft ab, ihr Brustraum fühlte sich mit einem Mal zu eng an. Wie sollten sie die nächsten Stunden, die nächsten Tage bewältigen? Es kostete Emely höchste Anstrengung, nicht wie Linda in Panik auszubrechen.

Penelope trat zu ihr. »Ich möchte mehr Tee kochen. Begleitest du mich in die Küche?«

Emely sah zu Leif. »Kannst du mich entbehren?«

»Natürlich.« Leif lächelte sie an. »Ein Tee wird uns allen guttun.«

Sie folgte Penelope in den Flur und von dort weiter in die Küche. Während Penelope den Wasserkessel befüllte, kümmerte sich Emely um den Gasherd. »Haben wir genug Wasser?«

»Es sind noch zwei volle Krüge da.«

»Das sollte bis morgen früh reichen. Um diese Zeit draußen Wasser zu pumpen, muss nicht unbedingt sein. Mist!«

»Was ist?«

»Dieser Anzünder funktioniert nicht mehr.«

»Lass mal sehen.«

Emely reichte Penelope den Gasanzünder. Auch ihr gelang es nicht, den Herd in Gang zu setzen. Sie besah sich den Anzünder. »Es liegt aber nicht an diesem Teil.« Vorsichtig drehte sie am Gashahn der Platte. »Ich fürchte, die Gasflasche ist leer. Haben wir Ersatz?«

»Im Geräteschuppen.« Der letzte Rest Energie, den Emely noch in sich hatte, verpuffte. Nun musste sie doch nach draußen. »Ich frag Leif.«

Penelope zögerte einen Moment, dann straffte sie die Schultern. »Ach, Quatsch, das schaffen wir ja wohl allein.«

»Wenn du meinst ...«

»Klar. Hier, wir nehmen die Taschenlampe mit.« Penelope schnappte sich die überdimensionale Leuchte, die an einem Haken an der Küchentür hing. »Auf geht's. Je schneller wir's hinter uns bringen, umso eher haben wir Tee.«

Durch die Hintertür verließen sie das Haus und liefen die wenigen Meter zum Geräteschuppen, der sich seitlich an das Gebäude anschloss. Der Himmel war bedeckt, weswegen es deutlich dunkler war als in den Nächten zuvor. Außerdem pfiff ihnen der Wind merklich um die Ohren.

Emely öffnete die grüne Holztür, von der die Farbe abblätterte. Jäh riss eine Böe sie ihr aus der Hand und donnerte sie gegen die Wand des Schuppens. Vor Schreck fuhr Emely zurück und stieß gegen Penelope, die dicht hinter ihr stand.

Beruhigend legte sie Emely eine Hand auf den Rücken. »Alles gut, nur der Wind. Ich find's auch unheimlich, aber ... Wir sind ja zu zweit.« Sie richtete den Lichtkegel in das Innere des Verschlags.

Drinnen herrschte ein heilloses Durcheinander. Holzscheite stapelten sich an der einen Längsseite, vollgestopfte Regale bekleideten die andere. Dazwischen türmten sich Gartengeräte,

Kisten, alte Fahrräder, ausrangierte Liegestühle und allerlei Krimskrams.

»O weh, wo sollen wir denn da eine Gasflasche finden?« Vorsichtig machte Emely ein paar Schritte in den Raum hinein und schaute sich suchend um. So ein schweres Ding stand garantiert auf dem Boden. Im vorderen Teil entdeckte sie nichts. Sie schob sich zwischen zwei verrosteten Fahrrädern weiter nach hinten. »Kannst du mal hier in die Ecke leuchten?«

»Okay. Dann muss ich weiter rein und –«

Krachend schlug hinter ihnen die Tür zu. Emely schrie auf, ein Poltern ertönte, ein Klirren, das Licht der Taschenlampe erlosch.

»Penelope?« Ängstlich lauschte Emely in die Dunkelheit. Es war so finster, dass sie nicht mal ihre Füße unter sich sah. »Penelope, sag doch was!«

»Aiaiai – merde!«, tönte es von der Tür her.

»Hast du dich verletzt?« Zaghaft streckte Emely die Hand aus, um irgendetwas zu finden, woran sie sich festhalten konnte.

»Ich glaube nicht. Als die Tür zuknallte und du geschrien hast ... bin ich gestolpert. Dabei ist mir die Taschenlampe runtergefallen. Ich finde sie nicht mehr.«

»Verdammt. Mein Handy liegt im Haus. Hast du deines dabei?«

»Nein.«

»Dann müssen wir das jetzt so schaffen.« Blind tastete sich Emely vorwärts, in Zeitlupe, um rechtzeitig zu spüren, wo sich Hindernisse befanden. »Hoffentlich ist die Tür nicht verriegelt.«

»Das war doch sicher bloß der Wind«, vernahm sie Penelope vor sich, doch ihre Stimme klang unsicher. »Oder glaubst du etwa ... jemand hat uns eingesperrt?«

Das war exakt das, was Emely befürchtete, aber sie sagte nichts.

»*Merde!*« Hörte sie kurz darauf Penelope erneut. »Ich hänge irgendwo fest.«

»Ich bin bald bei dir.«

Mit einem Mal flog die Tür wieder auf. Im Türrahmen erschienen die Umrisse einer Gestalt. Nur mit Mühe konnte Emely einen weiteren Schrei unterdrücken.

»Wer ist da?« Penelope klang genauso verschreckt, wie Emely sich fühlte.

»Ich bin's, Maya.«

»Maya?« Emely konnte es kaum fassen. »Wieso ... Wo kommst du her?«

»Ich bin gerade zurück und wollte ins Haus, da habe ich jemanden schreien hören, aus dem Schuppen. Was ist denn passiert?«

»Die Gasflasche war leer und da ... Ach, den Rest erzähle ich dir später. Wir brauchen Licht, unsere Taschenlampe ist kaputt.«

»Warte ...« Es raschelte, und kurz darauf leuchtete Mayas Handy auf.

»Ah, *mon Dieu!*« Penelope befreite sich aus einer Drahtschlinge, in die sie mit ihren Haaren geraten war.

»Hier ist die Flasche, gleich hier links neben der Tür!« Maya deutete neben sich.

»Halleluja, da hätten wir uns das Ganze ja ersparen können.« Penelope lachte trocken auf, während Emely sich vor ihrer Polizeifreundin total dumm fühlte.

Gemeinsam verließen sie den Schuppen und kehrten ins Haus zurück.

Wieder in der Küche angekommen, tauschte Penelope mit flinken Griffen die leere Gasflasche gegen die neue aus und warf den Herd an. Emely musterte Maya. Sie sah abgekämpft aus, der Pferdeschwanz zerzaust, Strähnen hingen ihr ins Gesicht.

»Wenn du reden möchtest ...«

»Gerade nicht.« Maya lehnte sich an einen alten Büfettschrank. »Pär ist mit den anderen mitgeflogen. Die aus Norrtälje fahren mit der Küstenwache zurück. Netterweise haben sie mich hergebracht.«

»Dem Himmel sei Dank!« Emely trat auf sie zu und schloss sie in die Arme. »Ich habe mir solche Sorgen gemacht – du allein dort draußen! Maya erwiderte ihre Umarmung nicht, sie stand nur da und ließ es über sich ergehen. Wie eine Puppe.

Erschüttert löste sich Emely von ihr. »Möchtest du ... magst du einen Tee?«

»Irgendwas Hochprozentiges wäre mir lieber.«

Penelope deutete in eines der Schrankfächer. »Da ist noch ein Rest Gin von vorgestern.« Sie holte ein sauberes Glas heraus, nahm die Ginflasche und goss Maya ein. »Tonic dazu?«

»Pur ist okay.« Maya trank das Glas in einem Zug leer. »Ach, übrigens, als wir auf dem Weg hierher waren, haben sich die von der Küstenwacht bei den Norrtäljern gemeldet. Sie meinten, für sie würde es gerade noch gehen. Mit der Überfahrt.«

»Wie – gerade noch?«

»Offenbar zieht der Sturm auf, von dem Tage und Ulf gesprochen haben. Die Windstärke hat schon deutlich zugenommen.« Maya sah die beiden vielsagend an. »Ab jetzt sind wir vom Rest der Welt abgeschnitten.«

Kapitel 13

Montag, 25. Juni

Es war Jahrzehnte her, dass Maya mit so vielen Menschen gemeinsam in einem Raum geschlafen hatte. Obwohl sie alles andere als ausgeruht war, wachte sie bereits früh am Morgen auf. Kurz zuvor hatte sie von einer riesigen Tasse Kaffee geträumt, die verführerisch duftend vor ihr herschwebte. Gerade als sie sie greifen konnte, war der Traum geplatzt. Schweren Herzens verscheuchte sie das Bild und schaute sich um. Die meisten schlummerten noch, lediglich Emely und Leif fehlten, aber vielleicht hatten sie sich einfach irgendwann ins Gästehäuschen zurückgezogen.

Maya stand auf und ging in die Küche, wo sie die beiden mit großen Gläsern in den Händen antraf, in denen sich eine grüne Flüssigkeit befand.

»Was ist das?« Maya deutete auf Leifs Glas. »Das sieht ja gruselig aus.«

»Grüner Smoothie«, antwortete Emely an seiner statt. »Möchtest du auch einen?«

»Nein danke. Mir ist schon schlecht.«

»Da sind lauter gesunde Dinge drin: Weizengras, Brennnessel, Spinat, Minze, Schafgarbe und noch ein Haufen anderer Wildkräuter, dazu Banane, Apfel, Kokosöl und ordentlich Hafermilch. Probier mal.« Auffordernd hielt sie Maya ihr Glas hin.

»Spontan überzeugt mich deine Aufzählung zwar nicht,

aber ... okay.« Vorsichtig nippte Maya an dem Gebräu. Es schmeckte frisch und erstaunlich fruchtig und überhaupt nicht so bitter, wie sie es angesichts der Farbe erwartet hatte. »Hmm, gar nicht übel.«

»Behalt das Glas. Ich mach mir einen neuen.« Emely ging zum mittig stehenden Küchenblock hinüber und begann, mit den dort liegenden Zutaten herumzuhantieren.

»Wobei habe ich euch gerade unterbrochen?«

»Ach, wir beratschlagen, wie es weitergehen soll«, Leif stellte sein Glas beiseite und stützte sich auf der Arbeitsfläche hinter sich ab. So sorgenzerfurcht hatte Maya sein Gesicht noch nie gesehen. »Ich denke, wir sollten zu unserer aller Sicherheit ein paar Regeln einführen: zum Beispiel, dass wir mindestens zu dritt auf der Insel unterwegs sind. Vielleicht sollten wir ab jetzt nachts abwechselnd Wache schieben. Was denkst du, Maya?«

»Ich finde es ganz furchtbar, dass wir einander nun alle misstrauen müssen.« Emelys Schultern waren nach unten gesackt, während sie diverses Grünzeug klein hackte und in einen Handshaker gab. Von ihrer aufrechten, strahlenden Haltung war heute früh nichts mehr zu merken.

Keine Frage, das Vertrauensthema war essenziell. Im Großen wie im Kleinen. Konnte man im Leben überhaupt jemandem vertrauen? Nachdenklich trank Maya einen weiteren Schluck von ihrem Smoothie. Bis vor Kurzem hatte sie zumindest ihren drei Herzensfreundinnen bedingungslos vertraut. Aber selbst da entdeckte sie ja gerade einen blinden Fleck nach dem anderen. Hier ging es nun jedoch um etwas Existenzielles. Um nicht weniger als ihrer aller Sicherheit. »Also, generell vorsichtig zu sein, ist momentan definitiv wichtig. Gleichzeitig sollten wir verhindern, dass die Leute in Panik ausbrechen. Ein gewisses Maß an Normalität kann dabei nur hilfreich sein.«

»Hier ist doch gar nichts mehr normal!« Verzweifelt warf Emely eine Bananenschale in den Komposteimer neben der Außentür. »Ein Mörder ist unter uns! Und wir sind hier gefangen, während ein Sturm aufzieht!«

Innerlich seufzte Maya auf. Auch wenn Emelys Angst absolut verständlich war, triggerte ihr Verhalten Maya in diesem Moment. Mit der Resilienz der Freundin hatte es bereits früher nicht zum Besten gestanden. Diverse Erinnerungen ploppten in ihr auf, immer musste man sie wie ein rohes Ei behandeln. Clara – wie sehr ihr die Freundin fehlte. Clara, die ganz von selbst in sich ruhte und diesen Zustand nicht erst durch Meditation herbeizuführen brauchte. Hätte Maya sie herbeamen können, sie hätte auf der Stelle davon Gebrauch gemacht.

Es hatte keinen Sinn, Emely anzufahren nach dem Motto: *Nun reiß dich doch mal zusammen!* Jetzt war ihre professionelle Haltung gefragt, und Maya merkte, wie stark sie in dieser privaten Situation damit kämpfte. »Ich gebe dir recht, Emely, wir befinden uns in einer Extremsituation«, begann sie. »Dennoch: Weder hat es Sinn, dass wir fortan alles komplett kontrollieren und zwei Leute neben dem Plumpsklo Wache halten«, aus den Augenwinkeln sah sie, dass sich Leifs Gesicht für einen Moment zu einem Schmunzeln aufhellte, »noch, dass wir die Panik der anderen zusätzlich befeuern.« Sie registrierte, dass Emely den Mund öffnete, deswegen redete sie schnell weiter: »Lasst uns einen Mittelweg anstreben. Ich weiß, wie schwer es ist, sich nicht vom Kampf- oder Fluchtmodus überwältigen zu lassen. Fakt ist: Wir sitzen gerade hier fest. Also brauchen wir den berühmten kühlen Kopf, um die Situation zu bewältigen. Ihr zwei tragt gerade die Verantwortung für das Retreat. Es liegt in euren Händen, die anderen einerseits zu beruhigen und andererseits den ursprünglichen Retreatplan so abzuändern, dass alle sich, so gut es eben geht, in Sicherheit fühlen. Heißt also: Von Alleingängen besonders abends abraten, die Übernachtungssituation mit dem Zeltplatz lösen, eventuell ein Eins-zu-eins-Krisen-Coaching anbieten für diejenigen, die das dringend benötigen. Ich denke da an Linda oder vielleicht auch Henrik.« Maya sah die beiden ermutigend an. »Ich stärke euch aus dem Hintergrund.«

Nach dem Frühstück zog Maya ihre Laufschuhe an, joggte durchs Dorf und dann den Hauptweg entlang gen Norden. Die Bewegung tat so gut! Mit jedem Schritt löste sich ein wenig mehr Anspannung in ihr auf. Schon nach ein paar Tagen fehlte ihr das Karatetraining, das sie für gewöhnlich drei- bis viermal pro Woche absolvierte. Sport war einfach ihr bestes Ventil.

Jedenfalls schienen ihre Worte vom frühen Morgen Früchte zu tragen: Leif war über sich selbst hinausgewachsen und hatte, begleitet von Emely auf der Tongue Drum, eine unfassbar ausgleichende Meditation gegeben. Wegen des starken Winds waren sie drinnen geblieben. Maya hatte förmlich spüren können, wie sich die Energien im Raum transformierten und sich eine tröstende Ruhe über alle legte.

Bis zur nächsten Yogaeinheit hatten sie zwei Stunden Zeit zur freien Verfügung, und Maya wollte unbedingt mit Pär telefonieren. Intuitiv bog sie Richtung Heide ab.

Auch hier im Wald spürte man den zunehmenden Wind deutlich, in den Ästen über ihr rauschte es ordentlich, und die Kronen schwankten hin und her. Es war dementsprechend frisch, obwohl die Sonne schien. Das Licht weckte in Maya trotz allem eine seltsame Art von Urlaubsstimmung. Ein Detektivurlaub – ungefähr so hatte sie sich als Kind das Ermitteln vorgestellt, als sie noch keine Ahnung von der damit verbundenen Schreibtischarbeit gehabt hatte.

Sobald sie auf der Heide ankam, rief sie Pär an. Im selben Moment fiel ihr ein, dass hier am vergangenen Abend die Verbindung nicht funktioniert hatte. Doch zu ihrer Überraschung ertönte ein Freizeichen, und ihr Kollege nahm bereits nach dem zweiten Klingeln ab.

»Bist du gestern gut zurückgekommen?«

»Etwas ruckelig. Auf jeden Fall besser, dass ich nicht so viel gegessen hatte. Wie ist die Stimmung bei euch?«

Maya fasste die Ereignisse der Nacht und des Morgens zusammen. Währenddessen näherte sie sich dem abgesperrten Bereich. Einer der provisorischen Pfosten war umgefallen. »Hast du schon etwas von Ulla gehört?«

»Noch nicht. Dafür habe ich aber gerade mit dem Labor gesprochen, das die Fasern aus Carls Arbeitszimmer untersucht. Auf meine dringende Bitte hin haben sie das vorgezogen und die Fasern mit dem Seidenschal verglichen, den Cecilia trug.«

»Und?«

»Du hattest recht. Sie stimmen überein.«

Maya blieb stehen. Endlich mal konkrete Fakten, die sie weiterbrachten. »Das heißt, Cecilia ist definitiv in dem Arbeitszimmer gewesen und vermutlich auch dort gestorben.«

»Zumindest ist sie dort angegriffen worden. Der Rest ist noch Hypothese. Momentan wird ihre Kleidung auf DNA-Spuren untersucht.«

Ein Schauder jagte ihr den Rücken hinunter, wenn sie daran dachte, dass sie in der Nacht vor dem Haus gestanden hatte. Sie machte sich bittere Vorwürfe, dass sie nicht nachgesehen hatte. Immerhin hatte sie doch gespürt, dass etwas nicht stimmte! »Was ist mit den Fingerabdrücken, die ihr genommen habt?«

»Bisher keine Treffer in unseren Datenbanken.«

Mayas Blick wanderte über die Mulde zum Sandpfad hinüber. »Haben unsere werten Kriminaltechniker sonst noch was gesagt?«

»Sie haben Abdrücke von den Reifenspuren genommen, die du entdeckt hast. Davon abgesehen, gab es nicht so viele Spuren. Es hat länger nicht geregnet, der Boden ist ziemlich trocken, auf dem Pfad hat sich nichts abgezeichnet.«

»Wie werdet ihr jetzt weiter vorgehen?«

»Dieses vermaledeite Wetter! Haustürbefragungen fallen jetzt erst mal aus. Wir versuchen, die Tathergänge zu rekonstruieren. Dann schauen wir uns natürlich Cecilias Umfeld an. Der Zusammenhang zwischen den beiden Opfern ist zunächst einmal ihre potenzielle Affäre. Vielleicht haben wir da Gewissheit, wenn wir die Handydaten vorliegen haben.«

Damit hatte Maya bereits gerechnet. »Das würde in erster Linie Henrik in den Fokus rücken.«

»Exakt.« Pär klang nachdenklich. »Du sagtest, die beiden hatten eine Krise. Hältst du ihn für verdächtig?«

»So weit würde ich momentan nicht gehen, ohne konkrete Beweise. Allerdings macht Cecilias Tod die Sache für ihn komplizierter. Immerhin war er der Letzte, der sie lebend gesehen hat.«

»Und wenn er sie nachts im Zelt erdrosselt hat?«

»Aber da waren doch die Fasern im Arbeitszimmer.«

»Stimmt.«

In Mayas Kopf formierte sich ein Szenario: Cecilia im Arbeitszimmer – sie hatte den Einbrecher überrascht –, oder war sie am Ende selbst dort eingestiegen? In dem Fall hatte womöglich der Täter sie angetroffen und überwältigt. Wie auch immer – alles lief darauf hinaus, dass es mit diesem Arbeitszimmer etwas auf sich hatte. Was übersahen sie gerade?

Pär unterbrach ihre Gedanken. »Dennoch, Henrik ist momentan unser Hauptverdächtiger. Für die Nacht, in der Carl starb, hat er ebenfalls kein Alibi. Laut eigener Aussage hat er im Zelt gelegen. Aber bezeugen kann das niemand.« Pär hielt einen Moment inne, ehe er fortfuhr:»Er wusste, dass Cecilia ihn betrügt. Du hattest schon nach kurzer Zeit den Verdacht, dass sie eine Affäre mit Carl hatte. Was, wenn er das ebenfalls längst rausbekommen hat?«

Maya machte einen Blitzcheck mit ihrem Bauchgefühl. Es rebellierte.»Ich weiß, es klingt plausibel, aber es greift nicht ganz. In dem Fall ... ich denke nicht, dass er sich mir gegenüber so geöffnet hätte. Das wäre ja pure Dummheit gewesen.«

»In welche Richtung gehen deine Überlegungen?«

»Der Einbruch in Carls Haus ... Etwas muss es dort gegeben haben, für das jemand bereit war zu töten. Wenn nun Cecilia den Täter dort überrascht hat und er sie zum Schweigen bringen wollte?« Maya lief vor der Absperrung auf und ab.»Gibt es schon Auswertungen der Dokumente aus dem Arbeitszimmer?«

»Sie sind noch dran. Bisher ist nichts Auffälliges dabei.«

»Und die Unterlagen aus Carls Villa?«

Für einen Moment herrschte Stille in der Leitung, ehe Maya erneut Pärs Stimme vernahm.

»Ja, richtig, da war etwas ...«

Im Hintergrund raschelte es. Vor ihrem inneren Auge sah sie ihren Kollegen, wie er an seinem Schreibtisch saß und in den Ablagefächern auf dem stets sorgsam geordneten Arbeitsplatz suchte. Regelmäßig fühlte sie sich als Versagerin, wenn sie ihn mit ihrem eigenen Platz verglich. Selbst wenn sie jeden Abend vor Dienstschluss aufräumte, im Laufe des Tages entstand doch immer ein Chaos, das Pär irgendwann einmal scherzhaft als *lebendiges Sammelsurium* bezeichnet hatte.

»Ah, genau, hier ist es ja«, hörte sie ihn sagen.»Also, Carl

Wallensteen hat offenbar einigen Leuten Geld geliehen, teils kleinere Beträge, teils auch höhere Summen.«

»Von welcher Höhe sprechen wir?«

Es raschelte erneut. »In zwei Fällen bewegen wir uns im mittleren sechsstelligen Bereich.«

Maya blieb stehen und ließ einen Pfiff hören.

»Wir haben einen Ordner gefunden, in dem er eine Reihe Schuldscheine abgeheftet hat. Die Kollegen haben die Namen überprüft. Und tatsächlich gibt es einen Treffer.«

»Inwiefern?«

»Einer der Schuldscheine ist auf einen Tage Brorsson ausgestellt. Seine Frau Solveig besitzt ein Grundstück auf Svartlöga.«

»Tage?« Sofort hatte Maya den Historiker und seine Frau vor Augen. Dass er hinter allem stecken sollte, konnte sie sich spontan überhaupt nicht vorstellen.

»Hast du ihn kennengelernt?«

»Wir haben uns beim Mittsommerfest unterhalten. Und dann habe ich die beiden bei ihrem Hof getroffen. Das war, nachdem Carl gestorben ist.« Maya versuchte, sich an Details des Gesprächs zu erinnern. Sie hatten ihr von dem Streit zwischen Carl und Ulf um die Stromversorgung der Insel erzählt. Zu keinem Zeitpunkt hatte Maya den Verdacht gehabt, Tage wolle von sich ablenken. Doch wer wusste schon, was er und Solveig womöglich verheimlichten. »Um welche Summe handelt es sich?«

»Hundertfünfzigtausend Kronen.«

»Begeht man dafür einen Mord?«

»Je nachdem, was für die Menschen dranhängt.«

»Du hast recht.« Maya ließ ihren Blick noch einmal über die Mulde schweifen. Sie klemmte das Handy zwischen Schulter und Kopf und versuchte, den umgefallenen Pfosten aufzustellen. Es funktionierte nicht. »Warte kurz, Pär.« Sie legte das Telefon auf einen Stein. Mit beiden Händen gelang es ihr, dann nahm sie das Smartphone wieder an sich und lief los. »Ich werde gleich auf dem Rückweg noch mal mit Tage und Solveig reden. Vielleicht finde ich etwas heraus.«

»Maya, sei vorsichtig.«

»Mein lieber Teampartner, du wiederholst dich.« Maya entschied sich, diesmal den Pfad zum südlichen Rand der Heide zu nehmen. »Haben wir weitere Verdächtige?«

»Versetzen wir uns in einen möglichen Täter. Was könnten die Beweggründe sein, erst Carl zu töten und danach seine Geliebte?«

»Krankhafte Eifersucht, dann wären wir wieder bei Henrik. Habt ihr eigentlich etwas zu der Ex von Carl herausgefunden? Nicht, dass sie am Ende zufällig hier auf Svartlöga weilt und einen persönlichen Rachefeldzug gestartet hat.«

»Keine Chance. Ihr Alibi ist wasserdicht. Maria Julin ist zurzeit auf Gotland. Hast du was zu anderen früheren Partnerinnen herausgefunden?«

»Noch nicht. Ich kümmere mich. Aber womöglich ist es doch etwas Geschäftliches. Wir dürfen den Einbruch nicht vergessen.«

Im Hintergrund hörte Maya Pär in etwas herumblättern – sicher sein Notizbuch. »Was ist mit dieser alten Geschichte zwischen Ulf und Carl?«

»Auch wenn ich es nicht für realistisch halte, aber spielen wir es trotzdem mal durch: Ulf bringt Carl um, und es gibt irgendetwas, das er aus dem Arbeitszimmer entwenden möchte.«

»Cecilia überrascht ihn, er tötet sie.«

»Womit wir bei der Frage wären, was Cecilia überhaupt mitten in der Nacht dort wollte?« Maya näherte sich dem Waldrand. Um zum Hof der Brorssons zu gelangen, musste sie sich rechts halten.

»Sehr gute Frage. Besaß Carl irgendetwas von ihr, das keiner finden durfte?«

»Du meinst so was wie Nacktfotos oder Pornos?«

»Zum Beispiel. Irgendwas, das auf einer externen Festplatte oder einem USB-Stick liegen könnte.«

Maya erinnerte sich, dass Emely am Morgen etwas von einem verschwundenen Foto erzählt hatte, auf dem Carl zu sehen war. Sie berichtete Pär davon.

»Interessant, kannst du versuchen, mehr darüber herauszufinden?«

»Kommt auch auf die Liste.« Maya dachte daran, dass Ulf so vehement gegen das Retreat war. Hatte das vielleicht ebenfalls mit der Vergangenheit zu tun? Und was war überhaupt mit diesem Gustav? Ihr fiel auf, dass sie nichts Konkretes über ihn wusste. Sie erkundigte sich bei Pär nach ihm.

»Er arbeitet als Unternehmensberater. Abgesehen von ein paar Strafzetteln wegen Falschparkens hat er sich bisher nichts zuschulden kommen lassen.« Es knackte in der Leitung, und für einen Augenblick fürchtete Maya, die Verbindung würde nicht halten, doch dann hörte sie Pär klar und deutlich wie zuvor. »Die große Frage ist ja: Ist der Täter jemand von eurem Retreat oder einer der Sommergäste?«

»Womit wir wieder beim Motiv wären. Wir drehen uns im Kreis, Pär. Kannst du mir das Protokoll der ersten Haustürbefragungen schicken?«

»Sicher.« Er schwieg einen Moment, ehe er fortfuhr: »Gibt es in der Retreatgruppe jemanden, der dir verdächtig vorkommt?«

»Möglicherweise. Ich bin nicht sicher.«

»Lass hören.«

»Penelope ... diese Französin aus unserem Retreat ... sie verhält sich merkwürdig.«

201

»Inwiefern?«

Maya erzählte von den verschiedenen Situationen, bei denen Penelope ihr aufgefallen war, nach dem Einbruch vor Carls Haus und besonders bei der Suche nach Cecilia. »Dass sie so zielstrebig auf die Stelle zusteuerte, wo Cecilia begraben lag ...«

»Es ist eher ungewöhnlich, dass ein Täter beziehungsweise eine Täterin uns so offensichtlich zum Opfer führt.« Pär schwieg einen Moment. »Aber wir sollten uns den Hintergrund dieser Französin auf jeden Fall genauer ansehen. Zumindest prüfen, ob irgendwo etwas gegen sie vorliegt. Das bedeutet natürlich ...«

»Hallo? Pär?« Maya wartete, doch am anderen Ende blieb es still. Die Verbindung war abgebrochen. Sie probierte es erneut, kam jedoch nicht durch. Nach dem dritten Versuch gab sie auf.

Bald darauf machte sich Maya auf den Rückweg zum *Pensionatet*. Es wurde Zeit, dass sie sich dort wieder blicken ließ, sonst schöpften die anderen womöglich Verdacht. Tage und Solveig hatte sie nicht angetroffen, sie würde später noch einmal bei den beiden vorbeischauen.

Während sie den Hauptweg entlangjoggte, dachte sie über die Spuren nach, die sie am Rand der Mulde entdeckt hatte. Zuallererst waren ihr die Anhänger eingefallen, mit denen man hier auf der Insel Sachen transportierte. Von denen konnten die Abdrücke allerdings nicht stammen, denn sie hatten zwei Räder mit dünnen Reifen. Ein einzelnes breites Rad ... Was für ein Gefährt mochte das sein? Momentan hatte Maya keinerlei Idee, womit der Täter Cecilias Leiche hergeschafft hatte.

Über ihr hing eine graue Wolkendecke, die am Horizont an mehreren Stellen Risse aufwies. Seltsam ockergelbes Licht fiel dazwischen hindurch. Die Stimmung hatte etwas Gespenstisches. Erst jetzt bemerkte Maya, dass es um sie herum eigenartig still war. Das Zwitschern der Vögel fehlte. Es war wieder schwül wie vorgestern Nacht und vollkommen windstill. Die Ruhe vor dem Sturm. Maya wurde mulmig zumute. Auf was hatte sie sich hier bloß eingelassen?

Ein Mann kam ihr entgegen. Als er sich näherte, erkannte sie Gustav.

»Hej. Wie sieht's bei euch aus?« Er blieb stehen und lächelte sie freundlich an.

»Katastrophe.« Maya rollte mit den Augen.

»Hab schon gehört.« Sein Gesicht verdüsterte sich. »Die Heide und so ...«

»Auf dieser Insel bleibt nichts auch nur einen Tag lang ein Geheimnis, oder?«

Kurz verzog sich Gustavs Miene zu einem schiefen Grinsen, dann wurde er wieder ernst. »Was für ein Horror, das Ganze! Es tut mir leid, was ihr hier erleben müsst.«

»Ja, es ist einfach nur grauenhaft. Und jetzt noch der drohende Sturm ... Ich hoffe, es geht bald vorbei, damit die Polizei hier weiter ermitteln kann. Und wir nach Hause dürfen.«

Argwöhnisch betrachtete Gustav den Himmel. »Tage meint, die Wetterlage wird sich erst mal halten. Das heißt, der Fährverkehr ist einstweilen komplett eingestellt.«

»O nein.« Maya dachte an Pär, der somit vorerst nicht herkommen konnte. Genauso wenig wie die Kollegen aus Norrtälje. Nun war sie völlig auf sich gestellt. »Gibt es keine andere Möglichkeit, ans Festland zu gelangen? Was ist mit den Privatbooten?«

Gustav schüttelte den Kopf. »Zu gefährlich. Ulf hat ein Boot, er ist ein gnadenlos guter Kapitän. Einmal hat er mich zurückgebracht, da war es schon an der Grenze.« Er stieß einen trockenen Lacher aus. »Gott, wie brutal doch Wasser sein kann! Das möchte ich kein zweites Mal erleben. Im Ernst, wenn der Seegang zu stark ist, dann fährt selbst er nicht mehr. Zu riskant.«

»Wie lange kann sich so ein Wetter halten?«

»Weiß nicht – ein paar Tage?«

»Ach, du Schande!« Lähmende Bestürzung breitete sich in Maya aus. Wenn das die anderen erfuhren! Wie sollten sie diesen Ausnahmezustand so lange durchhalten? Wenn sie an Lindas gestrigen Zusammenbruch dachte – das würde in einem Desaster enden. Maya riss sich zusammen. Es war wichtig, dass sie irgendwas für sich aus dem Gespräch zog. Ihr fiel das verschwundene Foto ein, von dem Emely gesprochen hatte. »Sag mal, weißt du was von einem Yogaretreat, das hier in den Neunzigern stattgefunden hat?«

»Keine Ahnung, da musst du Ulf fragen.« Gustav knetete seine Hände. »Ich muss dir etwas sagen, Maya.«

»Schieß los.«

»Auf der Insel mehren sich die Stimmen, dass ... Also, besonders glücklich sind die, die hier ihre Sommerhäuser haben, nicht gerade. Die schrecklichen Vorfälle sind erst passiert, seitdem ihr hier seid. Einige meinen, der ganze Ärger habe ja mit euch angefangen und dass – nun ja – der Täter nur einer von euch sein kann.«

»So typisch. Es sind immer die anderen, nicht wahr?« Maya musste sich beherrschen, um nicht mit einer der zahlreichen Geschichten aus ihrem Arbeitsleben herauszuplatzen. Zu oft hatte sie schon erlebt, dass am Ende der Pädophile, der Vergewaltiger, der Mörder einer aus der Mitte der Dorfgemeinschaft gewesen war. Der nette, gut integrierte Nachbar, von dem niemand eine solch grauenhafte Tat erwartet hatte.

Verteidigend hob Gustav die Hände. »Ich wollte euch nur warnen.«

»Tja, die Frage ist allerdings: Was können wir tun? Wir sitzen hier fest. Ihr müsst euch zwangsläufig noch eine Weile mit uns arrangieren.« Sie verschränkte die Arme. »Glaub mir, wir würden nur zu gern so schnell wie möglich von hier weg.«

»Hey, ich weiß, die Situation ist für alle gerade ...«, er schien nach dem passenden Wort zu suchen, »extrem.«

»Anstatt gegeneinander zu sein und Fronten zu bilden, sollten wir besser zusammenhalten. Immerhin gibt es lediglich ein schwarzes Schaf, da sollte man doch nicht alle anderen mitverurteilen.«

»Ich gebe dir recht. Und ganz ehrlich, so eine Einheit, wie es jetzt rüberkommt, ist diese Inselbevölkerung nun wirklich nicht. Auf Svartlöga gab's auch vorher schon einiges an internem Sprengstoff.«

»Was genau meinst du?«

»Hier sind sich noch längst nicht alle so grün miteinander, wie es von außen betrachtet vielleicht den Anschein hat.« Gustav verlagerte das Gewicht von einem Bein aufs andere. »Ich gehöre ja genau genommen auch nicht richtig dazu. Jedes Mal, wenn ich auf Svartlöga bin, fallen mir Kleinigkeiten auf, Schwingungen zwischen Nachbarn, die so tun, als mögen sie einander, doch du siehst ihnen an der Nasenspitze an, dass sie sich im Grunde nicht leiden können. Aber hier auf der Insel spielt man brav seine Rolle. Das entspannte Urlaubs-Ich, und alle sind gleich. Nur manche sind vielleicht ein bisschen gleicher.«

»Wie Carl, meinst du?«

»Zum Beispiel. Aber nicht nur.« Gustav sah aus, als wöge er ab, ob er Namen nennen sollte oder besser nicht. »Es gab auch immer wieder Sticheleien und Neid zwischen unseren Musikern.«

»Du meinst Solveig und ...«

»Ingela.«

»Carls Nachbarin?«

»Genau die. Sie stammt aus einer bekannten Musikerfamilie, hat aber leider nicht das Talent ihrer Vorfahren geerbt. Trotz aller Förderung hat sie es nie weit gebracht. Anders als Solveig, die ja im Opernorchester engagiert war.« Gustav machte eine kurze Pause, dann fügte er hinzu: »Aber das hat sicher nichts mit der jetzigen Angelegenheit zu tun. Ich meinte damit nur, dass es von solchen Verstrickungen einige hier auf Svartlöga gibt.«

»Ist Tage in irgendetwas verstrickt?«

»Tage?« Gustav dachte nach. »Nein, wie kommst du ausgerechnet auf ihn?«

»Ach, ich hatte gehört, dass Carl ihm Geld geliehen hat.«

»Darüber weiß ich nichts, tut mir leid.«

Eine Sache gab es, die Maya keine Ruhe ließ. »Jetzt muss ich dich noch etwas fragen, Gustav.«

»Wie hast du vorhin gesagt? Schieß los.«

»Du würdest deinen Freund bestimmt nicht in die Pfanne hauen, aber: Ist es Ulf, der gerade wieder gegen uns wettert?«

»Ach, Ulf ist in erster Linie gegen Carl gewesen.« Gustav fuhr sich durch die Haare. »Du hast ihn bisher einfach in – ich sag mal – ungünstigen Situationen erlebt.«

»So kann man's auch formulieren.«

»Er ist wirklich kein übler Kerl. Im Gegenteil, er hat das Herz am rechten Fleck. Auch wenn er manchmal ziemlich ruppig ist – wenn es darauf ankommt, kannst du dich hundertprozentig auf ihn verlassen.« Er nickte Maya auffordernd zu. »Komm doch einfach mal vorbei, und lern ihn besser kennen.«

»Hm, ja … vielleicht sollte ich das tatsächlich machen.«

»Tu das. Man sagt, dass mein Kaffee der beste ist, den du auf der Insel kriegen kannst.« Er zwinkerte ihr zu.

»Na, das ist mal 'ne Ansage! Bei uns im Retreat gibt's nämlich nur Tee.«

Gustav rollte mit den Augen. »Wie hältst du das aus?« Maya dachte an ihren Traum und lachte. »Das frage ich mich seit Tagen.« Sie verabschiedete sich von ihm und joggte weiter in Richtung Dorf. Das Gespräch hatte eine neue Unruhe in ihr geweckt. Nicht nur, dass jemand auf der Insel herumlief und Menschen tötete, nun hatten sie auch noch die Alteingesessenen auf Svartlöga gegen sich. Dazu das bevorstehende Unwetter, das sie auf unbestimmte Zeit hier festhalten würde – die Situation wurde immer bedrohlicher und nagte gefährlich an Mayas professioneller Stabilität. In diesem Moment wünschte sie sich aus tiefstem Herzen, sich von hier fortbeamen zu können.

Kurz darauf kam sie an einem der ehemaligen Bauernhöfe vorbei. Anders als der Hof von Solveig und Tage war dieser in einem weniger gepflegten Zustand. Das Dach der Scheune sah einsturzgefährdet aus, die Fensterscheiben waren zerbrochen. Allerlei alte Gerätschaften standen im Hof herum, ein vorsintflutlicher Traktor, ein vor sich hin rostender Pflug, an der Scheunenwand lehnten eine Schubkarre sowie mehrere Harken und ein abgenutzter Reisigbesen.

Maya blieb stehen. Irgendetwas passte an dem maroden Bild nicht. Sie ließ es auf sich wirken. Was war es, das nicht stimmte? Wie Schuppen fiel es ihr plötzlich von den Augen – dass sie daran nicht früher gedacht hatte!

Kapitel 14

Henrik öffnete die Augen. Alle um ihn herum saßen in Meditationsposen und waren in ihr Innerstes vertieft. Leif vorn bewegte die Lippen, doch seine Worte drangen nicht zu ihm durch.

Als Leif vorhin eine spontane Extra-Meditation anbot, hatte er Henrik ermutigt, daran teilzunehmen. *Es wird dir guttun. Du kannst dich in dich zurückziehen, und zugleich bist du nicht allein.*

Aber es tat nicht gut, im Gegenteil. Diese hohlen Phrasen – nichts als heiße Luft. Sie provozierten mehr, als dass sie beruhigten. Henrik war es, als stecke sein Kopf in einer dicken Wolke. Seine Zunge fühlte sich pelzig an. Er musste dringend etwas trinken. Die Wasserflasche ... sie stand irgendwo, nur nicht neben seiner Matte. Früher hatte ihn immer Cecilia daran erinnert, sie mitzunehmen. Cecilia ... Ein scharfer Schmerz durchfuhr ihn, als habe ihm jemand ein Messer ins Herz gerammt. Ohne sie war er nichts wert! Erneut stiegen Tränen in ihm hoch. Er musste hier raus.

Mühsam erhob sich Henrik, schwankte, fing sich wieder und tappte zwischen den Meditierenden zur Tür. Hätte er bloß diese Beruhigungspillen nicht geschluckt. Gefühle wegdrücken – das konnte ja nur schiefgehen. Andererseits, was spielte das noch für eine Rolle. Nichts spielte mehr eine Rolle. Nichts hatte überhaupt noch einen Sinn. Cecilia war tot.

Henrik schleppte sich in die Küche. Seine Beine fühlten sich an, als gehörten sie nicht zu seinem Körper. Fortwährend dröhnten in seinem Kopf die immergleichen Fragen: Wer hatte seiner Cecilia das angetan? Und warum?

Er öffnete den Kühlschrank, eine Cola wäre jetzt der absolute Wahnsinn. Dazu einen fetten Schokoriegel oder eine Tüte Chips. Aber so etwas war ja für die Yogaleute fast so schlimm wie Rattengift.

Zu seiner Überraschung gab es eine Flasche *Solsken Lemonad* – Holunder und Zitrone, hundert Prozent bio. Es versetzte ihm den nächsten Stich. Cecilias Lieblingsgetränk.

Henrik griff nach der Flasche. Wenigstens was mit Zucker und Kohlensäure. Nun musste er das Ding bloß noch aufkriegen. Suchend schaute er sich um. Alles ging irgendwie nur in Zeitlupe. Der Schubladenschrank. Dort wurde er sicher fündig. Er öffnete eine Schublade nach der anderen, wühlte zwischen Schneidebrettchen, Besteck und allerlei Küchenkleinkram herum. Irgendwo musste es doch einen Flaschenöffner geben!

Ganz unten, in der letzten Lade, entdeckte er schließlich einen angerosteten Öffner. Henrik nahm ihn heraus, entfernte den Flaschenverschluss und legte den Öffner zurück. Er wollte die Schublade schon wieder schließen, als sein Blick an etwas Langem, Dünnem, silbrig Glänzendem hängen blieb.

Aus einem Impuls griff Henrik nach dem Gegenstand. Ein Brieföffner. Mit der Fingerkuppe drückte er leicht gegen die Spitze. Ein sanfter Schmerz durchrieselte ihn. Mit seinem verschnörkelten Schaft sah das Ding aus wie ein Dolch. Und war auch beinahe genauso scharf.

Einen ähnlichen Brieföffner hatte seine Großmutter besessen. Henrik erinnerte sich, dass er als kleiner Junge davon fasziniert gewesen war. Das feine Ratschen, wenn sie ihn mit einer schnellen, eleganten Geste durch einen Umschlag gezogen hatte. Oft hatte Henrik ihn am Sekretär seiner Großmutter bewundert. Einmal hatte er ihn in der Hand gehalten, als sie hereingekommen war. Mit raschen Schritten war sie bei ihm gewesen, hatte ihm den Brieföffner aus der Hand genommen und ihn streng angesehen. »Das ist kein Spielzeug! Damit kannst du dich verletzen.« Fortan hatte der Brieföffner nicht mehr auf dem Schreibtisch gelegen.

Vorsichtig fuhr Henrik mit dem Daumen über die Klinge, tippte erneut gegen die Spitze, diesmal ein wenig fester. Ein roter Abdruck zeigte sich. Er drückte noch stärker. Die Spitze bohrte sich in seine Haut. Er zog sie zurück, und ein Blutstropfen bildete sich. Nachdenklich betrachtete Henrik seinen Daumen, dann den Brieföffner. Konnte man sich damit wirklich eine ernste Verletzung zufügen?

Ein befremdliches Gefühl breitete sich in ihm aus. Und wenn er Cecilia folgen würde? Sein Leben beenden ... Nie hatte Henrik zuvor ernsthaft mit dem Gedanken gespielt, sich umzubringen. Doch mit einem Mal besaß diese Vorstellung eine düstere Verlockung. Er setzte die Spitze auf die linke Seite seiner Brust, dorthin, wo er das Herz vermutete. Vielleicht besser in die Halsschlagader?

Er dachte an die Samurai aus früheren Zeiten, die sich für den Tod entschieden und den Bauch aufgeschlitzt hatten. Harakiri, wie diese Praktik in der westlichen Welt immer noch fälschlich bezeichnet wurde. Henrik hatte einmal einen Artikel darüber gelesen, nachdem er als Jugendlicher *Last Samurai* gesehen hatte. Wie die korrekte Bezeichnung dieser Selbsttötungsmethode tatsächlich hieß, hatte er vergessen. Auf jeden Fall war es eine ehrenvolle männliche Art zu sterben. Heroisch.

Kritisch betrachtete er den Brieföffner. Er bezweifelte, dass er für dieses Ritual taugte. Wenn er sich richtig erinnerte, benutzten die Japaner dafür ein speziell geschmiedetes Kampfmesser. Mit beiden Händen umfasste er den verschnörkelten Griff, richtete die Spitze auf sich.

»Henrik – was machst du da?«

Ruckartig zog Henrik die Hände herunter, sein Kopf flog zur Seite. Im Türrahmen stand Penelope und blickte ihn geschockt an.

»Gar nichts.« Schnell legte er den Brieföffner wieder in die Schublade und schloss sie. »Ich habe mir nur etwas zu trinken geholt.«

• • •

Voller Tatendrang kehrte Maya zum *Pensionatet* zurück. Wie immer, wenn sie plötzlich über ein fehlendes Teil im Ermittlungspuzzle stolperte, strömte Adrenalin durch ihren Körper.

Die Schubkarre stach aus dem Gesamtbild hervor, blitzsauber, wie sie war. Maya hatte sich das Reifenprofil und den Durchmesser genau angesehen, es konnte hinkommen. Ob es wirklich diese Karre bei dem verlassenen Hof gewesen war oder eine andere, in der der Täter Cecilias Leiche auf die Heide gebracht hatte – Maya war sich hundertprozentig sicher, dass sie das Rätsel um die Entstehung der einzelnen Reifenspur gelöst hatte.

Sicherheitshalber schoss sie ein paar Fotos von der Schubkarre sowie Großaufnahmen vom Profil. Weitere Spuren hatte sie nicht entdeckt. Wem wohl dieser Hof gehörte? Ihr Polizeiinstinkt lief auf Hochtouren. Sie brauchte eine gute Übersicht, wie sie und Pär sie im Präsidium auf dem Whiteboard anzulegen pflegten.

Maya öffnete den Reißverschluss ihres Zelts, kroch hinein und schloss ihn wieder. Wenn sie schon kein Büro hatte, dann würde sie eben ihre Zeltbehausung in eines umfunktionieren. Zumindest für den Moment – sobald das Unwetter kam, musste sie sich etwas anderes überlegen. Sie sah sich um. Aufhängen konnte sie hier schlecht etwas, und es wäre auch zu riskant. Immerhin konnte sie nicht abschließen.

In ihrer Umhängetasche kramte sie nach einem Stift. Jetzt noch Papier. Maya durchwühlte die Tasche. Außer der Tageszeitung, die sie vor ihrer Abreise gekauft hatte, fand sie nichts. Doch, da war ja ihr Tagebuch. Seit dem Eintrag von der Hinfahrt hatte sie es nicht mehr in der Hand gehabt.

Sie schlug das Buch in der Mitte auf und löste vorsichtig nacheinander sechs Bögen heraus, legte sie zu einem großen Rechteck und nummerierte sie von links nach rechts und von oben nach unten. Klebeband wäre großartig. Später würde sie im *Pensionatet* nachsehen.

In der Mitte notierte sie die Namen der beiden Opfer, rundherum alle Beteiligten, die ihr einfielen, und hielt die wichtigsten Stichworte zu ihnen fest. Zwischen Carl und Cecilia zog sie eine Linie, an die sie *geheime Liebesaffäre* schrieb. Dann verband sie die anderen Namen mit den Opfern, soweit eine Verbindung existierte, von der sie wusste. Zu guter Letzt fügte sie die ihr bekannten Alibis hinzu.

Abschließend betrachtete sie die Aufstellung. Für den Anfang nicht schlecht. Nachher würde sie sich Textmarker besorgen und das Ganze farbig unterlegen, das würde es übersichtlicher machen. Dennoch – es gab viel zu viele Fragezeichen.

Maya legte die Blätter aufeinander, schob sie in das hintere Fach ihres Rucksacks und verließ das Zelt. Es war Zeit fürs Mittagessen. Eine Böe riss ihr fast die Zeltplane aus der Hand. Sicher würden sie wieder drinnen essen, die Terrasse war gerade keine Option. Maya warf einen prüfenden Blick in den Himmel. Am

Vormittag hatte noch die Sonne geschienen, jetzt zog es sich mehr und mehr zu.

Sie hatte soeben den Eingang des *Pensionatet* erreicht, als ihr Handy klingelte. Es war Pär. Rasch sah Maya sich um, dann nahm sie das Gespräch an.

»Hej, gib mir zwei Sekunden.« Sie lief zum Schuppen hinüber, in dem sie gestern Penelope und Emely angetroffen hatte. Dort konnte sie bestimmt für ein paar Minuten ungestört telefonieren.

»Prima, die Verbindung klappt wieder.« Ihr Kollege klang aufgeräumt und voller Tatendrang.

»Gibt's was Neues?« Maya schloss die Tür hinter sich. Im Schuppen herrschte schummriges Licht, das durch ein winziges, völlig verstaubtes Fenster hereinfiel.

»Du erinnerst dich, dass ich über den Ordner mit den Schuldscheinen gesprochen habe?«

»Klar. Leider habe ich Tage noch nicht sprechen können.«

»Wir haben da noch etwas herausgefunden: Manche von den Scheinen sind mit einem gelben Haftzettel markiert. Außerdem sind sie allesamt nummeriert. Und jetzt kommt's.« Pär legte eine Kunstpause ein, ehe er weitersprach. »Es fehlt eine Nummer. Nach der vierzehn kommt direkt die sechzehn.«

Maya lehnte sich gegen ein hohes Regal. »Vielleicht hat derjenige bereits seine Schulden zurückgezahlt?«

»Unwahrscheinlich. Die Zahlen eins bis neun fehlen auch, aber die sind vorn im Register abgehakt, mit Rückzahldatum versehen.«

»Aber in die Villa wurde nicht eingebrochen.«

»Richtig.«

»Das bedeutet«, Maya überlegte, »dass Carl den Schuldschein womöglich mit nach Svartlöga genommen hat, weil ...«

» ... derjenige, dem er das Geld geliehen hatte, es ihm dort zurückgeben wollte«, beendete Pär ihren Satz.

»Wer könnte das sein? Jemand vom Retreat? Womöglich Cecilia? Oder einer der Sommergäste, die hier ein Haus haben?«

»Genau das müssen wir herausfinden.«

»Zu dumm, dass wir Sarah nicht fragen können. Hast du noch mal mit dem Krankenhaus gesprochen?«

»Sie wird wohl keine bleibenden Schäden davontragen. Das ist die gute Nachricht. Die schlechte ist: Ihr Zustand ist noch sehr labil, und wir dürfen nicht zu ihr.«

Maya dachte darüber nach, was Pär über die Schuldscheine gesagt hatte. »Sind es eigentlich nur Privatpersonen, denen Carl Geld geliehen hat?«

»Nein, nicht nur. Interessant, dass du fragst. Warte kurz ...«

Sie hörte das vertraute Blättern vom anderen Ende der Leitung und musste schmunzeln. Pär war ein Polizist der alten Schule und immer noch im analogen Zeitalter verhaftet. Er war einfach nicht davon abzubringen, sich Unterlagen auszudrucken.

»Privatpersonen wie Tage sind es nur in Ausnahmefällen. Größtenteils handelt es sich um Start-ups, die Carl Wallensteen unterstützt hat.«

»Start-ups?«

»Das sind kürzlich gegründete Unternehmen mit einer Geschäftsidee –«

»Ich weiß, was Start-ups sind.« Maya lief in dem schmalen Gang zwischen all dem abgestellten Kram auf und ab. »Mir ist nur gerade eingefallen, dass Carl beim Mittsommerfest mit einem Typen gesprochen hat, der ein Start-up hat.«

»Weißt du noch, wie dieser Typ heißt?«

Maya überlegte. »Ich glaube, Niklas.«

Abermals raschelte es, dann hörte sie Pärs Stimme: »Ein Niklas ist bei den Schuldscheinen nicht dabei.«

»Also könnte es sein, dass sein Schuldschein fehlt.« Maya spürte, wie sich Unruhe in ihr ausbreitete. Sie blieb neben dem hohen Regal an der Rückwand stehen. »Jetzt fällt es mir wieder ein, Carl hatte ihn gebeten, am nächsten Tag bei ihm vorbeizuschauen. Kann doch sein, dass er sein Geld zurückgefordert hat.«

»Viele Hypothesen, Maya.«

»Schau doch mal bei den Aussagen der Haustürbefragungen nach. Da müsstet ihr ja mit Niklas gesprochen haben.« Ungeduldig drehte sie das lose Ende einer Kabelrolle zwischen den Fingern.

»In Ordnung, warte kurz ... Ah, hier haben wir ihn: Niklas Cederfelt. Ein Geschäftsmann aus Stockholm, Östermalm, Ende dreißig. Sein Sommerhaus steht am anderen Ende des Dorfes. Beziehungsweise das seiner Lebensgefährtin. Du hast recht, er hat sich vor drei Jahren mit einem Unternehmen selbstständig gemacht, das sich darauf spezialisiert hat, Papier- und Plastikgemische leichter zu trennen.«

»Genau, das war's.« Innerlich ermahnte Maya sich selbst – sie durfte nicht zu laut sprechen. Mit gedämpfter Stimme fuhr sie fort: »Wie steht's um sein Alibi für die Nacht, in der Carl starb?«

»Er hat angegeben, dass er mit den anderen zusammen gefeiert hat. Als der DJ aufgehört hat, ist er gemeinsam mit seiner Lebensgefährtin zum Haus zurückgegangen. Sie haben noch einen Drink auf der Terrasse genommen und sich dann hingelegt. Sie hat seine Aussage bestätigt.«

»Ziemlich wacklig, würde ich sagen. Er könnte sich rausgeschlichen haben.«

»Das ist auch mein Gedanke.« Pär klang nachdenklich. »Sicherheitshalber prüfen wir mal die Bilanzen seines Start-ups.«

»Wie heißt seine Lebensgefährtin?«

»Helena Dimberg. Arbeitet für Niklas' Start-up als Social-Media-Expertin. Ach, ehe ich's vergesse: Ulla hat sich mit den ersten Ergebnissen der Autopsie gemeldet.«

»Lass hören.«

»Wie erwartet ist die Todesursache Strangulation. Bei dem Tatwerkzeug handelt es sich um Cecilias Schal. Die Fasern sind in die Würgemale eingedrungen. Allerdings muss der Täter Handschuhe getragen haben, denn Fingerabdrücke oder DNA-Spuren gibt es offenbar nicht. Eine Vergewaltigung hat nicht stattgefunden. Soweit ...«

In diesem Moment hörte Maya Stimmen, die sich dem Schuppen näherten. Wollte etwa ausgerechnet jetzt jemand hier hereinkommen? »Ich muss Schluss machen, melde mich später wieder.« Sie drückte den Anruf weg und lauschte. Die Stimmen kamen näher.

Hektisch blickte Maya sich um. Rauslaufen konnte sie nun nicht mehr, und sie hatte auch keine Lust zu erklären, warum sie sich fürs Telefonieren in den muffigen Schuppen zurückgezogen hatte. Rasch setzte sie sich auf eine Metallkiste neben dem Regal und zog eine blaue Plastikplane vor sich, die von einem Haken herunterhing. Wie ärgerlich, jetzt hatte sie Pär gar nicht von ihrer Entdeckung der Schubkarre erzählt.

Im nächsten Augenblick öffnete sich die Tür des Schuppens, und Licht fiel herein. Mayas Herz klopfte schneller. Sie konnte nichts sehen, aber an den Stimmen erkannte sie, wer es war.

· · ·

»Ich bin mir sicher, dass ich irgendwo eine Rolle mit einer Wachs-

216

tuchtischdecke gesehen habe.« Emelys Augen suchten den Geräteschuppen ab.

»Bei Tag ist es hier gleich viel harmloser.« Penelope lachte. »Kaum zu glauben, dass wir gestern so eine Panik geschoben haben.«

»Na ja, das war schon alles ziemlich unheimlich. Ah, da ist sie ja.« Emely hatte die Rolle entdeckt, die rechts von ihr neben einem Regal an der Wand lehnte. Sie schob sich zwischen den alten Fahrrädern hindurch.

»Apropos gestern Abend ... diese Nähe zwischen uns, das war etwas Besonderes.«

»Ja, darüber wollte ich auch mit dir sprechen.« Emely wandte sich zu ihr um. »Das habe ich auch so empfunden.«

Über die verrosteten Fahrräder hinweg lächelten sie sich an. Es war lange her, dass Emely sich von einer anderen Frau angezogen gefühlt hatte.

»Ist das ein Problem für dich? Ich meine, du und Leif, ihr seid schließlich ein Paar.«

»Ach, Leif und ich führen schon länger eine offene Beziehung.« Emely griff nach der Rolle, hob sie hoch und reichte sie zu Penelope hinüber, die ihr in den Schuppen gefolgt war.

»Und das funktioniert?«

»Mal so, mal so.« Emely wiegte den Kopf hin und her. »Ist ein bisschen wie bei Sartre und Beauvoir – wir können nicht ohne den anderen, aber wir glauben beide nicht an lebenslange Monogamie.«

»So hundertprozentig überzeugt bin ich weder von dem einen noch von dem anderen Konzept.« Penelope lehnte die Rolle an die Tür und trat näher an Emely heran. »Du bist eine faszinierende Frau, Emely.« Sie streichelte Emelys Wange so zart, dass die Berührung nur ein Hauch war.

»Du auch.« Emely neigte ihren Kopf zu Penelope, ihre Lippen fanden einander, und für einen Moment blieb die Zeit stehen.

Als sie sich wieder voneinander lösten, lächelten sie sich verlegen an.

Emely strich eine von Penelopes Locken zurück. »Ich war nicht auf eine solche Begegnung eingestellt.«

»Ich auch nicht. Ein paar entspannte Tage nur für mich, ohne Familienalltag ...« Sanft fuhr Penelope mit ihrem Zeigefinger erst Emelys Schläfe und dann erneut ihre Wange entlang. »Ich hatte keinen Thriller mit eingebauter Romanze gebucht.«

»Tja, ich hatte auch nicht damit gerechnet, was mich hier alles erwarten würde. In jeglicher Hinsicht.« Emely seufzte. »Irgendwie müssen wir das jetzt durchstehen, also, ohne dass es noch chaotischer wird.«

»Schon klar. Vielleicht ... sollten wir das hier zwischen uns behalten? Ist ja ohnehin schon alles dramatisch genug.«

»Das ist vermutlich das Beste.« Emely dachte an die Regeln, die Leif und sie aufgestellt hatten, um sich gegenseitig nicht zu verletzen. Eine davon lautete: kein Seitensprung vor den Augen des anderen. Eine weitere war allerdings der ehrliche Umgang mit Verliebtheitsgefühlen. Weswegen sie bereits ein schlechtes Gewissen hatte.

Penelope trat einen Schritt zurück. »Bevor wir wieder zu den anderen gehen, will ich dir noch etwas von Henrik erzählen. Ich denke, wir müssen ihn im Auge behalten.«

»Okay. Aber lass uns das draußen besprechen. Hier drin wird's mir zu stickig.«

• • •

Die Tür des Schuppens schlug zu. Aufatmend schob Maya die

Plastikplane beiseite. Von deren penetrantem Geruch nach Terpentin war ihr inzwischen übel geworden. Und das Gespräch zwischen Emely und Penelope hatte ihr den Rest gegeben.

Dass Emely sich in der Vergangenheit mal zu einer Frau hingezogen gefühlt hatte, war nichts Neues. Dass Leif und sie eine offene Beziehung führten, hingegen schon. Noch etwas, das ihr die Freundin verheimlicht hatte. Dabei hatten sie sich immer intensiv über Liebesdinge ausgetauscht, über Dates und die Probleme in ihren Partnerschaften – ganz im Stil ihrer früheren Lieblingsserie *Sex and the City*.

Die Erkenntnis, dass Emely ihr offenbar so wenig vertraute, tat weh. Ob Sanna und Clara davon wussten? Besser, Maya fragte nicht nach, sonst wäre sie schlimmstenfalls noch enttäuschter. Sie selbst hatte so viel von ihrem desaströsen Jonas-Hin-und-Her erzählt, sogar über Christoffer hatte sie ihre Freundinnen recht schnell eingeweiht. Bis vor Kurzem hätte sie nicht für möglich gehalten, dass ihre Freundschaft zu Emely allem Anschein nach eine Einbahnstraße war.

Maya stand auf und streckte sich. Besser, sie wartete noch ein paar Minuten, ehe sie den Schuppen verließ. Der Appetit aufs Mittagessen war ihr gründlich vergangen. Ihr Blick fiel auf die Metallkiste, auf der sie gesessen hatte. Es gab eine Lasche zum Abschließen, doch ein Vorhängeschloss fehlte. Mehr aus Gewohnheit denn wirklich interessiert hob Maya den Deckel an und spitzte hinein.

Im Inneren stapelten sich bis obenhin alte Zeitungen und Broschüren. Sie griff nach der obersten, einer *Dagens Nyheter* aus dem Jahre 1944. Am Rand schaute ein Zettel hervor. Maya schlug die Zeitung an der Stelle auf und stieß auf einen Artikel mit der Überschrift *Betrunkener Fischer um 50.000 Kronen betrogen*. Rasch überflog sie die wenigen Zeilen. Da sie jedoch nichts mit den aktuellen Ermittlungen zu tun hatten, klappte sie das Blatt wieder zu.

Gleich darunter lag eine *Norrtelje Tidning* von 1953. Maya nahm einen Teil der Zeitungen heraus und sah sie durch. Exemplare von *Stockholmstidningen* und *Svenska Dagbladet* waren ebenfalls dabei – zeitlich ungeordnet, aber immer mit Haftzetteln dort, wo es Beiträge über Svartlöga gab. Warum wurden sie hier in diesem vollgestopften Geräteschuppen aufbewahrt?

Sie legte sie neben die Kiste und besah sich die restlichen, die noch darin waren. Falls sie neuere Ausgaben fand, würde sie vielleicht etwas entdecken, das ihr weiterhalf.

Sie überflog einen Artikel von 1988, in dem sie erfuhr, dass die Russen einst scheiterten, die Insel einzunehmen. Seither galt Svartlöga als schwer zugänglich. Obwohl die Hafeneinfahrt inzwischen modernisiert worden war, hielt sich der Mythos hartnäckig, dass es für diejenigen, die sich in den Gewässern nicht auskannten, eine Herausforderung darstellte, die Insel mit dem Boot anzusteuern.

Schnell hatte Maya sich vertieft in die Beschreibung des Lebens auf der Insel zu einer Zeit, als den ganzen Winter über bis in den März hinein eine Bootsfahrt wegen der in Teilen zugefrorenen Ostsee unmöglich war. Nur einmal pro Woche versorgte damals ein Helikopter die Insulaner mit Post und den nötigsten Lebensmitteln.

Sie las über den Niedergang der Insel, davon, wie die Schulen in den Schären nach und nach schlossen und die jungen Menschen aufs Festland abwanderten, bis schließlich nur noch die Alten übrig blieben, die die Landarbeit nicht mehr allein schafften. Schleichend übernahmen die Stockholmer Sommergäste das Regiment Haus um Haus.

Sie fand auch einen Artikel, in dem sich die Inselbewohner

über die zeltenden Sommergäste aufregten, die überall ihren Müll liegen ließen. Solche wolle man nicht hier haben, hieß es. Sofort dachte Maya an Ulf.

Ihr fiel das Foto ein, das Emely erwähnt hatte. Wenn in den Neunzigern wirklich ein Yogaretreat oder eine ähnliche Veranstaltung auf der Insel stattgefunden hatte, gab es womöglich etwas darüber in der Presse. Gezielt suchte Maya Ausgaben zwischen Sommer neunzig bis vierundneunzig.

In einer lokalen Zeitung von 1993 stieß sie auf einen kurzen Beitrag, eine Ankündigung einer mehrtägigen Yogaveranstaltung. Sogar einen Lehrer aus Indien hatte man damals eingeladen. Offenbar hatten im Vorfeld die Sommerhausbesitzer protestiert, weil sie Drogenexzesse befürchteten. Außerdem hatte es Gerüchte gegeben, der Lehrer wolle hier eine Sekte gründen. Auf dem pixeligen Schwarz-Weiß-Bild unter dem Artikel erkannte sie mehrere Menschen, die auf der Wiese hinter dem Pensionatet auf Yogamatten saßen. Maya hob das Heft näher an die Augen. Der junge Mann ganz rechts konnte eventuell Carl sein. Kurzerhand fotografierte Maya die Seite ab, dann packte sie alles wieder in die Kiste und schloss den Deckel. Etwas an dem Artikel fesselte sie, auch wenn sie nicht erklären konnte, weshalb. Sie musste unbedingt mehr darüber wissen.

Maya bahnte sich ihren Weg zurück zum Eingang des Schuppens, öffnete die Tür einen winzigen Spalt und lugte hinaus. Niemand war zu sehen. Vermutlich saßen sie gerade allesamt im Yogaraum an der improvisierten Tafel auf dem Boden und genossen ihr veganes Linsencurry.

Für einen Augenblick sprudelte Bitterkeit in ihr hoch. Maya kämpfte mit sich. Es war lange her, dass sie sich so enttäuscht gefühlt hatte. Auf keinen Fall wollte sie Emely momentan begegnen.

Maya schaute zum Meer, über dem graue Wolkenmassen dahintrieben. Das ockerfarbene Licht war verschwunden, die Schwüle ebenfalls. Dafür frischte der Wind immer mehr auf.

Sie ließ das *Pensionatet* links liegen und folgte stattdessen dem Kiespfad durchs Dorf, vorbei an all den roten Sommerhäusern, die den Weg säumten. Statistisch gesehen lagen hinter vielen der Haustüren dunkle Geheimnisse. Hinter welcher lebte der Täter? Oder weilte er am Ende doch mit ihnen im *Pensionatet*? Maya schauderte. Was würde sie dafür geben, wenn sie jetzt in ihrer Wohnung in Stockholm sitzen könnte, weit weg von all dem Grauen auf dieser Insel.

Kapitel 15

Ulf und Gustav waren nicht zu Hause. Zu ärgerlich, Maya hätte so gern mehr über das Yogaevent in den Neunzigern erfahren. Hatte Carl damals tatsächlich mit einer Sekte zu tun gehabt? Sie konnte nicht genau erklären, warum, aber das verschwundene Foto ließ ihr keine Ruhe. Sie würde später noch einmal bei Ulf vorbeigehen, vielleicht konnte er ein wenig Licht in dieses Dunkel bringen.

Über Maya kreischten die Möwen. Nur mit Mühe hielten sie ihre Bahn, immer wieder stieß eine der scharfen Böen sie willkürlich umher. Das Wetter bestimmte ihren Kurs – das hatten die Menschen auf dieser Insel gerade mit den Vögeln gemeinsam. Seufzend betrachtete Maya erneut den Himmel, an dem die Wolken vorbeihetzten, als wären sie auf der Flucht. Während die Menschen hier unten festklebten – das Gefühl, nicht wegzukommen, wurde stetig beklemmender. Wie lange würden sie noch auf Svartlöga ausharren müssen? Gustav hatte von mehreren Tagen gesprochen, die sich die Wetterlage halten konnte. Und in all der Zeit würden die Ermittlungen vor Ort stagnieren. Beziehungsweise allein von ihr abhängen.

Maya beschloss, bei Solveig und Tage vorbeizuschauen. Sie lief den Hauptweg entlang, zu beiden Seiten bogen sich die Bäume, es rauschte kräftig in den Ästen. Bald darauf kam sie an den schmalen Pfad, der zum Hof der Brorssons führte. Schon von Weitem erspähte sie Solveig im Wintergarten, der auf der rechten Seite ans Bauernhaus angebaut war. Zusammen mit einer jungen Frau, die Maya nicht kannte, saß sie an einem Tisch aus Korbgeflecht. Tage entdeckte sie nicht.

Unsicher blieb sie stehen. Gustavs Worte tönten noch in ihrem Ohr. *Einige meinen, der ganze Ärger habe ja mit euch angefangen und dass ... nun ja, der Täter nur einer von euch sein kann.*

Maya gab sich einen Ruck: Wenn sie den Fall lösen wollte, musste sie besser verstehen, was hier auf der Insel vor sich ging. Und dazu war es das Beste, sich unter den Sommergästen umzuhören.

Als sie sich dem Wintergarten näherte, blickte Solveig auf und winkte sie freundlich lächelnd zu sich. Das Lächeln erwidernd, trat Maya auf die Tür des verglasten Anbaus zu und öffnete sie. Von drinnen strömte ihr eine angenehme Wärme entgegen.

»Hej, Maya, schön, dich zu sehen. Komm doch rein.« Heute trug Solveig ein Kleid aus ungefärbtem Leinen, dazu eine lange Korallenkette. Ihre grauen Haare hatte sie wieder zum Zopf geflochten. »Magst du einen Kaffee mit uns trinken? Ich habe vorhin Zuckerkuchen gebacken, er ist noch ofenwarm.«

»Da sag ich nicht Nein.« Maya betrat den Wintergarten und schloss die Tür, an der der Wind bereits heftig gezerrt hatte. Sie sah sich um. Solveig hatte diesen Raum überaus heimelig eingerichtet. Zahlreiche Pflanzen wuchsen in Tonkrügen, und sogar einen kleinen Kaminofen gab es.

»Bitte setz dich doch.« Solveig wies auf einen der freien Korbsessel, die mit dicken Kissen gepolstert waren. »Wir haben es uns gerade gemütlich gemacht, Helena und ich. Kennt ihr euch schon?«

»Bisher nicht. Hallo, Helena.« Maya grüßte die hochgewachsene Frau in dem babyblauen Jogginganzug.

»Freut mich.« Helena reichte ihr die Hand.

»Helenas Eltern gehört das Haus neben dem von Ulf.« »Inzwischen kommen sie nur noch selten her. Sie fahren lieber in ihre Finca auf Teneriffa. Deswegen haben Niklas und ich Svartlöga quasi übernommen. Niklas ist mein Lebensgefährte.« Helena strich eine Strähne ihrer glatten dunkelblonden Haare zurück, die sie in der Mitte gescheitelt trug. »Bist du bei jemandem zu Besuch?«

»Maya gehört zu den Yogaleuten im Pensionatet.«

»Oh.« Helena stellte die Tasse ab, die sie soeben zum Mund führen wollte. »Mein Beileid. Es muss furchtbar sein, was ihr gerade durchmacht.«

»Danke. Ja, wir hatten uns den Aufenthalt auf Svartlöga definitiv anders vorgestellt.« Innerlich frohlockte Maya. Was für ein Wink des Schicksals, so konnte sie direkt versuchen, mehr über Niklas und sein Start-up herauszufinden. Sie blickte Solveig an, die aus einer altmodischen Kanne Kaffee eingoss. »Ist Tage auch da?«

»Unsere Männer sind in der Bucht, bei den Booten. Sie wollen sie besser vertäuen.« Solveig reichte Maya eine Tasse. »Tage sagt, es ist nur eine Frage von Stunden, bis der Sturm so richtig losbricht.«

Für einen Moment schauten alle drei durch die Glaswände nach draußen. Die Baumkronen in Solveigs Garten schwankten gewaltig hin und her, kleinere Äste flogen durch die Luft, und in der Ferne zeigten sich die ersten dunkelgrauen Wolken. Gerade holperte ein Plastikeimer über die Wiese.

»Hoppla, ich dachte, ich hätte alles reingebracht. Na ja, irgendwas vergisst man immer.« Solveig schnitt ein großes Stück

225

Kuchen ab und legte es auf einen Teller. »Möchtest du Sahne dazu, Maya?«

»Gern.« Maya nippte an ihrem Kaffee. »Ich finde es echt unheimlich, dass wir momentan hier festsitzen. Habt ihr so etwas schon mal erlebt?«

Solveig stellte den Kuchenteller samt Gabel neben Mayas Tasse. »Sturm auf der Insel kenne ich seit meiner Kindheit.« Sie ließ sich wieder auf ihrem Platz nieder. Sogleich kam eine rot getigerte Katze angelaufen und sprang auf ihren Schoß. »Nur solch grausige Mordgeschichten sind für mich neu.«

»Ich wage mich kaum noch aus dem Haus.« Helena schlug ihre Beine übereinander. »Als Ulf vorbeikam, um Niklas abzuholen, wollte ich ihn gar nicht gehen lassen. Ich will auf keinen Fall allein sein – man weiß ja nie ... Da habe ich mich zu Solveig geflüchtet.«

Solveig lächelte erst sie an, dann Maya. »In solchen Zeiten muss man zusammenhalten.«

Maya probierte von ihrem Zuckerkuchen, der regelrecht auf der Zunge zerging. Solveig war die perfekte Mischung aus Butter, Zucker und Salz gelungen, die einen sofort süchtig werden ließ. Sie nahm einen weiteren Bissen und spürte förmlich, wie sich Glückshormone in ihr ausbreiteten. Hier drinnen war es so gemütlich, besonders jetzt, wo sich draußen das Unwetter zusammenbraute. Am liebsten hätte sie sich der angenehmen Atmosphäre dieser Kaffeestunde hingegeben und keinerlei Gedanken an all die grauenvollen Vorkommnisse der letzten Tage verschwendet. Dennoch musste sie die Situation, die sich ihr gerade bot, nutzen, um die beiden unauffällig auszuhorchen. »Ich bin echt froh, dass du noch mit mir sprichst, Solveig. Ich habe schon gehört, dass einige von euch Vorbehalte gegenüber uns Yogaleuten haben, nach allem, was passiert ist.«

Erstaunt sah Solveig sie über den Tisch hinweg an. »Wer sagt so etwas?«

»Na, Gustav zum Beispiel.«

»Der ist doch selbst nur hier zu Gast.«

»Kennt ihr ihn gut?«

»Ich nicht.« Helena schob ihren Teller beiseite. Solveig streichelte die Katze, die behaglich schnurrte. »Er und Ulf sind schon lange befreundet. Nicht jeden Sommer ist er hier, vielleicht alle drei, vier Jahre.«

»Haben die beiden Familie?«

»Was Gustav angeht – keine Ahnung.« Solveig zuckte mit den Achseln. »Ulf ist ein eingefleischter Junggeselle. Er hat das Haus hier von seiner Mutter geerbt.«

»Werden die Sommerhäuser auf Svartlöga immer innerhalb der Familien weitergegeben?«

»Absolut. Da kommt man von außen so gut wie nicht ran.« Solveig trank einen Schluck Kaffee. »Früher war das anders, also, als meine Eltern noch hier gelebt haben. Da hat schon der eine oder andere Bauer mal ein Stück Land an einen Stockholmer verscherbelt, weil er dringend Geld brauchte. Und so mancher Stockholmer hat das schamlos ausgenutzt.«

Maya dachte an die Zeitungsartikel, die sie im Schuppen des *Pensionatet* gefunden hatte. »Das Inselleben war sicher nicht leicht.«

»Das stimmt. Trotzdem, es war schon sehr traurig, als es mit Svartlöga den Bach runterging. Als die letzten Bewohner von hier wegzogen. Meine Eltern haben lange ausgeharrt, aber irgendwann haben sie kapituliert.« Die Katze sprang fort, und Solveig verschränkte die Hände ineinander. »Diese Spannung, die hier momentan herrscht, zwischen euch und den Sommerhausgästen – die Situation erinnert mich an meine Jugend.«

»Wieso das?« Interessiert sah Maya in ihre grünen Augen, die Ähnlichkeit mit ihren hatten. Nur ohne die zahlreichen Lachfältchen.

»Ach, als die jungen Menschen damals nach und nach die Insel verlassen haben ... Viele von den Älteren wären lieber hiergeblieben, doch das Leben war einfach zu hart. Sie schafften es allein nicht. Die Städter wiederum hatten Gefallen daran gefunden, hier im Sommer zu entspannen. Ich würde sagen, es passte ihnen ganz gut, dass die ursprünglichen Bewohner aufgaben. Die wiederum hatten das Gefühl, die Stockholmer nehmen ihnen ihr Land weg.«

»Verstehe. Und dann war Svartlöga fest in der Hand der Sommergäste.« Maya schob den letzten Bissen auf ihre Gabel. »Solveig, weißt du etwas über eine mehrtägige Yogaveranstaltung, die in den Neunzigern auf Svartlöga stattgefunden hat?«

»Puh, da muss ich nachdenken.« Mit gerunzelter Stirn blickte Solveig ins Leere. Nach einer Weile nickte sie. »Etwas klingelt da, aber ich kann mich nicht mehr genau erinnern.«

»Ich glaube, meine Mutter hat mal davon erzählt.« Helena zupfte an ihrer Unterlippe. »Sie waren damals auch im *Pensionatet*. Wenn ich mich richtig erinnere, war irgend so ein indischer Guru da.«

»Das muss in dem Jahr gewesen sein, als wir unsere große Amerikareise gemacht haben, Tage und ich. Ja, ja, später hieß es, da habe es ein ziemliches Bohei gegeben. Von wegen einer Sekte auf Svartlöga ... Ich hatte das total vergessen. Ist dann aber auch alles einfach so verpufft, man hat nie wieder was davon gehört. Möchtet ihr noch ein Stück Kuchen?«

»Liebend gern. Der ist fantastisch!« Maya schob ihren Teller in die Mitte des Tischs. Zugleich speicherte sie ab, diesem Sektenthema nachzugehen. Irgendwer musste doch etwas darüber wissen.

»Ich nehme auch noch ein Stück. Danke, Solveig.« Helena stellte ihren Teller neben Mayas.

»Ach, es ist so angenehm mit euch.« Solveig schnitt den Kuchen auf und verteilte ihn. »Was bin ich froh, dass wir uns entschieden haben, den Wintergarten zu bauen. Tage wollte ja erst nicht.«

»Warum nicht?«, fragte Helena.

»Weil uns noch ein Batzen Geld fehlte.« Solveig reichte ihnen die Teller. »Im Grunde haben wir es Carl zu verdanken, dass wir nun hier sitzen. Ja, ja, über ihn kann man sagen, was man will, und sicher waren nicht alle seiner Ansichten ideal. Aber er hatte auch seine guten Seiten.«

»Ich kannte ihn kaum.« Helena lehnte sich in ihrem Korbsessel zurück. »Ich habe eigentlich nur in der Kindheit die Ferien hier verbracht. Erst in den letzten Jahren bin ich wieder öfter hergekommen.«

»Carl hat euch also das Geld für den Wintergarten vorgestreckt?« Maya fragte beiläufig, während sie ihr Kuchenstück zerteilte.

Solveig schenkte ihnen Kaffee nach. »Einen Teil davon. Ohne seine Finanzspritze hätten wir erst jetzt anbauen können. Und was haben wir hier schon für herrliche Stunden verbracht! Nächsten Monat wird ein Sparvertrag fällig. Damit wollten wir ihm sein Geld zurückzahlen.« Sie schwieg einen Moment und verzog bekümmert das Gesicht. »Jetzt können wir es nur noch Sarah zukommen lassen.« Nachdenklich gab sie einen Löffel Sahne in ihre Tasse. »Jedenfalls, was Geld anbetraf, da war Carl immer großzügig, hat vielen ausgeholfen, wenn es mal knapp war. Hat er Niklas nicht auch unterstützt – mit seinem Start-up?«

»Hm, ja ... ich glaube schon.« Helena drehte die Tasse in ihren Händen. »Wir ... sprechen nicht so viel über Finanzen.«

Solveig runzelte die Stirn. »Mädchen, das solltest du schleunigst ändern. Bei Tage und mir war das anfangs auch so. Aus irgendeinem Grund habe ich geglaubt, Finanzen seien Männersache.« Sie gluckste. »Irgendwann habe ich begriffen, dass das ein historisches Erbe ist. Dass wir Frauen da dringend ins Handeln kommen müssen.«

Maya staunte. Sie hatte nicht erwartet, dass Solveig so feministisch unterwegs war.

»Du hast sicher recht.« Helena senkte den Blick, ihre Finger spielten an der gehäkelten Borte der Tischdecke. Offensichtlich war ihr das Thema unangenehm. »Da ... müssen wir noch einiges ändern, Niklas und ich. Das Start-up ist sein Baby. Auch wenn ich Vollzeit dafür arbeite und ...« Sie brach ab. »Gibst du mir das Rezept für den Kuchen, Solveig?«

»Natürlich, gern.« Solveig strahlte. »Ich freue mich, dass er euch so gut schmeckt.«

Verstohlen musterte Maya Helena. Hing ihr abrupter Themenwechsel bloß mit dem Finanzthema zusammen?

So ungewöhnlich war es leider immer noch nicht, dass Frauen diesbezüglich den Kopf in den Sand steckten und das Feld ihren Männern überließen. Erst neulich hatte sie sich mit Emely und Sanna während eines gemeinsamen Abendessens bei ihrem Lieblingsitaliener darüber unterhalten. Sanna hatte darauf hingewiesen, dass Schweden im nächsten Jahr hundertjähriges Jubiläum des Frauenwahlrechts feierte.

Maya wiederum hatte von ihrer deutschen Großmutter erzählt, die erst in den Sechzigerjahren ein eigenes Konto eröffnen durfte und vorher – laut Gesetz – ihren Ehemann um Erlaubnis bitten musste. Kein Wunder, dass die Frauen im Bereich finanzielle Bildung immer noch hinterherhinkten.

Helena jedoch wirkte nicht beschämt, sondern eher, als läge ihr das Thema Start-up generell im Magen.

»Carl hat mir von Niklas' Firma berichtet«, nahm Maya den Faden wieder auf. »Die Trennung von Plastik und Pappe – was für ein sinnvolles Konzept.«

»Hm, ja.«

»Das muss doch eingeschlagen haben wie eine Bombe.«

»Ach, na ja, geht so. Man braucht halt einen langen Atem mit einem neuen Projekt.«

Mayas Begeisterung teilte Helena offensichtlich nicht. Übersetzt bedeutete das vermutlich so viel wie: Das Unternehmen ihres Lebensgefährten stand auf der Kippe. Allerdings würde sie sich dazu wohl kaum äußern. Maya wechselte das Thema. »Was die Verbrechen der letzten Tage angeht ... Gestern hat uns die Polizei noch gelöchert, wo wir uns in den vergangenen Nächten befunden haben. Bei euch waren sie auch, nehme ich an?«

Solveig zog die Schultern hoch, als ob sie trotz der Wärme im Wintergarten fröstelte. »So schrecklich, das Ganze. Also, ich wache ja leider mehrmals pro Nacht auf. Tage schläft immer den Schlaf der Gerechten. Ich wünschte, ich hätte mehr davon. Aber je älter ich werde, desto unruhiger sind meine Nächte.«

»Ich habe ziemlich gut geschlafen und Niklas ebenfalls. Ich werde immer sofort wach, wenn er nachts mal aufsteht, das kriege ich immer mit.«

Etwas in Helenas Tonfall ließ Maya aufhorchen. Sie klang ganz anders als zuvor, als wolle sie sich verteidigen. Aus einem Impuls heraus sagte Maya: »Na ja, wenn das Unwetter vorbei ist, werden die Polizisten ihre Arbeit hier fortsetzen. So schwer kann es ja nicht sein, den Täter auf einer kleinen Insel zu finden. Vermutlich werden sie von uns allen die Fingerabdrücke nehmen. Außerdem haben sie irgendetwas von Bodenproben auf der Heide gesagt, und dass sie Schuhe untersuchen wollen.«

»Hier bei uns, auf Svartlöga! Das ist alles so gruselig.« Solveig schüttelte sich.

Helena hingegen sagte gar nichts. Maya versuchte noch, ihr Verhalten einzuordnen, da kam Tage herein. Kaum hatte er die Tür geöffnet, strömte ein kühler Luftzug in den Wintergarten, und sie hörten es draußen pfeifen und rauschen. Schnell schloss er die Tür wieder hinter sich.

»Hej, Helena. Oh, Maya – du auch hier?« Grüßend hob er die Hand, dann gab er seiner Frau einen Kuss auf die Wange. »Na, ihr habt's ja gemütlich hier.« Er fuhr sich über die Stirn. »Wir haben vielleicht geschuftet! Ständig hat uns der Wind die Seile aus der Hand gerissen.« Mit finsterer Miene schaute er hinaus. »Gar nicht gut. Dieses Wetter ... es scheint noch schlimmer zu werden, als ich zunächst angenommen habe. Wenn man bedenkt, was hier die letzten Tage passiert ist – kein gutes Omen.«

Als Maya sich auf den Weg zurück zum *Pensionatet* begab, blies ihr der Wind viel heftiger um die Ohren als auf dem Hinweg. Inzwischen hatte sich der Himmel komplett zugezogen. Maya zog sich die Kapuze über und band eine straffe Schleife unter dem Kinn. Tage hatte recht, die Stimmung auf der Insel hatte sich seit ihrer Ankunft extrem verdüstert. Als würde sich das Wetter den furchtbaren Ereignissen anpassen.

Während sie nach vorn gebeugt gegen die Böen anstapfte, ließ sie das Gespräch mit Solveig und Helena Revue passieren. Solveig hatte entspannt gewirkt und nicht so, als hätte sie etwas zu verbergen. Ihre Erklärung zu dem geliehenen Geld klang plausibel. Das konnte natürlich auch eine zuvor gut einstudierte Lüge gewesen sein. Sie würde sich später mit Pär dazu austauschen. Was Helena anbelangte, wurde Maya noch nicht richtig schlau aus ihr. Ganz klar wusste sie viel mehr über das Start-up ihres Lebensgefährten, als sie zugab.

Ihr Handy plingte in der Gesäßtasche. Maya blieb stehen und zog es heraus. Es war eine Nachricht von Emely: *Wo bist du? Ist alles in Ordnung? Ich mache mir Sorgen.*

Ich war spazieren. Bin auf dem Rückweg, schrieb sie rasch zurück. Unmittelbar darauf traf ein Smiley mit Herzchen ein. Maya steckte ihr Handy weg. Sollte sie sich doch mit Penelope vergnügen. Die Zeit mit Solveig und Helena hatte sie für eine Weile ihre Enttäuschung vergessen lassen. Am liebsten wäre sie Emely erst einmal aus dem Weg gegangen.

Anstatt erneut über ihre Freundschaft zu grübeln, ging sie in Gedanken die nächsten Schritte ihrer Ermittlungen durch. Sie dachte an die anderen Teilnehmer des Retreats. Bei ihrer Rückkehr würde sie eine Liste erstellen und prüfen, ob es noch irgendeine Verbindung von jemandem zu Carl oder Cecilia gab. Außerdem würde sie ihre Mails checken, hoffentlich hatte Pär ihr inzwischen die Protokolle der Haustürbefragungen geschickt, die sie systematisch durchgehen wollte. Nach wie vor war ihr schleierhaft, wie die Fälle zusammenhingen. Eine Beziehungstat konnte sie sich nicht vorstellen. Irgendwo musste es etwas geben, das sie bisher übersehen hatten.

Das Klingeln des Handys riss sie aus ihren Überlegungen. Vermutlich Emely – Maya zog es wieder heraus. Zu ihrer Überraschung stand jedoch Sannas Name auf dem Display.

»Hej, Maya. Ich hatte das Gefühl, ich sollte dich anrufen.«

»Sanna – du glaubst gar nicht, wie gut es tut, deine Stimme zu hören!«

»Na, das klingt nicht nach absoluter Tiefenentspannung.«

»Wenn du wüsstest ... Hier herrscht der totale Ausnahmezustand.« Maya drehte sich um, damit ihr der Wind nicht ins Gesicht blies. »Aber sag erst mal ... wie ist es bei dir?«

»Ach ja. Ein steiniger Weg. Die Therapeutin ist gut. Die anderen hier sind teilweise ganz schön *strange*. Und über das Essen reden wir lieber nicht.« Sie lachte auf. »Hätte nicht gedacht, dass ich hier unfreiwillig Diät halten würde.«

»Sobald ich von der Insel runterkomme, schicke ich dir ein Carepaket.«

»Du bist süß. Zurück zu deinem Ausnahmezustand. Malträtiert dich Emely mit ihrem Esoterikkram, oder was ist los?«

Obwohl ihr eigentlich nicht danach zumute war, musste Maya schmunzeln. »Ich wünschte, es wäre so harmlos.«

»Oha. Erzähl schon, was ist passiert?«

Maya suchte sich einen geschützten Platz im Windschatten einiger Bäume und lehnte sich an den Stamm einer Birke. Sie fasste zusammen, was sich seit dem Mittsommerfest ereignet hatte. Wie üblich nannte sie keine Namen oder andere konkrete Fakten. Auf diese Weise konnte sie über ihre Arbeit sprechen, ohne ihre Schweigepflicht zu verletzen.

»Heilige Scheiße!« Sanna klang geschockt. »Ihr kommt da nicht weg – und ein Mörder ist unter euch?«

Normalerweise hätte Maya an dieser Stelle eingeworfen, dass es zu früh war, den Täter als Mörder zu bezeichnen, solange kein juristisches Urteil gefällt war. Heute jedoch sparte sie sich die Korrektur. »Sozusagen.«

»Ihr müsst da weg, Maya!«

»Sag das dem Wetter, das will uns lieber noch eine Weile hier festhalten.«

»*My God* – und ich dachte, ich sei von der Außenwelt abgeschnitten.«

»Dann ... ist da tatsächlich noch was mit Emely.« Zwar hatte Maya gar nicht vorgehabt, es zu erwähnen, doch mit einem Mal war es ihr wichtig, sich alles von der Seele zu reden. »Im Vergleich zum Rest ist es eigentlich harmlos, aber es trifft mich trotzdem sehr.«

»Na dann: Raus damit.«

Maya begann zu erzählen. Als sie beim Streit während des Festes angekommen war, unterbrach Sanna sie.

»Nicht zu fassen, was alles an dem verfickten Mittsommer damals passiert ist.« Sie stöhnte auf.

»Tut mir leid, dass ich genau in die Kerbe haue.«

»Ach, das ist doch gerade mein täglich Brot.« Sanna lachte sarkastisch.

»Es verletzt mich einfach, dass Emely mir das all die Jahre über verschwiegen hat. Dass sie Clara eingeweiht hat ...« Maya zögerte. »Hast du auch davon gewusst?«

»Keinen Schimmer.«

»Und die Sache mit der offenen Beziehung?«

»Ich höre zum ersten Mal davon.« Sanna schwieg einen Moment, ehe sie fortfuhr. »Irgendwann, das ist schon eine Weile her, da hat sie sich danach erkundigt, wie das für mich war, als ich mal zwei Beziehungen gleichzeitig hatte. Da wussten ja auch alle Beteiligten Bescheid. Aber sie hatte das angeblich für eine Bekannte vom Yoga wissen wollen. Ich bin nicht auf die Idee gekommen, dass es sie persönlich betraf.«

»Mich erschreckt, wie viel wir nicht voneinander wissen. Ihr seid meine engsten Vertrauten. Deswegen trifft es mich so, dass ich mich nun so ...«, Maya suchte nach dem passenden Ausdruck, »so weit weg von Emely fühle.«

»Wenn ich über unser Kleeblatt nachdenke ... Überleg doch

mal, war es früher nicht eher so, dass Emely und Clara enger waren und du und ich ebenfalls?«

Maya dachte nach. »Stimmt schon. Wir waren oft zwei und zwei. Auch bei unseren Detektivspielen haben wir uns immer so aufgeteilt.«

»Nur weil wir drei in Stockholm leben und Clara nicht, hat sich das verschoben.«

»Da ist was dran.« Mit einem Mal sah Maya die ganze Geschichte aus einer anderen Perspektive. »Es ist sicher nicht immer einfach für Emely, dass Clara nicht hier ist. Danke, Sanna.«

»Ach, das war doch nichts.« Nach einer kurzen Pause setzte Sanna neu an. »Aber sag mal, denkst du denn, da ist was dran? Also an dem, was Emely und Clara damals vermutet haben?«

»Du meinst, mit meiner Mutter?« Maya atmete hörbar aus. »Ja, es scheint zu stimmen. Wir haben kurz geredet, meine Mutter und ich. Sie wollte ausführlich mit mir sprechen, wenn ich das nächste Mal dort bin.«

»Deine Mutter und Birger ... Unfassbar. Und das sage ich, die ich lebenslange Treue schon immer für ein Lügenmärchen gehalten habe. Aber deine Eltern wirkten immer so ... na ja, wie die idealen Eltern eben. Verglichen mit dem Scherbenhaufen bei mir zu Hause. Wenn ich überlege, wie viele Männer mir meine Mutter als meinen neuen Vater präsentiert hat ... Ist gerade übrigens auch ein Thema, auf dem meine Therapeutin herumreitet.«

»Willst du darüber reden?«

»Vielleicht ein anderes Mal. Hier steht gleich Gruppentherapie auf dem Plan, da ist unsere Anwesenheit erwünscht.«

»Ich bewundere dich, dass du das durchziehst.«

»Ich sage mir jeden Tag, dass ich es mir wert bin. Also, dass ich mich um mich kümmere. Das habe ich viel zu lange nicht gemacht. Ist ja auch einfacher, stattdessen den nächsten Kaschmirpulli zu kaufen.« Abermals ließ sie ein sarkastisches Lachen hören. »Darf ich dir einen Rat geben, aus meiner Therapie-Hochburg sozusagen?«

»Lass hören.«

»Irgendwann, in einem ruhigen Moment ... vielleicht auch erst, wenn ihr den Mörder gefangen habt. Dann kannst du mal in dich gehen und an alles denken, was dich mit Emely verbindet. In deinem Beruf funktioniert deine Intuition doch hervorragend. Ich bin sicher, wenn du genau hinhörst, wird sie dir auch einen Tipp für deine Freundschaft zu Emely geben.«

»Hm, das klingt nicht schlecht.«

»Vielleicht ist das auch eine Chance für uns vier. Dass wir zukünftig weniger an der Oberfläche kratzen und stattdessen mehr in die Tiefe gehen.«

»Sanna, langsam wirst du mir unheimlich.«

»Muss die Umgebung sein. Ich bin lang nicht mehr in einem Shoppingcenter gewesen.«

Kapitel 16

Nachdem sie sich von Sanna verabschiedet hatte, begann Maya zu joggen, um sich aufzuwärmen. Die Sommerstimmung, die sie auf der Hinfahrt so genossen hatte, war meilenweit entfernt. Brutal zerrte der Wind an den Ästen, und um sie herum wirbelten abgerissene Zweige und Blätter.

Wenig später erreichte sie das Dorf. Niemand war unterwegs – kein Wunder. Bei diesem stürmischen Wetter hatten sich alle nach drinnen verzogen, saßen vielleicht mit einem guten Buch am Kamin. Beinahe wie im Herbst. Dabei hatte der Sommer doch eben erst angefangen.

Siedend heiß fielen ihr die Zelte ein – hoffentlich hatte sich schon jemand darum gekümmert. Nicht, dass sie womöglich in der Zwischenzeit fortgeflogen waren! Sowieso wollte Maya in dem improvisierten Büro ihre Notizen ergänzen. Ehe sie zur Zeltwiese lief, beschloss sie, im Pensionatet rasch Klebeband zu holen.

Sie hatte gerade das Haus betreten, als ein Schrei ertönte. Er schien aus der Küche zu kommen. Alarmiert stürzte sie durch den Flur auf die Küchentür zu. Emelys Stimme war es nicht, außerdem hatte sie sie soeben mit Leif im Yogaraum erspäht.

Maya stürmte in die Küche. Vor dem Schubladenschrank stand Penelope, ungewöhnlich blass und wie erstarrt, die Augen schreckgeweitet.

»Penelope, was ist passiert?«

Sie reagierte nicht, den Blick auf den Fußboden vor sich geheftet. Maya machte zwei Schritte auf sie zu. Die unterste Schublade war weit geöffnet, auf dem Boden daneben lag ein silberner Gegenstand. Im ersten Moment hielt Maya ihn für ein Messer. »Hast du dich geschnitten?« Sie betrachtete Penelopes Hände und Arme, entdeckte jedoch nirgendwo eine Verletzung. Stattdessen fiel ihr auf, wie sonderbar sie aussah, in sich versunken und vollkommen abwesend. Sofort kam ihr die Situation auf der Heide in den Sinn, da war die Französin genauso apathisch gewesen wie jetzt. Mit mehr Nachdruck in der Stimme setzte sie von Neuem an: »Penelope?«

Als sie ihr den Kopf zuwandte, erschrak Maya. Penelopes Pupillen waren riesig, ihr Blick merkwürdig unfokussiert. Hatte sie Drogen genommen? »Ist mit dir alles okay?«

Eine Welle lief durch Penelopes Körper, sie schüttelte sich, als wolle sie eine Last abwerfen. Verwundert schaute sie Maya an. »Wo kommst du auf einmal her?«

»Was ist los, Penelope? Du hast geschrien.«

»Habe ich? Oh, ich ... ich muss mich wohl erschreckt haben.« Sie wirkte, als hätte Maya sie aus dem Tiefschlaf geholt.

»Was ist das für ein Messer?«

»Das ... äh ... es lag ... Henrik hatte es und ... er war so seltsam ... Ich wollte nachsehen, ob ...« Penelope verstummte.

Maya hatte keine Ahnung, wovon sie sprach, doch ihr Bauchgefühl wisperte, dass es wichtig sein könnte. Dennoch, was es auch mit diesem Messer auf sich hatte, sie würde aus Penelope erst etwas Vernünftiges herausbekommen, wenn diese sich beruhigt hatte. Mit sanfter Stimme sagte sie: »Ich wollte mir gerade einen Tee machen. Möchtest du auch einen?«

Penelope nickte. Noch immer stand sie wie angewurzelt da.

Maya sah sich um. Es gab keine Stühle, dafür jedoch einen Holzschemel gleich neben der Tür, die nach draußen führte. Sanft berührte sie Penelope am Arm. »Magst du dich setzen?«

Mechanisch steuerte Penelope auf den Hocker zu. Maya füllte den Kessel mit Wasser aus dem Krug auf der Anrichte und zündete den Herd an.

»Melisse.« Penelopes Stimme klang rau. »Emely hat ... Melissenblätter ... in einem Schraubglas.« Sie deutete auf eine Box neben dem Herd, in der sich ein Sammelsurium an Teesorten befand.

Maya bereitete den Melissentee zu und reichte ihr die dampfende Tasse. Wie am Abend zuvor lehnte sie sich an den alten Büfettschrank. Eine Weile schwiegen sie, Penelope begann, in kleinen Schlucken ihren Tee zu trinken. »Das tut gut.«

Als Maya den Eindruck hatte, dass sie sich etwas entspannte, fragte sie behutsam: »Magst du mir erzählen, was passiert ist? Was war mit Henrik? Du hast ihn vorhin erwähnt.«

»Henrik, ja ... Als ich heute Mittag nach der Medi in die Küche kam, hockte er da vor den Schubladen. Er hatte diesen Brieföffner in der Hand, sein Gesichtsausdruck war ganz eigenartig. Irgendwie erschreckend leer.« Sie umklammerte die Tasse. »Als er mich bemerkte, hat er es schnell zurückgelegt und die Schublade geschlossen. Mir kam das total ... merkwürdig vor. Deshalb wollte ich mir den Gegenstand noch mal in Ruhe ansehen.«

»Was macht das Ding hier in der Küche? Na ja, egal. Aber warum hast du geschrien?«

Penelope ließ einen langen Ausatmer hören. »Wir haben ja schon auf der Heide darüber gesprochen. Es ist so, dass ... Ich habe ... Visionen.« Sie machte eine kurze Pause.

Maya musterte sie irritiert. »Visionen?«

»Sicher hältst du mich jetzt für verrückt.«

»Ich ... bin etwas verwirrt«, gab Maya ehrlich zu. »Ich habe noch nie jemanden getroffen, der ... Wie funktioniert das?«

»Früher konnte ich das nicht kontrollieren, die Visionen kamen einfach, haben mich regelrecht überfallen. Inzwischen habe ich gelernt, diese – hm – ich sag mal, Gabe zu steuern. Aber es klappt nicht immer.«

»Bist du so was wie ein Medium?«

»Also, ich kann keinen Kontakt zu Verstorbenen aufbauen, wenn es das ist, was du mit dem Begriff Medium meinst.« Penelope blickte ihr nun direkt in die Augen. »In bestimmten Situationen, wenn ich zum Beispiel einen Gegenstand berühre, dann ... sehe ich, was früher geschehen ist.«

Im ersten Moment klang es für Maya wie Spinnerei. Doch da sie ihre intuitiven Eingebungen auch nicht wissenschaftlich erklären konnte, wollte sie erst einmal mehr erfahren. »Was genau hat es damit auf sich?«

»Uhhh – das kann ich dir nicht genau sagen. Das ist die Magie des Lebens. Rein technisch gesehen: Ich schließe die Augen und berühre etwas, und dann läuft wie von selbst ein Film vor meinem inneren Auge ab.«

»Cool. Aber woher weißt du, dass die Dinge, die du siehst, wirklich geschehen sind?«

Penelope trank einen Schluck Tee, ehe sie antwortete. »Ich habe dir ja von meiner Polizeifreundin Hannah erzählt. Bei einigen ihrer Fälle ... nun ja, habe ich ihr geholfen. Es hat sich herausgestellt, dass das, was ich gesehen habe, wirklich passiert ist.«

Obwohl Penelopes Worte sehr sonderbar klangen, war Maya aus unerklärlichen Gründen davon überzeugt, dass sie das alles nicht bloß erfand. »Und was hast du diesmal ... gesehen?«

Penelopes Gesicht verdüsterte sich. »Ich habe Blut gesehen. Und in dem Blut ... tauchte Carls Gesicht auf.« Sie schluckte.

»Seine Augen, es ... es war ein solches Entsetzen darin ... Ich bin mir sicher, dass ...«, sie atmete hörbar ein und aus, ehe sie fortfuhr, »dass er seinen Mörder gekannt hat. Und dass er mit dem Angriff überhaupt nicht gerechnet hat.«

»Hast du gesehen, wer es getan hat?«

Penelope schüttelte den Kopf.

»Du denkst also, dass der Brieföffner die Mordwaffe ist?«

Langsam und mit schwerer Stimme sagte sie: »Das war mein Gedanke.«

Maya ging zu dem Schubladenschrank hinüber und hockte sich hin. Nachdenklich begutachtete sie den Brieföffner, der immer noch dort lag. Ein altmodisches Modell aus Silber, mit einem sorgsam verzierten Griff. Sie beugte sich näher herunter und musterte den Schaft. Plötzlich stutzte sie. Was war das? Mit bloßem Auge war der rötlich-braune Schimmer in den Rillen kaum wahrzunehmen. Maya schaute genauer hin. Das war doch Blut!

Sie stieß die Luft aus. Mal angenommen, es handelte sich tatsächlich um Blutspuren und an Penelopes Visionen war etwas dran, dann hatte sie vielleicht wirklich die Waffe vor sich, mit der Carl getötet worden war.

Was Fingerabdrücke betraf, sah es schlecht aus. Sollte es welche des Täters gegeben haben, so waren sie inzwischen zwangsläufig zerstört. Henriks und auch Penelopes befanden sich darauf. Oder steckte am Ende doch Henrik hinter allem? Wenn er in der Tatnacht den Brieföffner hier in die Schublade gelegt hatte, wollte er ihn womöglich nun woanders verstecken, und Penelope hatte ihn dabei gestört.

Wie auch immer es gewesen war – falls es sich bei dem rotbraunen Schimmer tatsächlich um Blut handelte, gab es möglicherweise DNA-Spuren, die sie verwenden konnten. Das Ding musste dringend in die Forensik! Nur – wie sollte sie es unter diesen Umständen von der Insel fortschaffen?

»Ach, hier seid ihr.« Mit einem Mal betrat Emely die Küche. »Was machst du da, Maya?«

Maya schaute vom Boden zu ihr hinauf. Sie war gerade dabei, den Brieföffner in Küchenpapier einzuwickeln.

»Der Brieföffner, Henrik ... Ich habe dir davon erzählt.« Penelope erhob sich von dem Hocker. »Er könnte vielleicht ... die Tatwaffe sein.«

Mit aufgerissenen Augen trat Emely an Maya heran. »Ihr meint, damit wurde ... Carl getötet?«

»Möglich wäre es.« Maya ließ den Öffner in eine durchsichtige Plastiktüte gleiten, die sie in einer der Schubladen gefunden hatte. Die Blutspuren wollte sie nicht erwähnen, und das mit den Visionen konnte Penelope ihr selbst erklären.

»Oh.« Emely wurde blass. »Aber das hieße ja ... dass es doch jemand von uns ist? Denkst du etwa, dass Henrik ...?«

»Es bringt gar nichts, wild herumzuspekulieren oder am Ende gar jemanden vorschnell zu beschuldigen.«

Betroffenheit breitete sich auf Emelys Gesicht aus. »Ich will überhaupt niemanden beschuldigen.«

Maya merkte selbst, dass ihr Ton härter gewesen war als beabsichtigt. »Schon gut, war nicht so gemeint.« Wie üblich, wenn Emely empfindlich reagierte, ruderte sie zurück. Was sie in ihrem momentanen Zustand innerlich gerade noch mehr aufbrachte. Am liebsten hätte sie ihr entgegengeschleudert, dass andere Menschen auch Gefühle besaßen, doch sie schluckte ihren Ärger hinunter. Stattdessen zückte sie ihr Telefon und öffnete die Foto-App. »Das Bild, das du im Yogaraum gefunden hast, das aus den Neunzigern mit Carl darauf, sah das so ähnlich aus?« Sie hielt ihr das Handy hin.

Nach einem kurzen Blick aufs Display hob Emely es dichter vor ihre Augen. »Wo hast du das gefunden?«

»Im Schuppen gibt es einen Haufen alter Zeitungen.«

»Im Schuppen?« Emely wurde blass. »Wann ...« Sie zögerte. »Wann bist du dort gewesen?«

»Unmittelbar vor dem Mittagessen.« Maya steckte das Bild wieder ein. »Es ist erstaunlich, welche Geheimnisse so ein Schuppen hütet.« Sie setzte die Miene auf, die sie trug, wenn sie sich bei Verhören nicht hinter die Fassade schauen lassen wollte.

In Sekundenschnelle flog ein Blick zwischen Emely und Penelope hin und her.

»Ich muss noch was erledigen.« Maya wandte sich zur Tür. »Ihr beiden kommt sicher gut ohne mich klar.«

»Maya, warte ...«

Doch Maya hatte keine Lust, sich weiter mit ihr auseinanderzusetzen, und verließ den Raum. Sollten die beiden denken, was sie wollten. Diese ganze Freundschaftsmisere war gerade nicht wichtig. Schließlich hatte sie eventuell einen Teil des ersten Verbrechens gelöst, nämlich die Frage, womit. Die berühmten sieben W-Fragen, die es bei jedem Fall zu beantworten gab: Wer hat was wann, wo, wie, womit und weshalb getan?

Beim Einwickeln des Brieföffners waren Maya Gustavs Worte eingefallen. Ulf hat ein Boot, er ist ein gnadenlos guter Kapitän. Sie wollte versuchen, ihn zu überreden, so bald wie möglich mit ihr aufs Festland überzusetzen, damit sie den Öffner unverzüglich in die Forensik bringen konnte. Bei der Gelegenheit konnte sie ihn auch nach dem Yogaevent aus den Neunzigern befragen. Ein indischer Guru auf Svartlöga, dazu dieses Sektengerücht – sie musste unbedingt mehr darüber erfahren.

Der Wind blies ihr so stark ins Gesicht, dass ihre Augen tränten.

Maya blinzelte und zog die Kapuzenjacke enger um sich. In ihrem Reisegepäck befanden sich überwiegend Sommersachen, weder eine Regenjacke noch einen richtig dicken Pullover hatte sie dabei. Einige wenige Menschen begegneten ihr, die wie sie eilig dahinstapften und nur grüßend die Hand hoben. Bald darauf klopfte sie an die maisgelb gestrichene Tür von Ulfs Sommerhaus. Hoffentlich war Gustav ebenfalls da, er war ihr deutlich sympathischer.

Es verstrichen ein paar Augenblicke, ehe sich die Tür öffnete und Ulf den Kopf heraussteckte.

»Hej«, Maya lächelte ihn an. »Kann ich dich kurz sprechen?«

Einen Moment lang musterte er sie überrascht, dann kam ein lang gezogenes und eher fragend klingendes »Ja« aus seinem Mund. »Willste reinkommen?« Er trat einen Schritt zurück. »Musst ja nicht hier auf der Fußmatte ... Ist ja ziemlich zugig.«

Maya betrat das Haus und streifte ihre Schuhe ab. »Ist Gustav auch da?«

»Nee du, der macht gerade wieder einen seiner ausgedehnten Spaziergänge.«

»Bei dem Wetter?«

»Das hält ihn nicht ab.«

Maya sah sich um. Es war ein typisches Sommerhäuschen mit einem großen Zimmer und Kamin, das zugleich als Wohn- und Esszimmer diente. Im Hintergrund schloss sich ein offener Küchenbereich an. Die Einrichtung war schlichter als bei Solveig, aber doch gemütlicher, als Maya es dem griesgrämigen Ulf zugetraut hatte.

»Worum geht's denn?« Ulf machte keine Anstalten, ihr einen Stuhl anzubieten. Er selbst setzte sich auf die Armlehne eines ledernen Ohrensessels, zog eine Zigarettenpackung aus der Brusttasche seines Hemdes und friemelte eine Zigarette heraus.

»Gustav sagt, du seiest der beste Kapitän hier auf der Insel.«

»Sagt er das?« Ulf stieß einen trockenen Lacher aus und fischte ein Feuerzeug aus seiner Hosentasche. »Na, wenn Gustav das sagt, dann wird das wohl stimmen.«

»Ich muss aufs Festland. Dringend.«

»No *way*! Ich bin doch nicht lebensmüde.«

»Aber es ist wichtig, dass ich –«

Ulf winkte ab. »Erst muss sich der Sturm verziehen. Vorher geht gar nix.« Er zündete sich die Zigarette an und inhalierte genüsslich.

»Verstehe.« Mayas Stimmung sank. Auch wenn Gustav bereits darauf hingewiesen hatte, dass es momentan aussichtslos war, hatte sie dennoch gehofft, es würde irgendeine Möglichkeit geben.

Bedächtig ließ Ulf einige Rauchkringel aufsteigen. »Unterschätze niemals das Meer. Eine meiner goldenen Regeln. Ihr wolltet ein Yogaretreat auf dieser Insel, dann müsst ihr jetzt auch mit den Wetterkonsequenzen leben.«

»Die wären ja noch auszuhalten, wenn der Rest nicht wäre.«

»Soso.« Ulf zog erneut an seiner Zigarette. »Und der Rest wär ja wohl nicht passiert ohne euer Retreat, oder irre ich mich?«

»Ja, schon klar, alles fing damit an, dass wir Yogaleute hier aufgetaucht sind. Ich geh dann besser.« Sie wandte sich bereits der Tür zu, da räusperte sich Ulf hinter ihr.

»Wart mal.«

Maya drehte sich um.

»Also, ich war da vielleicht ein bisschen ... ungerecht euch gegenüber, also, am Anfang. Ich kann manchmal ... hm ... wie würde Gustav es bezeichnen? Übers Ziel hinausschießen. Im Grunde war ich vor allem wütend auf Carl, dass er hier schon wieder was im Alleingang durchzieht.«

»Du meinst, er hätte das mit dem Retreat mit euch abstimmen sollen?«

»Hm, ja, so 'ne kleine Info zur rechten Zeit wär nicht total verkehrt gewesen.«

»Was weißt du über Niklas Cederfelt?«

»Niklas?« Ulf sah sie erstaunt an. »Wie kommst du jetzt auf den?«

Bereits auf dem Weg hierher hatte Maya sich überlegt, wie viel sie preisgeben durfte. Wenn sie weiterkommen wollte, musste sie es riskieren. Ulf war auf Svartlöga bestens vernetzt, er wusste sicher über jeden Bescheid. »Ich habe gehört, dass Carl ihm Geld für sein Start-up geliehen hat.«

»Soso.« Ulf rümpfte die Nase. »Das wird er sich dann wohl ordentlich verzinst zurückzahlen lassen. Um nicht zu sagen: außerordentlich. Kann mir nicht vorstellen, dass der gute Carl so was aus purer Nächstenliebe getan hat.«

»Weißt du, ob er noch anderen Leuten Geld geliehen hat?«

»Uff, keine Ahnung. Das binden dir die Menschen doch nicht einfach so auf die Nase. Ich zumindest hätte von ihm nicht eine Öre angenommen.« Er beugte sich zu einem niedrigen Beistelltisch und aschte in eine kleine Glasschale. »Du vermutest, dass so was dahintersteckt? Dass einer von uns es war?«

»Wär doch genauso möglich, wie dass es einer von uns gewesen ist, oder? Auch wenn ihr hier alle davon ausgeht.« Maya wusste, dass sie ihn möglicherweise provozierte. Sie schielte zur Tür, von der sie nur wenige Schritte entfernt war.

Ulf wirkte jedoch nicht, als würde er ihr ihre Worte übel nehmen. Er rauchte weiter und nickte dabei gedankenvoll. »Ich will gar nicht behaupten, dass der Täter unbedingt jemand von euch sein muss. Hier auf der Insel gibt es schließlich die unterschiedlichsten Verstrickungen, es ist überhaupt nicht alles rosarot, viele wählen die Seiten so, wie es ihnen passt. Allein die Sache mit dem Strom damals – was haben sie gezetert, wollten auf keinen Fall, dass die *modernen Zeiten* hier Einzug halten. Ich habe ihnen geholfen, aber denkst du, man hat es mir gedankt? *Bullshit!*«

»Warum genau warst du eigentlich so gegen Carl? Den Stromstreit hast du ja für dich entschieden, wenn ich es richtig verstanden habe.«

»Carl war der Meinung, er müsse nur mit ein paar Scheinchen wedeln, und schon tanzen alle nach seiner Pfeife. Da war er bei mir an der falschen Adresse, und das wusste er auch.«

Maya dachte an den Zeitungsbericht und das Foto. Wenn Carl damals wirklich dabei gewesen war, dann passte das alles gar nicht zu dem Kapitalisten, als den Ulf ihn immer darstellte. »Sag mal, gab es hier früher schon mal ein Yogaretreat? Oder etwas Ähnliches?«

»Was meinst du mit *früher?*«

»Na, so in den Neunzigern.«

»Uff, das ist ja nicht gerade gestern gewesen.« Ulf kräuselte die Stirn.

»Ich bin heute über diesen Artikel gestolpert.« Maya zog ihr Handy aus der Tasche, zeigte ihm den abfotografierten Zeitungsartikel und erwähnte auch Helenas und Solveigs Kommentare.

»Hm.« Bedächtig strich Ulf sich übers bartstoppelige Kinn. »Das ist echt lang her. Aber stimmt, da war damals dieser Zirkus hier.« Er lachte auf. »Die Älteren haben damals ähnlich entsetzt reagiert wie ich jetzt. *Fan också*, ich bin alt!«

»Stimmt es, dass da ein indischer Guru hier war?«

»Inder war der auf jeden Fall. Ob's für einen Guru gereicht hat, möchte ich bezweifeln.« Ulf drückte seine Zigarette aus. »Jedenfalls hat der hier ein paar Tage lang unterrichtet. Kam aus Rishikesh. Hat da wohl als Jungspund angefangen, als sich die Beatles dort spirituell ausgetobt haben. Damit hat er geprahlt, das weiß ich noch.«

»Und Carl hat an diesem Event teilgenommen?«

»Muss wohl so gewesen sein, das ist er ja.« Ulf deutete auf den hochgewachsenen jungen Mann ganz rechts, der Maya bereits aufgefallen war. »Das da ist Rita, mit der war er da zusammen. Sarahs Mutter.« Er zeigte auf eine zierliche Frau mit langen dunklen Haaren. »Die zwei dort«, sein Finger wanderte zur linken Seite, die kenne ich nicht. Und das hier ist Ingela – Wahnsinn, dass die auch auf dem Esotrip war ... Hatte ich komplett vergessen. Ja, ja, damals wollten sie alle noch die Welt retten. Und was ist daraus geworden?«

»Woran ist Sarahs Mutter eigentlich gestorben?«

»Ah, ich glaube, das war ein Autounfall ... oder waren es Drogen?« Ulfs Blick wurde misstrauisch. »Sag mal, was machst du hier eigentlich? Spielst du Detektiv, oder was? So nach dem Motto: Jetzt, wo die Polizei nicht herkommen kann, kümmerst du dich darum?«

Maya fühlte sich ertappt. »Ich finde die alten Geschichten halt spannend. Vor allem, dass es hier schon mal was mit Yoga gab.«

»Soso.« An Ulfs Gesichtsausdruck mit der spöttisch hochgezogenen Augenbraue las sie ab, dass er ihr nicht glaubte. »Für heute ist die Geschichtsstunde zu Ende.« Er verschränkte die Arme vor der Brust.

»Okay, dann geh ich mal. Grüß Gustav von mir.« Maya begriff, dass sie Ulf nicht unterschätzen durfte. Mehr würde sie aus ihm jedenfalls nicht herausbekommen, ohne ihre Tarnung auffliegen zu lassen. Sie wollte soeben die Tür schließen, da fiel ihr noch etwas ein. »Ach, Ulf – hast du vielleicht Klebeband für mich?«

Kapitel 17

Nach dem Gespräch lief Maya zu ihrem Zelt zurück. Sie versuchte, Pär zu erreichen, doch der war gerade in einer Besprechung. Zwei Zeltschnüre hatten sich gelöst und flatterten umher. Rasch befestigte sie sie wieder an den Heringen. Sie schaute sich um. Einige der Plätze um sie herum waren bereits leer. Henriks Zelt stand noch, Penelopes ebenfalls. Jonas hingegen hatte seines zusammengepackt. Maya dachte an Tages Worte. Sie mussten unbedingt später gemeinsam herkommen und die restlichen Zelte abbauen – wer wusste, wie schlimm der Sturm in der Nacht werden würde.

Vorher wollte sie allerdings ihre Übersicht aktualisieren. Maya kroch in das Zelt und zog die Reißverschlüsse zu. Hier drinnen hörte sie den Wind noch stärker brausen und die Zeltschnüre klappern. Sie holte die Blätter aus dem Rucksackfach hervor. Nachdem sie sie ausgebreitet hatte, klebte sie sie sorgfältig mit dem Klebeband zusammen, das Ulf ihr gegeben hatte.

Anschließend musterte sie ihre Aufzeichnungen. »Was verbindet diese Todesfälle?«, murmelte sie. Wenn es um Geld ging … War Cecilia womöglich in Carls Geschäfte involviert? Sie musste mehr über die beiden herausbekommen, über ihr Verhältnis. Dass sie abhängig war von den noch fehlenden Auswertungen der Handys und Laptops, blockierte sie nicht zum ersten Mal. Doch hier auf der Insel fühlte sich Maya komplett abgeschnitten von den üblichen Ermittlungsprozessen.

Angenommen, Cecilia und Niklas hatten Carl gemeinsam getötet, weil ... Gab es eigentlich eine Verbindung zwischen ihr und dem Start-up-Unternehmer? Maya zog eine gestrichelte Linie auf der Übersicht zwischen ihnen und setzte ein Fragezeichen darüber. Nächste Variante: Niklas hatte Carl getötet, Cecilia hatte ihn dabei beobachtet und ihn damit erpresst, weswegen er auch sie umbrachte. Oder steckte Cecilia am Ende selbst hinter Carls Tod? Maya schwirrte der Kopf. Pär würde jetzt wieder sagen: *Hypothesen, Maya, alles Hypothesen.* Sie konnte ewig vor sich hin spekulieren, es änderte nichts daran, dass ihr greifbare Fakten fehlten. Außerdem war die Alibifrage ein großer Knackpunkt. Beide Taten waren nachts geschehen, während auf der Insel alle geschlafen hatten. Zumindest in der zweiten Nacht. Bei der ersten, mit dem ausschweifenden Mittsommerfest, war Maya sich nicht so sicher. Womöglich hatte doch jemand etwas mitbekommen und hielt es nun aus der Angst zurück, das nächste Opfer zu sein. Maya hätte es der betreffenden Person nicht verdenken können. Sogar sie als Profi spürte permanent diese Angst im Nacken: das Wissen, auf diesem kleinen Eiland festzusitzen mit einem Menschen, der nicht davor zurückschreckte zu töten.

Oder gab es am Ende gar keinen Zusammenhang? In über neunzig Prozent der Fälle bestand zwischen Täter und Opfer eine Beziehung. Aber da waren eben auch die restlichen zehn Prozent, die seltenen Fälle, in denen Täter ihre Mordopfer willkürlich wählten. Sie dachte an Lindas Ausbruch, an die schwelenden Ängste in der Gruppe. Lief hier auf der Insel womöglich ein Psychopath herum? Ein Schauder rieselte Maya über den Rücken, und mit einem Mal wollte sie gern so schnell wie möglich ihr Zelt verlassen.

Sie versuchte es noch einmal bei Pär. Diesmal erreichte sie ihn.

»Ah, Maya, bei dir wollte ich mich auch gleich melden. Was gibt's Neues auf *Robinson Island*?«

»Nicht lustig, Pär. Möchte dich mal erleben, wenn du unfreiwillig auf einer Insel festsitzt, auf der ein Gewaltverbrecher frei herumläuft. Ich sag nur: *Herr der Fliegen*!«

»Sorry, Maya. Gibt's was Neues bei euch?«

Sie öffnete den Reißverschluss und steckte den Kopf hinaus. Nicht, dass draußen jemand herumstromerte und ihr Gespräch belauschte – selbst wenn es bei dem Wetter unwahrscheinlich war. Doch außer ihr hielt sich niemand auf der Zeltwiese auf. Sicherheitshalber dämpfte sie trotzdem ihre Stimme. »Zumindest keine weiteren Toten – bisher. Warten wir mal die Nacht ab. Laut Gustav haben die Sommerhausgäste mittlerweile einen ziemlichen Hass auf uns.«

»Kann ich sogar verstehen. Vor dem Retreat war es dort sicher ruhiger.«

Maya räusperte sich. »Du sammelst hier gerade keine Pluspunkte, mein Guter. Spaß beiseite. Ich habe heute Helena kennengelernt, Niklas' Lebensgefährtin. Angeblich weiß sie nichts darüber, ob Carl ihm Geld geliehen hat. Bin mir nicht sicher, ob das stimmt. Als wir über Niklas' Start-up gesprochen haben, hat sie total herumgedruckst. Irgendwas ist da faul. Würde mich nicht wundern, wenn es mit seinen Finanzen nicht zum Besten steht.«

»Du triffst gerade voll ins Schwarze.«

»Aha? Erzähl!«

»Ich habe heute Nachmittag Erkundigungen über Niklas Cederfelt eingeholt. Er ist bis über beide Ohren verschuldet. Sein Start-up steht kurz vor dem Aus.«

»Ich hab's mir schon gedacht. Wenn Carl ihm also wirklich Geld geliehen hat und es zurückhaben wollte ...«

»... weswegen er den Schuldschein mit nach Svartlöga genommen hat ...«

»... dann hatte er ein Motiv.«

Sie schwiegen einen Moment, ehe Pär fortfuhr: »Die Hypothese ist gut, nur die Fakten fehlen.«

»Ich weiß.« Maya seufzte auf. »Ihr habt also nicht zufällig den Schuldschein unter den Sachen aus Carls Arbeitszimmer auf der Insel gefunden?«

»Bisher nicht, leider. Ich habe extra vorhin nachgefragt bei den Kollegen, die das Material sichten. Das wäre mal ein Silberstreifen am Horizont gewesen.« Pär seufzte ebenfalls. »Sobald wir wieder auf der Insel sind, befragen wir Niklas und nehmen seine Fingerabdrücke.«

»Wenn die übereinstimmen, sieht es schlecht für ihn aus.« Maya rollte sich auf den Bauch. »Wie sieht es mit den Bodenproben aus?«

»Die Analyse läuft. Da auf der Heide der Untergrund vollkommen anders ist als auf der restlichen Insel, ist das ein wichtiges Indiz. Das werden wir dann auf jeden Fall mit den Schuhen eines konkreten Verdächtigen abgleichen.« Pär hielt einen Moment inne, ehe er mit strengem Unterton nachschob: »Komm jetzt nicht auf die Idee, dich heute Nacht in Niklas' Haus zu schleichen und seine Schuhe zu klauen!«

»Großartiger Vorschlag, Pär, könnte von mir sein. Darauf bin ich noch gar nicht gekommen.«

»Maya!«

»Vielleicht finde ich bei der Gelegenheit auch einen Schuldschein. Scherz beiseite. Ich wollte dir noch etwas anderes berichten. Es kann sein, dass ich die Waffe gefunden habe, mit der Carl getötet wurde.«

»Und damit rückst du jetzt erst raus? Ist ja nicht zu fassen!« Pär gab sich entrüstet. »Wann? Wo? Was ist es?«

»Ein Brieföffner.« Maya berichtete ihm die Details.

»Sieh mal einer an.«

»Ich brenne darauf, ihn ins Labor zu schicken. Aber wie es aussieht, wird das wohl noch etwas dauern.«

»Na, bis dahin widme ich mich hier der Schreibtischarbeit.« Pär machte Anstalten, sich zu verabschieden.

Doch Maya unterbrach ihn: »Ich bin noch nicht fertig.«

»Ich lausche gespannt.«

»Ich denke, ich habe die Lösung für die Reifenabdrücke auf der Heide gefunden.«

»Du übertriffst dich selbst, meine Gute. Nämlich?«

»Eine Schubkarre.« Sie erzählte ihm von ihren Beobachtungen und Gedanken.

»Das klingt logisch. Dieses vermaledeite Wetter aber auch! So vieles, was wir gerade dringend dort zu tun hätten! Abdrücke von Schubkarren nehmen zum Beispiel.«

»Also, die eine, die ich gesehen habe – von der habe ich Fotos gemacht. Schicke ich dir gleich nach dem Gespräch.«

»Perfekt!«

»Wenn möglich, mache ich nachher noch einen Abendspaziergang und suche nach weiteren Exemplaren.« Eine scharfe Böe zerrte an Mayas Zelt. »Also, wenn der Wind es noch zulässt.«

»Pass auf dich auf, Maya.«

»Du wiederholst dich, Pär.«

»Ich weiß, und ich sage es gern immer wieder: Sei verdammt noch mal auf der Hut!«

Nach dem Telefonat mit Pär schaute Maya aufs Display ihres Handys. Es war Viertel vor sieben – Zeit fürs Abendessen. Nachdem sie bereits den Lunch hatte sausen lassen, grummelte es inzwischen ordentlich in ihrem Magen.

Auf der Übersicht ergänzte sie bei Niklas, dass sein Start-up kurz vor dem Aus stand, dann faltete sie die Blätter zusammen und verstaute sie in ihrem Rucksack. Das Heulen des Windes hatte weiter zugenommen, die Zeltplane bebte. Maya suchte zwischen ihren Kleidern nach irgendetwas Warmem. Zu guter Letzt zog sie zwei Longsleeves übereinander und darüber ihre Kapuzenjacke. Um das Zelt musste sie sich unbedingt kümmern, aber erst mal brauchte sie etwas zu essen.

Maya krabbelte aus dem Zelt und schaute zum Meer hinüber. Das Wasser war aufgewühlt. Hohe Wellen brachen sich am Strand, an dem bereits eine Menge angespültes Treibgut lag. Dunkle Wolken bedeckten den Himmel, lediglich am Horizont schimmerte ein schmaler Streifen ockergelbes Licht. Die perfekte Kulisse für einen Weltuntergangsfilm. Rasch lief Maya zum *Pensionatet* und trat ein.

Schon im Flur strömte ihr ein angenehm würziger Duft entgegen. Maya ging direkt in die Küche. Auf dem Herd stand ein großer Topf, in dem ein safrangelber Eintopf mit Gemüse und Kichererbsen köchelte. Maya füllte eine Schale und probierte. Sie schmeckte Curry, Kokosnuss und eine Spur Zitronengras. Sogleich breitete sich eine wohlige Wärme in ihrem Magen aus. Im Stehen aß sie ein paar Löffel davon, dann schlenderte sie in den Yogaraum hinüber.

Die Stimmung war gedrückt, kaum jemand redete. Auf dem Boden lag eine weiß-blau karierte Wachstuchdecke, in deren Mitte neben einem Korb voll Fladenbrotstücken sowie einem Tablett mit Wasserkrug und Gläsern einige Stumpenkerzen brannten. Rings herum saßen die anderen aus der Gruppe, teils im Schneidersitz, teils auf Meditationskissen, und löffelten ihren Eintopf. Lediglich Emely und Penelope waren in ein gedämpftes Gespräch vertieft und bemerkten nicht mal Mayas Eintreten. Sofort verspürte sie wieder einen Stich in der Brust. Sie schaute sich nach Leif um, konnte ihn jedoch nicht entdecken.

Maya füllte sich ein Glas mit Wasser und ließ sich auf einem freien Platz zwischen Linda und Sue nieder. Linda sah blass aus und hatte die Augen auf ihre Schale geheftet, Sue hingegen nickte ihr freundlich zu.

Während Maya aß, wanderte ihr Blick durch die Runde. In den letzten Stunden hatte sie sich primär mit den Sommerhausgästen befasst. Zwar hatten sie in Niklas neben Henrik nun einen weiteren, durchaus reellen Verdächtigen, dennoch war es wichtig, nach wie vor zu allen Seiten hin offen zu bleiben. Es wurde Zeit, den Fokus auf die Teilnehmer des Retreats zu richten.

Nacheinander musterte sie möglichst unauffällig die einzelnen Personen. Die Gelegenheit hätten im Grunde alle gehabt. Angenommen, der Täter befand sich unter ihnen – bei dem Gedanken kroch ihr abermals ein Schauder vom Steißbein aus den Rücken hoch. Sie zwang sich, auf professionelles Ermitteln umzuschalten. Wer hatte neben Henrik als betrogenem Lebensgefährten sonst noch ein Motiv?

Sie würde nach dem Ausschlussprinzip vorgehen. Ein paar besaßen zumindest für die Festnacht ein Alibi. Im Anfängerkurs gab es einige, mit denen Maya bisher wenig Kontakt gehabt hatte. Vielleicht wusste Emely mehr über sie. Wobei sich in Maya alles zusammenzog, wenn sie daran dachte, sich mit ihr auszutauschen. Doch es half ja nichts, der Fall ging vor.

Sie betrachtete Henrik, der in sich zusammengesunken ihr gegenüber auf einem Kissen saß. Vor ihm stand eine unberührte

Essensschale. Maya erinnerte sich, dass Penelope ihn in der Küche mit dem Brieföffner überrascht hatte. Ob es Schuldgefühle waren, falls er tatsächlich der Täter war, oder schlicht und ergreifend Trauer – sie mussten ihn unbedingt im Auge behalten.

Jonas hatte sie in den letzten zwei Tagen kaum wahrgenommen. Seit sie am Morgen des Mittsommertags Carls Leiche gefunden hatten, war er für sie in die Bedeutungslosigkeit abgetaucht. Konnte ihr Ex irgendetwas mit der Sache zu tun haben? Wenn Maya in ihrem Beruf eines gelernt hatte, dann war es, niemanden vorschnell auszuschließen. Die menschlichen Abgründe waren düster und morastig, und das oftmals genau dort, wo man es am wenigsten vermutete. Was bedeutete, dass sie auch Emely nicht ausklammern durfte. Schließlich war sie in der Festnacht länger wach gewesen als sie. Übelkeit stieg in Maya auf.

Rasch trank sie einen Schluck Wasser und überlegte weiter. Penelope ... sie hatte ganz vergessen, Pär zu fragen, ob er etwas über sie herausgefunden hatte. Aber vermutlich hätte er es erwähnt.

Maya wollte gerade ein Gespräch mit Sue beginnen, als es plötzlich klirrte. Etwas surrte durch die Luft und knallte unmittelbar neben Jonas auf den Boden.

Wie elektrisiert sprangen alle von ihren Matten auf, schrien wild durcheinander.

»Was war das?«

»Ein Stein! Jemand hat einen Stein durchs Fenster geworfen.«

Maya stürmte zur Tür. »Den schnappe ich mir!« Sie sauste aus dem Raum, den Flur entlang und aus der Haustür. In der Ferne entdeckte sie drei dunkle Gestalten, die zwischen zwei Sommerhäusern davonhuschten. So schnell Maya konnte, sprintete sie hinterher. Doch als sie die Häuser erreichte, waren sie verschwunden. Maya lief zwischen den Gebäuden hindurch auf die Rückseite, spähte über die angrenzende Wiese, scannte die Fassaden. Hübsche, gepflegte rot-weiße Holzhäuser mit Blumenkästen. An einem Fenster bewegte sich eine Gardine. Für einen Augenblick zeigte sich ein Gesicht. Maya konnte nicht einmal sagen, ob es eine Frau oder ein Mann war, nur den gleichmütigen, teilnahmslosen Blick registrierte sie.

Urplötzlich sah sie rot. Was bildeten sich diese Sommerhäusler ein? Erst vertrieben sie die ursprünglichen Bewohner, schwatzten ihnen für einen Spottpreis ihr Land ab, und dann feindeten sie andere an, attackierten sie heimtückisch! Ohne auch nur eine Sekunde weiter nachzudenken, eilte sie die wenigen Meter auf die Tür zu und donnerte mit der Faust dagegen. »Was seid ihr nur für erbärmliche Feiglinge!«

Im Haus rührte sich nichts.

»Maya, was machst du da?«

Hinter ihr stand jemand auf dem Weg, eine Kapuze über dem Kopf, die Schultern hochgezogen. Erst als sie genauer hinschaute, erkannte Maya, dass es Leif war. Immer noch aufgebracht, lief sie zu ihm.

»Hast du mitgekriegt, was passiert ist?«

»Emely hat es mir gerade erzählt. Und auch, dass du allein losgerannt bist.«

»Wo warst du eigentlich?«

»Ich brauchte ein wenig Zeit für mich. Um über die Situation nachzudenken.« Er zog seine Jacke enger um sich. »Lass uns zurückgehen. Das bringt doch nichts.«

Maya schaute noch einmal zu dem Haus, wieder bewegte sich die Gardine. Sie musste Ulf fragen, wer hier wohnte. Dennoch, Leif hatte recht. Momentan konnten sie nichts ausrichten. Der Wind fegte Maya die Haare ins Gesicht. Erst jetzt merkte sie, dass sie nur im T-Shirt war. Schlagartig spürte sie die Kälte auf ihren nackten Armen. »Okay, gehen wir.«

Gemeinsam kehrten sie zum *Pensionatet* zurück. Ehe sie eintraten, drehte sich Leif zu ihr um.

»Wir sollten heute Nacht auf jeden Fall das Haus verriegeln. Und Wachen aufstellen.« Leif senkte seine Stimme. »Unter uns: Ab jetzt sollten wir selbst gegen diesen Mörder aktiv werden. Du kannst uns doch sicher dabei helfen, uns zu organisieren, also ohne dass wir deine Tarnung aufdecken.«

»Lass uns gleich in Ruhe darüber reden.«

Im Yogaraum waren die anderen bereits damit beschäftigt, die Scherben aufzusammeln. Penelope und Emely dichteten das Fenster mit Pappe ab.

Maya sah sich nach Jonas um. Zusammen mit Gregory und Debbie saß er auf Meditationskissen im hinteren Teil des Raumes. Sie ging hinüber und hockte sich neben ihn. »Bist du verletzt?«

»Gerade noch mal gut gegangen.« Jonas blickte sie an. Er war kreidebleich. »Der Stein hat mich knapp verfehlt. Aber schau mal, da ist ein Zettel drumgewickelt.« Er reichte ihr den faustgroßen Stein.

Bestürzt las Maya die wenigen Worte:

Verschwindet, und nehmt euren Mörder mit!

• • •

Alle redeten wild durcheinander. Emely saß vorn auf ihrem Meditationskissen und schaute zu Leif hoch, der neben ihr auf seine gewohnt ruhige Art bereits zweimal versucht hatte, die Aufmerksamkeit der anderen auf sich zu lenken. Doch dieses Mal hatte er keine Chance, zu ihnen durchzudringen.

Maya hockte mit dem fatalen Zettel in der Hand bei Jonas und schien gerade genauso wenig weiterzuwissen wie sie. Kurz überlegte Emely, zu ihr zu gehen, aber etwas hielt sie zurück. Seit der seltsamen Situation in der Küche am Nachmittag mied die Freundin sie komplett. Schon früher war Emely aufgefallen, dass Maya sich schwertat, negative Gefühle zuzulassen. Mehrfach hatte sie sie darauf angesprochen, doch davon hatte Maya nichts hören wollen. Irgendwann würde ihr dieses ständige Wegdrücken der Emotionen um die Ohren fliegen, da war sich Emely sicher.

»Ruhe!«

Auf einen Schlag verstummten alle, sämtliche Blicke flogen zu Leif.

Auch Emely war der Schreck in die Glieder gefahren, sie konnte sich nicht daran erinnern, dass Leif jemals zuvor laut geworden war.

Beruhigend hob Leif die Hände, setzte ein Lächeln auf und sprach mit normaler Stimme weiter: »Unsere derzeitige Situation ist speziell, und ich verstehe, dass ihr Angst habt. Hier herumzusitzen und nichts zu tun, fühlt sich lähmend an. Wir haben deswegen überlegt, uns selbst um die Angelegenheit zu kümmern.«

Sogleich brach das Stimmengewirr von Neuem los.

Erneut hob Leif beschwichtigend die Hände. »Lasst uns doch bitte darüber in den Austausch kommen.«

»Wer ist *wir*?«, ließ sich Penelope vernehmen. »Ich meine, mit wem zusammen hast du dir das überlegt?«

»Nun, ich ...« Hilfe suchend schaute Leif zu Maya, dann wanderte sein Blick zu Emely. Sie fühlte sich jedoch zu überrumpelt von seinem Vorschlag, als dass sie ihn ad hoc unterstützen konnte.

»Also, ich werde hier nicht zur Hobbydetektivin mutieren.«

Sue verschränkte die Arme vor der Brust. »Das ist viel zu gefährlich.«

»Wir machen da ebenfalls nicht mit.« Gregory legte seinen Arm um Debbie.

»Ich wäre schon dabei.« Jonas' Augen blitzten.

Ausgerechnet er, der gerade nur knapp einem Angriff entgangen war! Aber dann fiel Emely ein, dass er ja in Fernsehkrimis mitgespielt hatte. Herr Kommissar Möchtegern, hatte Maya ihn manchmal genannt.

Leifs Gesicht hellte sich auf. »Okay, wer sonst noch?«

»Ihr seid ja wahnsinnig, dass ihr so was überhaupt in Erwägung zieht!« Linda, die bis jetzt geschwiegen hatte, fuhr von ihrem Kissen hoch. Verzweifelt rang sie mit den Händen. »Ich will nach Hause! Ich will nach Hause!« Ohne Unterlass wiederholte sie diesen Satz, und ihre Stimme schraubte sich in die Höhe, Tränen liefen ihr übers Gesicht. Die Umsitzenden versuchten, sie zu beruhigen, auch Emely eilte zu ihr, aber Linda heulte und schrie immer weiter.

»Halt doch den Mund!« Jonas baute sich vor ihr auf. »Was soll denn das? Dein Rumgebrülle bringt uns auch nicht schneller von hier fort! Da können wir besser versuchen –«

»Das reicht, Jonas!« Penelope schob ihn von Linda weg.

»Fass mich nicht an!«, brüllte Jonas so laut, dass Penelope zurückprallte.

Emely fürchtete, er würde gleich auf sie losgehen. Ängstlich schaute sie zu Leif. Auch er wirkte heillos überfordert. Die Situation eskalierte!

Sie blickte zu Maya, die mit konzentrierter Miene das Chaos um sie herum musterte. Gerade kreuzten sich ihre Blicke. Mit den Lippen formte Emely lautlos den Satz: »Bitte tu etwas!«

Maya sendete ein stummes Wort zurück, begleitet von einer Trommelbewegung der Hände. »Spiel.«

Als Emely nicht sofort reagierte, wiederholte sie die Geste, hob die Brauen und schickte die tonlose Aufforderung ein weiteres Mal: »Spiel!«

Emely überließ Linda Penelope und Sue, erhob sich und ging zu ihrem Platz. Sie griff nach ihrer Tongue Drum und ließ ihre Finger über das Metall gleiten. Zaghaft erklangen die ersten Töne. Niemand nahm von ihr Notiz. Emely schloss die Augen. Intuitiv bewegten sich ihre Finger, fanden wie von selbst Melodien, die mit ihrem Hall immer stärker den Raum füllten. Nach und nach verebbten die Stimmen.

Auf einmal begann Maya, über die Klänge hinweg zu sprechen. »Wenn ich eines gelernt habe, dann ist es, nicht aus einer Stresssituation heraus Entscheidungen zu treffen. Vor allem nicht spätabends.« Ihre Stimme war klar und ruhig, und gleichzeitig duldete sie keinen Widerspruch. »Das Wichtigste ist momentan, dass wir uns hier drinnen nicht verrückt machen lassen. Dass wir die Nerven behalten und uns nicht gegenseitig angehen. Es reicht, dass wir hier festsitzen, unter diesen schrecklichen Umständen, und nun auch noch einen Teil der Sommerhäusler gegen uns haben. Da dürfen wir uns nicht auch noch zerstreiten.« Sie hielt kurz inne. »Deswegen würde ich vorschlagen, wir vertagen die Diskussion, wie es weitergeht, auf morgen, wenn wir alle hoffentlich ausgeschlafen sind.«

Dankbar für Mayas kluge Reaktion, spielte Emely weiter. Ihre Ängste jedoch lösten sich nicht auf. Niemand sprach aus, was sie alle am meisten belastete: dass der Täter einer von ihnen sein konnte.

Kapitel 18

Dienstag, 26. Juni

Mit einem Ruck fuhr Henrik hoch. Cecilia ... sie hatte ihn gerufen! Er hatte sie deutlich vor sich gesehen, auf der Heide, sie hatte ihn angelächelt wie damals, am Anfang, und –

Schlagartig kehrte die Erinnerung zurück. Cecilia war tot. Augenblicklich rutschte er wieder in das Loch, das tiefer und dunkler war als alles, was er sich je hätte ausmalen können. Nichts würde ihn dort herausholen.

Ein bitterer Geschmack klebte an seiner Zunge. Er sah sich um. Durch die Vorhänge fiel blasses Licht in den Yogaraum, in dem sie auf ihren improvisierten Betten jetzt schon die zweite Nacht verbracht hatten. Mit einem Mal stieg ein unkontrollierbarer Ekel gegen das Leben in ihm hoch. Keine Sekunde länger hielt er es hier drin aus. So leise wie möglich erhob er sich, griff nach seiner Kleidung und schlich hinaus.

Im Flur zog er sich an, dann lief er in die Küche, um ein Glas Wasser zu trinken. Doch alle drei Krüge waren leer. Seufzend nahm er einen davon und steuerte auf die Tür zu, die nach draußen führte.

Auf dem Weg zur Wasserpumpe riss ihn eine Sturmböe beinahe mit. Verdammt, das war ja noch schlimmer geworden als gestern! Er pumpte den bereitstehenden Eimer voll und füllte den Krug. Gierig trank er einige Schlucke und stellte ihn neben sich auf den Boden. Und jetzt? Zurück wollte er auf keinen Fall. Er ertrug es gerade nicht, mit so vielen in einem Raum zu sein. Alle wussten, was passiert war, ununterbrochen spürte er ihre Blicke – mitleidig, argwöhnisch ...

Henrik stapfte los, ohne zu wissen, wohin. Der Wind zerrte an ihm. Auf eine seltsame Weise genoss er das Tosen und Brausen um sich herum. Er blieb stehen und breitete die Arme aus. Sich auflösen in den Naturgewalten ... Mit einem Mal fühlte er wieder Cecilias Präsenz, genauso wie vorhin im Traum. Als wäre es nicht der Wind, sondern ihre Hand, die über seinen Körper strich. »Henrik« wisperte es in den Bäumen, »Henrik, komm ... Ich warte auf dich.«

Mit halb geschlossenen Augen streifte er weiter, ließ sich treiben. Er spürte nicht länger die Kälte der scharfen Böen, nicht mehr den Luftwiderstand, gegen den er ankämpfen musste, um vorwärtszugelangen. Er wurde eins mit den Elementen.

Eine ganze Weile irrte Henrik über die Insel, getrieben vom Wind und seinen Gedanken. Er nahm schmale Seitenwege, die stellenweise fast zugewuchert waren, und irgendwann trugen ihn seine Füße einfach quer durch den Wald. Immer wieder sah er Cecilia vor sich, barfuß, in dem weißen Negligé. Er hatte jegliches Zeitgefühl verloren. Sein Handy lag noch im Yogaraum, und der wolkenverhangene trübgraue Himmel behielt die Tageszeit für sich wie ein wohlgehütetes Geheimnis. Einer der seltenen Sommertage, in denen es schien, als seien die Jahreszeiten verrutscht.

Vor Henrik lichteten sich die Bäume. Er näherte sich dem Waldrand und registrierte die ebene Fläche, die sich zu allen Seiten hin ausbreitete. Die Heide.

Er blinzelte, hob die Hand an die Stirn. Die blau-weißen Bänder hatten sich losgerissen, sie flatterten wild wie die Schwänze von Kinderdrachen. In Henrik stieg das Grauen hoch. Obwohl sich alles in ihm sträubte, setzte er sich dennoch in Bewegung, Schritt für Schritt auf die Mulde zu.

Schon von Weitem sah er, dass die Pfosten umgefallen waren. Als er schließlich am Rand der Mulde ankam, blieb er stehen und verharrte wie erstarrt. Die Bilder von Cecilia in ihrem Heidegrab, die sich in ihm eingebrannt hatten ... Nun war dort nur noch ein Loch. Es schnürte ihm den Hals zu.

Wie in Zeitlupe sank Henrik auf einen flachen Stein. Eine ganze Weile saß er da und starrte vor sich hin, dann ließ er sich nach hinten sinken. Einfach hier liegen bleiben, einschlafen und nie mehr aufwachen ...

Über ihm heulte der Wind. Von Neuem vernahm er ihre Stimme. Cecilia. Sie rief nach ihm. Henrik hörte es genau. Es war Cecilias Stimme, sie rief seinen Namen: »Henrik, Henrik, komm zu mir.«

Er richtete sich auf. Deutlich fühlte er ihre Nähe. Im Morgendunst erkannte er schemenhafte Umrisse zwischen den Bäumen. Eine Gestalt in weißem Kleid ...

»Cecilia!« Der Wind riss die Worte fort, er brauste in seinen Ohren, zerrte an ihm. Cecilias Stimme wurde schwächer. »Henrik ... bleib bei mir ...« Kaum noch konnte er ihre Stimme im Tosen um ihn herum vernehmen.

Nein, bitte, sie durfte nicht aufhören zu reden! Er musste zu ihr.

Henrik raffte sich auf. »Ich komme! Warte auf mich!« Er taumelte auf den Waldrand gegenüber zu, kämpfte gegen die Böen an.

Wie benommen stolperte er zwischen den Bäumen umher. Vor ihm lag das Meer. Dorthin zog ihn die Stimme, er fühlte es ganz deutlich. Willenlos steuerte er darauf zu, quer durch den

Wald. Zweimal strauchelte er, fing sich wieder. Dornige Zweige krallten sich in seine Haut, aber er spürte es nicht. Glasklar lag alles vor ihm. Das Wasser ... Cecilias Element, dort würde er sie wiederfinden und für immer bei ihr bleiben. Den Wind um ihn herum nahm er kaum noch wahr. Über ihm ächzten und knarrten die Bäume, doch auch das klang nur gedämpft in seinen Ohren. Bis plötzlich ein Krachen zu ihm durchdrang. Henrik blieb stehen, blickte nach oben. Er sah den mächtigen Ast, der genau auf ihn zuraste.

. . .

Mit einem Ruck fuhr Maya hoch. Sie hatte etwas Merkwürdiges geträumt, konnte es aber nicht mehr greifen. Zwischen den zugezogenen Vorhängen schimmerte blasses Licht. Maya schaute auf ihr Handy, es war gerade mal Viertel nach fünf. Dennoch – ihre inneren Alarmglocken schrillten. Wie in der Nacht, als Cecilia verschwand.

Sie sah sich um, alle Übrigen schliefen. Nein, eines der improvisierten Betten war leer. Noch ein wenig schläfrig überlegte sie, wer dort gelegen hatte. Henrik! Sofort war Maya hellwach. Sie stand auf, griff nach ihrer Kapuzenjacke und schlich sich zwischen den anderen hindurch zum Ausgang. Als sie die Haustür öffnete, hätte eine Böe sie ihr beinahe aus der Hand gerissen. Eine Coladose fegte über den Weg und verfing sich in einer Hecke. Über Nacht hatte der Wind ein ganzes Stück zugelegt, inzwischen wurde er dem Begriff Sturm gerecht. Gut, dass sie gestern Abend die restlichen Zelte abgebaut hatten.

Geschwind schlüpfte Maya in ihre Jacke, zog den Reißverschluss hoch und setzte die Kapuze auf.

Die Hände in den Jackentaschen vergraben, lief sie los. Eigentlich war es Wahnsinn, sich bei diesem Wetter überhaupt nach draußen zu wagen. Aber sie wusste, es würde ihr keine Ruhe lassen – sie musste nach Henrik sehen. Wohin könnte er gegangen sein? Instinktiv schlug sie den Kiesweg zur Anlegerbucht ein.

Während sie an den Sommerhäusern vorbeilief, in denen gestern vermutlich ihre Angreifer verschwunden waren, dachte sie über den vergangenen Abend nach. Sie selbst war zwar ausgebildet, doch eine solche Krisensituation zerrte auch an ihrem Nervenkostüm. Dass Leif mit seiner Idee, die Ermittlungen ab jetzt eigenmächtig in die Hand zu nehmen, so vorgeprescht war, hatte sie nicht erwartet. Wenn sogar er nicht mehr reflektiert handelte, mussten sie höllisch aufpassen. Laien blindlings auf Verbrecherjagd zu schicken, war jedenfalls schlichtweg zu riskant.

Obwohl sich die Gemüter durch ihre Worte und die Klänge von Emelys Tongue Drum beruhigt hatten, war die Unruhe im Raum weiterhin greifbar gewesen. Maya hatte bis weit nach Mitternacht wach gelegen. Immer wieder war jemand aufgestanden und herumgelaufen, und ununterbrochen wurde irgendwo getuschelt.

Wenn sie jetzt darüber nachdachte, fiel ihr auf, dass Henrik sich an der abendlichen Diskussion gar nicht beteiligt hatte. Teilnahmslos hatte er auf seiner Matte gehockt und sogar auf Ansprache kaum reagiert. Sollte Penelope recht haben und sein labiler Zustand wurde zu einer Gefahr für ihn selbst, dann musste sie ihn schnellstmöglich finden.

Maya beschleunigte ihre Schritte, so gut es bei dem heftigen Gegenwind überhaupt ging. In diesem Moment nahm sie rechts von sich eine Bewegung wahr. Reflexartig wandte sie den Kopf. Eine Gestalt in einer gelben Regenjacke saß mit hochgezogenen Schultern auf der überdachten Veranda eines Sommerhauses.

Erst als sie den Kopf hob, erkannte Maya Helena. In ihrem Gesicht spiegelte sich blanke Panik.

»Helena – hej. Ist alles in Ordnung?«

Verstört blickte Helena sie an. »Ich habe ... Ich weiß nicht mehr, was ich glauben soll.«

»Was ist denn los?« Maya betrat die Veranda und setzte sich neben sie auf eine weiß lasierte Holzbank.

»Niklas – er ... ich habe ... Gestern Nachmittag bei Solveig ...« Tränen liefen ihr übers Gesicht. »Ich habe nicht die Wahrheit gesagt. Als ich gesagt habe, Niklas sei die ganze Nacht da gewesen ... Also, das stimmte so nicht.«

Maya stieß die Luft aus. »Sondern?«

»Ich bin mitten in der Nacht aufgewacht, und da hat Niklas nicht neben mir gelegen. Zuerst habe ich gedacht, er ist nur mal kurz raus aufs Klo. Aber als er nicht zurückkam, bin ich aufgestanden und habe nach ihm gesucht. Er war nicht da. Nicht im Haus und auch nicht draußen beim Klo. Ich bin dann nach einer Weile wieder eingeschlafen. Gestern Morgen hat er mir erklärt, er habe nicht schlafen können und einen Spaziergang gemacht.«

Maya schwante Furchtbares. »Jetzt glaubst du, dass er ...«

»Gestern Abend – unser Gespräch hat mich nicht mehr losgelassen. Das mit den Finanzen ... Ich hatte schon länger das Gefühl, dass ich mit ihm mal über die Firma reden müsste. Wo wir stehen und so ... Ich habe ihn darauf angesprochen und – er hat alles abgeblockt.« Helenas Hände zitterten. »Vor zwei Stunden oder so bin ich aufgewacht. Niklas hat geschlafen. Aber mir hat das alles keine Ruhe gelassen. Also habe ich ... ich habe geschaut, ob ich irgendwas finde.«

Maya wartete ab, und nach einer kurzen Pause redete Helena weiter.

»Auf seinem Laptop gab es Dokumente ...« Ihre Stimme

bebte. »Wir ... sein Start-up ist total verschuldet. Er hat nie was gesagt!«

Es entsprach dem, was Pär Maya bei ihrem letzten Telefonat berichtet hatte.

»Und dann war da dieses zerknüllte Stück Papier, ganz unten in der Laptoptasche.« Helena schluckte. »Es war ein Schuldschein. Carl Wallensteen hat ihm fünf Millionen Kronen geliehen.«

»Holla!« Maya setzte sich aufrecht hin. Also hatte sie vollkommen richtiggelegen.

»Und plötzlich passte alles irgendwie zusammen, und ich kriegte eine Riesenangst, dass Niklas ... womöglich etwas Furchtbares getan hat.« Sie wischte sich übers Gesicht. »Du hast das mit den Bodenproben und den Schuhen erzählt, und ich habe beim Abendessen darüber gesprochen. Er hat so seltsam geschaut, aber nichts gesagt.«

Sie hatte Mayas kleine Finte tatsächlich geschluckt – und angewendet. »Ist sonst noch etwas passiert?«

Helena schaute auf ihre Knie und nickte. »Auf einmal stand er hinter mir, als ich den Schuldschein gefunden hatte. Ich habe ihn auf all das angesprochen.« Sie knetete ihre Hände. »Niklas ist komplett ausgerastet. Hat mich angebrüllt, warum ich hier rumspioniere. Und was mir einfällt, ihm so was zu unterstellen.«

»Wo ist er jetzt?«

»Ich weiß es nicht!«, stieß Helena verzweifelt hervor. »Er hat gebrüllt, er müsse weg von dieser gottverdammten Insel, weg von mir, dass ich ... ich sei paranoid, hat er gesagt. *Es ist aus* – das waren seine letzten Worte, bevor er davongestürmt ist.« Schluchzend schaute sie hoch. »O Gott, Maya ... habe ich mich da in etwas verrannt?«

»Wir müssen ihn unbedingt finden.«

Hilflos hob Helena die Hände und ließ sie wieder fallen. »Als du kamst, wollte ich gerade zu unserem Boot.«

»Du denkst, er will damit wegfahren – bei diesem Wetter?« Maya dachte an Ulfs Worte. »Lass uns nachsehen.«

Gemeinsam rannten sie zum Anlegesteg. Schon von Weitem sahen sie Niklas auf dem Boot aus der Bucht herausfahren.

»O nein!« Helena winkte und schrie aus Leibeskräften. »Niklas! Bleib hier! Das ist zu gefährlich!«

»Er kann dich nicht hören.« Maya fasste sie am Arm.

Entsetzt drehte sich Helena zu ihr um. »Wir müssen etwas tun! Er ... das überlebt er nicht!«

• • •

Mit einem Ruck fuhr Emely hoch. Sie hatte einen schrecklichen Albtraum gehabt, bei dem Maya von einem Ast erschlagen worden war. Benommen sah sie sich um. Neben ihr schlummerte Leif tief und fest. Sie waren sehr spät ins Gästehäuschen gewechselt, drüben war es eh schon eng genug.

Die Spannungen in der Gruppe am gestrigen Abend hatte sie kaum ertragen. Dass ihr Spiel dazu beigetragen hatte, die anderen zu beruhigen, war schön und gut, doch sie selbst hatte sich auch hinterher noch wie gelähmt gefühlt. Unfähig. Blockiert durch ihre Empfindlichkeit. Penelope und Leif schienen viel mehr Stresstoleranz zu besitzen. Von Maya mal ganz abgesehen.

Maya ... Gestern Abend hatte sie sich extrem abweisend verhalten, war ihr immer wieder aus dem Weg gegangen. Bestimmt hatte es mit der Situation an sich zu tun, trotzdem wurde Emely das Gefühl nicht los, dass Maya ihr gegenüber dichtmachte. Wenn sie wirklich im Schuppen gewesen war und das Gespräch zwischen ihr und Penelope mitbekommen hatte, konnte sie es ihr kaum verdenken.

Emely brauchte einen klaren Kopf. Wie gern würde sie jetzt mit jemandem reden, der in all dies nicht involviert war. Clara ... Sie war stets die Verständnisvollste ihres Kleeblatts gewesen. Ihre geerdete und besonnene Pferdefreundin. Emely vermisste sie so. Außerdem wurde es Zeit, dass sie sie über ihren Fauxpas informierte, schließlich betraf es Clara ebenfalls. Lautlos schlüpfte sie in eine Haremshose und einen grob gestrickten Pulli, nahm ihr Handy vom Nachttisch und schlich auf Zehenspitzen hinaus.

Der Sturm empfing sie mit voller Wucht. Große Güte! Wo sollte das hinführen? Draußen zu telefonieren, fiel definitiv flach. Ins Pensionatet wollte sie nicht, am Ende war schon irgendwer von den anderen wach. Der Geräteschuppen kam ihr in den Sinn. Zwar war er vollgestopft und ungemütlich, doch immerhin konnte sie dort ungestört reden.

Sie lief zum Schuppen, öffnete die knarzende Holztür und zog sie hinter sich zu. Kurz dachte sie an die Begegnung mit Penelope, an ihren Kuss und die besondere Nähe zwischen ihnen. Sofort breitete sich ein wohliges Sehnen in ihr aus. Emely lächelte vor sich hin, dann setzte sie sich auf einen Stapel Dachpfannen und wählte Claras Nummer.

Die Freundin nahm schnell ab und klang so munter und frisch, wie Emely es von ihr gewohnt war.

»Hast du gerade Zeit für mich?«

»Perfektes Timing. Die Kinder schlafen noch, die Pferde sind versorgt ... Ich habe mich gerade mit einem Kaffee hingesetzt.«

»Stürmt's bei euch auch so?«

»Noch nicht. Ich hab schon gesehen, dass es bei euch heiß hergeht. Vermutlich wird uns das Unwetter morgen erreichen.«

»Hier stürmt es in jeglicher Hinsicht.«

»Was ist passiert?«

»Viel zu viel. Alles eskaliert gerade. Wir haben hier zwei Mordfälle und kommen nicht von der Insel weg.«

»Was?«

Emely fasste zusammen, was sich in den letzten Tagen ereignet hatte.

»Ach, du lieber Himmel, das klingt ja schrecklich!« Aus Claras Stimme klang tiefe Besorgnis. »Es muss doch irgendwie einen Weg geben, euch von dort wegzuholen.«

»Erst wenn sich das Wetter bessert. So lange müssen wir hier ausharren.«

»Das ist ja wie in irgend so einem Gruselfilm: abgeschottet auf der Insel. Uah – ich mag mir das gar nicht vorstellen.«

»Ich mache drei Kreuze, wenn dieser Albtraum vorbei ist.« Emely gab sich einen Ruck. »Clara, ich muss dir etwas gestehen: Ich habe es Maya verraten. Das Geheimnis von damals, mit ihrer Mutter.«

»Oh. Nein.« Clara zog die beiden Silben in die Länge.

»Es tut mir leid. Ich weiß nicht, wie das passieren konnte. Irgendwie ist es mir herausgerutscht, beim Mittsommerfest.«

»Hast du ihr gesagt, dass ich es auch weiß?«

»Ja.«

Am anderen Ende hörte sie ein deutliches Ausatmen. »Wie hat sie reagiert?«

»Sie ist ausgeflippt.«

»Verständlich. Besonders toll finde ich das auch nicht.«

Clara hatte jedes Recht, sauer auf sie zu sein. Emelys Schuldgefühle wuchsen. »Es tut mir leid«, wiederholte sie mit Nachdruck.

»Man kann's ja nicht mehr ändern.« Clara machte eine kurze

Pause, ehe sie in sanfterem Ton fragte: »Wie ist es jetzt zwischen euch?«

»Unser Verhältnis ist gerade recht unterkühlt. Zu allem Überfluss hat sie nun noch mitbekommen, dass ich ihr das mit Leif und mir verschwiegen habe.«

»Wusste sie nicht, dass ihr eine Vereinbarung habt, Leif und du?«

»Ich habe nur dir davon erzählt.«

»Aber warum? Ich dachte immer, Sanna, Maya und du, ihr drei seht euch so oft, ihr wüsstet alles voneinander. Hattest du Angst, sie wären geschockt? Sanna hat sich doch schon vor Jahren als bi geoutet.«

»Ich weiß auch nicht so recht.«

»Vielleicht spürst du da mal in dich rein und findest heraus, was dich davon abhält.«

»Ach, Clara, du fehlst mir so. Manchmal wünschte ich, du würdest auch in Stockholm wohnen.«

»Und ich dachte, ich bin die, die außen vor ist.«

Clara sagte es in einem leichten Ton, aber Emely bekam die feine schmerzliche Note mit, die darunterlag. Schlagartig wurde ihr bewusst, dass es für die Freundin offenbar viel schwerer war, als Einzige in der Heimat zurückgeblieben zu sein, als sie bisher angenommen hatte.

»Was hältst du davon, wenn wir dich demnächst per Video dazuschalten?«

»Das wär was! Tja, warum eigentlich nicht?« Clara lachte. Dann wurde sie wieder ernst. »Na ja, jetzt kommt es erst mal darauf an, dass sich das mit Maya und dir wieder einrenkt.«

»Ich weiß nicht, ob das noch mal was wird.« Noch während sie den Satz aussprach, stiegen Emely die Tränen in die Augen.

Am anderen Ende blieb es einen Augenblick still. »Möchtest du das denn?«

. . .

»Ulf! Ulf!« Wie besessen hämmerte Maya an die Haustür. »Ulf, mach auf, es ist ein Notfall!«

Vollkommen in Tränen aufgelöst schniefte Helena: »Es ist alles meine Schuld. Hätte ich doch bloß meinen Mund gehalten!«

In diesem Moment öffnete sich die Tür. Unter anderen Umständen hätte der Spruch auf Ulfs T-Shirt Maya zum Schmunzeln gebracht: *Bier formte diesen Körper.* Ulf sah ihnen völlig verschlafen entgegen. »Maya ... Weißt du, wie –?«

»Niklas ist gerade mit seinem Boot weggefahren.«

»Bei diesem Wetter?« Blinzelnd öffnete Ulf seine Augen. »Das schafft er nie. Niklas hat doch erst vor Kurzem den Bootsführerschein gemacht.«

»Genau. Deswegen brauchen wir dich!« In ihrer Verzweiflung schrie Helena beinahe.

»Er versucht zu fliehen«, schob Maya hinterher. »Offenbar ist er der Täter!«

»Was zur Hölle?« Ulf schaute sie begriffsstutzig an. »Niklas ... aber ... Ich verstehe kein Wort.«

»Ich erkläre dir alles später. Kannst du uns helfen?«

Mit sorgenzerfurchter Miene betrachtete Ulf zunächst den Himmel und anschließend das Meer mit seinen sich wild brechenden Wellen. »Das ist Wahnsinn. Total idiotisch. Ich hab dir doch gestern gesagt –«

»Ulf, bitte!« Helenas Gesicht war ein einziges Flehen. »Ohne dich ist Niklas verloren!«

Ulf starrte sie an, dann nickte er mit dem Kopf in Mayas Richtung. »Und du sagst, er hat was mit den Todesfällen zu tun?«

»Sieht ganz so aus.«

Ulfs Miene verfinsterte sich. »Wie gesagt: total idiotisch. Aber ich werde diesen Hurensohn kriegen! Wartet hier.«

Die Haustür schloss sich, von drinnen hörten sie ihn fluchen. Keine drei Minuten später flog die Tür wieder auf. Ulf stand da in voller Montur mit Gummistiefeln, Regenjacke und wasserfester Hose. Von einem Regal neben der Tür nahm er seine Zigaretten und stopfte sie in die Jackentasche. »Auf geht's.«

Sie rannten zum Anlegeplatz hinunter. Niklas' Boot war inzwischen schon ein ganzes Stück entfernt. Es schwankte gefährlich hin und her.

»Shit!« Ulf raufte sich die Haare. »Wenn er so weitermacht, kentert das Boot.«

Helena heulte auf.

»Ah – das wird ein böses Ende nehmen, wenn wir nicht ...« Ulf wandte sich zu Maya um. »Bist du seetauglich?«

»Was?«

»Hast du Wachs in den Ohren? Selbst wenn du nur eine Landkrabbe bist – ich brauche einen Matrosen! Und kein verdammtes Meditationstempo, wenn ich bitten darf. Wir haben nicht eine Sekunde zu verlieren!«

Kapitel 19

Nachdem sie sich von Clara verabschiedet hatte, ging Emely ins *Pensionatet* hinüber. Der Wind prallte ihr ins Gesicht, dass ihr fast die Luft wegblieb. Mittlerweile fühlte sich das Wetter nach heftigem Herbststurm an. Ein Ingwertee war jetzt genau das Richtige. In der Küche musste sie jedoch feststellen, dass es kein Trinkwasser mehr gab. So idyllisch das altmodische Inselleben im Sonnenschein daherkam, momentan war es einfach nur anstrengend. Seufzend griff Emely nach einem der leeren Krüge, als Penelope hereintrat.

»Guten Morgen.« Emely lächelte. »Auch schon so früh –«

»Henrik ist weg!« Penelopes Wangen waren gerötet.

Emely stellte den Krug wieder ab. »Das ist gar nicht gut.«

»Maya ist auch nicht da.«

»Vielleicht sucht sie ihn?«

»Gut möglich. Wenn er vor ihr raus ist. Wenn nicht ...« Der sonst so optimistische Ausdruck war von Penelopes Gesicht verschwunden.

»Wo könnte er sein?«

»Etwas sagt mir, dass er zur Heide gelaufen ist.« Penelope klang ungewohnt ernst. »Ich habe kein gutes Gefühl, Emely.«

Fieberhaft überlegte Emely. »Was ist mit dem Brieföffner?«

»Den hat Maya gestern mitgenommen. Ich hoffe, sie hat ihn gut versteckt.«

»Du glaubst, dass er sich etwas antun will?«

Mit einer vagen Geste hob Penelope die Hände. »Ich mag es zumindest nicht darauf ankommen lassen.«

»Du hast recht.« Energisch richtete Emely sich auf. »Lass uns ihn suchen.«

Penelope holte ihre Jacke aus dem Yogaraum, dann verließen sie das Haus. Der Wind riss Emely die Klinke aus der Hand, die Tür knallte gegen die Hauswand und federte zurück.

»Merde!« Penelope schloss die Haustür hinter ihnen. »Was für ein Unwetter.«

Schweigend stapften sie los. Emely musste sich nach vorn lehnen und gegen den Wind stemmen, um vorwärtszukommen. Sie schlugen den Hauptweg zum nördlichen Teil der Insel ein.

Nach einigen Minuten blieb Emely stehen. Vor ihnen bogen sich die Bäume bedrohlich weit nach rechts und links. Sie drehte sich zu Penelope um. »Das ist lebensgefährlich!« Der Wind fegte die Worte hinweg, kaum, dass sie sie ausgesprochen hatte.

»Was?« Penelopes Locken flatterten wild umher. Sie fasste sie im Nacken mit einem Haarband zusammen.

Emely formte die Hände zu einem Trichter. »Jeden Moment kann uns ein Ast erschlagen.«

»Ich weiß.« Penelope trat zu Emely und legte eine Hand auf ihren Arm. »Trotzdem. Ich könnte nicht damit leben, wenn Henrik sich etwas antut.«

»Penelope, du hast ein Kind. Ich könnte nicht damit leben, wenn es ohne Mutter aufwachsen müsste.« Emely sah ihr fest in die Augen. »Ich gehe!«

»Aber nicht allein. Nimm wenigstens Leif mit.«

»Meinetwegen. Aber wir dürfen keine Zeit verlieren. Geh du

zurück, und sag ihm Bescheid. Er soll nachkommen.« In ihr loderte die Angst wie ein unkontrolliertes Feuer, doch Emely war überzeugt, das Richtige zu tun.

»In Ordnung.« Penelope umarmte sie. »Pass gut auf dich auf!«

...

Ulf steuerte auf sein Boot zu, das zwei Plätze vor Niklas' Anlegestelle heftig hin- und herschaukelte. Maya und Helena folgten ihm.

Helena beschleunigte ihre Schritte, bis sie neben ihm lief. »Ich fahre mit dir.«

Ruckartig drehte Ulf sich zu ihr um. »No way. Das wär für uns alle ein zu großes Risiko.«

»Aber ...«

»Vergiss es! Maya kommt mit – keine Diskussion.« Ohne Helena weiter zu beachten, wandte er sich ab, richtete seinen Blick geradeaus auf sein Boot, kniff die Augen leicht zusammen und sprang an Deck. Aus einer seitlichen Klappe holte er eine matschgrüne Regenjacke und schleuderte sie in Mayas Richtung. »Zieh die an.«

Gehorsam hob Maya sie auf und schlüpfte hinein. Sie versank beinahe darin. Das Material roch nach Benzin und altem Hund.

»Aber ich kann doch für dich fahren.«

Maya konnte die Verzweiflung in Helenas Stimme förmlich spüren. »Er hat recht. Es ist besser, wenn du hierbleibst.« Sie zog den Reißverschluss hoch. »Geh zurück ins Haus, Helena. Wir kümmern uns um Niklas.«

»Maya, hier!« Ulf warf Maya eine Schwimmweste zu. Er hatte seine schon angezogen und öffnete eine Klappe rechts vom Steuerrad. »Macht die Taue los! Jede Sekunde zählt!«

»Okay!« Der Wind riss Maya die Worte aus dem Mund. Hastig lösten Helena und sie die Seile von den Pollern.

Als nur noch zwei Taue übrig waren, startete Ulf den Motor des Bootes. Kurz darauf hörte Maya seinen Schrei: »Maya, spring!«

Alles in ihr wollte weglaufen. Doch sie nahm Anlauf und landete mit einem großen Satz hart auf den Gummimatten des Bootes. Beinahe wäre sie ausgerutscht, fing sich jedoch im letzten Moment. Schwankend arbeitete sie sich zu Ulf nach vorn.

»Setz dich hier hin.« Er deutete auf den Platz neben sich. »Halt dich verdammt gut fest.«

Mit der rechten Hand umklammerte Maya die Armlehne des Stuhls, mit der linken eine Stange des Verdecks.

Ulf legte den Schaltknüppel um und navigierte das Boot aus der Bucht heraus. Es hüpfte wie ein Flummi über die sich aufbäumenden Wellen. Reflexartig rebellierte Mayas Magen. So gut sie konnte, konzentrierte sie sich auf ihre Atmung. Nach einigen Minuten ließ die Übelkeit nach.

Sobald sie aufs offene Meer kamen, gab Ulf richtig Gas. Rechts und links von ihnen spritzte die Gischt wild umher. Ulf steuerte frontal auf die Wellen zu. Jedes Mal, wenn sie auf eine trafen, knallte das Boot dagegen, hob kurz ab, um dann ebenso hart aufs Wasser zurückzudonnern. Es fühlte sich an wie permanente Faustschläge in Mayas Brust. Angestrengt klammerte sie sich noch fester an Stange und Sitz. Ihr fielen Gustavs Worte ein: *Gott, wie brutal doch Wasser sein kann!*

Der Abstand zwischen Niklas' Boot und Ulfs verringerte sich nur langsam. Neben Maya fluchte Ulf vor sich hin: »Der verdammte Idiot – was macht der da? Der geht die Wellen total falsch an! Wenn der so weitermacht ... *Fan också!*«

Maya hatte Mühe, ihn zu verstehen. »Was hast du gesagt?«

»Den Vollpfosten schnappen wir uns!« Ulf presste die Worte aus dem Mundwinkel heraus.

Mayas Arme schmerzten und begannen zu erlahmen. Morgen würde sie einen veritablen Muskelkater davontragen. Wenn sie den Trip überhaupt heil überstanden. Zu allem Überfluss fing es auch noch an zu regnen. Von allen Seiten waren sie von Wasser umgeben.

»Kompletter Irrsinn, diese Aktion!«, schrie Ulf.

Maya wusste nicht, ob sich seine Aussage auf Niklas bezog oder auf sie selbst. Innerlich betete sie, dass er wirklich ein so brillanter Kapitän war, wie Gustav behauptet hatte. Sie hatte keine andere Wahl, als Ulf zu vertrauen. Trotzdem regte sich ein leiser Zweifel in ihr, ob nicht gerade die Wut auf Niklas mit Ulf durchging.

Mit einem Mal fühlte es sich an, als ob das Boot sich vertikal aufrichtete, und gleich danach folgte ein steinharter Schlag aufs Wasser. Verstohlen blickte sie Ulf von der Seite an. Den Blick hatte er stur geradeaus gerichtet, die Stirn gerunzelt. Das Steuerrad hielt er so fest, dass seine Fingerknöchel weiß hervortraten. Hatte er sich womöglich überschätzt? Auf der Polizeischule hatten sie gelernt, stets das Risiko abzuwägen. Nie durfte man bei dem Versuch, jemanden zu retten, zu leichtsinnig werden. Sie hatte diese Grenze schon oft ausgelotet, doch da hatte sie selbst die Zügel in der Hand. Dieses Mal hatte sie die Kontrolle abgegeben und ihr Schicksal einem Wildfremden anvertraut. Ausgerechnet Ulf, der ihr noch vor Kurzem alles andere als sympathisch gewesen war. In Maya wurde das Gefühl immer stärker, einen fatalen Fehler begangen zu haben.

Mit unverminderter Geschwindigkeit donnerten sie weiter. Das Meer wütete wie ein Urzeittier. Bei jeder Landung hämmerte die Erschütterung in Mayas Magen. Der Wind peitschte den Regen auf sie hernieder. Das Wasser lief Maya übers Gesicht, aber sie wagte es nicht, eine Hand loszulassen, um die Kapuze tiefer in die Stirn zu ziehen. Sie konnte nichts tun, als sich weiterhin mit aller Kraft festzuklammern und zu hoffen, dass alles gut ging, während Ulf laut fluchend hinter Niklas' Boot herbrauste. »Wenn ich dich erwische, du verdammtes Arschloch, werde ich dich bei lebendigem Leib vierteilen!«, schrie er. »Du gehörst geteert und gefedert!«

• • •

Emely erreichte die Abzweigung, die zur Heide führte. Hartnäckig arbeitete sie sich voran. Um sie herum wirbelten Blätter und abgerissene Zweige wie ein wildes Karussell. Dennoch war der Wind hier etwas schwächer.

Als sie jedoch am dritten entwurzelten Baum vorbeikam, blieb sie stehen. Sie spürte, wie ihr die Angst den Rücken hochkroch. Was sie hier tat, war total verrückt! Sie sollte auf der Stelle umkehren und zum *Pensionatet* zurücklaufen.

Aber dann dachte sie an Maya. Sogar bei einem Schneesturm war sie weiter durch einen verschneiten Wald gelaufen, um ein Kind zu retten. Auch Penelope würde vermutlich nicht aufgeben. Sie selbst hingegen hatte schon bei der Suche nach Cecilia versagt und die anderen im Stich gelassen. Weil sie wie gewöhnlich zu empfindlich war, zu sensibel. Wie oft hatte sie das in ihrem Leben gehört! Es wurde Zeit, dass sie etwas daran änderte. Diesmal würde sie nicht scheitern! Hier bot sich ihr eine echte Chance zu wachsen. Sie konnte etwas Gutes tun, für jemand anderen, und dabei die kleine, ängstliche Emely von früher hinter sich lassen. In ihr erwachte eine unbekannte Kraft, sie öffnete den Mund und schrie aus voller Kehle: »Ich, Emely Johansson, schaffe das – jawohl!« Tapfer straffte sie die Schultern und marschierte wieder los.

Wenig später erreichte sie endlich die Lichtung. Der Tatort stach ihr sofort ins Auge. Die umgefallenen Pfosten, die blau-weißen Bänder, die sich losgerissen hatten und wild durch die Luft zuckten ... Henrik hingegen sah sie nicht. Womöglich hatte er sich in die Mulde gesetzt, wo er vor dem Wind geschützt war. Sicherheitshalber wollte Emely nachsehen.

Auf der freien Fläche zerrte der Sturm stärker an ihr als zuvor. Abermals fühlte sie die Panik in sich aufwallen. Sollte sie nicht doch besser zurückgehen? Andererseits war das nicht minder gefährlich. Sie zögerte, mit einem Mal vollkommen blockiert. Am liebsten hätte sie sich flach auf den Boden gelegt, die Augen geschlossen und abgewartet, bis der Sturm vorüber war. Sie musste eine Entscheidung treffen – hier stehen zu bleiben, brachte überhaupt nichts!

Schließlich gab sie sich einen Ruck. Sie war schon so weit gekommen, sie würde jetzt nicht aufgeben. Beharrlich setzte sie einen Fuß fest vor den anderen. Abgerissene Zweige und Blätter flogen an ihr vorbei und jagten über die Heide.

Als Emely am abgegrenzten Bereich ankam, stoppte sie. Beklommen schaute sie in die Mulde und in die längliche Grube darin, die die Polizisten gegraben hatten. Deutlich konnte sie vor sich sehen, wo Cecilias Körper gelegen haben musste. Ein Schauder lief Emely über den Rücken. Zum ersten Mal stand sie an einem Leichenfundort. Für Maya gehörte so etwas zum Arbeitsalltag. Wie hielt ihre Freundin das nur aus? Sie selbst würde garantiert schon in der Probezeit das Handtuch werfen.

Emely spürte förmlich, wie sämtliche Energie aus ihrem Körper wich und sich lautlose Verzweiflung ausbreitete. Sie wollte nur noch zurück ins *Pensionatet*, zu den anderen, wo sie vor dem

Unwetter in Sicherheit war. Vor allem aber wollte sie weg von diesem schrecklichen Ort. Was war bloß über sie gekommen, plötzlich die Heldin spielen zu wollen? Tränen der Mutlosigkeit stiegen ihr in die Augen.

Sie dachte an Cecilia. Auch wenn sie noch nicht so viel miteinander zu tun gehabt hatten, war sie dennoch Teil ihrer Gruppe gewesen, und Emely hatte sich darauf eingestellt, sie näher kennenzulernen. Mit der erbarmungslosen Endgültigkeit, die der Tod mit sich brachte, kam sie nicht zurecht.

Einer Eingebung folgend, setzte sie sich auf einen flachen Fels, legte die Handflächen auf die Knie und schloss die Augen. Intuitiv verband sie sich mit den Elementen um sich herum, mit dem Sturm, mit der Erde unter ihren Füßen. Das Tosen des Windes rauschte in ihren Ohren, aber nach einer Weile nahm sie es nicht mehr wahr. Alles in ihr kam zur Ruhe.

Als sie vollkommen in sich versunken war, richtete sie den Fokus auf Cecilia und Henrik.

Aus der Tiefe der Stille stieg etwas empor. Es waren keine Worte, auch keine klar umrissene Gestalt, die sie vor ihrem inneren Auge wahrnahm. Vielmehr ein Leuchten, das eine Zeit lang vor ihr schwebte und allmählich zur rechten Seite wanderte. Emely wartete ab, doch das Licht bewegte sich nicht länger. Stattdessen schien es noch intensiver zu werden. Mit einem Mal durchfluteten neue Energien sie, und eine unbekannte Stärke breitete sich in ihrem Körper aus. Sie legte die Hände in Gebetshaltung an ihr Herz, schickte einen stummen Dank ins Universum und öffnete die Augen.

Entschlossen stand Emely auf. Sie wusste nun, wohin sie ihre Schritte lenken musste. »Ich, Emely Johansson, schaffe das«, wiederholte sie mit klarer, fester Stimme.

Zielsicher lief sie über die Ebene und ließ sich von ihrer Intuition leiten. Den Wind nahm sie auch jetzt kaum mehr wahr. Sie fühlte sich, als befände sie sich nach wie vor in der Meditationshaltung, von Kopf bis Fuß verbunden mit der Erde. Nur dass sie nun in Aktion war. Etwas Derartiges hatte Emely nie zuvor erlebt.

Als sie den Waldessaum erreichte, zögerte sie kurz. Sogleich spürte sie einen Impuls tief in ihrem Rückgrat, der sie vorwärtsschob. Der Weg verlief rechter Hand, doch Emely ging geradeaus in den lichten Mischwald. Der Erdboden war weich, das Laub des vergangenen Herbstes raschelte unter ihren Füßen.

Emelys Augen suchten die Umgebung ab. Immer noch keine Spur von Henrik. Sie lief weiter in den Wald hinein. Mit den dichten Tannenwäldern ihrer Heimat hatte dieser nichts gemein, hier hatte man einen viel freieren Blick. In der Ferne konnte sie gar das Meer erkennen. Eine schwache Ahnung von Salz kroch in Emelys Nase.

Mit einem Mal stockte sie. Ein Stück vor ihr lag eine Gestalt reglos am Boden.

· · ·

Gefährlich schlingerte Niklas' Boot mal nach rechts, mal nach links. Inzwischen waren Maya und Ulf so nah an ihn herangekommen, dass sie ihn deutlich sehen konnten.

»Dieser Idiot!«, brüllte Ulf gefühlt zum hundertsten Mal. »Hat wohl im Unterricht gepennt!«

»Was?« Maya beugte sich in seine Richtung.

»Man muss die Wellen im rechten Winkel treffen. Nur so kannst du verhindern, dass das Boot kentert.«

Mit nicht nachlassender Härte klatschten sie aufs Wasser. Immer, wenn Maya dachte, sie hätten das Maximum erreicht, donnerte der nächste Stoß noch stärker in ihre Magengrube.

Das Boot vor ihnen schaukelte heftiger und heftiger. Zweimal hatte Niklas sich bereits zu ihnen umgedreht. Aber anstatt das Tempo zu drosseln, bretterte er mit unverminderter Geschwindigkeit weiter. Jeden Augenblick rechnete Maya damit, dass sein Boot umkippte.

»Warum gibt er nicht endlich auf? Er hat doch keine Chance!« Auch wenn Ulf die Worte wütend herausschrie, nahm Maya eine Spur Verzweiflung darin wahr.

In diesem Moment krümmte sich Niklas' Boot bedrohlicher als zuvor zur Seite. Dieses Mal fand es nicht wieder in die Horizontale zurück. Wie in Zeitlupe neigte es sich immer stärker und krachte schließlich mit der Längsseite auf die Wasseroberfläche. Die Gischt spritzte in sämtliche Richtungen. Maya schrie auf, Ulf entfuhr ein nicht minder lautes »Helvete!«.

In der Sekunde danach schien die Welt den Atem anzuhalten: der Sturm, die Wellen, sogar der Regen.

Hilflos trieb das Boot kopfüber auf dem Wasser. Geschockt starrte Maya auf den weißen Schiffsbauch. Inständig betete sie, dass Niklas jeden Augenblick irgendwo daneben auftauchen würde. Was, wenn er eingeklemmt war? Oder wenn er mit dem Kopf gegen etwas geschlagen war und nun bewusstlos unter dem Boot lag? Sie fasste Ulf am Ärmel. »Wir müssen ihn retten!«

»Was, glaubst du, mache ich hier?« Ulf drosselte die Geschwindigkeit und näherte sich der Unglücksstelle. »Trotzdem: Keiner von uns riskiert sein Leben für einen solchen Vollblutidioten! Hörst du mich?«

Für einen winzigen Moment wurde Maya zurückkatapultiert zu der Verfolgungsjagd im vergangenen Winter in Östersund. Damals hatte sie durchaus ihr Leben aufs Spiel gesetzt. Und das Ende ... Noch immer plagten sie Schuldgefühle, dass sie anders hätte handeln sollen. Dieses Mal musste es gut ausgehen!

Sie trat an die Reling und suchte mit den Augen die Wasseroberfläche ab, während Ulf umsichtig an das gekenterte Boot herannavigierte.

In den wirbelnden schwarzen Wassermassen war jedoch keine Spur von Niklas zu sehen.

Kapitel 20

So schnell sie konnte, eilte Emely auf die Gestalt zu. Rücklings lag sie auf der Erde, den Kopf mit der Kapuze von ihr weggedreht. Zunächst erkannte sie nicht, um wen es sich handelte. Als sie nur noch wenige Meter entfernt war, erblickte sie die roten Turnschuhe. Solche hatte Henrik. Angst quetschte ihr Herz. Sie kam zu spät!

»Henrik!«

Emely hetzte das letzte Stück auf ihn zu. Nah bei ihm lag ein wadendicker, langer Ast. Sie kniete sich neben Henrik, schob vorsichtig die Kapuze zurück. Er hatte die Augen geschlossen, über seine Wange zog sich ein blutiger Kratzer.

»Henrik!« Emelys Stimme kippte. Tränen liefen ihr übers Gesicht. Sie kämpfte gegen die aufwallende Panik. *Bleib bei dir, Emely, konzentrier dich!*, befahl sie sich.

Sein Puls – behutsam tastete sie mit den Fingerkuppen seinen Hals ab. Nichts. Ihre Finger wanderten weiter. Da, da war etwas. Ein Pulsieren. Ziemlich schwach, aber gleichmäßig. Emely fiel eine Wagenladung Steine vom Herzen. Henrik lebte.

»Alles wird gut.« Ihre Stimme wackelte. Sie legte mehr Nachdruck hinein: »Du schaffst das, Henrik!«

Sie musste Erste Hilfe leisten! Wie fing man noch mal an? Stabile Seitenlage – oder Herzmassage? Nein, die machte man ja nur, wenn der Verunglückte nicht mehr atmete. Emely brach der Schweiß aus. Henriks Atmung – die musste sie überprüfen. Rasch beugte sie sich über sein Gesicht. Wenn er atmete, würde sie es hören oder spüren.

Ganz leicht streifte ein Hauch ihre Wange. Erleichtert richtete sie sich wieder auf. In diesem Moment spürte sie etwas Feuchtes auf der Stirn. Emely blickte nach oben. Regen – auch das noch! Vielleicht war es das Beste, erst einmal Hilfe zu organisieren. Sie tastete nach ihrem Handy in der Hosentasche. Kein Empfang – war ja klar! Emely seufzte auf.

Während sie darüber nachdachte, ob sie versuchen sollte, Henrik in die stabile Seitenlage zu bringen, nahm sie in seinem Gesicht ein Zucken wahr. Seine Augenlider flatterten.

. . .

Urplötzlich tauchte neben dem umgekippten Boot ein Kopf auf. Niklas prustete und ruderte wild mit den Armen.

»Verdammt noch eins, der Idiot trägt nicht mal 'ne Schwimmweste!« Fassungslos schlug Ulf aufs Steuerrad. »Jetzt müssen wir das Arschloch auch noch da rausfischen!« So gut es bei dem starken Wellengang möglich war, lenkte er das Boot an Niklas heran. »Da ist der Rettungsring.« Er machte eine Kopfbewegung nach rechts. »Ist 'ne Leine dran, damit können wir ihn herziehen.«

Maya wagte nicht, komplett loszulassen, und so hangelte sie sich an ihm vorbei auf die andere Seite. Doch nun hatte sie keine Wahl, sie brauchte beide Hände. Sie verankerte die Beine fest im Boden und löste sich von den Stangen. Zitternd nahm sie den orangeroten Ring mit den Reflexstreifen vom Haken. Unter ihren Füßen schwankte es. Instinktiv steuerte sie dagegen, um die Balance nicht zu verlieren.

Mit dem Ring über der Schulter und dem Seil in einer Hand wankte sie zur Reling. Sie zielte, so gut es auf dem schaukelnden Boot ging, und warf den Rettungsring zu Niklas hinüber. Einige Meter von ihm entfernt klatschte er aufs Wasser.

»Verdammt, wie wirfst du denn!«, rief Ulf vom Steuerrad herüber. »Noch mal.«

Maya zog den Ring zu sich zurück. Diesmal hatte sie mehr Erfolg, er landete nah bei Niklas. Dieser machte einen verzweifelten Schwimmzug, ohne sich dabei von der Stelle zu bewegen. Stattdessen tauchte er unter, kam wieder hoch, er japste und machte hektische Schwimmbewegungen. Dann verschwand er abermals. Kurz tauchte er noch einmal auf, um erneut zu versinken.

»Fan også! Er schafft's nicht!« Ulf klang panisch.

»Hier!« Maya hielt Ulf das Seil des Rettungsrings hin.

»Was hast du vor?«

»Ich rette ihn.« Ohne zu zögern, streifte Maya Schwimmweste und Regenjacke ab und schlüpfte aus ihren Schuhen.

»Bist du total verrückt?« Mit entsetztem Blick sah Ulf zu ihr herüber. »Lass das bleiben, das ist zu gefährlich.«

»Ich bin Rettungsschwimmerin.«

»Tue's nicht, Maya.«

»Dann ertrinkt er.«

»Das ist viel zu riskant! Helvete – Maya, tu's nicht!«

»Ulf, dann war die ganze Aktion umsonst!«

»Irgendwann muss man aufhören, Maya. Ehe es zu spät ist.«

»Wir können ihn doch nicht ertrinken lassen!«

»Okay, ich gehe.« Ulf hängte den Rettungsring zurück.

»Nein!« Heftig schüttelte Maya den Kopf. »Ich kann das Boot nicht halten. Außerdem – du musst uns herziehen, das schaffe ich nicht.«

Ulf, der gerade seine Jacke ausziehen wollte, hielt in der Bewegung inne. »Du hast recht. Aber nicht ohne Schwimmweste!«

»Damit kann ich nicht tauchen.« Maya kletterte über die Reling.

»Warte!« Ulf öffnete eine Klappe neben dem Steuerrad. »Hier, bind dir das um.« Er warf ihr ein Seil zu. »Egal, was passiert, ich hol dich da raus.«

Maya legte sich das Seil um die Taille und verknotete es. Siegessicher hob sie den Daumen, obwohl es in ihr völlig anders aussah. Sie schaute in die strudelnden Wassermassen und bekam zum ersten Mal seit Langem richtige Angst. Wenn sie sprang, gab sie die Kontrolle total aus der Hand. Überließ sie dem unberechenbaren Naturelement.

Dann dachte sie an Niklas, der gerade ums Überleben kämpfte. Er hatte keine Chance. Maya sammelte allen Mut, den sie besaß, und sprang.

Die Kälte des Wassers umschloss sie wie eine eisige Faust. Für einen Moment schnürte es Maya die Lunge zusammen. Rasch schwamm sie vorwärts. Vor ihr reckte sich eine Hand aus den Wellen, für einen Sekundenbruchteil erblickte sie Niklas' Kopf. Er schnappte nach Luft und sank wieder nach unten.

Maya kraulte wie besessen, um ihn beim nächsten Mal zu fassen zu bekommen. Wenn es ein nächstes Mal gab!

Da – er kam empor. Sie streckte sich und griff nach ihm. Kurz spürte sie seine Finger in ihrer Hand, doch sie entglitten ihr. Er versank! Das Blut pochte heftig in ihren Schläfen.

Schnell holte Maya Luft und tauchte ins Wasser ein. Ein Stück unter sich sah sie ihn, er mühte sich ab, um wieder hochzukommen. Mit kräftigen Zügen schwamm sie auf ihn zu. Eine surreale Stille umgab sie, alles wirkte ruhiger als an der aufgewühlten Oberfläche. Sie packte Niklas' Jacke, fasste unter seine Achseln und versuchte, ihn nach oben zu ziehen. Er war schwerer, als sie erwartet hatte. Für einen Moment sackte sie mit ihm weiter abwärts.

Das Seil ruckte um ihre Taille, viel tiefer würde sie nicht kommen. Wenn sie es nicht schaffte, musste sie Niklas loslassen. Der Gedanke, ihn unter sich versinken zu sehen, war unerträglich. Maya sammelte ihre Kräfte, packte Niklas noch fester und kämpfte sich verbissen nach oben. Ihr Atem wurde knapp, viel länger hielt sie es nicht unter Wasser aus. Als sie das Gefühl hatte, ihre Lungen müssten bersten, durchbrach sie die Wasseroberfläche. Gierig sog sie die Luft ein. Mit einem Ruck zog sie Niklas komplett hinauf. Er war bewusstlos.

Panisch suchten Mayas Augen nach dem Rettungsring. Da, ganz in ihrer Nähe trieb er. Ulf ließ mehr vom Seil ins Wasser, die nächste Welle spülte den Ring zu ihr hin. Sie mobilisierte ihre letzten Reserven und schwamm mit Niklas im Schlepptau darauf zu. Als sie mit der freien Hand danach griff, atmete sie auf. Sie streifte sich das Seil vom Körper, legte Niklas die Schlinge um und zog sie unter seinen Achseln fest, sodass er nicht rausrutschen konnte.

An der Reling stand Ulf bereit. Sein Gesicht verfärbte sich dunkelrot, so sehr strengte er sich an, den bewusstlosen Mann zu sich zu ziehen. Nur zentimeterweise kam er näher an das Boot heran. Die Wellen hoben und senkten sich, es schien Maya, als würde das tosende Wasser gegen sie arbeiten. Fast wäre Ulf das Seil mit Niklas entglitten, gerade noch konnte er ihn halten. Maya spürte, dass ihre Kräfte schwanden. Sie klammerte sich an den Rettungsring, lange hielt sie nicht mehr durch. *Bald ist es überstanden*, sagte sie sich immer wieder.

Endlich hievte Ulf Niklas an Bord, löste die Schlinge von seinem Körper und warf sie zu Maya ins Wasser. Sie griff nach dem

Seil, streifte es sich über und zog es fest. Auch wenn sie Ulfs Bemühungen mit Schwimmbewegungen unterstützte, kam sie nur schleppend vorwärts. Die Strömung war zu stark.

Nach einem schier endlosen Kampf erreichte sie schließlich das Boot, und Ulf begann, sie hochzuziehen. Er keuchte vor Anstrengung. Zwar war sie leichter als Niklas, aber Ulf und sie waren am Ende ihrer Kräfte. Nur mühsam ging es voran, Maya stemmte ihre Beine gegen das Boot und versuchte zu helfen, so gut es ging. Als sie glaubte, nicht eine Sekunde länger durchhalten zu können, hievte er sie über die Reling.

Völlig ermattet blieben sie beide auf den Bootsbrettern liegen.

»Du Verrückte hast es wirklich geschafft!« Ulf raffte sich auf, holte eine Decke und legte sie über Maya. »Komm erst mal zu dir. Ich kümmere mich um diesen Abschaum.«

Ermattet sank Maya in sich zusammen. Unter ihr schwankte der Boden im Auf und Ab der Wellen, doch gerade kümmerte es sie nicht im Geringsten. Reglos lag sie auf den Gummimatten, keinen Funken Energie mehr in ihrem schmerzenden Körper. Erschöpft schloss sie die Augen.

• • •

Henrik blinzelte. Trübes Licht fiel auf seine Netzhaut. Ihm war, als erwachte er aus einem tiefen Schlaf. Im selben Moment spürte er den harten Boden unter sich, den Wind, der an ihm zerrte. Erschreckt öffnete er die Augen. Über sich sah er nichts als Baumkronen – wo war er?

»Henrik.« Eine Stimme tönte an sein Ohr, sanft und zugleich besorgt.

Mühsam wandte er den Kopf und registrierte eine Person, die neben ihm hockte. Auf den zweiten Blick erkannte er Emely.

»Was ...?« Mehr als ein Krächzen brachte er nicht heraus. Er probierte, sich aufzurichten.

»Schhhh ... du warst ohnmächtig. Lass es ruhig angehen.« Fürsorglich strich sie ihm übers Haar.

Was war geschehen? Henrik versuchte, sich zu erinnern. Die Heide ... er war auf der Heide gewesen, an Cecilias Grab. Schlagartig war alles wieder da.

Er fühlte etwas Kaltes auf der Stirn. Regen ... es hatte zu regnen begonnen. Vorsichtig rollte er sich auf die Seite.

Emely streckte ihm die Hand hin. »Kannst du aufstehen?«

»Ich weiß es nicht ...« Henrik bewegte seine Beine. »Ja, es geht.«

Langsam hievte er sich mit ihrer Hilfe hoch in den Stand. Er prüfte seinen Körper, es schien nichts gebrochen oder ernsthaft verletzt zu sein. Lediglich ein dumpfer Schmerz am Hinterkopf. Sein Blick fiel auf den abgebrochenen Ast, der unmittelbar neben ihm auf den Boden gekracht war. Henrik wurde mulmig zumute. Das hätte echt ins Auge gehen können!

Offenbar erriet Emely seine Gedanken. »Ich würde sagen, dein Schutzengel hat seinen Job ziemlich gut gemacht.«

Schutzengel ... bisher hatte Henrik nicht an dieses Konzept geglaubt. Das war Cecilias Metier gewesen. Allerdings – wenn er nicht nach oben gesehen hätte ...

Er blickte Emely an, deren Gesicht immer noch ihre Beunruhigung spiegelte. »Was machst du eigentlich hier?«

»Dich suchen natürlich.«

»Du bist durch diesen Sturm gelaufen ... wegen mir?«

»Wir haben uns Sorgen gemacht. Du warst nicht da und ...«

Henrik war gerührt, und gleichzeitig fühlte er sich schuldig. »Du hast dein Leben riskiert.«

Ein Krachen auf der rechten Seite ließ seinen Kopf herumfliegen. Keine zwanzig Meter von ihnen entfernt stürzte eine Birke um. Mit der Krone blieb sie in einem anderen Baum hängen. Äste und eine Blätterflut rasten zu Boden.

Emely fasste ihn am Arm. »Wir müssen hier weg.«

• • •

Maya war in einen dämmrigen Halbschlaf gesunken. Wie aus weiter Ferne drang Ulfs Stimme an ihr Ohr.

»… treibt hier auf dem Wasser, ja, genau.« Er machte eine Pause. »Die Koordinaten sind korrekt. Nur ein Mann war an Bord … ja, der ist in Sicherheit.«

Sie öffnete die Augen und fand sich zurück auf dem schwankenden Boden. Zusätzlich zur Decke hatte Ulf die Regenjacke über sie gebreitet. Noch etwas benommen richtete sie sich auf.

Soeben hatte Ulf das Gespräch beendet. Er steckte sein Telefon in die Tasche und startete den Motor. In gemächlicherem Tempo setzte sich das Boot in Bewegung. Niklas hing auf den beiden hinteren Sitzen, ebenfalls in eine Decke eingewickelt. Darüber hatte Ulf ein Seil gespannt, damit Niklas nicht herunterfiel. Er kam gerade wieder zu Bewusstsein. Eine beklemmende Ruhe herrschte, trotz des Unwetters um sie herum.

Ruckartig wandte sich Ulf zu Niklas um. »In meinem Spiegel hier vorn habe ich dich im Blick, du verdammtes Arschloch. Mit dir bin ich noch lange nicht fertig. Und wenn du nicht kuschst, landest du wieder im Wasser, als Fischfutter, hast du mich verstanden?«

Maya war zu schwach, um ihn zu stoppen. Sie zog die Decke bis unters Kinn und klammerte sich am seitlichen Geländer fest. Immer noch hüpfte das Boot über die Wellen, auch wenn die Aufschläge auf die Wasseroberfläche nun weniger brutal waren.

Nach einer Weile schwenkte Ulf nach rechts. Waren sie schon zurück auf Svartlöga? Verwundert lugte Maya über den Bootsrand.

Sie befanden sich in einer Bucht, die sie nicht kannte. Anlegen konnte man an der felsigen Küste nicht, ringsherum wuchs Wald, Ulf hatte mitten auf dem Wasser angehalten. Immerhin waren sie hier vorm schlimmsten Sturm geschützt. Ulf schaltete den Motor aus und warf den Anker.

»Wo sind wir? Was ...?« So ausgelaugt, wie Maya nach der Rettungsaktion war, fühlte sie sich der Situation überhaupt nicht gewachsen. Wie gelähmt verharrte sie auf den Gummimatten neben der Bootswand. Was hatte Ulf vor?

Breitbeinig baute er sich vor Niklas auf. »Jetzt, du kleiner Scheißer, wirst du lernen, wie wir Schärenbewohner mit Leuten wie dir umgehen.« Mit beherrschter Stimme spuckte Ulf die Worte zwischen den Zähnen aus.

Niklas wirkte noch ziemlich benommen, er hustete immer wieder, doch in seinen Augen las Maya Panik. Fixiert mit dem Seil war er Ulf ausgeliefert. Hier draußen auf dem Boot besaß dieser eine Urgewalt, vollkommen eins mit dem Meer. Als wäre dessen Kraft auf ihn übergegangen.

»Glaubst du nicht, dass ich schon beim ersten Mal, als ich dich sah, verstanden habe, wer du bist? *Alles hat seinen Preis, aber nichts einen Wert,* steht eintätowiert auf deiner Stirn. Dein neoliberales Reptiliengehirn dachte, dass selbst auf der Insel alles käuflich sei. Du, der du ein wandelndes Luftschloss bist wie die meisten Start-up-Idioten – Rock 'n' Roll mit dem Geld anderer Leute und das mit einer verdammt herablassenden Attitüde. Ich konnte schon von Weitem riechen, dass du ein Verlierer bist. Und was macht ein gescheiterter Verlierer, wenn ihm das Geld anderer Leute ausgeht?« Die Verachtung sprühte förmlich aus Ulfs Augen.

»Verhält er sich wie ein ehrlicher Mann und arbeitet wie der Teufel, um seine Schulden zu begleichen?«

Maya nutzte Ulfs Kunstpause, um dazwischenzugrätschen. »Können wir bitte erst mal zurückfahren?« Deutlich spürte sie das Geschaukel im Magen. Außerdem fror sie erbärmlich. Sie rappelte sich hoch. Nun, da Niklas gerettet war, wollte sie dieses Boot so schnell wie möglich verlassen.

Brüsk drehte sich Ulf zu Maya um. »Ich bin hier der Kapitän! Auf meinem Schiff bestimme ich. Und deswegen hört mir der da«, er deutete mit dem Daumen über seine Schulter, »jetzt zu, ob's euch passt oder nicht. Ich kann jederzeit rausfahren ins internationale Wasser. Da herrschen ganz andere Regeln.« Ohne sich länger um sie zu scheren, wandte er sich abermals Niklas zu.

»Wie all die Weil-ich-es-mir-wert-bin-Idioten da draußen weißt du nicht, was Verantwortung bedeutet. Denn in deiner perversen Welt glaubst du, du stehst über dem Rest von uns. Du und deinesgleichen – denen, die dieses Land einst aufgebaut haben, dankt ihr, indem ihr gierig und feige seid.« Ulf spie die Worte förmlich in Niklas' Gesicht. »Und wie löst du dein Problem? Du tötest die Hand, die dich füttert. Carl hat dir geholfen, und als Dankeschön bringst du ihn um. Und ich darf die Leiche finden!«

»Ulf, lass ihn doch erst mal wieder zu sich kommen.« Maya erhob sich. »Er wäre gerade beinahe ertrunken.«

»Der ist schon wieder fitter, als du denkst. Dieser ... Mörder!«

»Ulf, ich will ans Land zurück!« Mayas Stimme wurde energischer. Sie musste ihre Kräfte mobilisieren für den Fall, dass Ulf auf Niklas losging.

Ulf ignorierte ihren Einwand. »Da sind bestimmt einige auf der Insel, die dich mit offenen Armen in Empfang nehmen, Niklas. Ach, was werden sie sich freuen, dass wir dich gerettet haben, nachdem du geflohen bist.« Seine Stimme triefte vor Sarkasmus.

»So jemanden hat man doch gern unter sich, jemanden, der zwei Menschen getötet hat.«

»So war das nicht!« Niklas' Stimme schraubte sich vor Verzweiflung in die Höhe, er hustete abermals. »Ich habe ... ich wollte ...«

»Sei still! Erst hast du Carl umgebracht und dann Cecilia ... nur um dein Start-up zu retten! Wir hätten dich ersaufen lassen sollen!« Ulf brüllte aus voller Kehle. »Steh wenigstens zu dem, was du angerichtet hast!« Er hob die rechte Faust, als wolle er jeden Moment zuschlagen.

»Ich wollte doch bloß den Schuldschein holen!«, schrie Niklas überraschend kräftig zurück. »Cecilia – das war nicht geplant. Aber Carl habe ich nicht getötet!«

Ulf ließ seine Faust in der Luft hängen, ehe er sie langsam senkte. »Soso.« Mit einem Mal klang er ruhig und sachlich. »Na, dann fahren wir jetzt zurück.« Er warf den Motor an und begann, den Anker einzuholen. »Du kannst jetzt übernehmen, Frau Kommissarin.«

Entgeistert starrte Maya Ulf an. Niklas entfuhr ein erstickter Schrei.

»Ich bin zwar alt, aber nicht total plemplem.« Ulf trat wieder ans Steuerrad und lenkte das Boot aus der Bucht. »Denkst du, ich habe nicht mitgekriegt, wie du durchs Dorf gelaufen bist und die Leute befragt hast? Ich habe dich gesehen, als du mit diesem Pär gesprochen hast.«

»Du hast recht.« Maya musterte Niklas' leichenblasses Gesicht. »Ich bin Polizistin. Kriminalermittlerin. Allerdings keine Kommissarin, sondern Inspektorin. In diesem Fall arbeite ich verdeckt.« Mayas Blick wanderte zu Niklas. »Und was du gerade gesagt hast, war ein Geständnis.«

Kapitel 21

Emely machte sich mit Henrik auf den Rückweg zum *Pensionatet*. Sie wollte es ihm ersparen, ein weiteres Mal an Cecilias Heidegrab vorbeizugehen, deswegen wählte sie den Weg, der zum südlichen Rand der Heide führte und von dort auf den Hauptweg. Henrik schien es nicht aufzufallen, er schlich in sich gekehrt und mit gesenktem Kopf neben ihr her.

Der Regen hatte nachgelassen, und Emely war es, als würde auch der Wind schwächer werden. Vielleicht hatten sie das Schlimmste überstanden.

Die Kleidung klebte auf ihrer Haut. Erst jetzt spürte sie, wie durchnässt sie war. Es wurde Zeit, dass sie nach drinnen kamen und sich aufwärmen konnten.

Unvermittelt blieb Henrik stehen und begann zu schluchzen. »Cecilia ... Sie war plötzlich da und hat mich ... zu sich gerufen.« Er wirkte so hilflos und verzweifelt, dass Emely ihn spontan in den Arm nahm.

»Ich war so dumm«, wimmerte er. »Es tut mir leid, tut mir so furchtbar leid.«

»Dir muss gar nichts leidtun. Du hast einen furchtbaren Verlust erfahren.«

»Ich konnte nicht ... zum ersten Mal in meinem Leben ... ich wollte – sterben. Nicht mehr da sein. Nichts mehr fühlen.«

Emely hielt ihn einfach fest und streichelte ihm über den Rücken. Nach einer Weile verebbte sein Schluchzen.

Schließlich löste er sich aus ihrer Umarmung. »Ich schäme mich so, dass ich ... Dich habe ich dadurch auch in Gefahr gebracht.«

»Es ist ja noch mal gut gegangen.« Emely schenkte ihm ein einfühlsames Lächeln. »So etwas ist ein sehr belastendes Erlebnis. Das kann einen ziemlich durcheinanderbringen.«

»Ich habe nie an ... Übersinnliches geglaubt. Aber das vorhin war wirklich ... Es war so echt.«

Nachdenklich betrachtete Emely ihn. Wenn sie daran zurückdachte, wie sie ihn am Anfang des Retreats erlebt hatte – da war er ihr als ein durch und durch rationaler Mensch erschienen, der die Welt des Yogas nur seiner Freundin zuliebe betreten hatte. »Wir sollten vielleicht akzeptieren, dass es mehr gibt, als wir mit unserem kleinen logischen Verstand erfassen können.«

Zaghaft wiegte Henrik den Kopf hin und her. »Vermutlich hast du recht.«

»Hast du eine Idee, was Cecilias Botschaft an dich bedeuten könnte?«

Zunächst wirkte Henrik verblüfft, dann jedoch legte sich ein Ausdruck auf sein Gesicht, als habe jemand eine Lampe angeknipst. »Erst dachte ich, dass sie mich ... Das klingt bestimmt blöd ...« Er machte eine Pause, doch als Emely ihm ermutigend zunickte, fuhr er fort: »Dass sie mich zu sich rufen wollte. Jetzt bin ich mir nicht mehr so sicher. Ich glaube eher, dass es ... eine Art Abschied war.« Er stieß einen tiefen Seufzer aus. »Es fällt mir total schwer einzusehen, dass sie sich ...«, kurz stockte er. »Innerlich hatte sie sich schon lange von mir gelöst.«

Emely wusste nicht, was sie sagen sollte. Verlegen räusperte sie sich. »Ich bin mir sicher, dass sie …« Sie suchte nach angemessenen tröstenden Worten.

Mit einem schiefen Lächeln auf den Lippen blickte Henrik sie an. »Schon gut. Da muss ich jetzt durch. Du hast verdammt viel für mich getan, das werde ich nie vergessen.«

Wenig später erreichten sie eine Weggabelung und bogen wieder in den Hauptweg ein. Unzählige abgerissene Äste und Zweige lagen herum. Der Sturm hatte inzwischen deutlich nachgelassen. Eine Gestalt lief ihnen entgegen. Als sie sich näherte, sah Emely, dass es Leif war.

Sobald er sie erkannte, entspannten sich seine Gesichtszüge. »Emely, da seid ihr – was bin ich erleichtert!« Die letzten Meter rannte er und schloss sie in seine Arme. »Das hätte so was von schiefgehen können.«

»Es war leichtsinnig, ich weiß. Aber ich musste es tun.«

Sogleich richtete Leif seine Aufmerksamkeit auf Henrik. »Wie fühlst du dich?«

»Ich weiß noch nicht … Besser als vorhin auf jeden Fall.« Sein Blick glitt kurz zu Emely, dann zurück zu Leif. »Ohne sie …« Er zuckte mit den Schultern.

»Du bist ja verletzt.« Besorgt musterte Leif die blutige Schramme auf Henriks Stirn. »Das sollten wir gleich desinfizieren.« Er wandte sich an Emely. »Kannst du dich darum kümmern? Ich muss runter zum Anlegesteg.«

»Wieso das?«

»Offenbar ist Maya mit Ulf rausgefahren.«

»Aufs Meer? Bei dem Sturm?« Entsetzen kroch in Emely hoch. »Grundgütiger! Aber … was ist denn passiert?«

»Irgendwer versucht wohl, von der Insel zu fliehen.«

»Das heißt, sie wissen, wer der Täter ist?« Emelys Mund wurde trocken.

»Anzunehmen. Genaueres weiß ich nicht.«

Henrik ballte die Fäuste. »Wenn das stimmt ...«

Entschlossen richtete Emely sich auf. »Ich komme mit.«

Leif fasste Emely am Ärmel und beugte sich zu ihr. Er schlug einen gedämpften Ton an, sodass Henrik ihn nicht hören konnte. »Kümmere du dich um ihn. Ich glaube, er braucht gerade deinen Beistand. Auf keinen Fall darf er zur Anlegestelle kommen.«

»Okay. Pass bitte auf dich auf.« Emely gab ihm einen Kuss.

»Na klar.« Leif streichelte ihr über die Wange, dann nickte er Henrik zu. »Ruht euch aus. Wir sehen uns später.« Er drehte sich um und joggte in die Richtung zurück, aus der er gekommen war.

Henrik packte Emely am Ärmel. »Ich will wissen, wer dieser Schweinehund ist!«

Ihr schwante, dass es nicht so einfach werden würde, Leifs Bitte nachzukommen. Gleichzeitig machte sie sich riesige Sorgen um Maya. Solche Angst hatte sie noch nie um ihre Freundin gehabt. Hätten sie ihre Schwierigkeiten doch bloß früher aus dem Weg geräumt. Wenn Maya etwas zustieß – Emely könnte es sich nicht verzeihen.

• • •

Als sie endlich in die Bucht von Svartlöga einliefen, atmete Maya auf. Inzwischen hatte es aufgehört zu regnen, und der Sturm hatte nachgelassen. Die Fahrt bis zum Anlegesteg war weniger nervenaufreibend gewesen, wenngleich das Meer immer noch recht aufgewühlt war. Ulf hatte vor sich hin gegrummelt, während er das Boot mit stoischer Seemannsruhe über die Wellen manövriert hatte. Er hatte ihnen ein paar trockene Kleidungsstücke gegeben, und Maya war heilfroh gewesen, das nasse Zeug vom Leib zu bekommen.

»Und jetzt? Wo sollen wir mit ihm hin?« Ulf deutete mit dem Daumen hinter sich auf Niklas, der auf der Rückbank kauerte. Sein Teint changierte irgendwo zwischen Grau und Grün.

Maya überlegte noch, da warf Ulf ein: »Am besten, wir fesseln ihn, für alle Fälle.«

»Das werden wir garantiert nicht tun.«

»Hast du Handschellen dabei?«

»Wie bitte?«

»Na, als Polizistin, dachte ich.«

»Ulf, ich mache hier Urlaub. Und ich gehöre nicht zu denen, die ein solches Utensil in ihrer Freizeit benutzen.«

»Aber wir können ihn doch nicht einfach so auf der Insel herumlaufen lassen.« Ulf rang die Hände. »Er ist ein Mörder!«

Nun war es Maya, die einen sachlichen Ton anschlug: »Er ist ein Täter, der gestanden hat, einen Menschen getötet zu haben. Ob es Mord war oder Totschlag, bleibt noch herauszufinden.«

»Es war im Affekt!«, beteuerte Niklas flehend von hinten. »Es war im Affekt!«

Ulf kommentierte seinen Einwurf mit einem verdrießlichen Grunzlaut.

Seufzend drehte Maya sich zu Niklas um. »Ulf hat schon recht, irgendetwas müssen wir uns mit dir einfallen lassen.«

»Ich schwöre, ich werde nicht noch mal versuchen zu fliehen. Ich werde –«

Barsch schnitt ihm Ulf das Wort ab: »Du wirst dich doch nicht von dem Schwerverbrecher einwickeln lassen!«

»Ulf, ich bin nicht naiv.« Maya schlug einen Ton an, der keinen Widerspruch duldete. »Da führt kein Weg dran vorbei, Niklas, bis meine Kollegen dich abholen können, müssen wir dich in Gewahrsam nehmen. Was auch immer du mir jetzt schwörst, du hast uns eindrücklich bewiesen, dass bei dir akute Fluchtgefahr besteht. Noch mal will ich so ein Desaster nicht erleben. Du hast Cecilia getötet, das reicht ja wohl erst mal, um dich unter Arrest zu stellen.«

»Aber ...«

»Obendrein ist es zu deinem eigenen Schutz. Wenn die anderen davon Wind bekommen, was du getan hast ... Ulf hat ja schon angedeutet, dass es unangenehm für dich werden könnte.«

Kleinlaut sank Niklas in sich zusammen.

»Ich weiß es!« Ulf riss die Augen auf und hob den Zeigefinger. »Die Kapelle. Die hat nur eine Tür, und die Fenster liegen so hoch – da kommt man nicht raus. Außerdem sind sie kaum größer als Briefschlitze.«

Interessiert sah Maya ihn an. »Und wo liegt diese Kapelle?«

»Ganz in der Nähe des Anlegestegs.«

Bald darauf trafen sie bei dem roten Holzhäuschen ein, auf dessen Dach ein kleines Kreuz thronte. Am Bootssteg hatte niemand auf sie gewartet, sodass sie den kurzen Weg unbehelligt hinter sich bringen konnten.

Es war mit Abstand die winzigste und unscheinbarste Kapelle, die Maya je betreten hatte. Offenbar benutzten die Sommerhausbesitzer von Svartlöga sie eher als Abstellkammer statt für Gottesdienste: Eine zentimeterdicke Staubschicht bedeckte die schlichten Holzbänke, und an der linken Längsseite stapelten sich Bretter sowie andere Gerätschaften unter einer Plane.

Staubflocken stoben hoch, als Niklas sich ächzend auf eine der wackeligen Bänke sinken ließ, die Wolldecke vom Boot fest um sich gewickelt. Er war immer noch blass im Gesicht. Auch Maya wollte sich nach der aufreibenden Fahrt und der kräftezehrenden Rettungsaktion am liebsten irgendwo hinlegen und ausruhen. Sie zog ihre Decke enger um sich. Und das alles ohne Koffein – jetzt hätte sie dringend einen Morgenkaffee gebraucht!

Nahe der Tür blieb sie stehen und holte ihr Handy aus der Tasche der Regenjacke – glücklicherweise hatte es die Aktion unbeschadet überstanden. Wie erwartet erreichte sie zu dieser frühen Stunde lediglich Pärs Mailbox. Sie hinterließ ihm eine Nachricht, mit der sie ihn auf den aktuellen Stand brachte, anschließend steckte sie das Telefon wieder ein.

Als sie sich umdrehte, fiel ihr Blick auf Ulf, der mit finsterer Miene an einer der Bänke lehnte. »Jetzt schützen wir hier diesen Täter, der einen schutzlosen Menschen getötet hat.«

»Er soll die Strafe bekommen, die ihm für sein Vergehen zusteht.«

Ulf winkte ab. »Ja, ja, und dann gibt es mildernde Umstände, weil er geständig ist, und wegen guter Führung wird dann noch mal reduziert, und dann ist er plötzlich wieder frei. Immer dasselbe. Und was ist mit dem Opfer?« Herausfordernd schaute er sie an.

Maya musste sich beherrschen, um nicht die Augen zu verdrehen. Für eine solche Grundsatzdiskussion hatte sie momentan nicht die Nerven. Sie bemühte sich um einen ruhigen Ton, doch sie merkte selbst, wie angespannt ihre Stimme klang. »Unser Rechtssystem ist nicht perfekt. Aber: Die Zeiten der Selbstjustiz sind vorbei. Und dass es in diesem Land keine Todesstrafe gibt, begrüße ich, um ehrlich zu sein.« Sie machte zwei Schritte auf ihn zu. »Wie du vorhin gesagt hast: Das ist ab jetzt Sache der Polizei.«

»Schon gut, schon gut.« Beschwichtigend winkte er ab. »Dann geh ich jetzt Kaffee trinken. Willste auch einen?«

Dankend legte Maya die Handflächen aneinander. »Die beste Idee, die ich seit Langem gehört habe. Ach, und ... bring bitte Niklas auch einen mit.«

Ulf gab ein undefinierbares Schnaufen von sich und verließ die Kapelle. Maya verriegelte hinter ihm die Tür, ehe sie sich seitlich neben Niklas auf die Bank setzte.

»Jetzt zu unserer aktuellen Situation: Ich habe meine Kollegen gerade kontaktiert. Sobald sie fliegen können, machen sie sich garantiert auf den Weg. So lange«, sie blickte Niklas eindringlich an, »werden wir dich hierbehalten müssen.«

»Kann ich wenigstens mit Helena sprechen?«, stieß Niklas gepresst hervor.

»Wir werden ihr gleich Bescheid sagen. Erst einmal unterhalten wir zwei uns.« Sie machte eine kurze Pause, um sich auf ihren sachlichen Befragungsmodus einzustimmen. Was unter den gegebenen Umständen eine neue Herausforderung darstellte. »Okay, jetzt in aller Ruhe: Was ist in der Nacht von Samstag auf Sonntag eigentlich genau passiert?«

Mit gesenktem Blick knetete Niklas seine Hände. Es dauerte eine Weile, doch schließlich hob er den Kopf. Seine nassen Korkenzieherlocken rahmten sein blasses Gesicht ein. »Ich hatte mitgekriegt, dass die Polizei am nächsten Tag Carls Haus hier filzen würde. Da dachte ich ... Also, das war die perfekte Gelegenheit, diesen Schuldschein zu finden und zu vernichten. Damit hätte sich ein Teil meiner Geldsorgen erledigt, und vermutlich hätte ich mein Start-up erst mal retten können.«

Maya stützte sich mit den Ellbogen auf den Knien auf und lehnte sich nach vorn. »Das heißt, Carl hat von dir das Geld, das er dir geliehen hatte, zurückgefordert.«

»Wir hatten eine Frist vereinbart. Die hatten wir schon zweimal verschoben. Wenn ich jetzt nicht zahlen würde, dann müsste er den Zinssatz anheben, hat er gemeint. In der momentanen Situation ... Ich hätte nicht noch einen Kredit von der Bank bekommen.«

»Verstehe.« Maya schlug die Beine übereinander. »Wie bist du überhaupt in Carls Haus reingekommen?«

»Na, jeder hier auf der Insel hat irgendwo einen Hausschlüssel für den Notfall deponiert. Der von Carl liegt unter einem Blumentopf neben dem Eingang.«

»Und weiter?«

»Den Schuldschein habe ich schnell gefunden. Er lag auf dem Schreibtisch bereit. Aber da habe ich auch noch andere Dokumente entdeckt.« Niklas schob sich die Locken hinter die Ohren. »Und die waren sehr aufschlussreich.«

»Was waren das für Unterlagen?«

»Na, bei meinem Schuldschein gab es Papiere, mit denen eine Firmenübernahme besiegelt werden sollte. Damit wäre ich dann meine Schulden los gewesen. Und meine Firma hätte Carl gehört. Beziehungsweise ihr.«

»Wem?«

»Na, dieser Cecilia.«

»Cecilia sollte deine Firma übernehmen?« Ungläubig schaute Maya ihn an.

»Exakt. Ich wusste ja, dass Carl ab und zu Geld verleiht. Tage und Solveig hat er ja auch geholfen, deswegen habe ich ihn überhaupt gefragt. Aber dass er sich an Firmenpleiten bereichert ...« Die Locken rutschten wieder nach vorn. Dieses Mal ließ er sie hängen. »Und auf einmal stand sie da. Ich habe sie überhaupt nicht kommen hören. Natürlich hat sie sofort begriffen, was Sache war, als sie den Schuldschein in meiner Hand entdeckt hat.« Niklas fuhr sich über die Stirn, als wolle er eine lästige Fliege verscheuchen. »Sie hat gemeint, entweder ich zahle für ihr Schweigen, oder sie würde der Polizei stecken, dass ich hier eingebrochen bin.«

»Und dann?«

»Dann ...« Erneut wischte er sich durchs Gesicht. »Wir haben
uns gestritten. Sie ... sie hat mich provoziert. Hat gemeint, wenn
sie jetzt schreit, dann ... sie würde sagen, ich hätte mich an ihr
vergriffen. Da sind mir die Sicherungen durchgeknallt. Ich ... ich
wollte einfach, dass sie den Mund hält, sie sollte einfach nur still
sein.« Niklas rang die Hände.

»Warum die Heide?«

»Mir ist nichts Besseres eingefallen. Es war so viel Wirbel um
Carl ... ich dachte, es fällt doch sofort auf, wenn sich ein Boot von
der Insel entfernt. Und im Wald vergraben – bei dem Wildwuchs
und dem Wurzelwerk – unmöglich. Die Heide dagegen, mit ihrem
Sandboden ... außerdem kommt da kaum jemand hin, weil der
Ort so unheimlich ist.« Niklas schlug die Augen nieder. »Ich hatte
nicht vor, dass ... ich wollte doch nur mein Unternehmen retten.
Was sollte ich denn tun? Cecilia hat mich erpresst! Ich war so nah
am Ziel, wenn sie nicht aufgetaucht wäre – warum musste sie alles
verderben? Jetzt habe ich alles verloren!« Er begann zu schluchzen.

In Maya wallte Wut auf. Wenn sie auf etwas allergisch reagierte, war es die jämmerliche Opferhaltung, die manche Täter
an den Tag legten. »Na, das erklär mal den Eltern, die dadurch
ihre Tochter verloren haben«, rutschte es ihr heraus. Sogleich bereute sie es. Ihr fehlte Pär an ihrer Seite, der in solchen Situationen stets ausgleichend wirkte.

Entsetzt starrte Niklas sie an. Mit dem siegerlächelnden Typen vom Mittsommerfest hatte er nichts mehr gemein. Nun gehörte er auch zu denen, die plötzlich vor dem Scherbenhaufen ihrer Lebenspläne standen. Wie dünn das Eis war, auf dem sie sich
tagtäglich bewegten, vergaßen die meisten Menschen.

Maya ließ einen Atemzug verstreichen. »Ich glaube, wir brauchen beide eine Pause. Lass uns später weitermachen, wenn mein

Kollege da ist.« Sie erhob sich von der Bank. »Niklas Cederfelt, du bist hiermit vorläufig festgenommen wegen des dringenden Verdachts, dass du Cecilia Fredriksson getötet hast.«

Um Niklas' Mund zitterte es, doch er sagte kein Wort.

Im nächsten Moment klopfte es an der Tür. Maya lief hinüber und öffnete. Ulf betrat die Kapelle, gefolgt von Leif.

»Maya – *tack och lov!* Wir haben uns solche Sorgen gemacht.« Leif eilte ihr entgegen.

»Hier kommt der Kaffee.« Ulf reichte Maya zwei Becher.

»Ich danke dir!« Sie gab einen an Niklas weiter, trank einen großen Schluck und spürte förmlich, wie das Koffein in ihr Blut schoss.

»Es spricht sich gerade im Dorf herum, dass irgendwer versucht hat, mit dem Boot zu fliehen, und dass ihr hinterher seid.« Leif schielte an Maya vorbei zu Niklas. »Es wird bestimmt nicht lang dauern, bis die Ersten hier antanzen.«

Niklas schlug die Hände vors Gesicht. »Lasst sie bloß nicht rein.«

»Am liebsten würde ich genau das tun.« Missmutig verschränkte Ulf die Arme vor der Brust.

»Wie schon gesagt: kein Wilder Westen auf Svartlöga.« Streng blickte Maya ihn an.

Von draußen tönten Stimmen herein, jemand pochte an die Tür.

»Ich rede mit ihnen.« Maya trank ihren Kaffee aus und gab Ulf den Becher zurück. »Bleibst du hier, Leif?«

»In Ordnung.«

Sie schob sich durch die Tür hinaus, die Leif von innen wieder verriegelte. Auf dem Weg vor der Kapelle hatten sich einige Menschen eingefunden. Maya erspähte Gustav und neben ihm Tage.

Zu ihrer Erleichterung war Henrik nicht dabei. Auch sonst entdeckte sie niemanden vom Retreat.

»Ist er dadrin? Der Feigling soll sich stellen!«

»Es ist bestimmt einer von euch Retreatleuten!«

»Die Polizei ist informiert und wird sich darum kümmern. Bis dahin bitte ich euch ...«

In diesem Moment kam Helena angerannt. Atemlos stieß sie hervor: »Was ist mit Niklas? Lebt er?«

Augenblicklich erstarb das Stimmengewirr. Alle Augen richteten sich auf Helena.

Maya schob sich an den anderen vorbei zu ihr. Sie legte ihr die Hand auf die Schulter. »Niklas lebt, Helena. Aber er ist vorläufig festgenommen. Möchtest du mit ihm sprechen?«

Stumm schüttelte sie den Kopf, dann drehte sie sich um und rannte davon.

• • •

Auch nach ihrer Rückkehr ins *Pensionatet* wich Emely nicht von Henriks Seite. Sie kochte ihm Tee aus Baldrian, Kamille und Johanniskraut, bereitete ihm ein warmes Porridge zu und stellte ihm ihr Bett im Gästehäuschen zur Verfügung.

Erst als er eingeschlafen war, ging sie zu den anderen hinüber. Penelope war dabei, eine Morgenmeditation anzuleiten, deswegen zog Emely sich in die Küche zurück und half Sue bei den Frühstücksvorbereitungen. Gerade als sie Wasser aus einem Krug in eine Schale mit Erdbeeren goss, um diese zu waschen, trat Maya durch die Tür. Emely erschrak über ihren abgekämpften Gesichtsausdruck.

»Maya – was bin ich erleichtert!« Sie setzte den Krug ab, eilte zu ihr und nahm sie in den Arm. »Gott, du bist ja total durchgefroren! Komm, es ist Tee da.«

»Ich brauche erst mal was zu essen.« Maya sank auf den Küchenhocker.

Emely füllte den Rest des Porridges in eine Schale und reichte sie ihr. »Brauchst du sonst noch etwas? Soll ich dir eine Decke holen?«

»Ein Schnaps wäre gut.« Gierig schlang Maya Löffel für Löffel in sich hinein. »Ist noch was von dem Gin da?«

Emely suchte nach der Flasche und fand sie beim Leergut. »Leider nein.«

»Ist vermutlich auch besser. Übrigens, Leif ist mit Ulf in der Kapelle und bewacht Niklas.«

»Welche Kapelle? Und wer ist Niklas?«

Mit zunehmender Bestürzung lauschte sie Mayas Bericht. Als diese davon erzählte, wie sie Niklas gerettet hatte, schlug Emely die Hände vor den Mund. »Du bist tatsächlich bei diesem Sturm ins Wasser gesprungen?«

»Hätte ich es nicht gemacht, wäre er ertrunken.«

»Maya, du bist eine Heldin!«

»Ach, was heißt das schon.« Maya stellte die leere Schale beiseite. »Außerdem ... wenn ich es richtig verstanden habe, warst du auch ziemlich mutig bei deiner Suche nach Henrik.«

»Hm, na ja ... ziemlich leichtsinnig war es wohl auch. Ich würde sagen, wir haben beide mehr Glück als Verstand gehabt.« Emely seufzte auf. »Jedenfalls bin ich so erleichtert, dass dieser Albtraum zu Ende ist.«

»Also ...« Maya zögerte. »Ganz zu Ende ist diese Geschichte noch nicht.«

»Wie meinst du das?«

»Niklas sagt, dass er mit Carls Tod nichts zu tun hat.«

»Klar, dass er das sagt.«

»Auf mich macht er einen glaubwürdigen Eindruck.«

Emely verschlug es die Sprache. Das konnte doch nicht wahr sein! »Das heißt ...« Ihre Stimme flatterte. Sie brach ab und setzte neu an. »Carls Mörder ist also noch immer auf freiem Fuß? Himmel, und ich dachte, wir könnten endlich hier weg!«

»Ich glaube kaum, dass sie uns noch länger hier festhalten. Irgendwann in den nächsten Stunden wird Pär mit seiner Truppe eintrudeln, dann werden wir sehen, wie es weitergeht.«

Grübelnd goss Emely die Erdbeeren in ein Sieb. »Es muss ja jemand von der Insel gewesen sein. Aber dass hier zwei Täter herumlaufen ...«

Mayas Gesichtsausdruck verschloss sich. Auf einmal wirkte sie sehr weit weg.

»Was ist, Maya?«

»Nichts.« Ruckartig erhob sie sich und strebte zur Tür. »Mir ist nur gerade etwas eingefallen.«

Kapitel 22

Unversehens war alles vorbei. Der Sturm legte sich, die Wolken rissen auf, und das Sonnenlicht ergoss sich über die Insel, als wäre nichts gewesen. Lediglich die abgerissenen Zweige, die überall herumlagen, sowie vereinzelte umgestürzte Bäume erinnerten an das Unwetter.

Die Nachricht, dass Niklas Cederfelt für mindestens einen Todesfall verantwortlich war und sich nun in der Kapelle befand, hatte sich wie ein Lauffeuer auf Svartlöga verbreitet, und rasch hatte sich eine dicke Menschentraube am Anlegehafen gebildet. Doch nachdem sie vergeblich eine Zeit lang herumgestanden hatten, zogen sich die Menschen wieder auf ihre Grundstücke zurück. Ulf und Leif blieben gemeinsam an der Kapelle, Gustav und Jonas würden sie später ablösen.

Maya holte ihre Unterlagen aus dem Rucksack, der mit dem Gepäck der anderen in einem Abstellraum im *Pensionatet* lagerte, seit sie die Zelte abgebaut hatten. Sie suchte sich einen ruhigen Platz nahe am Wasser, um noch einmal die Gesprächsprotokolle durchzugehen, die Pär ihr geschickt hatte. Gerade als sie die Mail auf ihrem Handy geöffnet hatte, ging ein Anruf ihres Kollegen ein.

»Wir sind unterwegs zu euch. Einige Kollegen kommen mit dem Boot, ich steige gleich in den Hubschrauber.«

»Ein Glück! Fürs Erste ist es uns gelungen, Niklas von den anderen abzuschirmen, doch ich weiß nicht, ob die Situation nicht doch noch kippt. Je früher er von hier fortkommt, desto besser. Mit seiner idiotischen Fluchtaktion hat er sich so was von ins Knie geschossen.«

»In den Fuß.«

»Was?«

»Wir in Schweden schießen uns in den Fuß. Ich nehme an, dass es in Deutschland das Knie ist.«

Auch wenn ihr nicht danach zumute war, musste Maya für einen Moment lachen. Dann berichtete sie Pär ausführlich von ihrer Unterredung mit dem Start-up-Unternehmer.

»Das sind ja interessante Infos zu Carls Geldverleih-Praktiken.« Im Hintergrund raschelte und klackte es. Vermutlich zog Pär im Gehen sein Notizbuch hervor. »Das geb ich gleich mal weiter, damit die Kollegen prüfen, ob er auch in anderen Fällen Firmenpleiten für sich ausgenutzt hat. Ob Niklas allerdings tatsächlich nichts mit dem ersten Todesfall zu tun hat?« In Pärs Stimme schwangen Zweifel mit.

»Ich weiß, vieles spricht gegen ihn.« Maya schaute aufs Wasser, das jetzt wieder so friedlich wirkte. »Trotzdem denke ich nicht, dass er es war.«

»Hast du konkrete Beweise dafür? Außer deinem Bauchgefühl?«

»Na, das hat uns immerhin schon oft auf die richtige Spur geführt.« Maya strich eine Haarsträhne zurück, die sich aus ihrem Pferdeschwanz gelöst hatte. »Wir sind automatisch davon ausgegangen, dass die Fälle zusammenhängen, auch wenn es zwischen den Taten keine direkten Parallelen gibt. Ich denke, wir haben uns geirrt.«

»Das würde bedeuten, dass es auf dieser kleinen Insel zwei Täter gibt.«

»Die Handschriften der Verbrechen gleichen sich jedenfalls nicht.«

»Da hast du recht«, räumte Pär ein.

»Die ganze Zeit über haben wir angenommen, dass wir es mit ein und demselben Täter zu tun haben.« Maya stützte die Hand aufs Knie auf. »Dabei sind es doch zwei völlig unterschiedliche Profile!«

»Maya, wir wissen beide, dass das gern zur Tarnung benutzt wird. Aber ich gebe dir recht, dass wir das bisher zu wenig berücksichtigt haben.« Pär machte eine kurze Pause. »Wenn also Niklas Cecilia aus der Situation heraus erwürgt hat – wer hat dann Carl getötet? Cecilia? Henrik?«

Mayas Blick fiel in den geöffneten Rucksack, aus dem ihr eine Plastiktüte entgegenblitzte. Der eingetütete Brieföffner, der nun endlich untersucht werden konnte.

Nachdem sie sich von Pär verabschiedet hatte, ging Maya Seite für Seite die Protokolle der Gespräche durch, die die Polizei mit den Sommerhäuslern und den Retreatteilnehmern geführt hatte. Die meisten Aussagen wirkten auf den ersten Blick nichtssagend. Grübelnd hielt Maya inne. Irgendetwas hatten sie übersehen, sie spürte es ganz deutlich. Irgendwo in dem Material verbarg sich der entscheidende Hinweis. Wenn sie nur darauf kommen würde, was es war!

Die Sonne thronte inzwischen hoch am Himmel und strahlte in ihrer mittsommerlichen Intensität auf sie herab. Maya erhob sich und suchte sich einen Platz im Schatten einer Eiche, die ein Stück vom Meer entfernt einsam auf den üppigen Wildblumenwiesen stand. Wie herrlich es hier nach dem Regen duftete, so würzig und frisch. Maya beobachtete eine Hummel, die zwischen Kornblumen und Schafgarben hin- und herflog.

Jedenfalls lag nun auf der Hand, warum Cecilia mitten in der Nacht in Carls Arbeitszimmer gegangen war. Natürlich hatte sie von dem Schuldschein und den Dokumenten gewusst, ihr musste klar gewesen sein, dass alles auffliegen würde, sobald die Polizei das Haus am nächsten Tag durchsuchen würde. Sie wollte etwas vertuschen, Niklas ebenso. Niklas hatte versucht, sein Start-up zu retten. Bei Cecilia war zusätzlich die emotionale Seite hinzugekommen. Außerdem waren da noch Henriks enttäuschte Gefühle ... Hatte er wirklich keine Ahnung davon gehabt, dass Carl sein Nebenbuhler war?

Enttäuschte Gefühle ... Wie stark sie sein konnten und zu welchen Taten sie einen Menschen in Extremfällen befähigten, hatte Maya schon unzählige Male in ihren Ermittlungen erlebt. Hier auf der Insel kämpfte sie selbst auch privat gerade damit. Für sie war es deshalb so schlimm, weil der Zeitpunkt, an dem die Täuschung durch ihre Freundin stattgefunden hatte, fast zwei Jahrzehnte zurücklag. Die verstrichenen Jahre hatten wie Zündstoff gewirkt. Wenn sich Emotionen aufstauten ... Wie gewohnt schüttelte Maya den Gedanken ab und fokussierte sich wieder auf den Fall.

Enttäuschte Gefühle ... Etwas, das in der Vergangenheit lag, viel länger zurück als die Eifersucht von Henrik. Konnte es um so etwas gehen?

Maya gab sich einen Ruck und arbeitete sich weiter durch die Protokolle. An der Aussage von Carls Nachbarin Ingela Malmquist blieb sie hängen:

»Was mir zu Carl Wallensteen einfällt ... Na ja, er war ein erfolgreicher Zahnarzt, hat die Praxis seines Vaters übernommen und so richtig geschäftsmäßig ausgebaut. Zur großen Überraschung seiner Familie.«

»Wieso war das so überraschend?«

»Na, früher, da war er eher so der Rebell, der von Profit nichts wissen wollte. Der Kapitalismus war der Feind, das Grundübel schlechthin.«

»Er war ein Anhänger von Marx?«

»Sicher auch. Aber vor allem hat er sich für die Lehren von Maharishi interessiert.«

»Von wem?«

»Seinen vollen Namen habe ich vergessen. Wir haben ihn immer nur den Maharishi genannt. So ein indischer Guru halt. Carl war eine Zeit lang auf so 'nem Selbstfindungstrip, ist sogar für eine Weile nach Indien abgehauen.«

Mit einem Mal spürte Maya ein Flattern in der Magengegend, genau wie in dem Moment, als sie den Zeitungsartikel im Schuppen gefunden hatte. Dazu das verschwundene Foto ... Irgendwas gab es da, das sie nicht zu fassen bekam. Ulfs Worte kamen ihr in den Sinn, als er das Bild zum Artikel betrachtet hatte: *Und das hier ist Ingela – Wahnsinn, dass die damals auch auf dem Esotrip war ...*

Sie musste mit Ingela reden!

Maya traf Carls Nachbarin auf der Terrasse hinter ihrem Haus an. Sie hatte es sich auf einer Holzbank in der Sonne bequem gemacht, eine Tasse in den feingliedrigen Händen. Erst jetzt fiel Maya auf, dass alles an Ingela schmal angelegt war, von dem länglichen Gesicht mit den dünnen Brauen und Lippen über die schmächtigen Schultern bis zu den schlanken Fesseln. Wie sie dort mit geradem Rücken im Schneidersitz saß, in schwarzen Leggings und einem weiten weinroten Shirt, konnte Maya in ihr die junge Frau erkennen, die in den Neunzigern gemeinsam mit Carl hier an einem Yogakurs teilgenommen hatte.

»Die Ruhe nach dem Sturm.« Grüßend hob Ingela die Tasse. »Oder auch davor, wie man's nimmt. Hab gehört, du warst mit Ulf draußen, auf dem Meer. Das nenne ich mal mutig!«

»Auf dieser Insel kann man wirklich nichts geheim halten.«
Mit einem milden Lächeln schüttelte Ingela den Kopf.
»Dann weißt du auch schon, dass ich eigentlich Polizistin bin?«

»Das hat hier schneller die Runde gemacht, als du bis drei zählen kannst.«

»Hm.« An ihrer Tarnung würde sie arbeiten müssen, so viel stand fest. Maya machte einen Schritt auf Ingela zu. »Darf ich mich einen Moment zu dir setzen?«

»Aber bitte.« Ingela wies auf die beiden Gartenstühle, die an der Hauswand lehnten. »Möchtest du auch Tee oder lieber einen Kaffee?«

»Kaffee – liebend gern!« Maya zog sich einen der Stühle heran, während Ingela im Haus verschwand und kurz darauf mit einer dampfenden Tasse zurückkehrte. Sie reichte sie Maya. »Jetzt habt ihr den Täter also gefasst. Ich vermute, du darfst mir nichts erzählen.«

»Der Inselfunk klappt ja bestens, von daher wirst du es sowieso bald erfahren. Wenn du nicht eh schon alles weißt.«

Ingela lachte auf, dann wurde ihr Gesicht ernst. »Was für eine schreckliche Geschichte, das Ganze. Man hat sich am Ende ja kaum noch vor die Tür getraut. Und dazu noch dieser grauenhafte Sturm. Na ja, jetzt können wir wieder aufatmen.«

Maya trank einen Schluck Kaffee. Wie sehr hatte sie dieses schwarze Lebenselixier doch vermisst! »Wir sind leider noch nicht komplett am Ziel.«

»Wie bitte?« Entgeistert starrte Ingela sie an.

»Es ist immer noch nicht klar, wer Carl getötet hat.« Einen Moment hielt Maya inne, ehe sie fortfuhr: »Deswegen bin ich hier. Was Carl angeht, müssen wir offenbar tiefer graben. Ich habe die Protokolle der Befragungen gelesen. Du hast angegeben, dass Carl eine Zeit lang auf einem Selbstfindungstrip war. Von Ulf weiß ich, dass es in den Neunzigern schon mal ein Yogaevent hier gegeben hat und du daran teilgenommen hast. Ebenso wie Carl. Kannst du mir mehr darüber erzählen?«

Ingela schlug ihre Beine übereinander. »Wir haben es damals ganz anders aufgezogen als ihr. Viel improvisierter. Alle wohnten ja hier auf der Insel. Im *Pensionatet* haben wir nur die Stunden abgehalten.« Nachdenklich schwenkte sie ihre Tasse. »Wobei, Gegner hat es auch damals schon gegeben.«

»Wer war dagegen?«

»Hauptsächlich die Älteren hier. Die Konservativen.« Ingela schmunzelte. »Es ist eigenartig, das so zu sagen, jetzt, wo ich selbst eine der Älteren bin. Damals ... ich fand es so toll, dass auf dieser verstaubten Insel endlich mal was Modernes passierte. In meiner Jugend habe ich zum ersten Mal Yoga gemacht, das war in den Siebzigern. Ich habe damals sofort Feuer gefangen. Aber dann, wie das Leben so spielt ... Der Arbeitsalltag, die Kinder waren klein ... Als ich von dem Kurs hörte, habe ich gedacht, das könnte ein Weg sein, zu diesem Thema zurückzufinden.«

»Wer hat den Kurs organisiert?«

»Die Idee dazu kam von Carl und Rita, Sarahs Mutter. Rita hatte auch den Kontakt zu einem indischen Meister, der uns während des Kurses unterrichtete.«

»War es danach, dass Carl nach Indien gereist ist?«

»Das mit Indien ... Das war früher, noch in seiner Jugend.« Gedankenvoll nahm Ingela die Hornspange aus ihren silbergrauen Haaren, die nun auf ihre Schultern herunterfielen, und massierte sich die Kopfhaut. »Also, auf jeden Fall, ehe Carl studiert hat. Seine rebellische Phase, als seine Eltern noch Angst hatten, dass nichts aus ihm wird.« Sie lachte auf. »Wenn ich damals meine Eltern hier auf Svartlöga besucht habe, hat Carls Mutter oft mit meiner zusammengesessen und ihr ihr Leid geklagt.«

»Und dann ist er doch ein erfolgreicher Zahnarzt geworden.« Maya rechnete im Geiste nach. »Aber dieser Kurs hier war ja erst in den Neunzigern, da war Carl doch schon über dreißig. Sorry, ich kann gerade nicht folgen.«

Ingela trank ihre Tasse aus und stellte sie beiseite. »Ich fasse es mal so zusammen: Carl war in seiner Jugend ein Rebell, dann schwenkte er um, passte sich an und übernahm die Praxis seines Vaters. Und dann, mit über dreißig, da hatte er sozusagen einen Rückfall. Plötzlich trug er die Haare wieder lang und redete genauso wie in der Jugend. Er wollte auswandern, an seine ehemaligen Ideale und Pläne anknüpfen. Er meinte damals, er sei endlich wieder aufgewacht.«

Mayas Blick streifte die Tonkrüge an der Hauswand, in denen Ingela Kräuter anbaute. Sie dachte über ihre Worte nach. »Was meinst du, wie kam es zu diesem Sinneswandel?«

»Schuld daran war Rita. Bis dahin hatte Carl immer nur kurze Beziehungen. Aber Rita faszinierte ihn.« Ingela zog die Beine an und umschlang sie mit ihren Armen. »Sie war viel jünger als er und sprühte nur so vor Ideen. Sie wollte die Welt verändern. Das ist bei Carl auf fruchtbaren Boden gefallen. Auf einmal kriegten seine Eltern wieder Angst, er würde alles hinschmeißen und mit Rita ein Aussteigerleben starten.«

»Wie hat er denn dann wieder die Kurve gekriegt?«

»Tja, so genau weiß ich das auch nicht. Er hat die Praxis für ein paar Monate geschlossen und ist mit Rita herumgereist. Als sie zurückkamen, war sie hochschwanger. Dann wurde Sarah geboren, und Carl hat sein altes Leben wieder aufgenommen. Vermutlich brauchte er Sicherheit, mit so einem kleinen Baby. Er war ja auf einmal Familienvater und musste für die beiden sorgen.«

Maya versuchte, diese Infos einzuordnen. »Ich dachte, Sarahs Mutter sei kurz nach der Geburt gestorben.«

»So kurz danach kann das eigentlich nicht gewesen sein.« Ingela überlegte. »Ich bin mir sicher, dass Rita noch mal hier auf der Insel war, da war Sarah aber schon ... Also, sie ist zumindest schon herumgekrabbelt.«

Sie schien in ihrem Gedächtnis zu kramen, und Maya hatte sogleich wieder Pärs mahnende Stimme zu Fakten, Wahrnehmungen und Hypothesen im Ohr. Was auch immer Ingela ihr erzählte, sie würde es auf jeden Fall gegenchecken müssen.

»Jedenfalls lebten sie schon nicht mehr zusammen, Carl und Rita.«

»Die beiden hatten sich getrennt? Warum?«

Ingela seufzte auf. »Rita war gerade mal achtzehn, als sie schwanger wurde. Wenn du mich fragst, war es viel zu früh für sie, eine solche Verantwortung zu übernehmen. Carl war es, der unbedingt ein Kind wollte. Rita wiederum wollte ihre Lebensträume nicht aufgeben. Freiheit, Auswandern, ein alternatives Dasein. Sie konnten beide sehr stur sein. Ihre Lebenskonzepte passten wohl einfach nicht zueinander.«

»Das heißt, Sarah ist bei ihrem Vater geblieben?«

»Genau.« Ingela streckte die Beine wieder aus. Sie fasste ihre Haare am Hinterkopf zusammen, griff nach der Hornspange und steckte sie fest. »Rita ist nach der Trennung total in die Esoterikszene abgedriftet. Ich kann mich erinnern, als sie hier auf die Insel kam, da hatte sie ein paar ihrer neuen Freunde dabei. Alle trugen wallende Gewänder mit viel Schmuck. Würde mich nicht wundern, wenn sie zu irgendeiner Sekte gehörten. Carl ist total ausgeflippt.« Sie justierte die Spange. »Ich habe ihn selten so die Beherrschung verlieren sehen. Rumgeschrien hat er, dass sie verschwinden und ihn und das Kind in Ruhe lassen sollten.«

»Was ist dann passiert?«

»Sie sind weggefahren. Das war das letzte Mal, dass ich Rita gesehen habe. Irgendwann danach muss das mit dem Autounfall passiert sein.«

»Weißt du mehr darüber?«

»Nein, tut mir leid. Carl hat nie darüber sprechen wollen.«

Maya trank ihren letzten Schluck Kaffee. »Danke, Ingela. Du hast mir sehr geholfen.«

Kapitel 23

Nachdenklich schlenderte Maya zum *Pensionatet* zurück. Ingelas Worte kreisten in ihrem Kopf. Allmählich fügte sich ihr Bild von Carl zusammen. Sie war auf der richtigen Spur, das fühlte sie. Was überhaupt nicht übereinstimmte, waren die unterschiedlichen Aussagen zu Ritas Tod.

Maya blieb stehen und zog ihr Handy heraus. Bloß zwanzig Prozent Akku waren übrig, die musste sie sich gut einteilen. Gegenüber von Carls weißer Villa setzte sie sich auf einen Felsbrocken, den die Mittagssonne nicht nur getrocknet, sondern auch noch aufgewärmt hatte. Für einen Moment genoss sie es, hier zu sitzen. Die Sonnenstrahlen vertrieben die Kälte aus ihrem Körper, die sich während der Rettungsaktion auf dem Meer und vor allem im eiskalten Wasser in ihr eingenistet hatte.

Gespannt begann Maya mit der Internetrecherche. Da sie nicht mal Ritas Nachnamen wusste, fing sie mit Sarah Wallensteen an. Schnell hatte sie herausgefunden, dass ihre Mutter Rita Högstedt hieß und 1976 in Karlstadt geboren worden war. Allerdings fand Maya kein Todesdatum. Stattdessen gab es einen Vermerk zu ihrer Personennummer, dass Rita sich 1996 in Schweden abgemeldet hatte. Maya rechnete nach: Das war ein Jahr nach Sarahs Geburt und zwei nach dem Yogakurs auf Svartlöga. Ein Verdacht nahm in ihr Gestalt an. Konnte es sein, dass Rita noch lebte – irgendwo im Ausland? Aber weshalb hatte sie dann all die Jahre keinen Kontakt zu ihrer Tochter gehabt? Aus welchem Grund hatte Carl Sarah glauben lassen, ihre Mutter sei gestorben? Pär war immer noch nicht angekommen, also musste sie versuchen, die Zeit sinnvoll zu nutzen. Sie überlegte, wer ihr mehr über die Wallensteens erzählen konnte. Ihr fiel das Gespräch ein, das Emely und sie bei ihrer Ankunft auf Svartlöga geführt hatten. Sie schlug sich mit der Hand an die Stirn. Dass sie nicht früher daran gedacht hatte! *Leif und Carls Tochter Sarah kennen sich ewig, er ist quasi ihr großer Bruder.*

Rasch erhob sie sich und machte sich auf die Suche nach Leif. Vor der Kapelle traf sie Jonas an, der ihr mitteilte, er habe Leif abgelöst, damit dieser etwas essen könne. Momentan gab es keine Schaulustigen mehr, vermutlich war es den Menschen zu langweilig, vor der verschlossenen Kapelle zu verharren. Sicherlich würde sich das ändern, sobald Pär und die Kollegen eintrafen.

Zügigen Schrittes kehrte Maya zum Pensionatet zurück, wo sie Leif auf der Terrasse antraf, eine Tasse Tee und einen Teller belegter Brote vor sich.

»Was für ein eigentümliches Retreat.« Er nickte Maya zu. »Das nenne ich mal eine spirituelle Herausforderung. Die Verantwortung für die Menschen in unserem Retreat wächst mir gerade über den Kopf. Unter solchen Bedingungen nicht aus seiner Mitte zu fallen, das muss man erst mal schaffen.«

»Tja, willkommen in meinem Alltag.« Müde lächelnd ließ Maya sich ihm gegenüber nieder.

»Maya, ich habe immer Megarespekt vor deiner Arbeit gehabt, aber jetzt ...« Leif legte das angebissene Brot auf den Teller zurück. »Ehrlich, ich bewundere dich.«

Verlegen zuckte Maya mit den Schultern. Es fiel ihr stets schwer, ein derartiges Lob anzunehmen. »Irgendwer muss diesen

Job ja machen. Sag mal, ich wollte dich etwas zu Sarah fragen. Emely meinte, du wärest so was wie ihr großer Bruder.«

Erstaunt sah Leif sie an. »Das stimmt schon, aber ... Ich verstehe nicht, was das mit unserer Situation zu tun hat.«

Maya fasste zusammen, was Ingela ihr erzählt hatte.

Gedankenverloren rieb sich Leif das Kinn. »Von diesem Yogakurs weiß ich nichts. Ich war mit neun das erste Mal auf Svartlöga, da war Sarah knapp drei. Und was den Tod ihrer Mutter angeht: Ich habe auch immer gedacht, dass sie kurz nach der Geburt gestorben ist.«

»Wie war Sarahs Verhältnis zu ihrem Vater?«

»Gut, denke ich.« Leif zögerte.

»Aber?«

»Na ja, natürlich gab's auch mal Streit, wo gibt es das nicht. Als alleinerziehender Vater hat er es sicher nicht immer leicht gehabt.«

»Hast du was mitgekriegt? Hat Sarah dir etwas anvertraut?«

»Ach, na ja, manchmal hat sie sich bei mir ausgeweint, wenn sie mit Carl Streit hatte. Dann war ich eben der große Bruder, der sie getröstet hat. Sie hatte ja sonst niemanden.« Leif trank einen Schluck Tee. »Wenn ich Zoff mit meinem Vater hatte, dann gab es immer noch meine Mutter, zu der ich gehen konnte. Und umgekehrt.«

»War bei mir auch so.« Maya erinnerte sich gut an einige Situationen, in denen ihre Mutter aufmerksam zugehört hatte, wenn ihr in seine Arbeit vertiefter Vater wieder mal keine Zeit für sie gehabt hatte. Nie hatte sie das Gefühl der Ohnmacht erlebt, allein gegen zwei Erwachsene dazustehen, so, wie es beispielsweise bei Clara regelmäßig gewesen war. »Und in der Pubertät? Haben sich die Konflikte da verschärft?«

»Bestimmt. Aber da wurde Sarah verschlossener, auch mir gegenüber. Und dann bin ich ausgezogen – wir sind ja gut sechs Jahre auseinander. Da habe ich nur noch sehr wenig von ihr mitbekommen.«

Maya überlegte einen Moment. »Weißt du, ob Sarah Tagebuch schreibt?«

»Ich vermute, ja. Als Jugendliche hat sie das jedenfalls getan, das habe ich noch mitgekriegt. Sie saß oft schreibend im Garten, wenn ich bei meinen Eltern zu Besuch war und bei ihr vorbeischaute. Und mit ihren Interessen ... Es würde mich sehr wundern, wenn sie es nicht tun würde.« Leif schien in seinem Gedächtnis zu kramen. »Aber warte mal, sie hat eine Tasche hier im Pensionatet deponiert.« Er richtete sich auf. »Ich glaube, sie steht im hinteren Abstellraum, hat Emely gemeint. Ich wollte mir ansehen, was Sarah für den Anfängerkurs geplant hatte. Aber dann ist ja alles so durcheinandergeraten.«

»Okay. Danke, Leif.« Eindringlich schaute Maya ihn an. »Bitte, behalte das fürs Erste absolut für dich. Niemand darf davon wissen, auch nicht Emely.«

Kurz darauf stand Maya in der Abstellkammer. Zwischen einem Stapel Meditationskissen und einer Kiste mit Yogablöcken entdeckte sie eine olivgrüne Reisetasche aus Leinen. Das musste Sarahs sein. Sie kniete sich hin und zog den Reißverschluss auf. Gespannt blickte sie in die Tasche. Zuoberst lag Yogakleidung. Maya nahm sie heraus und legte sie zur Seite. Darunter fand sie einen Spiralblock im DIN-A4-Format. Rasch blätterte sie ihn durch. Es waren die Aufzeichnungen zu den Lektionen, von denen Leif gesprochen hatte.

Ungeduldig suchte Maya weiter. Als Nächstes fiel ihr ein indisch besticktes Necessaire in die Hände, in dem sich neben Haargummis, Lippenpflege und einer kleinen Tube Handcreme auch zwei Tablettenblister befanden. Sie las die Aufschrift auf beiden Blistern. Venlafaxin stand auf dem einen, Flunitrazepam auf dem anderen. Ahnungsvoll gab Maya die Namen in der Suchmaske ihres Handys ein. Bei Venlafaxin handelte es sich um ein Antidepressivum, Flunitrazepam war ein sogenanntes Bedarfsmedikament für akute Angstzustände.

Maya hielt einen Moment inne. Wenn Sarah solche Tabletten nahm, war sie offenbar in psychiatrischer Behandlung. Sie mussten dringend den behandelnden Arzt oder Therapeuten ausfindig machen und versuchen, mehr über ihren Zustand zu erfahren. Auch wenn die Aussichten auf Erfolg gering waren, denn die wenigsten Ärzte riskierten ohne das Einverständnis der Patienten, ihre Schweigepflicht aufzugeben und ihnen irgendetwas zu verraten.

Abermals wandte sich Maya der Reisetasche zu. Außer einer Packung Räucherstäbchen, Streichhölzern, Bambuslatschen und einem übergroßen Schal aus grob gewebtem Leinen war nichts mehr darin. Prüfend wanderte Mayas Blick durch die Tasche. Auf der rechten Innenseite entdeckte sie ein Reißverschlussfach und öffnete es. Ein rosenholzfarbenes Notizbuch kam zum Vorschein. In Maya kribbelte es, als sie es hervorholte und aufschlug.

Volltreffer! Ungefähr die Hälfte der Seiten hatte Sarah eng mit der Hand beschrieben, mit Datumsangaben versehen und teilweise sogar Zeichnungen hinzugefügt.

Maya legte das Buch auf ihren Knien ab. Für einen Moment übermannte sie das schlechte Gewissen, wie jedes Mal, wenn sie ohne Erlaubnis in die privatesten Winkel eines anderen Menschen eindrang. Als Ermittlerin ging sie wie selbstverständlich davon aus, dass es ihre Pflicht war, die Wahrheit herauszufinden, koste es, was es wolle. So oft verschwamm die Grenze zwischen dem, was im Rahmen des Falls angemessen war, und dem moralisch zweifelhaften Bereich. Nicht selten hatte sie im Leben Unschuldiger herumgestöbert und dabei so manch prekäres Geheimnis an die Oberfläche gezogen, das mit dem eigentlichen Fall gar nichts zu tun hatte. Für die betreffende Person jedoch konnte es eine Katastrophe bedeuten.

Wer oder was erlaubte ihr, die Ermittlungsarbeit über das Recht auf Privatsphäre zu stellen? Eindeutig lautete die Antwort: das Opfer. Maya gab sich einen Ruck. Es ging um ein Tötungsdelikt, möglicherweise sogar um Mord.

Als sie Sarahs Tagebuch wieder in die Hand nahm, rutschte etwas heraus und fiel zu Boden. Es war ein Foto. Interessiert hob sie es auf und betrachtete es. Im Hintergrund erkannte sie sogleich das *Pensionat*. Davor posierte die Yogagruppe aus dem Zeitungsartikel. Mayas Herz schlug schneller. Das musste die Fotografie sein, von der Emely gesprochen hatte. Also hatte Sarah sie an sich genommen.

Der erste Eintrag stammte vom ersten Januar des Vorjahres. Darin klang Sarah enthusiastisch und machte große Pläne, ihr Leben von nun an radikal zu ändern. *Ich will endlich auf eigenen Füßen stehen und mir etwas aufbauen. Vorwärts, nur vorwärts! Das wird MEIN Jahr!*

Maya blätterte weiter und las an verschiedenen Stellen quer. Nach kürzester Zeit änderte sich Sarahs Ton, und die Euphorie vom Jahresbeginn wandelte sich in Düsternis. *Solange ich noch die Ausbildung mache, kann ich das mit dem Ausziehen vergessen. Eine Mietwohnung zu finden, ist in Stockholm sowieso sauschwer, ohne festen Job absolut UNMÖGLICH! Und Papa wird mich nicht unterstützen, wenn ich nicht das mache, was er will.*

In Maya breitete sich ein beklemmendes Gefühl aus. Welch ungesundes Machtverhältnis, in dem Sarah aufgewachsen war!

So hatte sie Carl gar nicht eingeschätzt. Betroffen schlug sie einige Seiten um.

Im September vergangenen Jahres schrieb Sarah: *Alles ist doch bloß Fassade. Der schöne Schein, der nur nach außen fällt. Wenn die anderen wüssten, wie es wirklich bei uns ist – von wegen Bilderbuchpapa, ihr fehlt es an nichts. Dass ich nicht lache! Die Dunkelheit, in die ich immer wieder abrutsche, die sieht keiner. So lange kämpfe ich schon damit, und jetzt, nach diesem Sommer, in dem ich wieder mal das Heile-Welt-Spiel durchgezogen habe, habe ich mich endlich durchgerungen und bin zum psychiatrischen Notdienst gegangen. Papa darf nichts davon wissen.*

Maya hielt inne – diese Sätze passten zu dem Medikamentenfund. Für einen Moment zögerte sie, weiter in Sarahs Abgründe vorzudringen. Doch nun hatte sie einmal damit angefangen, da hatte es keinen Sinn, mittendrin abzubrechen.

Immer wieder dasselbe Thema, schrieb sie an einer anderen Stelle. *Ich solle studieren – am besten natürlich Zahnmedizin – und endlich von diesem Yogathema Abstand nehmen, mir einen ordentlichen Beruf suchen. Ich könne ja Yoga als Hobby behalten. Er versteht mich einfach nicht!*

Der letzte Eintrag stammte vom Mittsommerabend. Hier wirkte ihre Handschrift unordentlicher als auf den Seiten zuvor. Sarah musste dies geschrieben haben, als sie schon angetrunken war. Maya erinnerte sich, dass sie auch von der Schokolade mit den halluzinogenen Pilzen gegessen hatte. Kein Wunder, dass ihre Schrift so krakelig aussah. Maya überflog die ersten zwei Abschnitte und schnappte nach Luft.

Als sie den Eintrag zu Ende gelesen hatte, klappte sie das Buch zu und starrte auf den honigfarbenen Dielenboden. Rita ... die Nebelschwaden in Mayas Kopf begannen, sich aufzulösen. Sie mussten unbedingt mit Sarah sprechen!

Wenig später trafen fast zeitgleich ein Boot mit den Polizisten aus

Norrtälje sowie Pär und zwei uniformierte Stockholmer Kollegen mit dem Helikopter ein.

Am liebsten hätte Maya ihrem Teampartner sofort alles erzählt, doch zunächst mussten sie sich um Niklas kümmern. Also brachte Maya sie als Erstes zur Kapelle, wo sich binnen kurzer Zeit erneut zahlreiche Sommergäste ansammelten. Während die Norrtäljer sie zurückdrängten, führten die Stockholmer Niklas in Handschellen zum Polizeiboot ab.

Helena hatte sich auch unter den Schaulustigen befunden und trat nun an Mayas Seite. »Was geschieht jetzt mit ihm?«

»Er wird erst einmal nach Norrtälje gebracht. Wir warten auf den Beschluss vom Staatsanwalt. Dann wird er vermutlich nach Stockholm verlegt.« Sie musterte Helenas blasses Gesicht mit den geröteten Augen. »Möchtest du vorher noch mit ihm sprechen?«

Entschieden schüttelte Helena den Kopf. »Er war der größte Irrtum meines Lebens. Was für ein Blender – wie konnte ich nur auf ihn hereinfallen! Ich habe schon länger geahnt, dass er mir so einiges verheimlicht, was die finanzielle Situation seiner Firma angeht ... aber dass er fähig ist, einen Menschen umzubringen ...« Angewidert verzog sie das Gesicht. »Ich will nichts mehr mit ihm zu tun haben.«

Maya sah ihr nach, wie sie in Richtung des Ferienhauses ihrer Eltern davonlief. Je näher man jemandem stand, desto stärker schmerzte die Entdeckung, sich in der betreffenden Person getäuscht zu haben. Es kam Maya vor wie das Motto des Falls und des Inselaufenthalts überhaupt: Verletzung durch Enttäuschung.

Sie schaute sich nach Pär um, der gerade noch mit einem Kollegen aus Norrtälje sprach. Sobald er fertig war, nahm sie ihn beiseite. »Pär, was Carl betrifft – wir müssen unbedingt mit Sarah reden.«

Forschend kreuzte sein Blick den ihren, er kannte sie gut genug, um zu wissen, dass sie so etwas nicht grundlos sagte. »Offenbar ist hier in der Zwischenzeit einiges passiert.«

»Unfassbar viel.«

»Dann bring mich doch mal auf den neuesten Stand.«

Maya berichtete von ihren Gesprächen mit Ingela und Leif sowie dem Fund des Tagebuchs.

»Ich bin schwer beeindruckt. Da hast du ganze Arbeit geleistet, Maya.« Anerkennend nickte Pär ihr zu. »Dabei hattest du doch gerade erst Niklas gerettet und überführt, wenn ich mich recht erinnere?«

»Ach, ich dachte, bis du hier bist, kümmere ich mich mal schnell um die noch offenen Fragen.«

»Das war jetzt die Untertreibung der Woche.«

Maya lächelte. »Ich hab da so einen Kollegen, der hat mir oft gesagt: *Vergiss nie die Menschen im direkten Umfeld des Opfers.*«

Pär erwiderte ihr Lächeln, dann wurde seine Miene ernst. »Ich rufe schnell im Krankenhaus an. Wenn Sarah inzwischen vernehmungsfähig ist, fliegen wir gleich los. Das mit Rita ... Wer hätte mit so etwas gerechnet?«

Das Telefonat dauerte keine zwei Minuten.

»Also, auf.« Pär steckte das Handy weg, verschränkte die Hände ineinander und drückte die Arme durch. »Musst du noch was holen?«

»Glaubst du, ich bleibe eine Sekunde länger hier, als ich muss?« Mit dem Daumen wies Maya auf den Rucksack auf ihrem Rücken. »Alles da.«

Gemeinsam liefen sie vom Hafen zum Helikopter. Auf dem Weg zur Landewiese kam ihnen Emely entgegen. Ihr Blick heftete sich auf Mayas Rucksack.

»Du fliegst mit, Maya?«

»Ich muss jetzt einfach bei den Ermittlungen dabei sein.«

»Wirst du zurückkommen?«

»Das kann ich noch nicht sagen. Je nachdem, wie es läuft.«

»Ich verstehe.« Emely lächelte traurig. »Falls nicht ... Ich packe deine restlichen Sachen zusammen und nehme sie für dich mit zurück.«

»Danke dir.« Maya strich sich eine Strähne aus der Stirn. »Also ... dann sehen wir uns in Stockholm wieder.«

Sie umarmten sich, und Emely zog sie fest an sich. Als sie sich voneinander lösten, glitzerte es verdächtig in ihren Augen. »Bis bald in Stockholm.«

Auch wenn Mayas schlimmster Groll verraucht war, spürte sie dennoch eine Distanz zwischen ihnen. Es war einfach nicht mehr wie früher.

Kapitel 24

Wenige Minuten später stieg Maya hinter Pär in den blau-weißen Helikopter.

Pär beugte sich nach vorn zum Piloten. »Wir möchten zum Södersjukhuset, bitte.« Er wandte sich zu Maya. »Sarah ist heute Morgen auf eine normale Station verlegt worden. Ihr Zustand hat sich deutlich verbessert. Sie wird in den nächsten Tagen entlassen werden.«

Als sie abhoben, lehnte sich Maya zum Fenster und schaute hinaus. Emely stand am Rand der Wiese und blickte zu ihnen herauf. Es dauerte nicht lange, bis Maya sie nicht mehr erkennen konnte. Ebenso schnell wurde Svartlöga immer kleiner, und bald schon flogen sie über die zahllosen Inseln und Halbinseln der Schären. Maya dachte an das Bild, das sie auf der Hinreise im Kopf gehabt hatte: als hätte jemand eine Handvoll Brotkrumen ins Wasser geworfen. Von hier oben passte der Vergleich umso besser.

Der Hubschrauber legte einen Extraschlenker ein, und Maya stöhnte leise auf. Ihre Urlaubstage hatte sie sich definitiv ruhiger vorgestellt. Eigentlich hätte sie den Tag mit einer entspannten Meditation begonnen, gefolgt von einem sanften Yoga Flow und einem anschließenden gemütlichen Frühstück. So viel zum Verhältnis von Plänen und dem wirklichen Leben.

»Alles in Ordnung?« Besorgt sah Pär sie von der Seite an. »Ist dir übel?«

»Geht schon.« Reflexartig hob Maya die Mundwinkel, auch wenn sie wusste, dass sie Pär nichts vormachen konnte. »Was muss, das muss, wie es in Deutschland heißt.«

»Ah, so wie der saure Apfel, in den wir hierzulande beißen.«

»Den kennt man dort genauso.«

Beide lachten, und wieder einmal war Maya dankbar, dass Pär und sie sich so gut verstanden. Die Leichtigkeit zwischen ihnen fing einen Teil der Schwere auf, den ihr Beruf mit sich brachte.

Gespannt verschränkte Pär die Arme. »Also, was steht drin in diesem ominösen Tagebuch, das du vorhin erwähnt hast?«

»Sarah hat die Wahrheit über ihre Mutter herausgefunden. Also, dass sie damals nicht gestorben ist.« Maya zog das Buch aus ihrem Rucksack und schlug es beim letzten Eintrag auf. »Am Mittsommerabend hat sie einen Brief entdeckt, den ihre Mutter geschrieben hat, erst vor ein paar Monaten. Offenbar hatte Carl ihn versteckt.«

Nachdenklich wanderten Pärs Augen über Sarahs Handschrift. »Das muss ihr ganzes Leben über den Haufen geworfen haben, wenn sie all die Jahre davon ausgegangen ist, dass ihre Mutter tot ist.« Er hob den Blick und sah Maya an. »Demnach wollte Carl nicht, dass Rita wieder Kontakt zu Sarah aufnimmt.«

»Anzunehmen.«

»Wir müssen herausfinden, was mit ihrer Mutter geschehen ist, nachdem sie diesen Brief geschrieben hat.« Pär schlug die Beine übereinander. »Am Ende ist sie an Mittsommer auf der Insel gewesen und hat Carl zur Rede gestellt.«

»Jetzt bist du der mit den Hypothesen.« Maya klappte das Buch zu. »Warum hat Carl bloß überall herumerzählt, dass sie gestorben sei?«

Pär überlegte einen Moment lang, ehe er ihr mit bedächtiger Stimme antwortete: »Vermutlich war sie das für ihn.«

»Du meinst, die Trennung war für ihn so absolut, dass er sie komplett aus seinem und Sarahs Leben gestrichen hat – auch wenn er Sarah damit die Mutter genommen hat?«

»Auch Hypothese – aber ja.«

»Puh, das ist echt heftig – die eigene Tochter über Jahrzehnte hinweg glauben zu lassen, dass sie keine Mutter mehr hat.« Maya dachte an ihre Eltern, und der Fehltritt ihrer Mutter, von dem sie nicht einmal etwas mitbekommen hatte, erschien ihr angesichts dessen geradezu banal.

»Ich spekuliere mal weiter.« Pär legte den Zeigefinger an die Schläfe. »Vielleicht hat Carl seine Tochter schützen wollen?«

»Vor den Yogaleuten, mit denen Rita unterwegs war? Möglicherweise. Wenn es sich wirklich um eine Sekte gehandelt hat, wie einige damals vermutet haben.«

»Das wäre eine Erklärung, warum er sich so radikal abgewendet hat.« Pär schaute ihr über die Schulter. »Was steht noch in dem Buch?«

Maya blätterte einige Seiten zurück, und Pär las laut:

»Mein Leben lang hat er mich unterdrückt und mich manipuliert. Erst jetzt sehe ich klar. Und doch weiß ich nicht, wie ich mich aus allem lösen soll. Das Yoga war das Einzige, bei dem ich mich durchgesetzt habe. Auch wenn er noch so sehr dagegen war – irgendwann hat er eingesehen, dass ich mir das nicht nehmen lasse. Ich bin volljährig und kann meine eigenen Entscheidungen treffen. Das muss ich mir selbst immer wieder klarmachen. Viel zu lange hat er über mich bestimmt.« Er wiegte den Kopf hin und her. »Klingt nach keinem gesunden Machtverhältnis.«

»Wie haben wir das nur übersehen können?«

Pär hob die Hände und ließ sie wieder sinken. »Wir haben mit so vielen Menschen gesprochen, auf der Insel, in der Nachbarschaft. Keiner hat etwas davon erwähnt, dass das Vater-Tochter-Verhältnis derart gestört war. Sarah konnten wir nicht befragen. Und als wir dann den zweiten Todesfall hatten, da sind wir fälschlicherweise davon ausgegangen, dass es sich um ein und denselben Täter handelt.«

Maya wandte den Kopf und sah aus dem Fenster. Unter ihnen tauchten die Ausläufer Stockholms auf. Selten hatten sie sich bei einem Fall so verrannt.

...

Gemeinsam mit Sue und Penelope bereitete Emely für die Retreatteilnehmer auf der Terrasse hinter dem *Pensionatet* einen Lunch vor. Endlich konnten sie wieder hier draußen essen.

»Wenn wir noch länger hierbleiben, müssen wir dringend nach Rödlöga übersetzen und einkaufen.« Kritisch betrachtete Sue die kümmerlichen Reste ihrer ehemals so üppigen Vorräte. Aus einer halben Melone, zwei Äpfeln, Bananen und den restlichen Erdbeeren hatte Penelope einen Obstsalat gezaubert, den sie gerade mit Sesamkörnern und Leinsamen bestreute, dazu gab es noch zwei Packungen Naturjoghurt. Emely hatte die letzten Eier zu einem Stapel kleiner Pancakes verarbeitet und stellte Honig und Marmelade auf ein Tablett.

Nach und nach trudelten die anderen ein. Die Stimmung war zwar deutlich gelöster als am Abend zuvor, doch Emely spürte eine unterschwellige Unsicherheit, die sich über die Retreatgruppe gelegt hatte wie eine unsichtbare Decke. Für einen Moment wallte Resignation in ihr auf. Sie waren mit den besten Absichten in diese Yogaauszeit gestartet, Emely hatte sich ausgemalt, wie entspannt und geerdet alle nach der einen Woche auf Svartlöga sein würden. Was würden sie nun stattdessen von hier mitnehmen? Die Verantwortung, die sie und Leif gegenüber der Gruppe trugen, bedrückte sie. Jetzt mussten sie ihre Energien bündeln und alles daransetzen, zumindest einen positiven Abschluss zu finden. Eine Idee, wie ihnen das gelingen konnte, hatte sie jedoch nicht, ihr Kopf war wie leer gefegt.

Henrik tauchte nicht auf, und als Emely nach einer Weile mit Penelope nach ihm sah, schlief er tief und fest. So leise wie möglich schloss Emely die Tür der Hütte wieder.

»Ohne dich hätte es für ihn schlecht ausgesehen.« Penelope fasste Emelys Hand. »Ich habe Angst um dich gehabt, Emely.«

Der Blick aus ihren dunklen Augen ging Emely durch und durch. Unverwandt schauten sie sich an, bis Emely schließlich den Kopf senkte. Sie hätte Penelope jetzt gern geküsst, doch sie wagte es nicht. »Es tut mir leid«, flüsterte sie.

»Das ist ein Lieblingsausdruck von dir, n'est-ce pas?« Mit der freien Hand hob Penelope Emelys Kinn an. »Du brauchst dich für nichts zu entschuldigen, du bist gut, wie du bist. Mehr noch: Du bist eine verdammt starke Frau, Emely.«

»So fühle ich mich aber meistens nicht.« Emely lächelte geknickt. »Ich war immer die, auf die man Rücksicht nehmen musste, weil sie so empfindlich ist, die länger für alles braucht und herumträumt.«

»Warum machst du dich so klein?« Penelope legte den Kopf schräg. »Sag mal, du und Leif, eure Beziehung – ist die wirklich auf Augenhöhe?«

»Ja, schon ... denke ich. Ich habe noch nie darüber nachgedacht. Er gibt mir nicht das Gefühl, dass er sich mir überlegen fühlt.«

»Aber die Yogaschule gehört ihm, nicht wahr?«

»Eigentlich seinen Eltern, die haben das Geld da reingesteckt. Er ist der Juniorchef.«

»Und du?«

»Ich bin bei ihm angestellt.«

»Und damit haben wir das Machtverhältnis klar.« Penelope ließ ihre Hand los. »Versteh mich nicht falsch, ich mag Leif, er ist ein spannender Mensch und sicher ein fairer Chef. Aber ich glaube, in dir steckt noch so viel mehr.« Sie umfasste Emelys Schultern. »Du könntest dein Leuchten noch viel stärker in die Welt hinaustragen. Wenn du dich nur traust«, sie zwinkerte ihr zu, »und dich nicht länger für deine Sensibilität schämst. Sondern anfängst, stolz darauf zu sein.«

Ihre Worte waren wie Balsam, und Emely speicherte sie in sich ab. »Ich nehme das mit. Danke, Penelope. Aber jetzt ... Ich möchte der Gruppe gern etwas Besonderes bieten, etwas, womit wir einen Schlussstrich unter die schrecklichen Erlebnisse der letzten Tage ziehen können. Doch mir fällt nichts dazu ein. Es muss etwas anderes sein als die üblichen Meditationen und Yoga Flows.«

Penelopes Blick schweifte in die Ferne. »Ich hätte da vielleicht eine Idee.«

• • •

Der Polizeihubschrauber landete auf der eigens für Helikopter angelegten Plattform hinter dem Södersjukhuset. Der Klinikkomplex lag nahe am Årstaviken, der länglichen Bucht des Mälarsees südlich der Insel Södermalm. Von den Zimmern zur Südseite musste die Aussicht über das Wasser großartig sein, dachte Maya, als sie die Fassaden der zahlreichen hohen Gebäude betrachtete. Mit seinen unterschiedlichsten Spezialabteilungen glich das Gelände einem kleinen Stadtviertel.

Der Pilot drehte sich zu ihnen um. »Müsst ihr nachher wieder zurück?«

Pär überlegte einen Augenblick. »Ich denke nicht. Danke dir.«

»Alles klar. Sonst gebt einfach über die Zentrale Bescheid.«

Maya und Pär stiegen aus und betraten einen schlichten Betonbau zu ihrer Linken. Ein Aufzug brachte sie ins Untergeschoss, und durch einen langen, gewundenen Gang gelangten sie in den Haupttrakt des Krankenhauses. Minutenlang liefen sie durch weitere nüchterne Gänge, bis sie an der Information am Haupteingang ankamen.

Maya trat an den Empfangstresen. »Wir möchten zu Sarah Wallensteen, bitte.«

»Moment.« Die junge Frau auf der anderen Seite des Tresens schaute auf ihren Bildschirm. »Wallensteen ... Ah, hier haben wir sie. Station sechzehn, Zimmer vierundzwanzig. Fahrstuhl N bringt euch dorthin.« Sie erklärte ihnen den Weg zum Aufzug, der durch das halbe Krankenhaus führte.

Maya nickte ihr zu. »Alles klar, vielen Dank.«

Ein zweiter Fußmarsch und eine Liftfahrt später erreichten sie und Pär Station sechzehn.

»Zimmer vierundzwanzig, hier ist es.« Maya klopfte an die hellgraue Tür und wartete, bis von drinnen ein gedämpftes »Herein« ertönte.

In dem hellen, rechteckigen Raum befanden sich drei Betten, von denen die ersten beiden belegt waren. Die zwei Frauen, die darin lagen, schauten sie fragend an.

»Hej«, Maya machte zwei Schritte in den Raum hinein. »Wir suchen Sarah Wallensteen.«

Die junge Frau im vorderen Bett, deren linkes Bein geschient war, antwortete, ohne zu zögern: »Sie ist vorhin kurz reingekommen, hat ihre Jacke geholt und ihre Tasche und ist wieder raus. Hat was von einem Spaziergang gemurmelt.«

»Sie schien es eilig zu haben. Und irgendwie wirkte sie ziemlich aufgeregt«, schob ihre deutlich ältere Bettnachbarin hinterher.

Maya warf Pär einen beunruhigten Blick zu, ehe sie die beiden Patientinnen freundlich anlächelte. »Vielen Dank.« Sie hatte die Tür schon fast geschlossen, da fiel ihr noch etwas ein. »Ach ja – was hat sie an?«

Die Frauen überlegten.

»Eine hellgraue Jogginghose – oder?« Unsicher schaute die Jüngere die Ältere an.

»Stimmt. Und ein weißes T-Shirt. Die Jacke war schwarz. So eine mit Kapuze.«

»Und wie lange ist das her?«

»Oh ... vielleicht eine halbe Stunde, oder so.« Jetzt suchte die Ältere den Blick der Jüngeren, die bekräftigend nickte.

Erneut bedankte Maya sich bei den beiden, verabschiedete sich und verließ mit Pär das Zimmer. Sein besorgter Gesichtsausdruck sprach Bände. »Lass uns mit dem Krankenhauspersonal sprechen.«

Gemeinsam eilten sie zum Schwesternzimmer. Bei einer resolut wirkenden Mittvierzigerin mit straffem, blond meliertem Dutt erkundigten sie sich, ob jemand dort etwas mitbekommen hatte. Doch niemand hatte Sarah gesehen.

»Habt ihr Sarah angekündigt, dass wir kommen?«

Eine junge Schwester mit einem lackschwarzen geflochtenen Zopf, der ihr bis zur Taille reichte, wurde rot. »Na ja, sie kam hier vorbei, kurz nachdem ihr angefragt habt. Da dachte ich, sie würde sich freuen, wenn sie hört, dass sie Besuch bekommt.« Sie blinzelte nervös. »Es war ja bisher keiner da, auf der Intensivstation.«

»Ich rufe Verstärkung«, raunte Pär Maya zu und verschwand aus ihrem Blickfeld.

Maya zog ihr Handy hervor und öffnete ihre Notizen zum Fall, ehe sie sich wieder an die Krankenschwester mit dem Dutt wandte. »Sarah hat regelmäßig Venlafaxin genommen. Und in Notfällen Flunitrazepam. Wisst ihr, ob sie davon etwas in den letzten Tagen bekommen hat?«

Die Krankenschwester ging zum Computer, der auf einem Schreibtisch an der Wand stand, und tippte auf der Tastatur herum. »Auf der Intensivstation nicht. In ihrer Krankenakte waren die Medikamente vermerkt, das Antidepressivum sollten wir ihr heute geben.«

»Wo ist denn die Schere?«, hörte Maya die Schwarzhaarige, die auf der Ablage links neben ihr herumkramte.

Die Duttfrau drehte sich zu ihrer Kollegin um. »Was meinst du?«

»Ich habe sie vorhin hier hingelegt. Dann war ich kurz draußen, und jetzt ist sie weg.«

»Du wirst sie wohl verlegt haben.« Missbilligend hob sie die Brauen. »Wie üblich.«

Pär erschien im Türrahmen. »Die Kollegen sind unterwegs.«

»Sie hat eine halbe Stunde Vorsprung!« Maya trat auf ihn zu. »Das Krankenhaus ist riesig – sie kann überall sein!«

»Ich frage das Wachpersonal hier im Haus, ob irgendwem etwas aufgefallen ist.« Pär tippte schon wieder auf seinem Handy.

Während er erneut telefonierte, suchte Maya in ihrem Smartphone nach den Bildern vom Mittsommerfest. Sie war sich sicher, dass sie auch Sarah fotografiert hatte. Tatsächlich fand sie einen Schnappschuss, auf dem man Sarah zwischen Penelope und Emely in die Kamera lächeln sah. Sofort schickte sie das Bild an Pär. Kaum hatte er sein Telefonat beendet, rannte Maya in Richtung Fahrstuhl. »Ich fahre runter zum Haupteingang.« Sie deutete auf das Foto auf ihrem Display. »Vielleicht hat dort jemand Sarah gesehen.«

...

Nach dem Essen sammelten sich die Teilnehmer des Retreats auf der hölzernen Plattform am Wasser. In letzter Minute stieß sogar Henrik zu ihnen und lächelte verlegen in Emelys Richtung. Er sah immer noch blass aus, doch in seinen Augen erkannte sie ein neues Leuchten.

Emely schaute zu Penelope hinüber, die im Lotussitz neben ihr saß. Zu ihrer orientalisch bestickten Haremshose trug sie ein bauchfreies Oberteil und zahlreiche Armreife. Beim Essen hatten sie Penelopes Idee mit Leif besprochen, der sogleich genauso davon angetan war wie Emely.

Als Emely einige Töne auf ihrer Tongue Drum spielte, richtete sich die Aufmerksamkeit der anderen auf sie. Sie räusperte sich. »Schön, dass ihr euch alle hier eingefunden habt.« Einen Moment verweilte ihr Blick auf Henriks Gesicht. »Als Allererstes möchten wir eine Schweigeminute für Cecilia und Carl einlegen.«

Die Stille, die sich zwischen ihnen ausbreitete, war anders als die, die sie von den Medis kannte. Tiefe Betroffenheit und Anteilnahme schwangen darin mit, und als Emely den Kopf wieder hob, schimmerte es feucht in manchen Augenpaaren.

Nun hielt Leif eine kurze Ansprache. »Wir haben vorhin mit den Polizisten gesprochen. Sie haben ja von uns allen die Kontaktdaten genommen und bitten darum, dass wir uns vorerst nicht außer Landes begeben. Damit sie uns bei Bedarf erreichen können. Unter diesen Bedingungen, meinen sie, bräuchten wir aus polizeilicher Sicht nicht länger hierzubleiben.«

Ein Jubel der Erleichterung brach los.

Emely stand auf und trat neben ihn. »Unser Retreat sollte ja eigentlich noch drei Tage weitergehen, doch nach allem, was ihr hier durchgemacht habt, haben wir vollstes Verständnis dafür, wenn ihr abreisen möchtet.«

»Ich bleibe.« Penelope wechselte die Beine. »Mein Flug ist gebucht, ich kann nicht früher zurück. Und ab jetzt kann es doch nur noch aufwärtsgehen.«

»Das freut uns, Penelope.« Leif ergriff wieder das Wort. »Wer das Programm ebenfalls fortsetzen möchte, der ist herzlich willkommen. Wir werden alles daransetzen, euch endlich ein paar entspannende Tage zu bieten. Die negativen Energien, die sich seit unserer Ankunft hier aufgestaut haben, wollen wir versuchen, gemeinsam aufzulösen. Sue hat sich bereit erklärt, weiter für uns zu kochen.« Er faltete die Hände vor der Brust und neigte den Kopf leicht in Sues Richtung. Dann schweifte sein Blick durch die Runde. »Denkt gern in Ruhe darüber nach, und gebt uns Bescheid.«

»Wir möchten auch weitermachen.« Gregory griff nach Debbies Hand, die lächelnd nickte.

Ein Teil des Anfängerkurses wollte lieber nach Stockholm zurück. Auch Henrik gehörte dazu, womit Emely fest gerechnet hatte. Jonas erklärte, er habe kurzfristig einen Job bekommen, den er nicht ablehnen könne. Beide fingen sogleich an, ihre Sachen zu packen. Immerhin würde die Fähre in Kürze anlegen.

Doch die Übrigen entschieden sich zu Emelys Überraschung dafür, auf Svartlöga zu bleiben.

»Auf Penelopes Anregung hin laden wir euch spontan zu einer Einheit in intuitivem Tanz ein. Sie wird euch jetzt mehr dazu erklären.« Mit einer einladenden Geste in Penelopes Richtung trat Leif zwei Schritte zurück.

Penelope erhob sich und breitete die Arme aus. »Unsere Vorfahren haben schon vor vielen Jahrhunderten intuitiven Tanz zur Heilung eingesetzt. Bei dieser traditionellen Tanzpraxis bewegen wir uns nicht nur einfach zur Musik. Wenn ihr euch dafür öffnet und euch darauf einlasst, ist es ist eine großartige Möglichkeit, auf tiefer Ebene loszulassen, den Körper von Stress zu befreien, Gefühle fließen zu lassen und innere Blockaden zu ...«

Aus der Brusttasche von Leifs Leinenhemd tönte ein durchdringender Klingelton. Mit beschämter Miene zog er sein Handy hervor, doch nachdem er aufs Display geschaut hatte, raunte er Emely zu: »Fahrt ruhig ohne mich fort – ich bin gleich zurück.« Besorgnis lag in seinem Blick, und eiligen Schrittes verließ er die Plattform.

· · ·

Der Aufzug ließ auf sich warten, und so nahm Maya stattdessen die Treppe ins Erdgeschoss. Zwischen zwei Etagen suchte sie Leifs Telefonnummer heraus und drückte den Anrufbutton. Immer zwei Stufen auf einmal nehmend, eilte sie weiter. Das Freizeichen ertönte – hoffentlich hatte er das Telefon bei sich. Wenn er gerade unterrichtete ... »Nimm schon ab, Leif!«

In diesem Moment hörte sie ein klickendes Geräusch in der Leitung.

»Ja, Maya?«

»Leif, hör zu, wir haben hier eine ernste Situation. Du kennst Sarah am besten von uns. Sie ist aus dem Krankenhaus geflohen. Wo könnte sie hingelaufen sein, wenn sie in Panik ist?«

Am anderen Ende entstand eine Pause. Dann fragte Leif: »Auf Söder seid ihr, nicht wahr?«

»Genau. Wieso?«

»Ach, weil ... aber vielleicht ist das auch zu abwegig.«

»Egal. Jeder Hinweis zählt, Leif.«

»Na ja, Sarah ist auf Söder in die Kita gegangen. In der Sachsgatan. Die liegt ja unmittelbar hinter dem Södersjukhuset. Nicht weit von der Kinderklinik entfernt.«

»Auf Söder? Ich dachte, sie lebten damals schon in Djursholm, so wie ihr?«

»Carls erste Praxis lag auf Söder. Da war es praktischer für ihn, Sarah dort in die Kita zu geben.«

Ein unbehagliches Gefühl stieg in Maya auf.

»*Hallå?* Bist du noch dran?«

»Danke, Leif.«

»*Ingen* ...«

Maya legte auf, steckte das Handy ein und beschleunigte ihre Schritte. Während sie in Richtung Haupteingang weitereilte, kreisten ihre Gedanken um diese neue Information. War sie relevant für das, was aktuell geschah? Kitajahre, die frühe Kindheit ...

Am Empfang konnte man ihr nicht weiterhelfen, und auch die Menschen im Eingangsbereich, denen Maya Sarahs Foto zeigte, hatten sie nicht gesehen.

In Maya wuchsen Zweifel. Der Haupteingang lag zu weit weg von ihrer Station, es war nicht logisch, dass Sarah durch das ganze Krankenhaus hetzte. Andererseits verhielten sich Menschen in Panik selten logisch. Warum floh sie? Sollte sie wirklich ...

In diesem Moment klingelte Mayas Handy. »Ja?«

Am anderen Ende hörte sie Ullas warme Stimme: »Maya, Herzchen, ich bin's, Ulla. Ich kann Pär gerade nicht erreichen. Es gibt etwas Neues.«

»Kann ich dich zurückrufen? Wir haben hier gerade eine Notsituation. Sarah ist aus dem Krankenhaus geflohen und –«

»Sarah?« Ulla klang alarmiert. »Dann brauchst du diese Info unbedingt. Ich mach's kurz: Wir haben am Hemd von Carl Wallensteens Leiche DNA-Spuren entdeckt, die seiner eigenen DNA zum Verwechseln ähnlich sind.«

Maya schaltete sofort. »Demnach müssen sie von Sarah stammen.« Sie wurde ganz hektisch vor Aufregung. »Aber die Spuren könnten doch von so etwas Harmlosem wie einer Umarmung herrühren.«

»Grundsätzlich schon. Es waren jedoch Blutspuren.« Ulla räusperte sich. »Ich gehe davon aus, dass die Täterin sich selbst an der Stichwaffe verletzt hat. Vermutlich beim Zustechen, da gerät die Hand leicht ins Messer. Nicht so ungewöhnlich.«

Maya brauchte eine Sekunde, um diese Information zu verdauen. »Ulla, du bist der Wahnsinn. Das war genau, was mir noch gefehlt hat.«

»Immer wieder gern, Maya. Ich wusste, du trägst es in dir. Grüß Pär von mir. Ich schicke ihm alles zu. Und – sei vorsichtig!«

Schnell verabschiedete Maya sich von ihr und steckte das Telefon ein. Wie hatte sie nur so blind sein können! Überall auf Svartlöga hatten sie nach dem Täter gesucht und dabei die eine Person außer Acht gelassen, die nach dem ersten Todesfall hochoffiziell die Insel verlassen hatte.

Erneut rief sie Sarahs Foto auf ihrem Display auf und steuerte auf zwei Patienten in Bademänteln nahe den Drehtüren zu, als das Telefon in ihrer Hand schon wieder klingelte. Diesmal war es Pär.

»Pär, Sarah hat –«

»Sie ist durch einen Hinterausgang raus. Vor gut zwanzig Minuten.«

»Hör mal, ich habe mit –«

»Eigentlich ein Notausgang, aber wegen irgendwelcher Bauarbeiten stand die Tür wohl offen. Beinahe hätte sie einen Sanitäter umgerannt. Er sagte, sie ist links die Jägargatan runter.«

Maya rief ihren inneren Stadtplan auf. Södermalm war ihre Insel, hier kannte sie sich aus. »Da ist doch nichts. Keine U-Bahnen, keine Busse. Die Kinderklinik liegt da und ...« Ihr stockte der Atem. Leifs Worte gellten durch ihren Kopf. »Dort ist ihre alte Kita!«

»Was?«

»Ich komme zu dir.«

»Alles klar. Du musst zum Fahrstuhl N zurück und dann ...«

Maya sprintete los, während sie Pärs Beschreibung lauschte. Sobald er geendet hatte, berichtete sie in kurzen Sätzen von Ullas Infos.

»Mein Gott!« Pär klang erschüttert.

»Ich bin gleich bei dir.« Maya legte auf.

Die langen Gänge wollten kein Ende nehmen. Immer wieder musste sie die Geschwindigkeit drosseln und Schlenker einlegen, wenn vor ihr Patienten gingen oder Pflegepersonal mit einem Krankenbett aus einem Gang herausbog.

Endlich kam der Hinterausgang in Sicht. Pär stand vor der Tür und telefonierte. Seine Miene war so düster, dass Maya erschrak. Rastlos trat sie von einem Fuß auf den anderen.

»Alles klar, danke.« Pär steckte das Telefon in die Jackentasche. »Ein Notruf.« Mit einer verzweifelten Geste fuhr er sich durch die Haare. »Es scheint, dass du recht hast. Eine Unbekannte ist in die Kita an der Sachsstraße eingedrungen. Die Beschreibung passt auf Sarah.« Er schluckte, ehe er hinzufügte: »Sie hat ein kleines Mädchen als Geisel genommen.«

Kapitel 25

Gemütlich tuckerte die Waxholmfähre über das nun wieder ruhige Meer. Am wolkenlosen Himmel strahlte die Sonne, eine leichte Brise wehte. Als hätte es nie einen Sturm gegeben. Henrik lehnte an der Reling und betrachtete die verschiedenen Schäreninseln, an denen sie vorbeizogen. Wie idyllisch sie aussahen mit den kleinen Holzhäusern, scheinbar planlos verstreut inmitten von Felsen, die überall in Küstennähe aus dem Wasser ragten. Er wandte den Blick ab. Für ihn würde dieser Anblick fortan verbunden sein mit dem Horror, den er auf Svartlöga durchlebt hatte.

War es wirklich erst vier Tage her, dass er mit Cecilia hier entlanggefahren war? Es kam ihm vor, als seien seither Wochen, wenn nicht Monate vergangen.

Seit ihn am frühen Morgen im Wald der heruntersausende Ast nur knapp verfehlt hatte, war es in ihm ruhiger geworden. Nein, er wollte definitiv noch nicht sterben, das war ihm dort schlagartig bewusst geworden. Sicher, die Trauer um Cecilia übermannte ihn in unkontrollierbaren Schüben, und das würde wohl eine ganze Weile lang so bleiben. Aber deswegen warf er sein Leben nicht weg.

»Hej, Kumpel.« Jonas trat neben ihn und berührte ihn leicht mit dem Ellbogen. »Zurück in den Großstadttrubel.«

Henrik rückte ein Stück zur Seite. Dass von allen Retreatlern ausgerechnet Jonas mit ihm auf diesem Schiff sein musste!

»Hauptsache, weg von hier.«

Jonas stieß einen kurzen, spöttischen Lacher aus. »Das kannst du laut sagen! Vom Inselleben habe ich erst mal die Nase voll. Wobei ... ich komme nicht drum herum.«

»Soll heißen?«

»Ich fahre gleich weiter nach Gotland. Ein Einspringer beim Romatheater in den Klosterruinen.«

Mehr aus Höflichkeit als aus Interesse fragte Henrik: »Was wird denn dieses Jahr dort gespielt?«

»Ein *Sommernachtstraum*.« In schulmeisterlichem Ton ergänzte er: »Von William Shakespeare.«

Hielt dieser Schauspielschnösel ihn für so ungebildet? »Ich mag am liebsten Opern.« Auf Jonas' erstaunten Blick schob er hinterher. »Von Benjamin Britten. Und, springst du für den Esel ein?«

»Äh, was? Nein, ich bin natürlich Lysander.«

»Ja, natürlich.« Genervt wandte Henrik den Kopf ab. Null Humor und Megaego – was für 'ne geile Kombi. Hoffentlich zog der Typ bald wieder ab.

Doch Jonas blieb neben ihm stehen und erzählte ausführlich von seinen neuen Theaterprojekten und seinem Werdegang. Als Henrik nicht auf ihn reagierte, verstummte er schließlich. »Und ... du?« Mit einem Mal wurde sein Ton vorsichtiger. »Wie geht's bei dir weiter?«

»Ich gehe auf Weltreise.«

. . .

Alarmiert sahen Pär und Maya sich an.

»Sie hat eine Panikattacke. Und kein Notfallmittel.« Maya erinnerte sich an die Tabletten, die sie gefunden hatte. »Und damit ist sie in dieser Situation eine tickende Zeitbombe.«

»Ich gebe der Zentrale Bescheid. Die sollen rausfinden, wer ihr Therapeut ist.« Pär zog sein Handy wieder hervor. »Kennst du den Weg zu dieser Kita?«

Maya hob den Daumen, und sie eilten los, während Pär ein kurzes Telefonat führte. Sobald er das Gespräch beendet hatte, erhöhten sie das Tempo. Nebeneinander sprinteten sie die Jägargatan entlang. Nach seinem Schienbeinbruch Anfang des Jahres hatte Pär noch nicht wieder zu seiner gewohnten Kondition gefunden, und schnell fiel er ein wenig zurück.

»Hier lang.« Maya schwenkte nach rechts auf einen schmalen Kiesweg, der durch eine Parkanlage verlief. »Abkürzung zur Sachsgatan.«

Sie rannten an einem orangefarbenen Gebäude vorbei, auf dessen Terrasse an langen Tischen unter Sonnenschirmen zahlreiche Menschen in Klinikkleidung beim Lunch saßen. Geradeaus vor Maya öffnete sich der Panoramablick auf die Bucht, den sie nur nebenbei registrierte. Zwischen Rasenflächen und Büschen wand sich der Weg überraschend steil den Hügel hinab.

Pär drosselte das Tempo. »Ich muss aufpassen mit meinem Bein. Noch ein Sturz wäre fatal.«

Maya nickte ihm zu, verlagerte das Gewicht leicht nach hinten und stürmte weiter. Der abschüssige Weg mündete direkt auf die Sachsgatan, doch ein Stück zuvor gabelte er sich und führte linker Hand um ein rotes einstöckiges Holzhaus herum. Sie blickte sich nach Pär um, der einige Meter hinter ihr rannte, und deutete auf den lang gezogenen Bau. »Das muss die Kita sein.«

Auf den Treppenstufen, die zum Eingang hinaufführten, wartete eine Frau mit blondem Zopf, die kaum älter war als Maya selbst.

In diesem Moment braustem auf der Sachsgatan zwei Einsatzfahrzeuge heran, stoppten unmittelbar vor ihnen, mehrere bewaffnete Kollegen in Schutzkleidung sprangen heraus. Pär lief zu ihnen hinüber, während Maya auf die Frau zutrat.

»Es ging alles so schnell, wir haben es gar nicht richtig mitgekriegt.« Die hohe Stimme der Erzieherin überschlug sich fast. »Wir haben mit den Kindern im Garten zu Mittag gegessen. Tilda ist rübergelaufen, zur Toilette.« Sie deutete auf einen winzigen Anbau neben dem Haus mit grüner Holztür, in die ein Herz geschnitzt war. »Als sie nicht zurückkam, bin ich rüber, um nachzusehen, ob sie Hilfe braucht. Ich habe sie nicht gefunden, auf der Toilette war sie nicht. Da habe ich nach ihr gerufen, und als sie nicht antwortete, da habe ich erst gedacht, sie hätte sich irgendwo versteckt.« Tränen traten ihr in die Augen. »Ich habe gedacht, das sei ein Spiel. Bis ich dann gemerkt habe, dass die Tür vom Schuppen da drüben verriegelt ist.« Diesmal zeigte sie auf ein quadratisches Holzhäuschen, das ein Stück abseits im Schatten einer riesigen Kastanie stand. »Dadrin sind allerlei Spielgeräte und Gartensachen, die Tür steht eigentlich immer offen. Ich habe geklopft und ... und da hat mir eine Frauenstimme geantwortet. ›Sie ist hier drin, bei mir. Versuch nicht hereinzukommen!‹«

Maya betrachtete die am Boden zerstörte Betreuerin. »Wie alt ist Tilda?«

»Fünf.« Nun liefen ihr die Tränen übers Gesicht. Sie griff nach Mayas Händen. »Sie ist so ein zauberhaftes Mädchen, mein Gott, ihr darf nichts geschehen.«

Pär kam zu ihnen herüber. »Ich habe gerade mit dem Chef des Einsatzkommandos gesprochen. Sarahs Therapeutin ist informiert und unterwegs. Allerdings war sie gerade in Täby.«

»Bis sie hier ist, vergeht ja mindestens eine Dreiviertelstunde.« Maya hatte eine Idee und wandte sich an die Erzieherin. »Sarah Wallensteen – so heißt die Frau, die Tilda festhält –, sie ist vor knapp zwanzig Jahren in diese Kita gegangen. Ist noch irgendjemand aus der Zeit hier?«

»Nein. Die letzte Betreuerin, die sie hätte kennen können, ist voriges Jahr in Rente gegangen.«

»Wohnt sie in der Nähe? Vielleicht fällt ihr etwas ein, wie wir uns Sarah nähern können.«

»Ich weiß nicht.« Verzweifelt rang die Frau mit den Händen. »Sie lebt inzwischen auf Mallorca, ich müsste erst mal nach den Kontaktdaten suchen.«

»Das dauert alles zu lange.« Maya schaute Pär an. »Okay, dann spreche ich mit ihr. Mich kennt sie immerhin ein wenig. Und ich habe das Tagebuch gelesen.«

Seinen skeptischen Blick hatte sie erwartet, deswegen fuhr sie direkt fort: »Ruf die Therapeutin an, ich rede zuerst mit ihr.«

• • •

»Wie – du machst eine Weltreise?« Verblüfft sah Jonas Henrik an. »Wow! Das sind ja ... große Pläne.«

Henrik war selbst vollkommen überrascht über die Worte, die soeben aus seinem Mund gepurzelt waren. Wo kam das auf einmal her? Doch im selben Augenblick wusste er, dass es genau das war, was er nun brauchte: raus aus der gemeinsamen Wohnung, weg von der Arbeit, Abstand von Stockholm. All das hinter sich lassen, was ihn mit Cecilia verband.

»Respekt!« In Jonas' Blick lag Bewunderung. »Das wär mal was. Aber ehrlich, Mann, dazu fehlte mir bisher der Mut. Und überhaupt jobmäßig ... Wie regelst du das?«

»Ich nehme ein Sabbatical. Davon habe ich schon lange geträumt. Also, warum nicht jetzt, habe ich mir gedacht.«

»Klingt nach einer verdammt guten Idee, so ein Neuanfang. Wann geht's denn los?«

»Na, vielleicht so im September oder Oktober. Ein bisschen Vorbereitung brauche ich schon noch.« In Henriks Kopf überschlugen sich die Gedanken. Ein Arbeitskollege hatte so etwas vor einer Weile durchgezogen. Die Abteilungsleiterin war offen für seine Pläne gewesen. Bestimmt würde er mit ihr ebenfalls eine Lösung finden. Unter den gegebenen Umständen hatte sie sicher Verständnis. Über den Sommer konnte er sich mit Extrastunden etwas dazuverdienen. Die Wohnung unterzuvermieten sollte kein Problem sein, bei dem Wohnungsmangel in Stockholm.

»Und wo soll's hingehen?«

Was für eine komplette Kehrtwende dieser Typ da gerade hinlegte. Henrik staunte. Auf einmal kein Ego-Geschwätz mehr, sondern echtes Interesse. »Hm, ich glaube, ich will in Südostasien starten. Über den Winter wären Australien und Neuseeland cool. Auf jeden Fall Südamerika, vielleicht im Frühjahr. Durch die USA und Kanada, und danach zurück nach Europa.« Vor seinem inneren Auge tauchten Bilder auf von Reisezielen, die er sich als Jugendlicher an die Wand über sein Bett gepinnt hatte. Dann war der Berufsalltag gekommen, die Beziehung zu Cecilia ... und seine Träume waren aus dem Fokus geraten. Er hatte sie schlichtweg vergessen. Jetzt war plötzlich alles wieder da. »Und wer weiß, wenn's mir irgendwo gefällt, bleib ich vielleicht auch dort.«

Jonas klopfte ihm auf die Schulter. »In dir steckt viel mehr, als ich am Anfang gedacht habe.«

»Wenn ich ehrlich bin, Jonas, ich konnte dich zuerst echt nicht leiden.« Hatte er das gerade wirklich gesagt? Bereits zum zweiten

Mal wunderte sich Henrik, woher die Worte kamen, die er von sich gab.

»Aber ... wieso das denn?«

»Na, so ungeniert, wie du mit Cecilia geflirtet hast, das hat mich schon krass wütend gemacht.«

Zerknirscht senkte Jonas den Kopf. »Hm, stimmt schon, das war vermutlich nicht so ... Trotzdem gehören da ja schon zwei dazu. Und so ein Flirt ist doch eigentlich harmlos. Aber ... wahrscheinlich hast du recht. Sorry, Mann.« Sein Gesicht umschattete sich. »Du bist ja nicht der Erste, der mir so was sagt.« Er hielt kurz inne, ehe er fortfuhr: »Daran ist auch meine letzte Beziehung gescheitert. Ich bereue immer noch, dass ich mich so idiotisch verhalten habe.«

»Vielleicht solltest du es ihr sagen. Kann doch sein, dass sie dir noch eine Chance gibt.«

»Ich hab's versucht. Eigentlich bin ich nur deswegen mit auf dieses Retreat gefahren.« Mit einem Mal wirkte Jonas betrübt.

»Echt jetzt? Wer ist denn deine Ex?«

»Maya.«

In diesem Moment fiel Henrik wieder ein, dass Maya das erwähnt hatte. »Ja, solche wachsen nicht auf Bäumen.«

»Weiß ich nur zu gut.« Jonas sah geknickt aus. »Ich hab's vermasselt. Da ist nix mehr zu machen. Auf jeden Fall hab ich daraus gelernt.«

Zum ersten Mal empfand Henrik einen Hauch von Sympathie für ihn. »Also nimmst du zumindest auch was von dieser Inselzeit für dich mit.«

Abermals blickte Jonas ihn verwundert an. »Hm, so gesehen schon. Ein Kieselstein, verglichen mit den Felsblöcken, die du mitschleppst.« Er rückte seine Baseballcap zurecht. »Und wenn mir hier die Decke auf den Kopf fällt, dann pack ich einfach meinen Rucksack und besuch dich irgendwo da draußen. Ich hab den Eindruck, wir könnten ganz gut abhängen.«

»Klar, mach das.« Henrik schaute aufs Wasser, das silbrig im Sonnenlicht glitzerte. Die Trauer war noch da, tief in ihm. Ebenso die Gewissheit, Abschied nehmen zu müssen. Aber darunter meldete sich leise ein anderes Gefühl, ein Gefühl von Freiheit.

...

Maya sprach einige Minuten mit Sarahs Therapeutin, die ihr wertvolle Tipps gab. Ihr Instinkt sagte ihr, dass es klappen konnte. Sie steckte das Telefon ein. »Lass es mich versuchen, Pär.«

»In Ordnung.« Nach wie vor wirkte Pär nicht restlos überzeugt. »Aber sobald es auch nur im Ansatz schwierig wird, ziehst du dich zurück.«

»Ich werde Tildas Leben nicht riskieren.«

In den Augen der Erzieherin mischten sich Hoffnung und Zweifel.

Maya sammelte sich, blendete alles andere aus und richtete ihren Fokus auf die bevorstehende Aufgabe. Es musste ihr gelingen. Anschließend trat sie an die Tür des weiß gestrichenen Schuppens und klopfte an. Sie wählte einen bewusst sanften Ton. »Sarah?«

Offenbar hatte Sarah nicht erwartet, ihren Namen zu hören, denn sie fragte: »Wer ist da?«

»Ich bin's, Maya. Emelys Freundin.«

Eine Pause entstand. »Maya?« Einige Sekunden verstrichen, dann hörte sie Sarahs verblüffte Stimme erneut. »Was macht du hier?«

Sie reagierte, das war schon mal positiv. In Gedanken verband sich Maya mit ihr. Sie musste sehr behutsam vorgehen, damit Sarah nicht gleich wieder dichtmachte. Das Wichtigste war, sie in ein Gespräch zu verwickeln.

»Sarah, ich versichere dir, dass dir nichts geschieht. Ich möchte nur mit dir reden.«

»Warum du?«

»Ich bin hier, um dir zu helfen, Sarah. Ich verstehe, dass es dir schwerfällt zu vertrauen, nach allem, was du durchgemacht hast.«

»Was weißt du schon über mich.«

»Ich weiß zumindest in groben Zügen, was du erlebt hast, Sarah, und ich verstehe, dass du es extrem schwer hattest.«

Von drinnen kam keine Reaktion.

Maya dachte an das, was die Therapeutin ihr gesagt hatte: *Für Sarah geht es darum, die Kontrolle über ihr Leben zu bekommen. Selbstbestimmung ist eines ihrer großen Themen. All die Jahre hat ihr Vater über sie bestimmt. Kontrollverlust und das Gefühl der totalen Ohnmacht haben ihre Angststörungen ausgelöst.* »Du hast die Führung, Sarah, du bist es, die bestimmt.« Maya setzte alles auf eine Karte. »Entscheide du, ob du mit mir reden möchtest oder ob ich gehen soll.« Sie warf einen Blick nach hinten. Pär, die Betreuerin sowie zwei Kollegen des Einsatzkommandos standen vor dem Eingang der Kita und schauten zu ihr herüber. Die Luft schien vor Anspannung zu knistern. Hatte sie sich überschätzt?

In diesem Moment hörte sie Sarahs Stimme. »Bleib hier.«

Maya atmete auf.

Nach einer kleinen Pause sprach Sarah weiter: »Ich werde dich hereinlassen. Beweis mir, dass ich dir vertrauen kann. Wenn ich die Tür aufsperre, zählst du langsam bis zehn. So, dass ich es hören kann. Kommst du früher rein, muss ich dem Mädchen wehtun.«

Mayas Herz begann zu rasen. »Ich habe dich verstanden und werde tun, was du sagst.«

Wenige Augenblicke später ertönte von drinnen ein schabendes Geräusch. »Jetzt zähl!«

Laut und deutlich zählte Maya von eins bis zehn, wobei sie nach jeder Zahl einige Sekunden abwartete. Als sie fertig war, zählte sie innerlich noch einmal bis drei. »Ich komme jetzt rein, Sarah.«

Kapitel 26

Maya zog an dem metallenen Griff. Die Holztür öffnete sich. Sie betrat die Hütte und schloss die Tür sofort wieder hinter sich. Lediglich durch ein schmales Fenster fiel Tageslicht herein. Ihre Augen brauchten einen Augenblick, um sich an die Dunkelheit zu gewöhnen.

»Schließ ab.«

Maya wandte sich um und schob den Riegel vor die Tür.

»Bleib dort stehen. Keinen Schritt näher!« Die Stimme kam von der hinteren Wand.

Maya drehte sich nach vorn und blinzelte, dann erkannte sie Sarah. Sie hockte auf einer Kiste, wie Maya sie von Spielplätzen zur Aufbewahrung von Sandspielzeug kannte. Blass, mit tiefen Ringen unter den Augen und wirren Haaren sah sie aus wie ein Gespenst. Mit dem linken Arm umklammerte sie Tilda und drückte sie an sich wie eine Puppe. Das Mädchen zitterte und starrte ihr aus schreckgeweiteten Augen entgegen.

Das Bild der beiden traf Maya ins Herz. Mit ihrer dicken, dunklen Mähne wirkte Tilda wie eine Miniversion von Sarah. Das kleine Mädchen, das Sarah einst gewesen war. Das ohne Mutter aufwachsen musste. Maya spürte einen Kloß im Hals. Sie schluckte und schaute sich um. Neben dem Eingang stand ein gelber Plastikhocker für Kinder. Sie deutete darauf. »Ist es in Ordnung, wenn ich mich hier hinsetze?«

»Okay. Aber komm nicht näher.«

Vorsichtig setzte sich Maya auf den niedrigen Hocker. Sarahs Blick hatte sich an ihr festgesogen, sie schien darauf zu lauern, was als Nächstes geschah.

Maya wählte ein Lächeln, von dem sie hoffte, dass es vertrauenerweckend rüberkam. »Was möchtest du, Sarah? Was brauchst du jetzt?«

Sarah starrte vor sich hin. Als Maya schon nicht mehr damit rechnete, dass noch etwas kam, brach es aus ihr heraus: »Ich will mit meiner Therapeutin sprechen.«

»Ich habe gerade mit ihr telefoniert, Sarah, sie ist unterwegs. Sie spricht sehr liebevoll von dir.«

Um Sarahs Mund herum zuckte es. »Danke.«

»Ist es in Ordnung, Sarah, wenn wir gemeinsam auf sie warten?«

Sarah reagierte nicht.

»Ich verspreche dir, dass ich nicht näher kommen werde. Und überhaupt, ich mache nichts, das du nicht möchtest.«

Schweigend sah Sarah sie an, Tilda nach wie vor an sich gedrückt.

»Möchtest du, dass ich wieder gehe?« Alles in Maya spannte sich an. Wenn Sarah Ja sagte, hatte sie keine Wahl. Sie hatte es versprochen, Sarah durfte bestimmen.

Unruhig flackerte Sarahs Blick durch den kleinen Raum. »Du kannst hierbleiben. Aber warum bist du überhaupt gekommen?«

Maya konzentrierte sich auf die Sätze der Therapeutin: *Erwähne auf keinen Fall den Vater. Gib ihr das Gefühl, dass sie die Kontrolle hat. Die Kontrolle über ihr Leben, die sie nie hatte. Sprich über den Schmerz, über die Mutter, die sie nicht hatte, über verletztes Vertrauen.*

358

Ein weiterer Satz ploppte in Mayas Kopf auf, drang tiefer in sie hinein als die vorigen: *Knüpfe eine Verbindung zwischen ihrem Schicksal und deinem.* Schlagartig fügten sich ihre eigenen Erfahrungen, ihr Schmerz und die Enttäuschungen in den Fall ein. »Es tut so weh, wenn unser Vertrauen verletzt wird. Zu erkennen, wie sehr wir uns in jemandem getäuscht haben, kann uns total aus der Bahn werfen. Du bist verletzt worden, Sarah. Dein Vertrauen wurde missbraucht, und dieser Schmerz sitzt so tief.«

Sarah stieß einen dumpfen Seufzer aus. »Was weißt du schon von meinem Schmerz.«

»Ich kämpfe selbst gerade damit, auf andere Art natürlich, ich habe nicht das erlebt, was du durchmachen musstest. Aber ...« Maya brach ab. Das waren doch wieder nur Floskeln! Hilflos kramte sie nach den richtigen Worten. Ihre einzige Chance war, sich wahrhaftig zu öffnen. Maya schluckte, dann setzte sie an: »Ich habe drei beste Freundinnen, seit der Kindheit. Sie sind wie meine Familie. Emely ist einer dieser Menschen, die mir am allernächsten stehen. Ich habe ihr vertraut, wirklich vertraut. Aber in den letzten Tagen musste ich entdecken, dass ich mich in ihr getäuscht habe.« Noch während der Satz ihren Mund verließ, fühlte Maya die Enge im Hals, die Tränen, die ihr in die Augen schossen. Alles, was sie zurückgehalten hatte, all die unterdrückten negativen Gefühle wollten heraus. Gerade jetzt war der ungünstigste Zeitpunkt überhaupt.

Sie hatte es nicht mehr in der Hand. Die Schleusen öffneten sich, und eine Flut an Bildern brach über sie herein. Sie sah die kleine Maya zu Hause, als sie ihre Lieblingspuppe verloren hatte und mit einem *Ist doch nicht so schlimm* ihre Traurigkeit weggewischt worden war. Sie sah die Teenager-Maya, die so oft nicht wusste, wohin mit ihrer Wut, denn als Mädchen durfte man ja nicht wütend sein, »lieb und angepasst« war angesagt. Zu Hause, in der

Schule, im Sportverein ... ständig hörte sie: *Du musst nicht weinen, du musst brav sein, du musst verstehen* ... Sie sah sich in ihrer Stockholmer Wohnung sitzen, nach einem Verhör, in dem sie wieder einmal in die düstersten Abgründe der Menschheit geblickt hatte, und am liebsten hätte sie geschrien oder geheult, aber stattdessen hatte sie den Schmerz wie gewohnt weggeschoben.

Die Erinnerungen prasselten auf sie nieder, und Maya konnte nichts anderes tun, als dazusitzen und auszuhalten, wie all das hochkochte, was sie immer wieder beiseitegepackt hatte. Als es endlich vorbei war, spürte sie, dass ihr Gesicht nass war. Sie brauchte einen Moment, um zu realisieren, dass sie hier saß, in dieser Hütte, mit Sarah, die ihren Vater erstochen und gerade ein Kind gekidnappt hatte.

Für einen kurzen Augenblick kreuzten sich ihre Blicke. Ein erster, wahrhaftiger Blickkontakt, und zu ihrer Verwunderung erkannte sie in Sarahs Augen Anteilnahme.

Maya suchte noch nach einem halbwegs vernünftigen Satz, da flackerte etwas am Rand ihres Blickfelds. Etwas Metallisches, das Licht reflektierte. Ihre Aufmerksamkeit rutschte nach unten, sie schaute auf Sarahs rechten Arm, den diese an die Außenseite ihres Oberschenkels presste. In der Hand blitzte etwas auf.

• • •

»Leif, ich möchte eine Angelegenheit mit dir besprechen.« Emely klappte den Ordner mit dem Om-Shakti-Logo zu, der vor ihr auf einem Meditationskissen lag, und legte ihn beiseite.

Sie saßen im Yogaraum und planten die nächsten Einheiten. Da sich ihre Gruppe dezimiert hatte, würden sie ab jetzt die übrigen Teilnehmer gemeinsam unterrichten und dafür Varianten der Asanas mit unterschiedlichen Schwierigkeitsgraden anbieten.

Immerhin war die komplette Bandbreite vertreten, von Neulingen wie Debbie und Gregory bis hin zu Profis wie Penelope. »Etwas, das nichts mit unserer Planung zu tun hat«, fügte Emely hinzu.

Aufmerksam musterte Leif sie. »Du siehst so ernst aus, Sweetheart. Worum geht es denn?«

»Mich beschäftigt ... unser Deal wegen der offenen Beziehung.«

Einen Moment schwieg er. Sein Gesicht verriet nicht, was in ihm vorging. »Wenn du nicht damit zurechtkommst ...«

Emely schaute auf ihre Hände, die sich ineinander verhakt hatten. Unauffällig löste sie sie, legte jeweils Daumen und Ringfinger aneinander und streckte die restlichen Finger. Das Prithvi Mudra stand für innere Stabilität und Selbstsicherheit. Genau, was sie gerade brauchte. »Wir hatten ja vereinbart, dass wir darüber sprechen, sollte einer von uns das Bedürfnis danach haben.«

»Du musst dir keine Sorgen machen, also, wenn du glaubst, dass ich Interesse an jemandem hier auf der Insel habe, das ist nicht der Fall. Also, wenn dich das –«

»Das ist es nicht.« Ungewohnt heftig fiel Emely ihm ins Wort.

Verwundert schaute Leif sie an. Dass sie ihn unterbrach, kam so gut wie nie vor. »Worum geht es dann?«

»Es geht um mich. Ich habe ... Es gibt hier jemanden, zu dem ich mich hingezogen fühle.« Ehe Leif reagieren konnte, schob sie schnell hinterher: »Zu Penelope.« Endlich war es heraus. Eine Welle der Erleichterung durchflutete sie.

Leifs Gesichtszüge spannten sich an, minimal nur, doch Emely bemerkte es.

»Penelope ... unsere – Französin?«

Welche sonst, hätte Emely am liebsten erwidert. Stattdessen sagte sie gelassen: »Genau die.«

Eine ganze Weile sprach Leif kein Wort. Emely sah ihm an, dass es in ihm arbeitete. Schließlich räusperte er sich. »Und was bedeutet das jetzt ... konkret?«

»Ich weiß es nicht. Jedenfalls empfinde ich es gerade als schwierig, mich an unsere Regeln zu halten, keinen zu verletzen und dabei ...«, sie hielt kurz inne, drückte die Daumen noch stärker an die Ringfinger, »bei mir selbst zu bleiben.«

»Was ist mit ihren Gefühlen? Ist es ... gegenseitig?« Die Anspannung in seinem Gesicht verhärtete sich.

»Ja, das ist es. Aber es ist nichts passiert, und es wird auch weiter nichts passieren.« Auf Leifs skeptischen Blick fügte sie hinzu: »Wir haben eine besondere Verbindung zueinander. Irgendwie sind wir so was wie Seelenverwandte.«

»Körperlich ist zwischen euch vielleicht nichts passiert. Noch nicht. Emotional schon.« Leif atmete hörbar ein und aus. »Möchtest du, dass ich aus unserer Hütte ausziehe?«

»Nein! Außer ... du möchtest es.«

»Ich weiß im Moment nicht, was ich ... Ich muss das erst mal in mir sortieren, Emely.« Leif erhob sich.

Emely stand ebenfalls auf. »Ich liebe dich. Es ...« Gerade noch konnte sie sich bremsen und sich das Tut-mir-leid verkneifen.

»Ich liebe dich auch. Aber ...« Erneut schwieg Leif, ehe er weitersprach: »Denke daran, wenn ihr eure Energien nicht fließen lasst, blockiert ihr euch.«

Es klang wie etwas, das er auswendig gelernt hatte, und Emely bereute ihren letzten Satz. »Ich glaube, du und ich, wir haben verschiedene Ansätze, mit solchen Anziehungskräften umzugehen. Vermutlich lässt sich da keine allgemeingültige Lösung finden.« Unauffällig nahm sie noch einmal das *Mudra* von zuvor ein. »Ich denke, es ist unsere Aufgabe, nach unserem ganz persönlichen Weg zu suchen.«

...

Obwohl es in der Holzhütte schwül war, gefror Maya das Blut in den Adern. Ihr Blick klebte an der Schere in Sarahs Hand. Die Krankenschwester, die die Schere nicht mehr gefunden hatte ... Maya bemühte sich, die Fassung zu wahren, während in ihr ein Sturm tobte, der den vom Morgen bei Weitem übertraf. Jetzt bloß keinen Fehler machen! Lautlos dröhnten die Worte in ihrem Kopf.

»Sarah, es tut mir leid, was gerade mit mir ... Ich weiß nicht, was da passiert ist.«

Sarah schaute ihr direkt in die Augen. »Ich kenne das. Das ist mir auch passiert. Als ich die Wahrheit herausgefunden habe.«

Maya zögerte, dann fragte sie: »Die Wahrheit über deine Mutter?«

Verblüfft sah Sarah sie an. »Du weißt davon? Was weißt du davon?«

»Zumindest weiß ich, dass du dein Leben lang an eine falsche Geschichte über deine Mutter geglaubt hast.« Maya schlug einen sanften Ton an, ähnlich, wie sie ihn von Clara kannte, wenn sie tröstend mit ihren Kindern sprach. »Ich sehe das kleine Mädchen in dir, Sarah, das um seine Mama weint.«

Um Sarahs Mund zuckte es erneut. »Sie hatte mir einen Namen ausgesucht. Amita. Das bedeutet die Ungebundene. Sie hat es sicher ganz anders gemeint, im Sinne von Freisein.« Tränen traten in ihre Augen. »Aber es passte auch so. Ungebunden von ihr bin ich aufgewachsen.« Ihre Stimme kippte. »Gekettet an meinen Vater. Warum hat sie mich verlassen?«

Sachte schüttelte Maya den Kopf. »Ich würde ihr unrecht tun, würde ich darüber Mutmaßungen anstellen. Oftmals stecken ganz andere Beweggründe hinter den Entscheidungen von Menschen, als wir uns ausmalen können.«

»Ich werde die Wahrheit nie erfahren.«

»Vielleicht ja doch. Deine Mutter ...«

»Sie ist tot!«

Ihre Worte flogen durch den Raum und klatschten Maya ins Gesicht wie eine Ohrfeige. Damit hatte sie nicht gerechnet.

»Wieso ... woher weißt du das?«

»Er hat gesagt, dass es zu spät sei. Sie sei in der Zwischenzeit ...«, wieder hielt Sarah inne, schnappte nach Luft. »Sie sei ... sie sei ... gestorben.« Sie schlang ihren linken Arm enger um Tilda, die Maya flehend ansah. »Mein Leben lang hat er mir vorgegaukelt, dass meine Mutter kurz nach meiner Geburt gestorben sei. Dabei hat sie all die Jahre in Rishikesh gelebt!« Sie biss sich auf die Unterlippe. »Anfangs hat sie noch versucht, zu mir Kontakt aufzunehmen, aber mein Vater hat alles abgeblockt. Als ich älter wurde, hat er ihr sogar irgendwelche Lügengeschichten erzählt, ich wolle sie nicht treffen, weil ich ihr nicht verzeihen könne, dass sie mich verlassen hat.«

»Woher weißt du all das?«

»Es stand in ihrem Brief.«

»Was für ein Brief?« Die Frage rutschte Maya heraus, und für einen Moment fürchtete sie, dass sie zu schnell, zu intensiv reagiert hatte, doch Sarah antwortete ihr:

»An Mittsommer habe ich ihn gefunden. Im Arbeitszimmer meines Vaters. Er hatte versäumt, ihn zu vernichten.« Ihre Stimme klang bitter wie Galle. »Für Amita stand darauf. Sie selbst hatte auch einen neuen Namen angenommen, Charatha. Das bedeutet Bewegung und Leben.« Sarah hielt inne, dann fügte sie leiser hinzu: »Ich möchte in Zukunft Amita genannt werden.«

Bewusst wählte Maya wieder einen einfühlsameren Ton: »Magst du mir von dem Brief erzählen, Amita?«

Sarah zögerte, ihre rechte Hand spielte mit der Schere. »Sie schrieb: *Auch wenn ich weiß, dass du mich aus deinem Leben gestrichen hast, weil du mir nicht verzeihen kannst, dass ich dich verlassen habe, will ich einen letzten Versuch wagen.*« Tränen liefen ihr über die Wangen. »Nichts davon stimmte! Er hat ihr weisgemacht ... und dabei war sie krank! Meine Mutter war krank, todkrank. Aber sie war den weiten Weg hergekommen, um ein letztes Mal ihre Heimat zu sehen.« Sie senkte die Stimme. »Und um einen letzten Versuch zu starten, mich zu treffen.«

»Stand das auch in ihrem Brief?«

Sarah stöhnte auf. »Ja. Und er – er hat es ihr verweigert! Er hat uns beiden die Möglichkeit genommen, uns noch einmal zu sehen! Nur weil er Angst davor hatte, dass ich dadurch die ganze Wahrheit erfahren würde! Dass sein Lügengebilde einstürzen würde!« Ihr Griff um Tilda lockerte sich.

Aus den Augenwinkeln nahm Maya es wahr.

»Ich wollte das nicht! Mein Papa. Ich habe doch nur ihn. Aber die Wut – sie war so, so gigantisch, ich ... ich wusste nicht, wohin mit ihr.« Schmerzhaft verzerrte sich Sarahs Gesicht. »Ich kann mich nicht mehr erinnern, was dann geschah, ich weiß nur noch, dass ... plötzlich ... seine Augen ... Sie sahen so fremd aus, er ... er hatte Angst, riesige Angst.« Sämtliche Energie schien aus Sarah zu weichen. Ihre Arme rutschten nach unten, ihr Körper sackte in sich zusammen. Tilda glitt von ihrem Schoß. Sarah hatte das Mädchen offenbar völlig vergessen. Doch die Schere hielt sie nach wie vor fest.

Unsicher blieb Tilda neben ihr stehen, zaghaft hob sie den Blick und schaute zu Maya herüber. Blitzschnell signalisierte Maya Tilda mit den Augen, weiter stillzuhalten. Vermutlich bekam die Kleine das jedoch gar nicht mit. Sie wirkte wie gelähmt vor Angst.

Sofort suchte Maya wieder den Kontakt zu Sarah. Zwischen ihnen war ein Band entstanden, das sie nicht loslassen durfte. Eine einzige ruckartige Bewegung konnte dieses kappen. »Was ist geschehen, Amita?«

»Zum ersten Mal hatte er Angst – vor mir.« Sarah zitterte. »Ich habe mich stark gefühlt, mächtig wie nie zuvor. Und gleichzeitig ...«

Die Anspannung in dem engen, stickigen Raum war kaum zu ertragen. »Amita, ich bin bei dir. Du bist in Sicherheit.« Mayas sprach mit gedämpfter, rücksichtsvoller Stimme. Innerlich stand sie wie auf Sprungfedern, bereit, jeden Moment vorzupreschen, um nötigenfalls Tilda zu retten.

»Da war Blut. Auf seiner Brust, und ich ... ich hatte noch immer den Brieföffner in der Hand. Es klebte Blut daran.« Sarah atmete stoßweise. »Er hat ... meinen Namen ... geflüstert. Dann sind seine Augen ganz ... leer geworden.«

Maya wagte nicht, zu Tilda zu schauen, sie wagte nicht, auch nur eine Sekunde den Blick von Sarah abzuwenden. Wenn die Verbindung abbrach ...

Sarah begann zu schluchzen. »Ich wollte ihn nicht töten. Es ist ... passiert. Ich war so, so, so wütend auf ihn!« Ihre Hände ballten sich zu Fäusten.

»Ich verstehe dich, Amita.« Maya lehnte sich auf dem Hocker so weit wie möglich nach vorn. »Du hast vorhin gesagt, dass deine Mutter tot sei. Vielleicht war das auch nur wieder eine Lüge?«

Verzweifelt schüttelte Sarah den Kopf. »Es war die Wahrheit! Er hat ... dieses eine Mal hat er die Wahrheit gesagt.«

»Woher weißt du das?«

»Weil er ...« Sarah rang mit den Händen. »Man denkt sich nicht aus, dass man jemanden getötet hat!«, schrie sie.

Die Stille, die sich in der Hütte ausbreitete, war so erdrückend, dass Maya kaum noch atmen konnte.

»Wann – wo – ich habe keine Ahnung! Er wollte nicht mit der Sprache rausrücken. Danach ... ist alles eskaliert.« Sarah vergrub den Kopf in den Händen. Die Schere entglitt ihr und fiel zu Boden. Ein metallisches Pling ertönte.

Einige Sekunden vergingen, in denen Maya damit rechnete, dass Sarah sie wieder aufheben würde. Doch sie verharrte zusammengesunken auf der Kiste, schluchzte von Neuem, während sich ihr Körper in Schüben verkrampfte.

Maya spürte eine Vibration in der Hosentasche. Vorsichtig zog sie das Handy ein Stück heraus. Es war eine Nachricht von Pär. Innerlich atmete sie auf. »Amita, du hast mir vorhin gesagt, dass du deine Therapeutin sehen möchtest. Sie ist jetzt hier, Amita.«

Sarahs Schultern bebten weiter. Ohne aufzuschauen, nickte sie.

Maya schlug den sanftesten Ton an, zu dem sie fähig war. »Amita, bitte lass Tilda gehen. Sie ist ein kleines Mädchen, so wie du einmal eines warst. Und sie hat große Angst.«

Endlich hob Sarah den Blick. Sie fuhr sich über die Augen und sah Tilda an, wie aus unendlicher Ferne, so, als würde sie sie zum ersten Mal wirklich wahrnehmen. Unsicher streckte sie die Hand nach ihr aus. Tilda zuckte zusammen. Betroffen ließ Sarah die Hand sinken. »Bitte verzeih mir«, wisperte sie. »Ich wollte dir nicht wehtun.« Ihr Blick wanderte zu Maya. »Ja, meine Therapeutin soll kommen. Du kannst Tilda mitnehmen. Es tut mir so leid.« Abermals verbarg sie das Gesicht in den Händen. Starke Schluchzer schüttelten ihren Körper.

»Amita, ich werde jetzt aufstehen und zu Tilda gehen. Sei unbesorgt, ich fasse dich nicht an.«

Als Sarah nicht reagierte, erhob sich Maya langsam und machte zwei Schritte in den Raum hinein. Ihr Blick sprang hin und her zwischen Sarah, Tilda und der Schere. Sie musste die Schere mitnehmen! Die Gefahr, dass Sarah sich etwas antat, sobald sie die Hütte verließ ...

Behutsam griff Maya nach Tildas Hand, sie war verschwitzt, genau wie ihre eigene. Maya machte einen Schritt nach links. Sarah schaute nicht auf. In Zeitlupe beugte Maya sich zur Seite, streckte den Arm aus und fasste nach der Schere. Da, sie hatte sie!

Tilda an der einen Hand, die Schere in der anderen schob Maya sich Schritt für Schritt rückwärts zur Tür. Nicht ein einziges Mal hob Sarah den Kopf. Als Maya den Metallgriff in ihrem Rücken spürte, blieb sie stehen. Sie steckte die Schere in die Hosentasche, tastete nach dem Riegel und öffnete die Tür. Erst jetzt wagte sie, sich umzudrehen. Draußen stand eine Frau in den Vierzigern mit einem offenen und zugleich sensiblen Gesicht. Als sie Tilda neben Maya erblickte, atmete sie erleichtert auf. Anerkennend nickte sie Maya zu, dann betrat sie die Holzhütte und schloss die Tür hinter sich.

»Hier.« Pär reichte Maya ein großes Glas Wasser, das sie in schnellen Zügen leerte.

Sie saß auf den Treppenstufen der Holzveranda vor dem Eingang der Kita und fühlte sich so leer wie selten zuvor. Gerade führten zwei Kollegen des Einsatzkommandos Sarah in Handschellen ab, begleitet von ihrer Therapeutin. Sie war über eine halbe Stunde in der Hütte gewesen, dann hatte sie mitgeteilt, Sarah wäre bereit, sich zu stellen.

Mit gesenktem Kopf trottete Sarah zur Straße, nicht ein einziges Mal hob sie den Blick.

Ergriffen sah Maya ihr hinterher. »Meine Güte, was sie durchgemacht hat. So viele Jahre zu glauben, dass die Mutter nicht mehr lebt, und dann irgendwann festzustellen, dass das alles ein Lügenkonstrukt des eigenen Vaters war. Für einen Moment die Hoffnung zu haben, die Mutter doch noch kennenzulernen, und dann ... alles wieder zu verlieren.«

Pär setzte sich neben sie. »Ist es nicht möglich, dass Carl wieder gelogen hat, als er sagte, sie sei tot?«

»Sarah geht davon aus, dass ihr Vater ihre Mutter getötet hat. Das hat sie so getriggert, in ihrem Zustand mit Drogen und dieser Notfallmedizin, dass sie ...« Maya machte eine resignierte Handbewegung.

»Eine griechische Tragödie, wie sie im Buche steht.« In diesem Moment sah man Pär seine fast sechzig Jahre deutlich an. »Aber ohne Deus ex Machina.«

Maya rieb sich den Nacken und die Schultern. »Wie geht es jetzt weiter?«

»Sowohl Sarah als auch Niklas haben gestanden. Mit etwas Glück kommt Niklas mit einer Verurteilung wegen Totschlags davon. Bei Sarah wird es auf das psychologische Gutachten ankommen. Wenn man ihre Geschichte und die Umstände betrachtet ... ich halte es nicht für ausgeschlossen, dass bei ihrem Zustand verminderte Schuldfähigkeit herauskommt.«

»Und was Sarahs Mutter betrifft?«

»Völlig klar, dieser Teil des Falls ist für uns noch nicht abgeschlossen. Wir müssen Sarahs Behauptung nachgehen.« Pär griff nach einem Kieselstein und warf ihn achtlos vor sich hin. »Rita Högstedt hat keine nahen Angehörigen mehr in Schweden. Was ich inzwischen weiß: Sie ist Mitte April eingereist und in einer leer stehenden Wohnung untergekommen, die ihr frühere Nachbarn zur Verfügung gestellt haben. Die waren im Urlaub und haben deswegen erst viel später mitbekommen, dass Rita verschwunden ist.«

»Moment mal.« Dunkel dämmerte Maya, dass sie so etwas erst neulich gehört hatte. Sie überlegte, dann fiel es ihr wieder ein. »Natürlich! Als ich nach Svartlöga rausgefahren bin, habe ich eine Vermisstenmeldung in der Zeitung gelesen mit genau diesen Fakten.«

»Richtig kombiniert, Kollegin. Das ist Rita.« Pär stützte die Ellbogen auf den Knien ab. »Da laufen die Ermittlungen. Wir werden nun versuchen, Ritas Zeit in Stockholm zu rekonstruieren.«

»Ich will auf jeden Fall in dem Team dabei sein.«

»Das wird sich sicher einrichten lassen.« Er sah sie lange an. »Maya, heute hast du dich selbst übertroffen.«

»Ach, man tut, was man kann.«

Lächelnd stupste Pär sie an der Schulter an. »Jetzt nimm doch einfach mal ein Kompliment an. Du hast es verdient. Hast du mal daran gedacht, in Richtung Polizeipsychologie zu gehen?«

Überrascht schaute Maya ihn an. »Also, bisher nicht.«

»Ich könnte mir vorstellen, dass dir das liegt. Du könntest bestimmt ein berufsbegleitendes Studium machen.«

Sogleich hatte Maya ihren emotionalen Zusammenbruch in der Hütte im Kopf. »Da wäre ich vermutlich selbst meine beste Patientin.«

»Denk mal drüber nach. In Östersund hattest du ja auch gleich einen Draht zu der kleinen Frida. Wenn du das professionalisierst ... Du könntest so vielen Menschen helfen. Ehrlich, Maya, du hast gerade eine schreckliche Tragödie verhindert. Wenn du mich als Vater zweier Töchter fragst, die schlimmste, die es gibt. Eine solche Stärke besitzen nicht viele.«

In diesem Moment trat hinter ihnen ein Mann aus der Eingangstür der Kita und kam auf sie zu. »Entschuldigung, bist du Maya Topelius?«

»Ja.« Maya erhob sich von den Stufen.

»Ich bin Tildas Vater. Ich möchte mich bei dir bedanken.« Der Mann, der kaum älter war als sie, umfasste ihre Hände, während eine Träne ihren Weg über seine Wange fand. »Du hast das Leben unserer Tochter gerettet. Das werden wir dir nie vergessen! Das war …«, er schien nach den passenden Worten zu suchen, »du hast ein Wunder vollbracht.«

Maya und Pär sahen ihm nach, als er wieder in der Kita verschwand, wo sich seine Frau und eine Psychologin um Tilda kümmerten. Pär drehte sich zu ihr und hob bedeutungsvoll die rechte Hand. »Ich sag's doch. In dir schlummert etwas Besonderes.«

»Hör schon auf.«

»Nur, wenn du versprichst, dass du wenigstens darüber nachdenkst.«

»Na gut, du gibst ja sonst eh keine Ruhe.«

»Ich glaube eher, es wird dir keine Ruhe lassen.« Vielsagend lächelte er sie an. »Wie heißt es doch: Der Weg hat dich gewählt.«

Kapitel 27

Mit gemischten Gefühlen betrat Emely das *Café String*. Maya und sie waren hier zum Frühstück verabredet. Sie schob die Sonnenbrille ins Haar, lief zum Tresen und bestellte sich einen Matcha Latte. Dann ließ sie ihren Blick über die heimelige Wohnzimmerlandschaft aus zusammengewürfelten altmodischen Tischen, Sesseln und Sofas schweifen und wählte ein Biedermeiersofa im Hintergrund. Bis zu ihrem Treffen war es noch eine Viertelstunde. Emely war extra früher losgelaufen, um noch in ihrem Tagebuch zu schreiben.

Seit ihrem holperigen Abschied auf Svartlöga hatte sie nichts mehr von Maya gehört. In den letzten Tagen hatte sie viel darüber nachgedacht, was sie wirklich mit den Freundinnen aus ihrer Kindheit und Jugend verband. Waren es nur die gemeinsamen Erinnerungen? Hielten sie an etwas fest, das bloß noch eine leere Hülle war?

Wenn sie ihre Gedanken und Gefühle festhielt, vergaß sie alles um sich herum, insbesondere die Zeit. Als sie nach gefühlt wenigen Minuten den Blick hob, betrat gerade Maya das Café. Sie umarmten sich, und Emely spürte bei Maya dieselbe Unsicherheit, die sie in sich wahrnahm.

Während sie nebeneinander auf dem mit rotem Samt bezogenen Sofa saßen und frühstückten, plauderten sie zunächst einmal in leichtem Ton, wie sie es auch sonst zu tun pflegten. In einem stillschweigenden Übereinkommen machten sie beide einen großen Bogen um die grauenhaften Erlebnisse auf Svartlöga. Stattdessen wollte Maya wissen, wie die letzten Tage des Retreats verlaufen waren, und Emely erzählte ihr, dass es erstaunlich entspannt gewesen war.»Alle sehnten sich nach Normalität und nach der Erholung, wegen der sie ursprünglich gekommen sind.«

»Schade, die hätte ich auch gern erlebt.«

Aufmerksam musterte Emely ihre Freundin.»Möchtest du mir erzählen, wie es dir ergangen ist?«

Maya verzog das Gesicht.»Nicht heute. Ein anderes Mal. Ich würde lieber über uns sprechen.« Sie schob ihren Teller beiseite.»Mich haben einige Dinge ziemlich verletzt. Ich war enttäuscht, weil ich mehr und mehr den Eindruck bekam, dass du mir nicht wirklich vertraust. Und ich umgekehrt nicht länger wusste, ob ich dir vertrauen kann.« Für einen Moment hielt sie inne, ehe sie zögernd hinzufügte:»Ich habe schon oft gedacht, dass wir vier uns vermutlich nicht gefunden hätten, wenn wir uns erst als Erwachsene begegnet wären.«

Es tat weh, dies zu hören. Gleichzeitig begriff Emely, dass Mayas Direktheit eine unglaubliche Chance war, das Ruder noch einmal herumzureißen, ehe ihre Freundschaft kenterte.»Du hast recht, Maya. Wir sollten uns fragen, woran wir eigentlich festhalten. Ich meine, wir sind im Bullerbü-Land aufgewachsen, ohne dass es ein Bullerbü-Land war. Warum wollten wir sonst wohl fast alle von dort weg? Halten wir nur noch zusammen, weil wir uns nicht trauen, die letzten Fäden loszulassen, die uns mit der Heimat verbinden?«

Maya schwieg einen Moment, bevor sie antwortete.»Bisher habe ich immer mehr in uns gesehen als nur Menschen, die miteinander aufgewachsen sind. Es gab eine Basis von Verständnis und Vertrauen, die mir unerschütterlich vorkam.« Sie machte eine Pause. »Unser Zusammenhalt hatte natürlich auch viel mit Ingrids Verschwinden zu tun und allem, was davor passiert ist. Irgendwie … Ich glaube, das hat uns über all die Jahre zusätzlich verbunden.«

»Ingrid, ja.« Emely seufzte. »Ohne diesen Vorfall wären wir womöglich in Småland geblieben.«

»Kann schon sein.« Maya lehnte sich auf dem Sofa zurück. »Jedenfalls hat unser Kleeblatt für mich schon Anfang dieses Jahres ziemliche Risse bekommen, als das mit Sanna passiert ist. Aber das konnte ich irgendwie noch nachvollziehen. Nach unserem Streit jedoch … Kurz gesagt, ich habe – unsere Freundschaft angezweifelt.«

Emely streifte ihre Schuhe ab und setzte sich Maya zugewandt im Schneidersitz hin. »Dass ich dir das mit deiner Mutter all die Jahre verschwiegen habe, ich weiß, dass das falsch war und dass ich dir damit sehr wehgetan habe.«

»Es hat mich echt getroffen. Aber mittlerweile … ich weiß, wie schwer es ist, so eine Hürde zu überwinden, wenn man zu lange wartet. Irgendwann hat man den Zeitpunkt verpasst.« Maya griff nach ihrer Tasse, doch anstatt zu trinken, drehte sie sie lediglich zwischen den Händen hin und her. »Allerdings war das ja nicht das Einzige.«

Emely war klar, diesmal musste sie direkt sein. »Ich nehme an, du hast Penelope und mich im Schuppen gehört.«

»Einer dieser Zufälle, die du gern Fügung nennst.« Maya lehnte sich auf dem Sofa zurück.

»Dass Leif und ich eine offene Beziehung führen, also das habe ich auch Sanna nicht erzählt. Außer Clara wusste niemand davon, ehe ich es Penelope anvertraut habe. Sie war mir sympathisch, wir hatten eine besondere Verbindung. Gleichzeitig wusste ich, ich würde sie nicht wiedersehen.«

»Sorry, Emely, aber das passt doch irgendwie nicht zusammen.« Maya zog die Brauen hoch. »Wenn du hinter dem Konzept stehst, solltest du dann nicht offen damit umgehen? Immerhin heißt es doch *offene Beziehung*.«

Nachdenklich nippte Emely an ihrem Matcha Latte. »Du hast schon recht. Irgendwie ... ich ... habe mich nicht getraut.« Sie lächelte verlegen. »Ich weiß, das klingt albern, aber ... irgendwie habe ich mich geschämt. Ich hatte das Gefühl, es passt nicht zu dem Bild, das ihr von mir habt ... Bei Sanna war das anders, die war immer schon so verrückt, was Beziehungen angeht. Vor ein paar Jahren hast du mal eine Bemerkung gemacht, als sie zwei Beziehungen gleichzeitig hatte. Ich dachte, du würdest mich verurteilen.«

Mayas überraschtes Gesicht sprach Bände. »Das war doch ... O mein Gott, Emely, dabei habe ich mir gar nichts gedacht. Ich würde dich nie verurteilen. Aber da frage ich mich wieder, woran wir eigentlich festhalten, wenn wir uns so wenig kennen.«

»Irgendwie haben wir das als Kinder besser hinbekommen. Da war alles selbstverständlicher.« Emely griff nach dem Rosenquarz, den sie heute um den Hals trug. »Jetzt geben wir vor, erwachsen zu sein, und sind im Grunde viel verlorener. Und tragen Illusionen aus unserer Kindheit mit uns.«

Beide schwiegen einen Moment, dann fuhr Emely fort: »Mir ist jedenfalls in den letzten Tagen einiges klar geworden.« Sie stützte sich mit dem Ellbogen auf der Sofalehne ab. »In der Regel geht doch jeder davon aus, ein guter Mensch zu sein. Ich meine, wir haben alle unsere Fehler und zweifeln sicher auch oft an uns, aber im Grunde stehen wir doch nicht morgens auf und denken, *ich bin ein schlechter Mensch.*«

»Ich weiß noch nicht, worauf du hinauswillst.«

»Was, wenn wir feststellen müssen, dass wir uns irren? Dass wir gar nicht so gut sind, wie wir gedacht haben?«

»Emely, wegen dieser einen Sache damals … Okay, für mich war das ein krasser Vertrauensbruch, aber deswegen würde ich dich nie als schlechten Menschen bezeichnen.«

»Maya, bitte, ich spreche nicht nur von diesem einen Vorfall, auch wenn ich das echt bereue.« Emely überlegte, wie sie es besser ausdrücken konnte. »Ich bin immer davon ausgegangen, dass ich so einfühlsam bin, dass ich die Blockaden und Probleme meiner Schüler und Schülerinnen lesen und mich intuitiv auf sie einstellen kann, und ich habe mich deswegen mit all meiner Spiritualität innerlich auf ein Podest gestellt.«

»Du machst einen großartigen Job als Yogalehrerin, Emely.«

Emely winkte ab. »Das ist lieb von dir, aber Tatsache ist: Es hat mich für so vieles blind gemacht. Blind und egozentrisch.« Sie suchte Mayas Blick. »Ich habe zum Beispiel nie wirklich gesehen, welchen Belastungen du tagtäglich ausgesetzt bist.« Sie legte ihre Hand auf Mayas Unterarm. »Maya, wie hältst du das nur aus? Wie schaffst du es, dass du an all dem, womit du ständig konfrontiert wirst, nicht zerbrichst? Ich bewundere dich. Nicht ich bin es, die in ihrer Mitte ruht, sondern du. Ich kann noch eine Menge von dir lernen.«

Maya sah sie erstaunt an.

»Auf der Yogamatte entspannt zu sein, ist ein Kinderspiel«, fuhr Emely fort. »In deinem Alltag hingegen nicht durchzudrehen, nicht vollkommen abzustumpfen oder zum Alkoholiker zu werden, ist meiner Meinung nach eine Meisterleistung.«

»Ach, es ist ein Job. Wenn man ihn zu nah an sich heranlässt, sollte man besser aufhören.«

»Das sagst du so leicht, aber im Alltag ist es sicher ein fließender Prozess. Ich kann mir vorstellen, dass so mancher den Absprung verpasst.«

Maya faltete ihre Serviette zu einem winzigen Dreieck. »Ich kriege gerade so eine Ahnung, dass ... Denkst du etwa ans Aufhören, Emely?«

»Und ich habe gedacht, ich könnte Menschen lesen.« Emely schmunzelte.

»Du hast aber nicht etwa vor, nach Frankreich auszuwandern, oder?«

»Was? Mit meinem Schulfranzösisch? Auf keinen Fall.« Emely dachte an die letzten Retreattage, in denen sie und Penelope viel Zeit miteinander verbracht hatten. In dem Bewusstsein, dass sie danach beide in ihr eigentliches Leben zurückkehren würden.

»Du weißt ja, ich glaube daran, dass es immer einen Grund gibt, warum uns ein Mensch begegnet. Penelope hat in mir einiges ins Rollen gebracht.« Sie hielt kurz inne, dann fügte sie hinzu. »Bei dieser Gelegenheit ... apropos Vertrauen und so ... Leif und ich legen gerade eine Pause ein.«

»Wie bitte?« Maya sah aus, als habe sie ihr eröffnet, dass sie nach Indien ziehen wolle. »Hängt das mit Penelope zusammen?«

»Sie war höchstens der Auslöser. Oder sagen wir besser, sie hat mich darauf gestoßen, über das Machtgefälle in meiner Beziehung zu Leif nachzudenken. Über das, was ich wirklich will. Nicht nur beziehungstechnisch. Im Leben generell.« Sie zuckte mit den Schultern. »Das Yogastudio ist sein Baby, ich arbeite gern dort, aber ...«, ihr Blick schweifte zu den großformatigen Pop-Art-Bildern an der gegenüberliegenden Wand, »es ist eben *sein* Projekt.«

»Was möchtest du machen?«

»Lach mich nicht aus, aber ich spiele gerade ernsthaft mit dem Gedanken ...« Emely überlegte kurz, ob sie diese Idee bereits teilen wollte. Sie war noch so frisch, nicht zu Ende gedacht. »Ich würd gern noch mal zur Uni gehen.«

Maya wirkte überhaupt nicht so überrascht, wie Emely erwartet hatte. Stattdessen fragte sie, als sei es das Normalste von der Welt: »Was möchtest du denn studieren?«

»Psychologie.«

Auf Mayas Gesicht breitete sich ein Ausdruck aus, den Emely nicht richtig deuten konnte. »Mein Kollege Pär ist der Meinung, dass ich mich weiterbilden sollte. Als Polizeipsychologin. Er sieht da was in mir, das ich anscheinend bisher nicht bemerkt habe.«

Emely lächelte sie an, unendlich dankbar, dass sie dabei waren, auf eine völlig neue Weise wieder zueinanderzufinden. »Wenn es so sein soll, wirst du es irgendwann wissen.«

• • •

Gedankenversunken schlenderte Maya die Nytorgsgatan entlang. Das Treffen mit Emely hallte in ihr nach. Es hatte sie überrascht, wie offen sie miteinander umgegangen waren, nach der schwierigen Zeit auf Svartlöga. Ein solch ehrliches Gespräch hatten sie ewig nicht geführt. Die Zweifel, die sie bezüglich ihrer Freundschaft überfallen hatten, waren weggeblasen. Sie waren dabei, eine neue, tiefgründigere Ebene zu betreten. Maya war gespannt, wohin sie gelangen würden.

In diesem Augenblick fühlte sie sich mit sich und ihrem Leben im Reinen. Die Ermittlungen zu Carl und Cecilia waren abgeschlossen, und selbst wenn der Fall Rita Högstedt noch lief, hatte sie nun erst einmal Urlaub. Richtigen Urlaub. Dazu die Sonne auf ihrem Gesicht, und auch Stockholm war zu dieser Jahreszeit recht angenehm. Die meisten Großstädter flüchteten im Sommer aufs Land oder in südlichere Gefilde, sodass man abseits von Gamla

Stan und den klassischen Touristen-Highlights die Stadt quasi für sich hatte. Kurz vergaß sie die Schattenseiten, die zunehmende Gewalt, die Bandenkriege, die ungelösten Fälle und all die Verbrechen, die Tag für Tag neu hinzukamen. Es war einer dieser kostbaren Momente des flüchtigen Glücks, in denen sich alles leicht anfühlte und das Leben ihr wie ein wundervolles Geschenk erschien.

Sobald sie sich dessen bewusst wurde, verblasste das Gefühl auch schon wieder. Ihre Urlaubspläne lagen brach. Maya hatte keine Ahnung, wann sie Christoffer wiedersehen würde, er hatte sich bedeckt gehalten, und sie hatte ihn nicht drängen wollen. Wenn sie zu Hause war, würde sie ihn anrufen, nahm Maya sich vor.

Bis zu ihrer Wohnung war es nicht weit, lediglich die Straße hoch, über die Folkungagatan und fast bis zur Katarina kyrka, die mit ihrer strahlenden Kirchenfassade in Weiß und Gelb linker Hand auf einer Anhöhe thronte. Nur eine Straßenkreuzung davor stand das Jahrhundertwendehaus, in dem sich Mayas Zuhause befand. Zwei lichtdurchflutete Zimmer, für die sie angesichts der katastrophalen Wohnungssituation in der Hauptstadt jeden Tag aufs Neue dankbar war.

Maya hatte soeben die Fenster in ihrem Wohnzimmer geöffnet, als ihr Telefon klingelte. Es war Christoffer.

»Hey, was für ein Zufall, ich wollte dich auch gerade anrufen.«

»Schon mal was von Synchronizität gehört?«

»Ha, du wirst lachen, erst vor ein paar Tagen. Ich sag nur Ulla Janson. Jetzt erzähl mir bloß, du hast auch dieses Buch gelesen, die Briefe, die Jung und Pauli sich geschrieben haben.«

»Na klar, soll ich es dir leihen?«

»Sehr gern.«

»Dann packe ich es doch am besten gleich ein.«

»Wieso? Fährst du nicht übermorgen mit Alice an die Westküste?«

»Ich dachte mir, nach diesem megaanstrengenden Fall brauchst du unbedingt eine Auszeit. Ich komme am Freitag nach Stockholm, und dann können wir zusammen verreisen. Also, vorausgesetzt, du hast noch nichts anderes vor.«

»Aber ... was ist mit deiner Tochter?«

»Sonja und ich haben die Wochen getauscht. Sie möchte gern früher mit Alice verreisen und dann später ein wenig auftanken, ehe der Schulalltag losgeht. Und ehrlich gesagt, das passt für alle Beteiligten so besser.«

»Ich fange sofort mit dem Packen an.« Ein Glücksgefühl, das das von kurz zuvor noch übertraf, breitete sich in Maya aus. »Wohin wollen wir denn?«

»Lass dich überraschen, es ist schon alles arrangiert. Nimm auf jeden Fall richtige Sommersachen mit.«

Zwei Stunden später spazierten Maya und ihre Mutter eingehakt durch den Kungsträdgården an der Königlichen Oper. Maya mochte die Parkanlage, die zu den ältesten Stockholms gehörte. Jedes Jahr Ende April verwandelte sie sich in ein Meer aus rosafarbenen Blüten, im Winter wurde sie zur Schlittschuhbahn, und regelmäßig fanden hier Konzerte, Ausstellungen und Festivals statt.

Ihre Mutter war auf einer Vintagemesse in Uppsala gewesen und legte einen Zwischenstopp in Stockholm ein, ehe sie nach Småland zurückkreiste. Kurz nach Mayas Telefonat mit Christoffer hatte sie sich gemeldet.

»Schön, dass du spontan Zeit hast, Maya. Wollen wir uns einen Moment hinsetzen?« Ihre Mutter deutete auf die lange Holzbank nahe dem rechteckigen Wasserbecken.

Unter dem Dach der inzwischen grün belaubten Kirschbäume schlenderten sie hinüber und ließen sich mit Blick auf die Wasserspiele nieder. Aufmerksam schaute sie Maya an. »Wie geht es dir, Maya?« »Mama, ach, ehrlich gesagt, weiß ich das nicht so genau.« »Geht es immer noch um ... die Sache mit Birger?« Maya horchte in sich hinein. »Daran habe ich gerade gar nicht gedacht. Wenn du wüsstest, was in den letzten zwei Wochen bei mir los war. Ich meine, Tragödien und grauenhaften Abgründen begegne ich in meiner Arbeit ständig, aber dieses Mal ...« Sie brach ab.

»Möchtest du mir von dem Fall erzählen?« Ihre Mutter sah nicht so aus, als wolle sie davon hören.

Für Maya war es nichts Neues. Über ihre Arbeit sprach sie mit ihr so gut wie nie. Anders als mit ihrem Vater, der sie als Krimiautor mit Fragen regelmäßig löcherte. Bisher war diese Aufteilung für sie okay gewesen, doch heute störte es sie. Was wusste ihre Mutter eigentlich von ihrem Leben? Dennoch hörte sie sich sagen: »Gerade nicht. Und was das mit Birger angeht – im ersten Moment, da war ich schon geschockt. Ich habe überhaupt nicht damit gerechnet, dass so etwas ... passiert sein könnte. Aber ehrlich, ihr habt mir eine wundervolle Kindheit geschenkt, und immerhin seid ihr ja auch noch zusammen. Also von daher ... im Grunde geht es mich gar nichts an.«

»Ich würde dir trotzdem gern etwas dazu erklären.« Ihre Mutter hielt kurz inne, dann fuhr sie fort: »Also, dass wir damals aus Berlin weggezogen sind ... dafür gab es einen konkreten Anlass.«

»Ich weiß.« Maya erinnerte sich gut, sie hatten so oft darüber gesprochen. »Du hattest Sehnsucht nach deiner Heimat, und Papa wollte Schwedenkrimis schreiben.«

»Das auch, ja, aber ... so haben wir es dir damals erklärt, da-

mit du es mit deinen fünf Jahren verstehen konntest. Eigentlich ...
ging es um etwas anderes.«

Maya horchte auf.

»Damals ist etwas passiert ... Es fällt mir nicht leicht, darüber
zu sprechen.« Ihre Mutter nestelte am Reißverschluss ihrer Hand-
tasche. »Ich ... Es gab damals einen Einbruch, in unserer Wohnung. Es war tagsüber, du warst in der Kita. Papa war auf Lesereise. Ich hatte frei und ...« Ihre Mutter hielt inne. »Es waren
zwei Männer, und sie ... sie standen plötzlich in der Wohnung.
Sie hatten wohl nicht damit gerechnet, dass jemand da ist, aber ...
sie ...« Abermals stockte sie, ehe sie in leisem Ton hinzufügte:
»Sie haben ... die Situation ausgenutzt.«

Schlagartig begriff Maya. »Mama ...« Sie legte den Arm um die
Schultern ihrer Mutter. »Du brauchst das nicht alles wieder hoch-
zuholen, Mama. Ich verstehe. Liebste Mama.« Zärtlich streichelte
sie sie.

Dankbar lehnte ihre Mutter sich an sie. Eine Zeit lang saßen
sie schweigend beieinander, und Mayas Gedanken glitten in die
Vergangenheit.

Dunkel erinnerte sie sich an den besagten Tag. Kurzfristig
hatte Maya bei ihrer Kitafreundin übernachten dürfen. Sie hatte
sich darüber gefreut, dort bekam sie immer Toastbrot mit Scho-
kocreme zum Abendessen – etwas, das es bei ihr zu Hause aller-
höchstens am Wochenende mal gab. Ihr wurde übel, wenn sie
daran dachte, was ihre Mutter zeitgleich durchgemacht hatte. Mit
einem Mal verstand sie auch, warum es ihr so schwerfiel zuzuhö-
ren, wenn Mama von ihrer Arbeit sprach.

»Danach ...«, fuhr ihre Mutter nach einer Weile fort, »ich
konnte es nicht mehr ertragen, in dieser Wohnung zu leben, überhaupt habe ich mich in Berlin nicht länger sicher gefühlt. Ich
wollte nur noch weg. Ich wollte nach Hause. Zum Glück war dein

Vater so verständnisvoll.« Sie schluckte und kramte in ihrer Tasche nach einem Taschentuch.

»Aber ... wie hast du das durchgestanden?« Maya versuchte, sich zu erinnern, ob ihre Mutter in der Zeit vor dem Umzug irgendwie anders gewesen war. Ihre Mutter lächelte sie an, während ihr Tränen übers Gesicht liefen. »Du hast mir Kraft gegeben. Ich wollte, dass sich für dich nichts ändert. Papa hat mich unterstützt, ohne dich und ohne ihn ... ich weiß nicht, was ich gemacht hätte.« Maya streichelte ihre Hand. Auch sie weinte inzwischen.

»Überhaupt war Papa unglaublich einfühlsam, aber in mir ... Ich hatte eine Sperre in mir, ich konnte ihn nicht mehr an mich heranlassen ... körperlich. Papa hat das akzeptiert. Etwas in mir hat blockiert, und ... deswegen ...« Ihre Mutter wischte sich mit dem Taschentuch über die Wangen. »Deswegen hast du keine Geschwister, Maya.«

Wieder schwiegen sie eine Weile. Maya betrachtete einige Kinder, die am Wasserbecken herumtollten und sich gegenseitig nass spritzten. Wie fröhlich sie wirkten. Was hatte das Leben noch mit ihnen vor? Auf einmal kam ihr alles so zerbrechlich vor. Behutsam drückte sie die Hand ihrer Mutter. Sie würde Zeit brauchen zu verarbeiten, was diese ihr gerade anvertraut hatte.

Schließlich gab sich ihre Mutter einen Ruck. »Du fragst dich jetzt sicher, was das alles mit Birger zu tun hat, Maya.«

»Irgendwie schon.«

»Es war eine einmalige Sache. Ich bin nicht stolz darauf, dass es passiert ist. Vielleicht erinnerst du dich, seine Frau hatte ihn verlassen, es ging ihm nicht gut. Wir waren betrunken und ...« Ihre Mutter schüttelte leicht den Kopf. »Vermutlich klingt es bescheuert, aber ich konnte mich bei ihm plötzlich fallen lassen.«

»Weiß Papa davon?«

»Ich habe ihm alles erzählt, und natürlich war er wahnsinnig verletzt. Wir haben eine Therapie gemacht, gemeinsam, und dabei ist schließlich herausgekommen, dass irgendwo … tief in meinem Unterbewusstsein habe ich deinen Vater mit dem Einbruch und allem, was in der Wohnung passiert ist, in Verbindung gebracht. Dein Vater … es war alles verknüpft mit Berlin und dadurch auch mit ihm. Er konnte nichts dafür, und ich habe ihm nicht wirklich die Schuld gegeben … aber unbewusst vielleicht schon, dass er in dem Moment nicht für mich da gewesen ist.« Sie atmete hörbar aus. »Durch die Sache mit Birger … Dadurch hat sich vieles gelöst. Dein Vater und ich, wir haben einiges an Beziehungsarbeit hinter uns.«

»Mama, was für eine starke Frau du doch bist.«

»Stark … so habe ich mich nie gesehen.«

»Aber das bist du, Mama. Ich weiß, wovon ich rede. Ich habe so viele Frauen erlebt, die an einer solchen Erfahrung zerbrochen sind.«

»Wenn du wüsstest, wie stolz ich auf dich bin.« Ihre Mutter lächelte unsicher. »Es war mir einfach wichtig, dass du es verstehst, Maya.«

»Das tue ich, Mama. Danke, dass du mir das anvertraut hast.«

Zärtlich streichelte sie über Mayas Gesicht. »Deshalb wollte ich damals übrigens auch unbedingt, dass du Karate lernst. Meine Tochter sollte sich niemals als Opfer fühlen.«

Epilog

Wieder war es die Sjögull, mit der Maya fuhr. Nur dass heute ein schneidender Herbstwind Wolken in den unterschiedlichsten Grauschattierungen über den Himmel fegte.

Maya schlang den Wollschal, den ihr Emely zum letzten Geburtstag geschenkt hatte, ein weiteres Mal um den Hals und verknotete die Enden. Neben ihr stand Pär, die Hände auf der Reling, und sah nachdenklich aufs Wasser. Der Rest des Teams hatte sich ins Innere der Fähre verzogen.

Vor ein paar Stunden hatte sie Ulfs Anruf entgegengenommen:

»Ich hab da noch so 'n Stück Land auf Svartlöga, im Sumpfgebiet, alles vollkommen zugewuchert.« Er hatte verstört geklungen. »Hätte nie gedacht, dass sich ein Käufer dafür interessieren könnte, ist völlig wertlos. Hatte trotzdem eine permanente Annonce auf hemnet. Und jetzt hat sich doch tatsächlich einer gemeldet, der das kaufen will.« Ulf lachte auf. »Obwohl es gar kein Bauland ist, hab ich ihn extra noch mal drauf hingewiesen. Na, kann mir ja egal sein, was er damit will. Jedenfalls musste ich da vorher mal hin und es mir anschauen, ist schließlich Jahre her, dass ich da gewesen bin. Ich meine, man weiß ja nie. Und da ... da ...« Durchs Telefon hörte Maya, dass er sich eine Zigarette anzündete.

»Scheiße. Maya, ihr müsst herkommen. Es gibt noch eine verdammte Leiche.«

Für Maya war die Inselgeschichte bereits vor Wochen abgeschlossen gewesen. Nun kochte alles wieder hoch – Cecilia, Carl und natürlich Sarah. Bis dato war die Suche nach ihrer Mutter Rita ergebnislos geblieben. Rita – oder besser gesagt: Charatha, wie sie sich seit Jahrzehnten genannt hatte.

Es war ihnen gelungen, Charathas erste Tage in Schweden weitestgehend zu rekonstruieren. Bis zum Sonntag, dem fünfzehnten April, da hatte sie noch ein U-Bahn-Ticket gekauft. Danach fehlte von ihr jede Spur. Nachdem sie endlich Carls Mobildaten zur Verfügung hatten, stand fest, dass es an jenem Sonntag ein Treffen zwischen ihm und Charatha gegeben haben musste. An dieser Stelle hatten die Ermittlungen gestockt. Bisher hatten sie nicht herausfinden können, wo sich die beiden getroffen hatten und was geschehen war. Neue Fälle hatten sich in den Vordergrund gedrängt, und die Akte Rita Högstedt war in die Warteschleife gerutscht. Bis zu Ulfs Anruf an diesem Morgen.

Eine Stunde später empfing er sie am nördlichen Hafen. »Gut, dass ihr so schnell gekommen seid. Behagt mir gar nicht, diese Situation.« Trotz der kühlen Temperaturen glänzten Schweißperlen auf seiner Stirn. Er zückte ein kariertes Taschentuch und fuhr sich übers Gesicht.

Gemeinsam mit Pär und den anderen Kollegen folgte Maya ihm den Hauptpfad entlang über die Insel. Sie kamen am Hof von Solveig und Tage vorbei, der verlassen dalag. Kurz darauf bog Ulf nach rechts auf einen schmaleren Weg ab, der stellenweise fast gänzlich zugewachsen war.

Er drehte sich zu ihnen um. »Sorry, hab die Machete vergessen.« Dann stapfte er weiter durch das kniehohe Gras, das sich schon gelblich verfärbt hatte.

Eine ganze Weile liefen sie hinter Ulf her, zu beiden Seiten schirmte sie ein undurchdringbares Gewirr an Büschen und Sträuchern ab. Innerlich schickte Maya einen kleinen Dank los, dass die Mückensaison bereits beendet war. Schließlich erreichten sie eine Wiese, auf der ein ebensolcher Wildwuchs herrschte. Die goldgelben Gräser trugen teilweise satte Getreideähren, die meisten Blumen waren verblüht. Lediglich der blauviolett gefärbte Eisenhut leuchtete ihnen noch entgegen. Die linke Seite des Geländes war vollkommen versumpft, ein Dickicht aus hohem Schilfgras zog sich dort entlang.

Ulf bahnte sich seinen Weg quer über die Wiese, bis sie auf der anderen Seite zu zwei umgestürzten Birken gelangten. Die flachen Wurzelballen ragten senkrecht in die Luft, dazwischen hingen Erdklumpen und Gesteinsbrocken. Er blieb beim unteren Teil der Stämme stehen und deutete zwischen sie. »Da!«

Ein Déjà-vu-Gefühl ergriff Maya, als sie seinem ausgestreckten Arm mit den Augen folgte. Genau wie beim Fund von Carls Leiche. Auf den zweiten Blick bemerkte sie unter Zweigen und vertrocknetem Laub eine dunkle Plastikplane.

»Ich hab mich gefragt, was das ist, und hab die Plane ein wenig angehoben, und da ...« Unverwandt zeigte Ulf auf die Stelle.

Jetzt erkannte Maya, was er meinte. Unter der Plane schauten die Überreste eines Fußes heraus. Schmutzig und angefressen, am Fußgelenk hing ein Kettchen aus feinen, ehemals bunten Perlen.

Pär wandte sich an Ulf. »Wie lange bist du nicht mehr hier gewesen?«

»Uff, was weiß ich? Ich komme eigentlich nie her.«

»Wissen das die anderen auf Svartlöga?«

»Na klar.«

Die Kriminaltechniker entfernten die Plane, und der komplette Körper kam zum Vorschein. Um den Kopf war ein verdrecktes Tuch gewickelt, dem Anschein nach ursprünglich orange-rot gemustert. Dieselben Farben hatte auch das weite Gewand, in das der Körper gehüllt war.

Pär drehte sich zu Maya um und sah sie eindringlich an. Der Leichnam war verwest, aber noch zu erkennen. Keinesfalls lag er jahrelang dort. Eher mehrere Monate. Sie wechselte einen weiteren Blick mit Pär, und wie so oft las sie in seinen Augen ihre eigenen Gedanken. Hatten sie gerade das Rätsel um Charathas Verschwinden gelöst?

Charatha war an Brustkrebs erkrankt, der gestreut hatte, das hatten sie inzwischen erfahren. Als sie nach Stockholm gekommen war, hatte sie sich bereits im letzten Stadium befunden. Ein Mal noch hatte sie die Heimat sehen und ihre Tochter treffen wollen. Sarah, die jetzt in einer psychiatrischen Abteilung untergebracht war. Maya wandte sich ab.

Während die Kollegen von der Spurensicherung mit ihrer Arbeit begannen, schaute sich Maya auf Ulfs Grundstück um. Ein Stück entfernt entdeckte sie einen kleinen Tümpel, ringsum wuchsen dichte Büsche. Durch das hohe Gras stapfte sie hinüber und blieb an dem sumpfigen Gewässer stehen. Aus der Wasseroberfläche ragte etwas heraus. Maya beugte sich vor, schob einige Zweige beiseite, um besser sehen zu können. Wenn sie sich nicht irrte, war das doch ...

»Pär!« Sie winkte ihren Teampartner heran, der sogleich zu ihr herübereilte, gefolgt von Ulf. Diesmal war es Maya, die den Arm ausstreckte und nach vorn deutete. »Ich hätte da eine Hypothese, wie das Opfer hergebracht wurde.« Ihr fielen Emelys Worte ein, als diese bei ihrer Ankunft die Lastenanhänger angesteuert hatte: *Die Wallensteens haben zwei auf dieser Seite der Insel. Eigentlich drei, aber einer ist wohl seit einer Weile verschwunden.*

Pär legte ihr eine Hand auf die Schulter. »Du und deine Intuition.«

Betroffen betrachtete Ulf den Griff des Lastenanhängers. »Fan också! Ab jetzt habe ich immer dieses Bild im Kopf, wenn ich so einen sehe. Na großartig!« Er spuckte ins Schilf. »Dieses vermaledeite Grundstück! Wie zur Hölle soll ich es jetzt noch loswerden!« Er zündete sich eine Zigarette an, drehte sich um und ging langsam den Weg zurück, den sie gekommen waren. Während er sich entfernte, hörten sie ihn vor sich hin schimpfen: »Zum Teufel, ich bin trotzdem ein Optimist. Der Pessimist sagt: ›Es kann nicht schlimmer kommen.‹ Aber ich sage: Doch, zur Hölle, das kann es!«

Pär schüttelte den Kopf. »Dieser Ulf ist schon ein schräger Vogel.«

»Beurteile ein Buch nicht nach seinem Einband.« Nachdenklich schaute Maya Ulfs grauem, wie gewöhnlich wirr abstehendem Lockenkranz hinterher. »Oder wie man auf Schwedisch sagt: Beurteile den Hund nicht nach seinen Haaren. Nach allem, was ich mit ihm erlebt habe, kann ich ihn nur respektieren.«

Gemeinsam folgten sie ihm durch das undurchdringliche Buschwerk. Als sie endlich wieder den Hauptweg erreichten, vibrierte Mayas Handy in der Hosentasche. Sie blieb stehen und zog es heraus.

Clara hatte versucht, sie anzurufen, und eine Sprachnachricht hinterlassen. Natürlich hatten sie auf Ulfs abgelegenem Grundstück keinen Empfang gehabt. Rasch hörte sie die Nachricht ab.

»Maya, melde dich bitte, sobald du Zeit hast.« Claras Stimme klang ungewohnt gepresst. »Ich glaube ... ich habe Ingrid gesehen.«

Glossar

badkruka	Ausdruck für jemanden, der ewig braucht, um ins kalte Wasser zu gehen
dass	(Plumps-)Klo
dåligt ölsinne	Ausdruck für jemanden, der unter Alkoholeinfluss schnell extrem reagiert
Fan också!	Teufel auch! Zum Teufel!
förlåt	Entschuldigung
Gamla Stan	Altstadt (von Stockholm)
Helvete!	Hölle! Zur Hölle!
ingen orsak	keine Ursache
julbord	wörtl. »Weihnachtstisch« – siehe Erläuterung unten
midsommarafton	Mittsommerabend = der Abend vor dem Mittsommertag
midsommarstång	Mittsommerstange – vgl. unseren Maibaum
Pensionatet	die Pension
perkele	(finnisch) verdammt, verflucht
putain de merde	(frz.) verdammte Scheiße
Skål!	Prost!
tack och lov	zum Glück, Gott sei Dank
vilse i skogen	verloren im Wald
Vi ses!	Tschüss! Wir sehen uns!

Räven raskar över isen, Små grodorna, Björnen sover, Karussellen sind klassische Kinderlieder, die sowohl zu Mittsommer als auch an Weihnachten bzw. beim *tjugondedag knut*, also am 13.01. beim Plündern des Weihnachtsbaums, von Erwachsenen und Kindern zusammen gesungen werden. Dabei fasst man sich an den Händen und tanzt um die *midsommarstång* beziehungsweise um den Weihnachtsbaum.

Ein *julbord* ist ein großes Büfett mit typischen Weihnachtsgerichten, wie beispielsweise *julskinka* – Weihnachtsschinken, *köttbullar* – Fleischbällchen, *Janssons frestelse* – »Janssons Versuchung«, *sill* – Hering, *prinskorv* – »Prinzenwurst« und vieles mehr.

eniro.se, *hitta.se* sind Beispiele klassischer Homepages, auf denen man – gegen EU-Gesetz – persönliche Daten über in Schweden gemeldete Bürger und Bürgerinnen herausfinden kann.

Danksagung

Als ich vor einigen Jahren zum ersten Mal auf Svartlöga war, hat mich sogleich fasziniert, dass die Menschen dort während ihres Sommerurlaubs leben wie in vergangenen Zeiten. Und dass sie daran auch nichts ändern wollen, sondern sich beispielsweise bewusst gegen Elektrizität entschieden haben.

Ich entdeckte die »Yogaplattform« in Meeresnähe und hatte direkt ein Yogaretreat im Kopf, das auf der Insel abgehalten werden könnte – inzwischen gibt es das dort sogar ...

Ehe ich mich versah, entwickelte sich vor meinem inneren Auge eine Geschichte, die hier stattfinden sollte. Das Besondere dieser Insel würde darin eine Rolle spielen. Und natürlich – was sonst? – sollte es ein Krimi sein ...

Von der ersten Idee bis zum fertigen Manuskript vergingen mehrere Jahre. Nun ist mit diesem Buch der zweite Teil meiner Maya-Topelius-Trilogie entstanden, und als Allererstes danke ich von Herzen Randi Almaas und Peter Getz, die mir nicht nur ihr Sommerhäuschen auf Svartlöga zur Verfügung gestellt, sondern mich darüber hinaus bestens mit Informationen zur Insel und ihrer Geschichte sowie Anekdoten zu ihren Bewohnern versorgt haben. Es war eine großartige Erfahrung, das Manuskript vor Ort auf Svartlöga überarbeiten zu können!

Wie in jedem Schreibprozess durfte ich auf das Fachwissen

von Expert:innen zurückgreifen. Dieses Mal schicke ich ein riesiges Dankeschön für ihre Zeit und ihre Bereitschaft, mir zu helfen, an folgende Personen: Professor Dr. med. Oliver Peschel vom Institut für Rechtsmedizin der LMU München, der wieder einmal meine Autopsie-relevanten Szenen geprüft hat, Kriminaloberkommissar Peter Lundberg vom Kriminalkommissariat in Stockholm, der meine zahlreichen Fragen zur Polizeiarbeit ein weiteres Mal ausführlich beantwortet hat, die Psychologin Eva Christoffersson für unser Gespräch über Sarahs Persönlichkeit und Mayas Weg, sich ihr zu nähern, das in mir einen großen Knoten zum Platzen gebracht hat, sowie Dr. med. Tabea Schröder für medizinische Informationen.

Ich danke all den Yogalehrer:innen, die mich im Laufe meines Lebens unterrichtet haben, angefangen bei meinem Indien-begeisterten Kunstlehrer, der schon in den Neunzigern in meinem Heimatort Yogakurse in der VHS angeboten hat, als das noch etwas total Exotisches war ... Aus diesem reichen Fundus habe ich dankbar schöpfen können, als ich in Emelys Perspektive geschlüpft bin.

Auch dieses Mal haben mich Testleser:innen begleitet und mit ihrem hilfreichen Feedback unterstützt. Hierfür bedanke ich mich ganz herzlich bei Benjamin Muth, Eva-Maria Silber, Gesine Berg und Christina Wagner.

Ein großes Dankeschön geht wie immer an meine Agentin Dorothee Schmidt, die mir stets beratend zur Seite steht, und ich betone gern noch einmal: Ohne sie wäre ich als Autorin nicht da, wo ich bin.

Das gilt natürlich ebenso für meinen Hausverlag, und ich danke allen aus dem Ullstein-Team, die an diesem Buch mitgewirkt haben. Insbesondere bedanke ich mich bei meiner Lektorin Claudia Winkler für eine weitere sehr angenehme und produktive

Zusammenarbeit und bei ihrer Urlaubsvertretung Nicola Kammer. Für das ebenfalls sehr konstruktive Außenlektorat danke ich Ingola Lammers, fürs Korrektorat Carolin Völk. Der wundervolle Umschlag stammt wieder von der Grafikagentur Bürosüd, und ich schicke einen großen Dank an Kathrin Höfer.

Desweiteren geht ein Dankeschön an Cassandra Trillhose, meine Ansprechpartnerin im Marketing, an Meike Blatnik von der Presseabteilung und an die Vertriebschefin Stephanie Martin für ein unglaublich inspirierendes Messegespräch.

Natürlich darf eine Person nicht fehlen, die erster, gründlicher Testleser, strenger Kritiker, Inspirator, Trostspender, Aufmunterer und noch so vieles mehr ist: mein Mann Viktor Åslund. Ohne ihn würde manch feine Nuance in diesem Buch fehlen, und ich danke ihm von Herzen, dass er mich nun bereits zum siebten Mal auf diesem mitunter steinigen, holperigen Weg begleitet hat.

Zu guter Letzt danke ich Dir, liebe Leserin, lieber Leser, dass Du Dich für »Still ist die Nacht« entschieden hast und bis hierhin gekommen bist. Ich hoffe sehr, ich habe Dich neugierig gemacht auf den nächsten Band. Wenn Du diese Zeilen liest, bin ich jedenfalls schon mitten drin in der neuen Geschichte ...

Vi ses!

Sandra Åslund

Anmerkungen

Sollten sich Fehler in die recherchierten Materialien eingeschlichen haben, so liegt dies nicht an den Menschen, die mich mit ihrem Wissen unterstützt haben, sondern ausschließlich an mir. In einigen Fällen war es möglicherweise notwendig, aus dramaturgischen Gründen von realen Abläufen abzuweichen.

Vieles, was ich beschrieben habe, entspricht den tatsächlichen Gegebenheiten auf Svartlöga. Manches habe ich geografisch ein wenig angepasst. Ausgedacht habe ich mir allerdings die Legende um die an Mittsommer verschwundene Frau.

Das *Café Strings*, das es zum Zeitpunkt, als »Still ist die Nacht« spielt, noch gab und das ich oft besucht habe, ist ersetzt worden durch *Lykke Nytorget*. Der Homepage nach ist auch das ein schöner Ort zum Frühstücken, Lunchen oder für eine Kaffeepause, sicherlich hat es jedoch ein anderes Flair.

Die Figuren dieses Romans sind allesamt frei erfunden und eventuelle Ähnlichkeiten mit tatsächlich existierenden Personen reine Zufälle.

Literatur

Als Einstimmung vor Beginn eines neuen Projekts und auch während des Schreibprozesses habe ich immer einen Stapel Bücher auf dem Schreibtisch, die mich thematisch oder von der Stimmung her inspirieren. Dieses Mal lagen dort folgende Werke:

»Als das Böse kam« von Ivar Leon Menger
»Der große Sommer« von Ewald Arenz
»Neun Fremde« von Liane Moriarty
»Sturmrot« von Tove Alsterdal
»Tödlicher Mittsommer« von Viveca Sten
»Tod in Zealand« von Carla Capellmann
»Yoga Town« von Daniel Speck

Sowie auf Schwedisch:

»Boken om Svartlöga« von Eric Österman und Bertil Lagerström
»Händelser vid vatten« von Kerstin Ekman

Rezept Mayas Gravad lax und Emelys Jordgubbstårta

Gravad lax

500 g Lachsfilet mit Haut
1 Bund grob gehackter Dill
3 Esslöffel Salz
1 Esslöffel grob gemahlener rosa Pfeffer
1 gewaschene Bio-Orangenschale + Saft

So wird's gemacht:

1. Salz, grob gemahlenen rosa Pfeffer sowie die Schale und den Saft von 1 Orange in eine Schüssel geben und mischen.
2. Den Dill grob hacken und die Hälfte davon in eine Porzellan- oder Glasschale geben.
3. Die Hautseite des Lachses mit der Hälfte der »Marinade« einreiben und mit der Hautseite nach unten auf den Dill in der Schüssel legen.
4. Die restliche Marinade über den Lachs gießen und gut einreiben.
5. Mit dem restlichen Dill bedecken.
6. Die Form in Plastikfolie einwickeln und einen Teller oder ein Schneidebrett darauflegen und etwas Schweres daraufstellen.

7. 2 Tage im Kühlschrank lassen, dabei den Fisch gelegentlich wenden.

8. Nach 2 Tagen den Fisch herausnehmen, den Dill abkratzen, und den Lachs in dünne Scheiben schneiden.

Jordgubbstårta

Tortenboden

140 g Zucker (1,5 dl)
2 Eier
1 Teelöffel Vanillepaste
30 g Butter
1 dl Milch
120 g Weizenmehl (2 dl)
1 Teelöffel Backpulver

Füllung

2 dl Schlagsahne
3 dl Erdbeeren

Dekoration

5 dl Schlagsahne
2 dl Erdbeeren

Ganz einfache Vanillecreme

45 g Eigelb (etwa 2)
65 g Kristallzucker (2/3 dl)

15 g Speisestärke (2 Esslöffel)

2 dl Milch

15 g Butter

1 Teelöffel Vanillepaste oder 2 Teelöffel Vanillezucker

So wird's gemacht – Tortenboden:

1. Den Backofen auf 160 °C Umluft (175 °C in einem herkömmlichen Ofen) vorheizen und eine Form mit einem Durchmesser von 18–20 cm einfetten.

2. Die Eier, den Zucker und die Vanille sehr gut verquirlen.

3. Die Butter schmelzen und mit der Milch verrühren, bis sie lauwarm ist.

4. Das Mehl und das Backpulver unter die Eimasse heben.

5. Zum Schluss die Butter und die Milch unter den Teig heben und ihn in der Form verteilen.

6. 20–25 Minuten backen, bis der Boden durch ist. Mit einem Stäbchen testen, er sollte trocken sein.

7. Den Kuchenboden vollständig abkühlen lassen.

So wird's gemacht – Vanillecreme:

1. Die Eigelb, den Zucker und die Speisestärke in einer Schüssel verrühren.

2. Die Milch zum Kochen bringen. Mit dem Schneebesen in die Eimischung geben, dann alles zurück in den Topf gießen.

3. Bei mittlerer Hitze unter ständigem Rühren erhitzen, bis die Creme eindickt.

4. Vom Herd nehmen und die Butter und die Vanille hinzufügen.

5. In eine Schüssel füllen, mit Frischhaltefolie abdecken und bis zum Abkühlen in den Kühlschrank stellen.

Die Torte zusammensetzen:

1. Den Tortenboden in 3 Teile teilen.
2. Die Sahne leicht aufschlagen und unter die Vanillecreme heben. Etwas davon zum Verteilen auf der Torte aufbewahren.
3. Die Hälfte der Vanillecreme auf einen Tortenboden geben. Die Erdbeeren in Scheiben schneiden und eine Hälfte auf die Creme legen.
4. Mit der nächsten Schicht ebenso verfahren. Den Rest der Creme und die restlichen Erdbeeren darauf verteilen. Dann mit der aufbewahrten Schlagsahne eine dünne Schicht um und auf der Torte verteilen. Mit Frischhaltefolie abdecken und in den Kühlschrank stellen, am besten über Nacht.

Dekorieren der Torte:

1. Die Sahne schlagen, bis sie fluffig ist.
2. Einen Spritzbeutel mit einer geschlossenen Sterntülle vorbereiten. Eine Schicht Sahne auf der Torte verteilen, dann den Rest um die Torte herumspritzen.
3. Die Erdbeeren halbieren, dabei den grünen Teil aufbewahren. Diese zusammen mit den Blumen als Kranz auf die Torte legen.

Sofort servieren! (Oder vorzugsweise innerhalb von ein paar Stunden, bis dahin die Torte im Kühlschrank aufbewahren.)